Hilary Belle Walker

Italienisch für Liebhaber

Roman

Aus dem Italienischen
von Sylvia Höfer

Verlag Antje Kunstmann

Für meine Eltern,
die schon auf die englische Übersetzung warten

I've taught me other tongues, and in strange eyes
Have made me not a stranger; to the mind
Which is itself, no changes bring surprise;
Nor is it harsh to make, nor hard to find
A country with – ay, or without mankind.
Yet was I born where men are proud to be –
Not without cause; and should I leave behind
The inviolate island of the sage and free,
And seek me out a home by a remoter sea?

LORD BYRON: Childe Harold, Gesang IV, VIII

Schreiben Sie, schreiben Sie! Sie werden sehen, es wird
Ihnen gelingen, sich im Ganzen zu sehen.

ITALO SVEVO: La coscienza di Zeno,
übersetzt von Barbara Kleiner

I

Wie ich in Mailand vorankomme

TROTZ BESTER ABSICHTEN hab ich es noch immer nicht geschafft, mich an materielle Dinge zu binden, obwohl ich seit jeher eine Leidenschaft für sie hege, für wichtige wie unwichtige. Doch leider kann ich dieser Leidenschaft nur dank einer ausgeprägten Fantasie frönen, denn mein privates Eigentum besteht, wie meine häusliche Einrichtung, fast ausschließlich aus Dingen, die andere Leute loswerden wollten. Ich will nicht undankbar erscheinen – ich weiß es aufrichtig zu schätzen, wenn mir eine frisch verheiratete Freundin ihre alten Kochtöpfe verehrt, und ich freue mich, wenn ich ein nicht mehr einwandfrei funktionierendes Stereogerät erbe oder ein Vormieter mir einen Sessel dalässt –, aber es ist nicht leicht, sein Herz an Dinge zu hängen, die man nicht selbst ausgesucht oder aus persönlicher Zuneigung geschenkt bekommen hat.

Ich tröste mich mit dem Gedanken, dass dies ein vorübergehender Zustand ist und damit zusammenhängt, dass ich mein ganzes Erwachsenenleben in Wohnungen verbracht habe, die mir nicht gehörten, allesamt ungefähr zehntausend Kilometer von dem Ort entfernt, in dem ich aufgewachsen bin. Abgesehen von den sechs Bücherkartons, die mir auf dem Weg von San Francisco nach Italien in einem großen Schiff über zwei Meere gefolgt sind – und später von einer Adresse zur anderen in Leihfahrzeugen aller Art –, erfreue ich mich eines mobiliarlosen Daseins. Meistens macht mir das nichts aus, ja, es gibt sogar Augenblicke, in denen ich es für einen Vorteil halte. Während meiner ersten vier Jahre in Mailand habe ich fünf Umzüge hinter mich gebracht – potenzielle logistische Albträume, aber viel leichter zu bewerkstelligen, wenn man nicht Großmutters Porzellan verpacken, wuchtige Schränke die Treppen hinunterschleppen und Flachbild-Fernseher erst vom Netz trennen und dann wieder neu installieren muss. Manchmal kommt mir allein schon die Tatsache, dass es mir gelungen ist, in dieser großen, fremden Stadt meine elementaren Bedürfnisse zu befriedigen, wie eine Großtat vor: Immerhin habe ich etwas zum Anziehen, einen Arbeitsplatz, Bücher zum Lesen, Freunde, mit denen ich etwas unternehmen, und ein Handy, mit dem ich sie anrufen kann, und ich verfüge über einen italienischen Wortschatz, der ständig noch weiter wächst. Trotzdem kommt es vor – hin und wieder nur, aber es sind beängstigende Momente –, dass ich nachts wach liege und versuche, es mir auf der Matratze aus fünfter Hand bequem zu machen, und mich plötzlich etwas packt, was einer Panik nahe kommt. Es ist das quälende Gefühl, irgendwie zurückzubleiben – hinter wem oder was, vermag ich nicht zu sagen. In diesen Augenblicken vor dem Einschlafen auf dem schlaffen Kissen, das dem Gewicht meines Kopfes nichts mehr entgegenzusetzen hat, stelle ich mir dann die anklagende, aber rhetorische Frage: *Also, Hilary … wie steht es mit deinen Investitionen?*

»Ihren Investitionen?«, wiederholt meine Dottoressa mit hochgezogener Augenbraue. »Sie denken an Ihre … Investitionen?« Sie nimmt den Füller vom Schreibtisch; ich schaue ihr zu, während sie etwas auf das oberste weiße Blatt des Papierstapels schreibt. Von meinem Stuhl aus kann ich nicht sehen, was sie schreibt, aber ich höre die ausladende Bewegung des Füllers, der einen Strich unter ein Wort zieht. Investitionen.

»Keine Sorge, ich spreche nicht von finanziellen Investitionen«, antworte ich und spüre, wie ich rot anlaufe. »In dieser Hinsicht hat sich nichts getan ... leider.« Ich suche die Dottoressa seit meinem ersten Jahr in Mailand regelmäßig auf. Das war die Zeit, bevor ich von der Modezeitschrift wegging und in der Buchhandlung anfing, bevor ich meine Papiere in Ordnung brachte und regulär Steuern zahlte, bevor Italien den drastischen Sprung von der Lira zum Euro vollführte, bevor sich der Dollar auf den Weg in den freien Fall begab, und lange bevor ich den Entschluss fasste, keine Dreizimmerwohnungen mehr mit anderen Leuten zu teilen und die Kosten eines Einzimmerapartments allein zu bestreiten. Schon nach ein paar dieser Veränderungen ließen sich unsere wöchentlichen Sitzungen nicht mehr mit meinem Budget vereinbaren. Anstatt mich aber meinem Schicksal zu überlassen, hat mir die Dottoressa eine symbolische Vergütung vorgeschlagen – einen Betrag, der kaum über dem Preis von zwei Takeaway-Pizzen liegt –, und doch gibt es Wochen, in denen ich ihr nicht einmal das zahlen kann. Nach den wenigen Informationen zu urteilen, die ich im Lauf der Jahre über sie zusammenkratzen konnte, arbeitet die Dottoressa wohl nicht, weil sie muss – aber darum geht es ja nicht.

»Ich bin, ehrlich gesagt, nicht davon ausgegangen, dass Sie mir etwas über Ihre Konten in der Schweiz erzählen wollen«, sagt die Dottoressa mit dem Anflug eines Lächelns. »Um welche Art von Investitionen handelt es sich dann, wenn es keine finanziellen sind?«

»Ich denke an all die Dinge, die die Leute für ›Investitionen‹ halten. Stellen Sie sich jemanden vor, der sich ein Möbelstück kauft. Oder eine schöne Lampe. Oder der meinetwegen ... ein Darlehen aufnimmt. Oder ein Kunstwerk ersteht, irgendeins, egal, in welchem Stil. *Diese* Art von Investitionen habe ich nie getätigt. In meinem ganzen Leben noch nicht.«

»Und das stört Sie?«

»Und ob mich das stört! Ich bin doch keine Studentin mehr. Ich arbeite, zahle Steuern ... Du lieber Himmel, ich bin *erwachsen*! Gerade bin ich dabei, die Kartons auszupacken und ...«

»Sie sind schon in Ihrer neuen Wohnung? Und leben jetzt allein?«

»Ja, ja, und es ist fantastisch. Ich liebe meine neuen vier Wände. Die Wohnung ist winzig – wirklich, ich schwöre, ich schlafe praktisch über dem Herd –, aber sie ist urgemütlich. Alles ist perfekt, bis auf ... Na ja, jetzt, wo ich keine Mitbewohner mehr habe, stelle ich fest, dass ich eigentlich nur zwei Bratpfannen besitze, eine Salatschüssel, einen Satz grauenhafter grüner Teller und ein paar Gläser von IKEA – von der Sorte, die schon kaputtgehen, wenn man sie nur schief ansieht.«

»Ja, die kenne ich.«

»Und neulich hat mir Silvia *wunderschöne* Handtücher geschenkt, weil meine alten schon ganz fadenscheinig waren. Mit dem dazu passenden Bademantel ... super flauschig und irrsinnig teuer, fabrikneu. Sie haben auch ... Sie sind auch ... wie sagt man? *Monogrammed?*«

»Mit Monogramm.«

»Ach ja, okay. Ganz einfach. Wissen Sie, dass ich als Kind unbedingt Handtücher mit Monogramm haben wollte?«

»Da hat Ihnen Silvia ja wirklich ein schönes Geschenk gemacht.«

»Natürlich hat Silvia mir ein schönes Geschenk gemacht, nur, dass sie nicht für *mich* waren. Sie hatte sie letztes Jahr für ihren Mann bestellt, noch bevor sie sich getrennt haben. Da lagen sie nun herum, in ihrer Schachtel, seit einer Ewigkeit. Stimmt schon, es sind die schönsten Dinge, die ich besitze, diese Handtücher samt Bademantel ... Sie sind so wie die, die man im Four Seasons bekommt, aber auf allen steht ›Claudio‹! Verstehen Sie, wie komisch sich das anfühlt? Mich in einen grauen XXL-Bademantel zu kuscheln, der *Claudio* heißt?«

»Mmm.« Die Dottoressa notiert jetzt nichts mehr. Sie kippt mit dem Stuhl ein wenig nach hinten und dreht den Kopf so, dass sie durchs Fenster hinunter auf den Park schauen kann. Fast sieht sie aus, als würde sie sich ein Lachen verkneifen.

Und schon komme ich mir ein wenig lächerlich vor. »Glauben Sie mir, ich würde mich niemals anderen gegenüber beklagen, denn ich weiß ja selbst, wie dämlich sich das anhört. Aber es sind eben diese kleinen Dinge, die mich an mir zweifeln lassen. Ich besitze nichts Schönes, was ich selbst ausgewählt und für mich erstanden habe. Das ist doch nicht normal! Neulich hat mir meine Freundin Molly geschrieben. Aus San Francisco. Sie hat mir erzählt, dass sie und ihr Freund sich ein Sofa gekauft haben. Ein neues. In einem richtigen Geschäft. Ein Ledersofa. Haben Sie eine Vorstellung, wie weit ich davon entfernt bin, ein Geschäft zu betreten und als Besitzerin eines Ledersofas wieder herauszukommen? Alle sind weiter als ich!«

»Weiter als Sie? Wie meinen Sie das?«

»Na ja ... im Leben! In dem Sinne, dass man sich umsieht und feststellt, dass man in *Dinge investiert* hat, in *Dinge*, die man anfassen kann, *Dinge*, die man überallhin mitnimmt, die haltbar sind, *Dinge*, die einen *Wert* haben.«

»Ach ja? Sie glauben wirklich, dass Sie, seit Sie hier leben, noch nie in etwas Wertvolles investiert haben?«

Ich denke eine Minute nach, in den Anblick eines abgesplitterten Fingernagels versunken. »Das Einzige, was ich hier investiert habe, ist ... Zeit. Und ... ich weiß nicht. Hat sie einen Wert, die Zeit?« Ich sehe der Dottoressa in die Augen und zucke mit den Achseln. »Hm?«

»Das ist eine gute Frage. Was meinen Sie? Wie hoch schätzen Sie denn den Wert der Zeit ein?« Ich sehe, dass sie einen Blick auf die kleine antike Tischuhr wirft, die, zu ihr gekehrt, am Rand ihres Schreibtischs steht. Ich seufze und schiebe den Ärmel meiner Bluse zurück, um auf meine Uhr zu schauen.

»Sie ist um, nicht wahr?«, frage ich. »Die Zeit, meine ich.«

»Ja, sie ist um«, antwortet sie. »Ein Glück für Sie. Das war keine leichte Frage.«

Ich stehe auf, krame in meiner Tasche nach dem Portemonnaie, aus dem ich zwei abgegriffene Zehneuroscheine herausziehe. Während die Dottoressa mir die Quittung ausstellt, hüstele ich verlegen. »Übrigens«, murmele ich so, als würde ich den Orientteppich ansprechen. »Ich habe das Gefühl, dass die Wert-Zeit-Bilanz eindeutig zu meinen Gunsten ausfällt. Was unseren Austausch anbelangt.«

Die Dottoressa trennt den ersten Durchschlag der Quittung heraus und überreicht ihn mir. »Ich habe keine Beanstandungen«, lächelt sie. »Dann sehen wir uns also nächste Woche wieder.«

Gelegentlich kommt es vor, dass ich fünfzig Minuten bei der Dottoressa verbringe und mit einem Knäuel geistiger Fäden herumspiele, ohne einen einzigen Knoten aufdröseln zu können. Kaum bin ich aus dem Haus, kommt die Erleuchtung. Warum ist sie mir nicht früher gekommen? Da, auf der anderen Straßenseite, vor dem Eingang zum Parco Sempione, da ist ja *etwas Schönes, was ich mir ausgesucht und für mich selbst gekauft habe*. Während ich mich beeile, an der zu kurz geschalteten Ampel die Straße zu überqueren, ziehe ich den Schlüsselbund aus der Tasche: *etwas, was man überallhin mitnimmt*. Wie konnte ich nur mein Alter Ego auf zwei Rädern vergessen, meinen Begleiter und Komplizen, das Einzige, was mich in jeder Hinsicht bewegt? Wie der Frühlingshimmel über mir, wie der erste Buntstift, den man aus der Schachtel nimmt, wie eine wundervoll glatt geschliffene Glasscherbe, die man am Strand findet, wie der Bildhintergrund bei Giotto oder die Fahne der demokratischen Partei – das Glück hat eine Farbe und meine Investition einen Namen: Blau.

Wie alle ungewöhnlichen und glücklichen Liebesgeschichten kam auch meine Begegnung mit Blau überraschend und rein zufällig zustande. Es war ein herrlicher Tag Ende Juli, gegen Ende meines ersten Jahres in Mailand. Ich war gerade in der Bank gewesen, um die drei Hundertdollarscheine einzuwechseln, die meine Mutter – in einem mutwilligen Akt des Vertrauens in die italienische Post – in eine Glückwunschkarte zu meinem Geburtstag gesteckt hatte. Damals waren dreihundert Dollar ein Haufen Geld, zumal sie in einem Augenblick auftauchten, in dem ich gerade einigermaßen flüssig war. Ich konnte das Geld also für den Urlaub zurücklegen oder sofort für etwas Schönes ausgeben. All die eleganten Geschäfte am Corso Vercelli waren voller Sommerschlussverkaufsangebote: Kleider, Schuhe und Handtaschen. Als ich aus der Bank kam, hatte ich mich deshalb in diese Richtung gewandt. Aber dann, auf dem Weg durch die Via Giorgio Washington, hat *es* meine Aufmerksamkeit erregt, ein blaues Fahrrad in der Mitte eines Schaufensters. Noch nie im Leben hatte ich ein Fahrradgeschäft betreten. Der Verkäufer trug einen grauen Overall, der zünftig mit schwarzem Öl verschmiert war. Er war schon ein älterer Herr; im Laden war es heiß, und da wenige Leute unterwegs waren, schien er hocherfreut über meinen Besuch.

»Ich habe noch andere, falls Sie welche sehen möchten«, sagte er, während er Blau aus dem Schaufenster nahm. »In verschiedenen Farben und andere Modelle. Das hier aber ist ein schönes Damenrad. Robust und doch elegant. Wenn es Sie aber nicht überzeugt …«

»Doch, doch, es überzeugt mich. Ich nehme es.« Kein Zweifel: Wir waren füreinander bestimmt – ich, eine nach Mailand verpflanzte Amerikanerin, und es, ein Mailänder Fahrrad und Kind der Via Giorgio Washington. Der Radverkäufer befestigte einen schönen Weidenkorb am Lenkrad, passte die Sattelhöhe an, zeigte mir, wo man die Lampe einschaltete und wie die kleine Pumpe und die Klingel funktionierten. Schließlich riet er mir zum stärksten Schloss – eine Kette, schwer wie ein Python vom Amazonas, und mit grünem Plastik ummantelt. Beim Zahlen bemerkte ich auf dem Tresen ein Kästchen voller künstlicher Blumen.

»Fünftausend Lire das Stück, die Blumen. Man steckt sie an den Korb«, erklärte er mir. »Einfach so, nur zur Dekoration.« Lächelnd setzte er hinzu: »Auch wenn niemand auf die Blume schaut, wenn ein so hübsches Mädchen wie Sie vorbeiradelt.«

Ich entschied mich für eine rosa Dahlie.

Sobald ich wieder auf dem Gehsteig war, legte ich meine gelbe Handtasche in den mit der rosa Dahlie geschmückten Weidenkorb und stieg auf mein neues blaues Fahrrad. Mit einem *Trrring, trrring!*, die Hände um die Lenkstange geklammert, strampelte ich los – unsicher schwankend und mit einem Hochgefühl im Herzen. In dieser Stimmung fing ich endlich an, Mailand zu erobern, oder, besser gesagt, fing Mailand endlich an, mir zu gehören.

Meine Eltern waren erstaunt, als ich ihnen von meiner Anschaffung berichtete. »Ein Fahrrad?«, lachte mein Vater, verwundert über einen so pittoresken und kapriziösen Einfall. »O mein Liebes, bist du aber *europäisch* geworden!« Anders als in den vielen Filmen, in denen die Jugend als idyllische Zeit dargestellt wird, hat in meiner Kindheit das Fahrrad keine besondere Rolle gespielt. Im Zentrum von San Francisco braucht man nur einen Kilometer in irgendeine Richtung zu gehen, und schon befindet man sich vor einem imposanten Aufstieg oder einem steilen Abhang. Radfahren als Zeitvertreib erfordert deshalb nicht nur eine beträchtliche Dosis Waghalsigkeit, sondern auch Muskelmasse – Dinge, die mir bis heute abgehen. Wer dagegen in Mailand in die Pedale treten will, einer Stadt, die flach ist wie ein Mensatablett, braucht nur einen starken Überlebenswillen und eine gewisse Skrupellosigkeit: Die Straßen sind eng und die Autobusse breit, das Pflaster ist eine Tortur für die Knochen, und die Straßenbahnschienen sind tödliche Fallen – vor allem in Kombination mit Regennässe oder in zweiter Reihe geparkten Autos. Die Autofahrer hupen dich an, weil du zu langsam fährst, die Fußgänger fluchen hinter dir her, weil du zu schnell bist, die Mofafahrer benutzen dich als Zielscheibe, und die wenigen wirklichen Radwege führen in die falsche Richtung.

»Hast du dir wenigstens einen Helm gekauft?«, fragt meine Mutter immer mal wieder am Telefon. »Ich mag gar nicht daran denken, dass du ohne Helm durch Mailand kurvst.«

Ich erkläre ihr, dass mein Rad nicht so ist wie ihres oder das ihres Partners Bob. Seit ein paar Jahren sind die beiden vom Radfahrwahn gepackt: Einmal pro Woche unternehmen sie ausgedehnte Panoramatouren – vierzig, fünfzig Kilometer –, überqueren Brücken, fahren bergauf und bergab und strampeln Serpentinen entlang, die über dem Pazifik zu schweben scheinen. Oft machen sie in irgendeinem netten Nest halt und gehen etwas essen. Unter der Woche trainiert meine Mutter auf dem Standfahrrad im Fitnessstudio. Ihre Beine strotzen vor Kraft.

»Blau ist ein *Citybike*, Mami. Ohne Gänge, ich kann gar nicht schnell fahren. Es ist kein Sportrad, es ist viel … prosaischer.«

»Ich habe mich nicht nach dem Rad erkundigt. Ich habe dich nach dem Helm gefragt.« Meine Mutter ist Anwältin und lässt sich nicht so leicht beirren. »Vergiss nicht, dass deine Mutter, in so weiter Ferne, nachts wach liegt und an ihre Tochter denkt, die ohne Helm im chaotischen italienischen Verkehr herumfährt.«

Wir kichern. Wir wissen beide, dass meine Mutter um zehn das Licht ausmacht und sofort einschläft.

»Ich kenne schon sämtliche Schleichwege und vermeide das Chaos, wann immer es möglich ist. Mit dem Rad stelle ich mich inzwischen ganz clever an. Du wärst stolz auf mich.«

Meine Mutter antwortet dann immer, dass sie *schon jetzt* stolz auf mich sei und deswegen wolle, dass mein cleveres Köpfchen unversehrt bleibt.

»Mami, ich lebe jetzt in Italien. Für die Mofafahrer gibt es hier erst seit ein paar Jahren die Helmpflicht. Und die Leute jammern immer noch darüber.«

Meine Mutter stöhnt ins Telefon. Unsere Unterhaltungen enden immer gleich. »Was spielt es für eine Rolle, ob es Pflicht ist oder nicht? Ich bin deine *Mutter*, und ich habe dich gut erzogen. Will sagen: Wenn man sich zwischen Schönheit und Vernunft entscheiden muss ... Es liegt doch auf der Hand, wie man sich dann entscheiden muss, oder, Hilary? ... Warum sagst du nichts? Was ist wichtiger: Schönheit oder Vernunft? Hilary ...? Hallo? Hörst du mich?«

Nach meinen tiefschürfenden Forschungen bei der Dottoressa und der glücklichen – wenn auch ein wenig verspäteten – Erkenntnis, dass ich hier in Mailand zumindest *eine* Investition getätigt habe, auf die ich stolz bin, widme ich mich den Rest des Tages all jenen ästhetischen Problemen, mit denen man nach einem Umzug konfrontiert ist. Zuerst aber schließe ich Blau an den Pfosten an meiner Straßenecke, den ich mir sofort zum persönlichen Parkplatz erkoren habe, fahre die sechs Stockwerke mit dem Lift hoch und betrete meine neue Sechsundzwanzig-Quadratmeter-Wohnung. Ich öffne die Fenster und schalte das Radio ein. Ich wähle lange und mit größter Sorgfalt die Bücher aus, die die drei mickrigen Regalbretter füllen, dann ziehe ich die noch vollen Kartons, einen nach dem anderen, nach nebenan, in den stickigen und staubigen Dachboden. Ich wasche mir Hände und Gesicht und trockne mich mit Claudio ab. Ich trinke ein wenig Sprudelwasser direkt aus der Flasche und rauche eine. Dann nehme ich mir die große Pinnwand aus Kork vor und ordne die Fotos, Karikaturen und die Postkarten mit den Gemälden neu, die ich in verschiedenen Museen bewundert habe. Ich fege die Wohnung. Ich versuche, im Kleiderschrank ein wenig Ordnung zu machen, aber mir fehlen die Bügel. Ich spiele mit dem Gedanken, Blumen vors Fenster zu stellen. Ob ich wohl in der Lage wäre, mich um etwas Lebendiges zu kümmern? Vielleicht ist es ja auch gefährlich, im sechsten Stock Blumen vors Fenster zu stellen. Wenn der Topf herunterfällt? Ich merke, dass ich Hunger habe. Im Kühlschrank finde ich ein Glas Senf, ein halbes Eck Parmesan und zwei Äpfel vor. Ein Blick auf die Uhr: schon sechs vorbei. In meinem neuen Viertel kenne ich ein paar Läden, wo man zum Preis von einem Martini Rosso etwas Essbares bekommt. Ich schalte das Radio aus und greife nach meiner Tasche.

»Weißt du, was das *Unglaublichste* an meinem neuen Viertel ist?«, frage ich Jacopo. Es ist Montag, wir sind in der Buchhandlung und machen Remission. Um Platz zu schaffen für die Lawine der Neuerscheinungen, die vor dem Sommer über uns hereinbrechen wird. Er legt stapelweise zum Abschuss freigegebene Bücher auf den Tresen, und ich gehe mit dem Lesegerät über die Strichcodes. An meinem freien Tag habe ich zu Hause Bücher aus Kartons befreit, und jetzt zwingt mich mein Job, wieder welche einzusperren. Das scheint mir einer Überlegung wert zu sein.

»Mmm. Lass mich nachdenken. Das *Unglaublichste* an deinem Viertel ...? Vielleicht die Tatsache, dass *du* jetzt dort wohnst?«, erwidert Jacopo schicksalsergeben angesichts der Tatsache, dass ihm ein langer Tag in meiner geschwätzigen Gesellschaft bevorsteht.

Ich muss lachen. Der Verdacht, dass ich mich vielleicht pikiert fühlen müsste, kommt mir erst ein paar Sekunden später. »He, Moment mal. Was willst du damit sagen? Glaubst du nicht, dass es in meinem Viertel etwas Unglaubliches gibt?«

»Ich will nur sagen, dass du alle sechs Monate umziehst und ich dich alle sechs Monate ein Loblied auf dein neues Eckchen Mailand singen höre. Und ich, ein schlichtes Gemüt mit wenig Fantasie, ziehe daraus den Schluss, dass deine Stadtviertel nur eines gemeinsam haben: dass *du* dort wohnst. Hast du diesen Stapel schon gescannt?«

»Nein, noch nicht. Mach doch bitte etwas langsamer. Außerdem übertreibst du. Du remittierst Bücher, die erst vor ein paar Wochen eingetroffen sind.«

»Möchtest *du* sie etwa kaufen?« Jacopo greift nach dem obersten Buch. »*Krankheit und Schicksal*? Interessiert dich das Thema?«

»Um Gottes willen! Bleib mir bloß damit vom Leibe.«

»Dann sei still und leg mal einen Zahn zu.«

Ich lasse mindestens eine volle Minute vergehen, in der man nur das *Piep Piep Piep* des Lesegeräts hört, das die Strichcodes der ausgemusterten Bücher scannt. Als ich glaube, lange genug geschwiegen zu haben, sage ich: »Okay, vielleicht habe ich früher übertrieben. Aber im Ernst: Ich glaube, dass die Gegend, in der ich jetzt wohne, die schönste von ganz Mailand ist. Es ist wirklich … eine richtige Wohngegend. Ich trete aus dem Haus und fühle mich … zu Hause. Verstehst du?«

»Wo wohnst du jetzt noch mal? Hinter dem Corso Genova, oder?«

Ich nicke und nenne den Namen meiner Straße. Es ist eine kurze Straße, nur zwei Häuserblocks lang. Sie liegt im südwestlichen Teil des Zentrums. Wenn man sich das Zentrum von Mailand als Zifferblatt vorstellt, dann wohne ich auf sieben Uhr. Dank meiner vielen Umzüge habe ich im Laufe der Jahre fast das ganze Zifferblatt umrundet und glaube, dass sieben Uhr die Position ist, mit der ich mich am besten identifizieren kann.

»Ach ja, die Gegend kenne ich. Eine meiner Exfreundinnen hat da gewohnt. Stimmt, dort atmet man noch die Luft des alten Mailand«, sagt Jacopo. »Dieses Mal gebe ich dir recht; es ist wirklich sehr schön.«

Ermutigt fahre ich fort: »Und weißt du, dort gibt es tatsächlich noch *Handwerksbetriebe* und nicht nur Geschäfte. Es gibt einen richtigen Metzger, einen gestandenen Obsthändler, jede Menge echte Bäcker … Aber auch einen Rahmenmacher, einen Elektriker, eine Schneiderin, und einen … wie sagt man? Einen … Trödler, einen *rigattiere*. Ein Sizilianer. Aber ein bisschen unsympathisch. Leider.«

Obwohl nur sechs Fahrradminuten von meinem unglaublichen Viertel entfernt, ist die Buchhandlung auf einem völlig anderen Stern angesiedelt. Am Corso Magenta, einer der elegantesten Straßen Mailands, tut man sich schwer, auch nur hundert Gramm Schinken aufzutreiben. Die Luft, die man hier atmet, ist nicht alt, sondern *historisch*: Im Umkreis von dreihundert Metern sind nicht weniger als zwei Auktionshäuser, ein halbes Dutzend verschiedenster Antiquitätenläden und wunderschöne Palazzi, alle mit Balkonen, Innenhöfen, Pförtnern und Hunden, die drei Nachnamen tragen. Auch die Buchhandlung liegt im Erdgeschoss eines Palazzo aus dem 15. Jahrhundert, in dem Leonardo logierte, während er im Refektorium der Kirche des Bramante, schräg gegenüber von uns, *Das letzte Abendmahl* malte. Es leuchtet also ein, dass diese Gegend fünf Jahrhunderte später nicht gerade als Hochburg von Metzgern und Trödlern bekannt ist. Selbst Bücher an den Mann zu bringen ist hier mühsam.

Jacopo lächelt. »Ich wette, dass du dieses Wort gerade erst gelernt hast, stimmt's? *Rigattiere.* Du warst schon ganz scharf darauf, es zu benutzen.«

Ich spüre, dass ich vor Freude rot werde. »Ich bin sehr stolz auf dieses Wort. Ich finde es wunderschön. Auf Englisch dagegen ist es furchtbar.« Ich stehe vom Hocker auf und beginne, die zu remittierenden Bücher in den Karton auf dem Boden zu packen. »Dieser Karton ist gleich voll.«

»Wie sagt man denn auf Englisch?« Jacopo öffnet eine Tür, zieht einen zusammengelegten neuen Karton heraus und setzt ihn mit viel Klebeband zusammen.

»Zuallererst glaube ich, dass es in Amerika kaum einen Trödler gibt. Aber wenn, dann würde man ihn *junk man* nennen.«

»*Junk man?* Ramschmann? Das klingt wirklich nicht sehr poetisch.«

»Nein. *Mein* Trödler ist auch alles andere als poetisch. Er verunsichert mich ein bisschen. Ich stelle mein Rad immer an dem Pfosten vor seinem Geschäft ab, und er steht immer auf dem Gehsteig und raucht eine, zusammen mit einem anderen sizilianischen Typen. Jedes Mal, wenn ich ihn grüße, schaut er mich misstrauisch an. Er ist nicht gerade freundlich.«

Jacopo reißt ein langes Stück Klebeband mit den Zähnen ab und sagt: »Immigranten sind anderen Immigranten gegenüber immer misstrauisch. Hast du das noch immer nicht begriffen, Hilary? Das ist das Gesetz des Dschungels.«

Ich bin unter dem Sternzeichen des Löwen geboren. Auch wenn es mit jedem Jahr unwahrscheinlicher wird, dass ich mich zum unumschränkten Herrscher des Waldes entwickele, in welchem metaphorischen Sinn auch immer, wache ich doch gut über das Gärtchen, das ich um mich herum angelegt habe. Doch offensichtlich bin ich nicht wachsam genug.

Ich bleibe wie angewurzelt vor dem Laden des Trödlers stehen, die Schlüssel in der Hand, und kann nur noch nach Luft schnappen. Ich nehme die Sonnenbrille ab, und das Morgenlicht zwingt mich zu blinzeln. Mein erster klarer Gedanke ist, dass jemand mir einen Streich gespielt hat. Während ich nach versteckten Kameras suche, steigt eine merkwürdige, längst verschüttete Erinnerung in mir auf – nämlich, dass ich mir als kleines Mädchen mit Vorliebe surreale Scherzfragen ausdachte, mit denen ich die Erzieherinnen im Kindergarten und meine Eltern, ja sogar wildfremde Leute bombardierte. Zum Glück war diese Phase bald vorbei. Jetzt, mehr als zwanzig Jahre später, fällt mir nur eine Rätselfrage der überhaupt nicht lustigen Art ein: »Wann ist ein Pfosten nichts als ein Pfosten? ... Wenn das Fahrrad weg ist!«

»Sie haben es wahrscheinlich nicht richtig angeschlossen«, sagt jemand mit sizilianischem Akzent. Ich drehe mich um und sehe den Trödler. Auch er hält einen Schlüsselbund in der Hand. Das Rollgitter seines Ladens ist noch unten. Es ist das erste Mal in zwei Wochen, dass er mich mit einem ganzen Satz beehrt. Eine nicht angezündete Zigarette hängt ihm von den Lippen, und man kann riechen, dass er gerade seinen Espresso getrunken hat. An der Ecke gibt es eine Bar, in die ich noch keinen Fuß gesetzt habe: Morgens ist sie immer voll, und am Abend stehen Leute mit Gläsern in der Hand draußen und plaudern. Sie ist unverkennbar *der* angesagte Treffpunkt des Viertels. »Ich bin vor zwanzig Minuten hier vorbeigekommen, und da war das blaue Fahrrad schon weg«, fährt der Trödler fort, während er sich die Zigarette anzündet. »Mir entgeht nichts.« Das ist keine Prahlerei, sondern eine schlichte Feststellung.

»Ich verstehe das nicht. Hat man mir's ... geklaut?«

»Was glauben Sie denn? Dass es sich von allein in Bewegung gesetzt hat? Oder vielleicht haben Sie es anderswo abgestellt und erinnern sich nicht, wo.« Nicht zum ersten Mal kommt mir der

Gedanke, dass der Pfosten, den ich für Blau ausersehen hatte, vielleicht aufgrund irgendeiner stillschweigenden Übereinkunft *ihm* gehörte. Sizilianer sollen ja einen ausgeprägten Territorialsinn besitzen.

»Nein, nein. Ich habe es hier hingestellt …«, murmele ich, immer noch fassungslos. »Und es war angeschlossen … mit einem richtigen Schloss. Einem starken Kettenschloss. Nicht so einem windigen Ding.« Ich betrachte die klobigen Hände des Trödlers. Er trägt einen Ehering und eine klotzige goldene Armbanduhr. Ich stelle ihn mir vor, mit einer Säge in der Hand, im Dunkel der Nacht, vor dem Pfosten kniend und bereit, eine arrogante Amerikanerin über das Gesetz des Dschungels aufzuklären.

»Eben. Sehen Sie hier irgendwo ein zertrümmertes Schloss? Ein Stück Metall oder Plastik? Meinetwegen haben Sie es angeschlossen, das Fahrrad, aber nicht an diesen Pfosten. So was kommt vor. Man hat gemerkt, dass Sie etwas zerstreut waren.« Ich will schon insistieren, dass ich absolut nicht der Typ bin, der sich von einem Pfosten ablenken lässt, da fallen mir meine Sinneseindrücke vom Vorabend ein, als ich nach Hause radelte und Blau und mich in Zeitlupe, den Rest der Welt leicht unscharf und zur Seite geneigt, wahrgenommen hatte. Nach der Arbeit hatte ich bei der Vernissage einer Foto-Ausstellung vorbeigeschaut – Bilder von Menschen, die neben ihren offenen Kühlschränken stehen. Die Ausstellung hieß *Du bist, was du isst*, und ich kannte den Fotografen. Bei der Vernissage gab es sehr wenig zu essen, und der unvermeidliche Spumante war lauwarm. Blitzschnell komme ich zu dem Schluss, dass es besser ist, als zerstreut zu gelten denn als eine Frau um die dreißig, die auf nüchternen Magen keine zwei Gläser Spumante verträgt.

»Und was mache ich jetzt?«, frage ich mich laut. Ich empfinde einen diffusen Schmerz, der von der rechten Hand ausgeht, und stelle fest, dass ich immer noch meine Schlüssel umkrampfe. Ich lasse sie mit einem todtraurigen *Plink* in die Tasche fallen. Ich habe Angst, gleich in Tränen auszubrechen. Außerdem werde ich viel zu spät zur Arbeit kommen.

»Was wollen Sie? In dieser Gegend wimmelt es nur so vor Arabern. Echt zwielichtige Typen! Ständig muss man auf der Hut sein«, stöhnt der Trödler. Er bückt sich, um das Rollgitter hochzuschieben. »An Ihrer Stelle würde ich am Samstag in aller Frühe zum Markt am Viale Papiniano gehen. Dort verkaufen die Araber das, was sie unter der Woche geklaut haben. Für dreißig Euro bekommen Sie ein Fahrrad. Möglicherweise sogar Ihr eigenes.« Er kichert.

»Ja genau, die Araber.« In meiner Eigenschaft als Stammkundin des Ok Phone 2 – dem Internetcafé direkt gegenüber der Bar, die ich noch nicht betreten habe, weil mir der Mut dazu fehlt – stehe ich mit den Arabern der Gegend schon auf ziemlich vertrautem Fuß. Im Ok Phone 2 gibt es nicht viel Zwielichtiges, nur einen penetranten Geruch nach Kebab, der sich mit dem eines billigen Desinfektionsmittels mischt, und ein Dutzend alter Computer, die fast alle infolge von Viren und einer Überdosis Pornografie ihren Geist aufgegeben haben. »Jetzt hören Sie mal gut zu«, erklärte ich am Ende meines ersten Besuchs dem jungen Orientalen. »Ich zahle nicht für eine ganze halbe Stunde. Die Hälfte der Zeit habe ich damit verbracht, Pop-ups zu schließen, die alle … sagen wir mal … äußerst fragwürdigen Inhalts waren. Verstehen Sie? Machen wir also zwanzig Minuten. Sagen Sie mir, was zwanzig Minuten kosten.« Der junge Orientale am Tresen wich meinem Blick aus und beratschlagte mit einem anderen jungen Orientalen, der mit einer Dose Fanta an einem der Computerplätze saß. Der mit der Fanta drehte sich um, schaute mich an und zuckte die Achseln. Der junge Mann ohne Fanta kam zurück und verlangte achtzig Centesimi von mir. Am Ende jedes Besuchs lege ich jetzt fest, wie viel Zeit ich effektiv gebraucht habe, und dann saugen sie sich offensichtlich irgendeine Zahl aus den Fingern. Fanta gibt es immer, aber nie eine Diskussion. Für die jungen Orientalen vom Ok Phone 2 spiele ich gern die Rolle der fairen, aber entschlossenen Kapitalistin, die sich von einem angeborenen Anstandsgefühl leiten lässt. Für den sizilianischen Trödler dagegen werde ich von jetzt an die zerstreute Amerikanerin sein, eine Dumpfbacke, die den falschen Pfosten erwischt hat und sich von zwielichtigen Arabern ihr Fahrrad vor der Nase hat wegklauen lassen.

Ich verabschiede mich von dem Trödler mit einem verzagten *Arrivederci*; er erwidert mit einem eindeutig hämischen *Buongiorno*. Ich setze schnell die Sonnenbrille auf, um meine Tränen zu verbergen, und laufe in Richtung Corso Magenta. Jeder Schritt, der mich von meinem neuen, unglaublichen Viertel entfernt, bekräftigt meine Niederlage.

Wenn irgend möglich, vermeide ich das Denken in Klischees, aber manchmal enthüllen sie ihre tiefe Weisheit. Ein Leben ohne Blau ist nicht nur wie der Verlust eines Körperteils; es ist, als wäre ich auf der Leiter der Evolution eine Sprosse hinabgestiegen und – in einem einzigen unglücklichen Moment von der munteren Gazelle in eine schlapp dahindriftende Qualle verwandelt worden. Jetzt, da ich nicht mehr Herrin über mein Schicksal bin, fließen die Tage weniger leicht und bequem dahin. Die Entfernungen dehnen sich, der Horizont schrumpft. Schon der Gedanke an die unmittelbare Zukunft entmutigt mich: Ich sehe mich mit einer Masse erschöpfter Menschen in die U-Bahn steigen, um mich in der miefigen Dunkelheit von Punkt A zu Punkt B bringen zu lassen; ich werde meine Schuhe nach der Anzahl der Schritte wählen müssen, die mir der Tag abverlangen wird, und potenzielle Vergnügungen nach ihrer logistischen Bequemlichkeit bewerten. Nicht diese lästigen persönlichen Unannehmlichkeiten quälen mich, sondern die Vorstellung, wegen eines dummen Fehlers etwas wirklich Wichtiges – wenn nicht gar Unersetzliches – verloren zu haben.

»Erinnern Sie sich an die Szene in dem Film *Fahrraddiebe*, wo der Typ sein Fahrrad an die Mauer lehnt, um das Plakat aufzuhängen?«, frage ich die Dottoressa. Es ist wieder Freitag. Zu Fuß habe ich vierzig Minuten gebraucht, um von meinem Punkt auf dem Zifferblatt quer durch den Parco Sempione zu ihr zu gelangen. Der Tag ist zu schön, und ich bin zu niedergeschlagen, um mich in eine Tram zu sperren. Ich trage die Converse-Sportschuhe aus meiner Studentinnenzeit und komme mir wie eine Version meiner selbst vor, die ich bereits hinter mir gelassen habe. »Ich meine die Szene, ungefähr eine halbe Stunde nach Beginn. Zuerst sieht man, wie sehr er kämpfen musste, um an den Job und dieses Fahrrad zu kommen. Man sieht seine Frau, die … Was war das noch? Bettwäsche? … zum Pfandleiher trägt.«

»Richtig. Ihre Aussteuer. Das Fahrrad war eine wichtige Investition für die ganze Familie.«

»Genau, eine wichtige Investition. Nie wieder in seinem Leben wird sich dieser Mann ein Fahrrad leisten können. De Sica will uns das ganz klarmachen, nicht wahr? Dann sehen wir den Mann unterwegs, wie zufrieden er mit seiner Arbeit ist. Und als der Augenblick kommt, wo er das Rad an die Mauer lehnt und auf die Leiter steigt, möchte man sich die Haare raufen und brüllen: ›O neiiin! Pass doch auf!‹ Erinnern Sie sich? Wir wissen alle, was passiert, wollen es aber einfach nicht wahrhaben.«

»Stimmt. Andererseits heißt der Film ja auch *Fahrraddiebe*.«

»Richtig. So lautet der Titel des Films, und es ist einer der traurigsten und verrücktesten Filme der Kinogeschichte, ich habe ihn vielleicht zehn Mal gesehen, und er wird von Mal zu Mal schöner. Es ist *das* Meisterwerk des Neorealismo, ein Genre, das ich übrigens liebe ... ABER ...« Ich merke, dass ich schrill geworden bin, und versuche, mich wieder zu fassen.

»Aber?« Die Dottoressa stützt ihr Kinn auf die übereinandergelegten Hände. Sie notiert sich nichts, sondern wirkt wie eine Autorin, die für ein Foto posiert, das auf die Rückseite des Buchumschlags kommen soll.

»Aber ... es ist sehr *ungerecht*. Es ist wirklich *furchtbar* ungerecht. Warum muss dieser arme Mann noch mehr Pech haben? Jedes Mal hoffe ich, dass es ihm gelingt, sein Rad wiederzufinden, und wenn es nicht passiert, fühle ich mich elend. Ja, es bringt mich zur Weißglut. Weil es überhaupt keine *Gerechtigkeit* gibt.«

»Stimmt, es ist sehr ungerecht. Und trotzdem, wenn es ein Happy End gegeben hätte ...« Im Gegensatz zu mir lässt die Dottoressa einen Satz nicht deshalb in der Schwebe, weil sie nicht weiß, wie sie ihn zu Ende bringen soll. Sie tut es, um eine Antwort zu provozieren.

Ich seufze. »Ich weiß. *Ich weiß*. Mit einem Happy End wäre der ganze Sinn futsch gewesen. Es wäre ein völlig anderer Film geworden. Ein überflüssiger Film.«

»Nicht unbedingt überflüssig«, überlegt die Dottoressa. »Es wäre eine Komödie geworden. So eine typisch ... amerikanische Komödie.« Kann es sein, dass die Dottoressa mich auf den Arm nimmt? Ich blicke sie an und sehe, dass sie lächelt. »Dass Sie mich nicht falsch verstehen: Auch die amerikanischen Komödien haben ihren Sinn.«

»Und ob! Sie lassen uns für ein paar Stunden das wirkliche Leben vergessen.« Es folgt ein langer Augenblick des Schweigens. Ich denke über die Situation nach. Ich nehme mir die nötige Zeit, um in meinem Inneren zu suchen und *genau* zu verstehen, was ich fühle. Ich spiele mit allen geistigen Fäden, weil ich dieses Mal nicht hinausgehen möchte, ohne wenigstens einen Knoten aufgedröselt zu haben. Als ich das Gefühl habe, mich klar ausdrücken zu können, räuspere ich mich: »Es gibt etwas sehr Wichtiges, was ich Ihnen noch nicht gesagt habe«, erkläre ich.

»Gut. Und das wäre?« Die Dottoressa greift nach ihrem Füller.

»Mein Fahrrad – ich werde es finden! Ich bin mir absolut sicher. Blau gehört *mir*!«

Die Dottoressa legt den Füller zurück. Das Blatt ist immer noch weiß. »Das ist wirklich eine großartige Mitteilung.«

Ich bereite mich mental auf den Samstagsmarkt vor, auf dem ich, davon bin ich überzeugt, Blau in den Händen irgendeines zwielichtigen Diebes finden werde, in wer weiß welchem Zustand, vier Tage nach seiner Entführung. »Ach was«, sagt Silvia am Abend, während wir vor der Kinokasse anstehen. »Und selbst wenn du es findest, was meiner Meinung nach nicht sehr wahrscheinlich ist, wirst du dafür zahlen müssen. Die werden es dir nicht gratis zurückgeben, nur weil du sagst, dass das Fahrrad dir gehört.« Silvias Handy macht *Piep*, was heißt, dass sie eine Nachricht bekommen hat. Sie zieht das Handy aus ihrer Tasche.

»Das ist nicht gesagt«, antworte ich, während sie die Nachricht liest. »Im Feilschen mit den Arabern entwickele ich ein gewisses Talent.«

Silvia verzieht das Gesicht in Richtung Display. »Ach ja? Wie merkwürdig, ich habe dich nie für besonders diplomatisch gehalten.«

»Richtig. Hier ist Diplomatie auch fehl am Platze. Was man braucht, ist unilaterales Handeln.«

»Und inwiefern könntest du unilateral handeln? Selbst das Rad war größer als du.« Silvias Handy macht wieder *Piep*.

»Aus diesem Grund wird Dries mich begleiten.«

Silvia ist noch dabei, die vorige Nachricht zu lesen, als ein drittes *Piep* ertönt. Sie blickt auf und schiebt ihr Handy in die Jackentasche.

»Dries? Dein schwuler Freund?« Silvia lächelt. »Machst du Witze? Zur Verstärkung nimmst du einen *belgischen* Blumenhändler mit?«

»Er ist Holländer, kein Belgier. Er hat es selbst angeboten. Ich fand das sehr nett von ihm, weil nicht jeder eine Wahnsinnslust hat, am Samstag früh um halb acht auf den Markt zu gehen.«

»Lieber würde ich sterben«, sagt Silvia. »Aber bei seinem Job ist er wohl daran gewöhnt, früh aufzustehen und auf die Märkte zu gehen, oder?« Aus Silvias Tasche dringt ein weiteres, gedämpftes *Piep*. Wir tun beide so, als wäre nichts. Die Schlange vor der Kasse bewegt sich weiter.

»Er ist nicht *so ein* Blumenhändler. Er kümmert sich um Blumen für die Häuser mit Riesenterrassen oder für besondere Anlässe, er geht nicht auf Märkte ... oder wenigstens nicht immer.« Jetzt klingelt Silvias Handy. Ohne auch nur hinzuschauen, hantiert sie in der Tasche herum, und sofort hört das Handy auf zu klingeln. Wir grinsen uns an. »Jedenfalls«, fahre ich fort, »schaut sich Dries mit mir auf dem Papiniano-Markt um, *bevor* er schlafen geht ... Verstehst du? Heute Abend geht er tanzen und dann macht er wer weiß was. Er hat mir versichert, dass er um halb acht ein Gesicht hat, das jedermann Angst einjagt.«

»Nicht übel.« Silvia ist tief beeindruckt. »Du musst ihn mir demnächst mal vorstellen.«

In *Fahrraddiebe* ist der erste Ort, zu dem Antonio, der Bestohlene, geht, um sein Fahrrad wiederzufinden, ein großer Platz mitten in Rom, auf dem ein Markt abgehalten wird. Auch er bringt Verstärkung mit – einen großen korpulenten Straßenkehrer sowie einen zahnlosen alten Herrn, einen jungen Burschen mit markanter Kinnlade und seinen kleinen Sohn, der noch kindliche

Pausbacken hat und sehr ernst dreinschaut. Während das Quintett auf die Arkaden zusteuert, tauchen aus allen Richtungen Männer auf – allesamt mutmaßliche Diebe –, und jeder hat ein Fahrrad zu verkaufen, einige sogar zwei. In kurzer Zeit formiert sich ein ganzes Fahrradheer. Auch ohne die Dialoge würde einem das paradoxe und perverse Machtspiel zwischen denen, die suchen, und denen, die besitzen, nicht entgehen: Antonio und seine Bemühungen erscheinen klar defensiv, als würde er sich schämen, überhaupt da zu sein; die mutmaßlichen Diebe dagegen prahlen dreist und ungeniert mit ihrer Ware.

Die großen Straßenmärkte gehören zu den Dingen, die ich theoretisch liebe, die mir in der Realität aber Unbehagen verursachen. Jedes Mal, wenn ich hingehe, kehre ich in der Überzeugung zurück, dass ich wieder nur an die falschen Stände und die unseriösesten Händler geraten bin, dass das Obst in meiner Tüte schon halb verrottet ist, dass das Kleid, das ich mir gekauft habe, einen Mangel hat, den ich nicht bemerkt habe, dass mir das eigentliche Schnäppchen entgangen ist, weil mir das *Savoir-faire* fehlt. Und wenn ich mein ganzes Leben in Italien verbringe, werde ich wahrscheinlich nie lernen, mich auf den Märkten wie eine Italienerin zu verhalten: Meiner Meinung nach gehört das zu jenen angeborenen Talenten, die über die Gene von einer Generation zur nächsten vererbt werden.

Inmitten des ganzen morgendlichen Treibens wirkt Dries noch weniger kompetent als ich. Wie versprochen, ist er pünktlich am Kiosk am Viale Papiniano aufgetaucht, und wie versprochen, wirkt sein Gesicht so, als habe er die letzten Stunden damit verbracht, sich auf alles einzulassen, was das wirkliche Leben übersteigt. Nicht dass man viel von seinem Gesicht sehen kann, denn dort, wo seine Sonnenbrille endet, beginnt eine Wollmütze. »Ich sehe nur auf einem Auge und spüre meinen Mund nicht mehr«, teilt er mir auf Englisch mit, während er an einer

Dose Red Bull nippt. »Aber ein bisschen gepunktet habe ich doch, weil ich überhaupt gekommen bin – oder?«

»Du bist super, Dries, wirklich«, versichere ich ihm. »Und wenn wir auch noch Blau finden, spendiere ich dir ein Frühstück.«

»Danke, Schätzchen, aber ich werde von jemandem zu Hause erwartet, mit einer Omelette.« Er zieht eine Packung Camel hervor und bietet mir eine an. Ich lehne ab.

»Aha. Hast du dich endlich mit dem Maskenbildner getroffen? Dem, mit dem du gechattet hast?«

Dries nickt. »Richtig, meine Liebe. Schau, bei dem Glück, das ich gestern Nacht gehabt habe, finden wir bestimmt auch noch dein Fahrrad. Und vergiss nicht, dass ich Holländer bin. Fahrräder habe ich im *Blut*.«

»Ja, ja. Und Gott weiß, was sonst noch.«

Dries antwortet, indem er mit dem Zeigefinger eine komische Bewegung vollführt: Er bohrt zwei Punkte in die Luft und setzt einen Halbkreis darunter. »Was zum Teufel soll denn das sein?«, frage ich. »Ein neues Disco-Zeichen?«

Dries kichert. »Das ist der manuelle Smiley. Du erinnerst dich doch?« Er wiederholt die Geste – zwei Lufthiebe mit dem Zeigefinger, gefolgt von einem Halbkreis. »Der Maskenbildner sagt, alle Models würden das machen, wenn sie fertig geschminkt sind und das Gesicht nicht mehr bewegen dürfen. Ist das nicht klasse?«

Der Teil, der den gestohlenen Fahrrädern vorbehalten ist – eine Art offizieller Schwarzmarkt, wenn ich es recht verstehe –, befindet sich am Rand des Gedränges, innerhalb eines tristen Spielplatzes, der mit Rutsche, zwei kaputten Schaukeln und ein paar Bänken ausgestattet ist, alles umgeben von einem Zaun, der nach Urin stinkt. Ich habe dort noch nie Kinder gesehen. Während Dries und ich an der Ampel warten, sehen wir schon eine kleine Herde von Reifen und Lenkstangen – kein ganzes

Fahrradheer wie im Film, aber schließlich sind Fahrräder auch nicht mehr so begehrt wie im Italien der Nachkriegszeit. Heute wollen die Leute schneller vorankommen. Wie finstere Hirten stehen die mutmaßlichen Diebe lauernd um ihre Beute herum. Plötzlich packt mich eine Mischung aus Angst und Wut.

»Diese Scheißkerle«, erkläre ich, um mir Mut zu machen. »Am liebsten würde ich allen ins Gesicht schlagen.«

»Hör mal, Schätzchen«, sagt Dries. »Wie viel bist du denn zu zahlen bereit, um es wiederzubekommen? Lass uns vorher einen Preis festlegen.«

Mir fällt der sizilianische Trödler ein. Wenn der den Marktpreis nicht kennt, dann keiner. »Dreißig Euro«, antworte ich selbstsicher. »Und keinen Euro mehr. Da Blau nicht einmal an den Pfosten angeschlossen war, haben sie es ohne die geringste Anstrengung mitnehmen können.« Leichte Schuldgefühle beschleichen mich, weil ich Blau so niedrig taxiere. Für mich – und nur für mich – ist dieses alte Fahrrad ein Gegenstand von unschätzbarem Wert. Dreißig Euro für den Rückkauf ist ein rein symbolischer Betrag, und wie der, den die Dottoressa erhält, sagt er mehr über die Umstände als über den absoluten Wert aus.

Sobald wir den umzäunten Platz betreten, fällt mir auf, wie still es hier ist. Im Gegensatz zu den anderen Marktleuten, die unentwegt schreien, wie saftig ihre Tomaten und wie süß ihre Trauben sind oder dass man ihre Saubohnen praktisch geschenkt bekommt, ist es hier eindeutig unstatthaft, Aufmerksamkeit zu erregen. Die Männer stehen neben den Fahrrädern, und fast alle rauchen schweigend und mit konzentriertem Gesichtsausdruck. Keiner behauptet ausdrücklich, dass er etwas zu verkaufen hat, keiner sagt ausdrücklich, dass er bereit ist, etwas zu erwerben; es ist, als hätten wir uns hier alle rein zufällig eingefunden.

»Ein echter Flash! Es ist wirklich so wie in meiner Jugend beim Drogenkauf im Park«, flüstere ich Dries zu.

»Mich erinnert das an eine andere Art von Transaktion«, antwortet er, »bei der ich, um das klarzustellen, nie mitgemacht habe.«

Dries und ich drehen eine kleine Runde, beide mit einer so gekünstelten Ungezwungenheit, dass es schon ans Lächerliche grenzt. Dries pfeift, die Hände in den Taschen, das Lied der Zwerge aus *Schneewittchen*, während ich nach etwas Vertrautem Ausschau halte – nach etwas blau Schimmerndem mit Weidenkorb und einem amazonischen Python-Schloss. Dass die Dahlie die Entführung überlebt hat, bezweifle ich, aber auch Diebe können eine romantische Ader haben. Der Spielplatz ist sehr klein. Ich spüre, dass mein Herz schneller klopft und mir keine siebzig Sekunden später in die Hose rutscht.

»Nein, ich glaube nicht. Es ist nicht da.«

»Bist du sicher? Sollen wir noch eine Runde drehen?«

»Nein, nein. Hier ist Blau nicht. Mir reicht's. Gehen wir.«

Wir kehren um, in Richtung Ausgang. Dries nimmt die Sonnenbrille ab und schaut mich prüfend an. »Hör zu, Hilary, wenn wir schon mal da sind … Kauf dir doch ein anderes. Ein Fahrrad brauchst du doch sowieso, oder?«

Auch wenn mich die Vorstellung, mich mit einem Leben als Fußgänger abzufinden, zutiefst deprimiert, kommt mir der Gedanke, Blau durch ein illegitimes Rad zu ersetzen, erworben auf die denkbar unpoetischste Art, wie ein gewaltiger Rückschritt vor. Es geht jetzt nicht nur um Investitionen oder Gerechtigkeit, sondern um Karma.

»Nein, das möchte ich lieber nicht«, sage ich. »Ich glaube, ich bin nicht in der richtigen Stimmung.« Ich drehe mich um und werfe einen letzten Blick auf die Herde anonymer Fahrräder, wie ein Herrchen, dem sein treuester Freund entlaufen ist, auf das Hundeasyl blickt. Ich bleibe kurz stehen und versuche, alle fünf Sinne auszuschalten, um dem sechsten, dem Instinkt, den Vorrang einzuräumen. Ich suche nach dem Flattern in der Brust, das sich einstellt, wenn ich mich zu etwas hingezogen fühle, finde aber nur den bitteren Geschmack des Bedauerns. Seufzend schüttele ich den Kopf: »Es ist seltsam, Dries. Natürlich weiß ich, dass Blau nicht so toll war: es war alt und ein wenig angerostet. Auch die Bremsen haben nicht mehr so gut funktioniert. Aber jetzt, wo es nicht mehr da ist, kann ich mich nicht mit einem anderen vorstellen.«

»So seltsam ist das nicht.« Dries nimmt die Mütze ab, stopft sie in die Gesäßtasche seiner Jeans – es wird ein sonniger Morgen – und hakt sich bei mir unter. »So was nennt man ›Liebe‹, Schätzchen.« Mit dem Zeigefinger der freien Hand macht er ein Zeichen: zwei Punkte in die Luft, wieder gefolgt von einem Halbkreis, doch dieses Mal ist er nach unten offen.

Das unerwartete Ende einer Liebesgeschichte ist nichts, was man so einfach über Nacht wegsteckt. Vor allem nicht, wenn man sich – mit einer enttäuschenden Wirklichkeit konfrontiert – gern in nostalgische Erinnerungen, sinnlose Vorwürfe und unwahrscheinliche Lösungsmöglichkeiten flüchtet, die stündlich melodramatischer werden. Nach einer Woche ohne Blau habe ich einen steifen Hals, weil ich mich jedes Mal umdrehe, wenn mir ein Fahrrad entgegenkommt: Wie ein verschmähter Liebhaber, der sich einfach nicht mit seiner Situation abfinden kann, bleibe ich in ständiger Alarmbereitschaft, in Erwartung einer zufälligen Begegnung. *Ich weiß, dass es irgendwo ist*, denke ich mindestens zehn Mal am Tag. *Früher oder später werde ich es sehen. Und dann …*

»Mailand ist eine Stadt mit zwei Millionen Einwohnern«, erinnert mich Jacopo. »Die Wahrscheinlichkeit ist wohl äußerst gering. Selbst auf dem Planeten Hilary.« Wie immer, wenn man sich in der akuten Phase von Kummer oder Trauer befindet, kann man seine Gefühle mit niemandem teilen, ohne sie zu entwerten.

»Überleg doch mal, du hast es immerhin drei Jahre gehabt«, tröstet mich Silvia. »Und du hast es *immer* abgeschlossen auf der Straße stehen lassen. Ist dir klar, dass in Mailand drei Jahre schon ein Wunder sind?« Auch aus diesen Trostworten höre ich feine Nuancen eines Tadels heraus.

»Weißt du, dass mich zum ersten Mal der *Neid* plagt?«, gestehe ich meinem Vater am Telefon. »Jetzt, wo Frühling ist, sehe ich all die Mädchen auf dem Fahrrad und ... hasse sie. Ich möchte sie alle runterschubsen. Die Mädchen samt ihren albernen Flatterröcken.« Als mein Vater mich fragt, was ich mir von dieser Aktion verspreche, möchte ich das Handy am liebsten an die Wand knallen.

»Entweder du findest es sofort, oder du wirst es nie mehr finden«, sagt die Magierin in *Fahrraddiebe*. Nach der erfolglosen Suche auf dem Markt wendet sich Antonio in einem letzten verzweifelten Versuch nämlich an die Magierin des Viertels. Als er sie um einen konkreteren Rat bittet, tut sie ihn mit einer Handbewegung ab. »Versuch mich zu verstehen: Entweder du findest es *sofort*, oder du wirst es wirklich *nie mehr* finden.« Dieser Satz geht mir nicht mehr aus dem Kopf: Er ist nicht nur traurig, sondern fast schon bedrohlich.

»Das Wort ›sofort‹ ist absichtlich subjektiv«, bemerkt die Dottoressa, »während ›nie mehr‹ zu kategorisch klingt. Man müsste einen Mittelweg finden.«

Ich, die ich außerstande bin, einen Mittelweg zu erkennen, selbst wenn ich über ihn stolperte, habe bereits die Hoffnung auf jegliches Happy End aufgegeben.

»In der Stadt ein Fahrrad zu haben ist, wie mit einem Schirm auszugehen«, erklärt mir ein hoch aufgeschossener Junge im blauen Hemd. Ich befinde mich auf einer Party, und wir sind auf die Terrasse gegangen, um uns einen Joint reinzuziehen. »Wenn man es

dir klaut, kann man das nicht als richtigen *Diebstahl* ansehen …
Mit so was muss man rechnen.« Kunstfertig fährt der Typ im
blauen Hemd mit der Zunge über das Zigarettenpapier.

»Ich verstehe nicht, was du meinst«, erwidere ich streitlustig.
»Warum muss ich damit *rechnen*, dass mir jemand den Schirm
klaut?« Bevor er sich den Joint mit einem silbernen Feuerzeug anzündet, hält er ihn einen Moment bewundernd in der Hand. Er
nimmt einen kleinen Zug und reicht ihn mir mit einem strahlend
weißen Lächeln.

»Weil der Schirm Gemeineigentum geworden ist«, verkündet
er und legt das silberne Feuerzeug auf den Tisch neben den
Aschenbecher. »Ach komm, du wirst mir doch nicht erzählen,
dass du noch nie am Eingang eines Restaurants oder in einem
Geschäft einen Schirm mitgenommen hast, wenn du siehst, dass
es regnet und du keinen dabeihast …«

Noch mit heißem Rauch in der Kehle erkläre ich ihm, dass
man so etwas nicht »Mitnehmen« nennt, sondern »Klauen«.
»Und außerdem, nein, das habe ich noch nie gemacht. Aber ein
paar Mal ist es mir passiert, dass ich irgendwo beim Weggehen
festgestellt habe, dass mir jemand meinen Schirm geklaut hat. Ich
kann dir versichern, es gibt nichts Ärgerlicheres.« Insbesondere
denke ich an den Schirm, den mir meine Mutter in Paris während
eines verregneten Urlaubs geschenkt hatte. Er war traumhaft
schön: grauer Stoff mit roten und schwarzen Bildern von Mädchen mit Blumen im Haar, im Stil von Peynet. Auf dem Griff war
ein goldenes Schild mit dem Namen des Geschäfts. Als wir am
Nachmittag des folgenden Tages aus dem Musée Picasso ins
Freie treten wollten, war er weg. Ich hatte ihn insgesamt vielleicht vier Stunden benutzt – zu wenig, um ihn ins Herz zu schließen. Ich gebe dem Jungen den Joint zurück. »Schon allein bei
dem Gedanken vergeht mir die gute Laune.«

»Ich möchte dir die Laune nicht verderben, sondern nur

wissen, was du in solchen Fällen machst. Gehst du dann ohne Schirm in den Regen hinaus?«

Mir ist klar, worauf er hinauswill. Ich schaue ihm direkt ins Gesicht und schließe dann halb die Augen. »Je nachdem.«

»Du nimmst dir einen anderen, stimmt's? Statt nass zu werden ...«

»Ich habe gesagt: *je nachdem*. Und wenn es mir vielleicht ein paar Mal passiert ist, dann nur, weil ich vorher meinen *eigenen* Schirm dabeihatte. Ich gehe einfach nicht ohne Schirm aus dem Haus und denke, dass ich mir bei Regen ja einen klauen kann.«

Der groß gewachsene Junge im blauen Hemd schüttelt den Kopf. »Da machst du was falsch«, sagt er nach einem tiefen Zug. »Ich persönlich habe noch nie in meinem Leben einen Schirm gekauft. Ich sage dir: Schirme sind Gemeineigentum. Sie gehören zu der Kategorie von Dingen, die zwangsläufig von einem zum anderen wandern. Du kannst ihn nicht wirklich als *dein Eigentum* ansehen.« Er reicht mir wieder den Joint, der fast aufgeraucht ist.

»Und die Fahrräder? Gilt das auch für die?« Ich habe keine Lust, diesen Dialog fortzusetzen, aber er ist der Einzige auf der Terrasse, den ich kenne. Und außerdem ist es sein Gras.

»Ja, natürlich. In einer großen Stadt sind Fahrräder genau wie Schirme. Natürlich sind sie nützlich: Sie machen dir das Leben angenehmer. Aber du musst akzeptieren, dass sie früher oder später anderen nützlich sind. Das musst du wie eine Philosophie betrachten.«

Ich nehme einen letzten Zug und drücke den Joint aus. Ich senke den Blick und sehe, dass seine Mokassins aus weichem Kalbsleder perfekt sowohl zu seinem Gürtel als auch zu seinem Uhrarmband passen. Ich schaue mir meine Sandalen an, deren Absätze ganz abgeschabt sind von den Gittern, die wie vom Stadtrat gelegte Tretminen über sämtliche Gehsteige Mailands verteilt sind. Außerdem stelle ich fest, dass das silberne Feuerzeug auf dem Tischchen mit Initialen verziert ist. Ich hebe den Blick und schnaube: »Und wie heißt deine Philosophie? Buddhismus für Schweinehunde?«

Der große Junge im blauen Hemd und den Accessoires aus weichem Kalbsleder lacht. »Nicht übel: ›Buddhismus für Schweinehunde‹.« Er tätschelt mein Knie, was ich mit einer Grimasse quittiere. »Komm, entspann dich, ich mach mich ja bloß lustig über dich. Du gehörst wohl zu den Mädchen, die das Leben zu ernst nehmen. Pass bloß auf, dass du nicht versauerst!« Bevor ich ihm antworten kann, streckt die Gastgeberein den Kopf heraus und verkündet: »HE, LEUTE! ES GIBT EIS!« Das Grüppchen auf der Terrasse setzt sich in Bewegung. Der große Junge steht auf und hält mir die Hand hin, um mich vom Stuhl hochzuziehen.

»Schließen wir Frieden. Was hältst du von einem Eis?« Ich nicke, bleibe aber sitzen.

»Gute Idee«, sage ich mit meinem besten Kiffergrinsen. »Ich komme gleich nach.«

Kaum hat er sich umgedreht, bestelle ich mir übers Handy ein Taxi. Ich dränge mich an der um den Esstisch versammelten Menge vorbei und stürze in die Küche, um mich bei der Gastgeberin zu bedanken. Vier Minuten später bin ich schon in Sicherheit, auf dem Rücksitz eines Autos. Nachdem ich dem Fahrer meine Adresse genannt habe, greife ich in meine Jackentasche und bekomme einen Lachkrampf. Wenn ich mich schon für ein Stück Gemeineigentum entscheiden muss, fällt mir die Entscheidung leicht – und das ist weder ein Schirm noch gar ein Fahrrad. Beim Aussteigen werfe ich einen Blick auf den Sitz, um sicher zu sein, dass es in die Augen sticht: glänzend, mit Monogramm verziert und eindeutig mit Erinnerungswert. Falls es eine Gerechtigkeit auf dieser Welt gibt, dann ist der Taxifahrer Raucher.

Gerechtigkeit oder Glück, Karma oder Schwein – wie immer man es nennt, es ist jedenfalls das, was sich am folgenden Nachmittag auf dem Planeten Hilary Bahn bricht. Ich sitze eine gute Stunde vor einem verschmierten Bildschirm, um Molly die Episode mit dem silbernen Feuerzeug zu erzählen; ich stelle mir vor, wie sie grinst, während sie aus einem Pappbecher ihren amerikanischen Kaffee schlürft, soeben in ihrem Büro eingetroffen, zehntausend Kilometer von meinem Punkt auf dem Mailand-Zifferblatt entfernt. Ich erkläre dem orientalischen Typen mit der Fanta, effektiv vierzig Minuten gebraucht zu haben, und er verlangt einen Euro zwanzig von mir. Beim Verlassen des Ok Phone 2 mache ich mir bereits Gedanken über das Abendessen. Die Geschäfte sind noch eineinhalb Stunden geöffnet, aber ich möchte das Einkaufsgedränge am Freitagabend vermeiden. Ich gehe in Richtung Corso Genova und bin dermaßen in meine geistige Einkaufsliste versunken, dass ich *es* erst wahrnehme, nachdem ich ein paar Schritte an ihm vorbeigegangen bin. Mit einem Ruck bleibe ich stehen und drehe nur den Kopf. Die Tasche rutscht mir von der Schulter bis zum Ellenbogen, und vor Staunen fällt mir die Kinnlade herunter. Angeschlossen an einen Pfosten an der Ecke – nicht an *seinen* Pfosten, sondern an den Pfosten schräg gegenüber vom Trödler – steht Blau.

Ich vergewissere mich, dass es sich nicht um die Fahrrad-Doppelgänger handelt, die mir seit zehn Tagen wie Halluzinationen à la Hamlet erscheinen. Aber nein, dieses Mal ist es wirklich wahr: Da steht Blau, mit seinem Weidenkorb und einem schwarzen Kunststoffknubbel an der Stelle, wo zuvor die rosa Dahlie geblüht hatte: Lampe, Klingel, Rostflecken auf der Lenkstange – sie gehören tatsächlich zu ihm. Besser gesagt: zu *mir*. Und der definitive Beweis? Ein lasch um den Fahrradrahmen hängendes Schloss in grüner Plastikhülle – noch unversehrt und abgesperrt. In jener verhängnisvollen Nacht hatte ich, vom Spumante und meinem Hunger abgelenkt, nicht nur den Pfosten verfehlt, sondern das Schloss wie ein Collier um den Rahmen geschlungen: So schlecht gesichert, war das arme Blau jedermann ausgeliefert. Dieser »Jedermann« brauchte lediglich ein neues Schloss, und schon konnte er sich als der neue Besitzer eines alten Fahrrads wähnen. Jetzt, keine zwei Wochen später, ist dieser »Jedermann« in einem Akt von übertriebenem Optimismus oder demonstrativer Dreistigkeit mit demselben Fahrrad in dieselbe Straße zurückgekehrt.

Schlagartig werden mir zwei Dinge klar: Erstens, dass ich trotz meiner löwengleichen Wachsamkeit und meines brennenden Wunsches, mich materiell an etwas Solides zu binden, zur Zerstreutheit neige.

Und zweitens, dass dieser »Jedermann« wirklich ein Trottel sein muss.

Vom Adrenalinstoß benommen, gehe ich zurück ins Ok Phone 2, bereit, alle Karten auf den Tisch zu legen. Ich suche den Raum ab und sehe die Rücken von fünf oder sechs Männern, die auf ihre verschmierten Bildschirme starren, von Gott weiß was absorbiert. Der junge Mann mit der Fanta sitzt am Tresen und blättert in einer arabischen Zeitung. Er hebt den Blick und deutet auf einen leeren Platz. Ich schüttele den Kopf und räuspere mich.

»Entschuldigung allerseits«, verkünde ich. Blitzartig richten sich viele dunkle Augen und argwöhnische Blicke auf mich. Ich spüre, wie ich rot werde, und versuche es zu ignorieren. »Mhm … Da draußen steht ein blaues Fahrrad. Gehört es zufällig einem von euch?« Schweigen im Walde. Ein paar Gesichter wenden sich dem Burschen mit der Fanta zu, der etwas in einer mir unbekannten Sprache wiederholt. Ein paar Achseln werden gezuckt, ein paar Köpfe geschüttelt, aber alle schweigen.

»Warum? Gehört es dir?«, fragt mich der Junge mit der Fanta. Ich sage, ja. Nur, dass es mir vor einiger Zeit geklaut wurde.

»Ich will keine Szene machen, aber vorhin war es nicht da«, erkläre ich. »Und weil es jetzt da draußen steht …« Der Junge senkt den Blick und sagt, er wisse von nichts.

»Ich behaupte nicht, dass der Dieb hier drinnen sein muss«, antworte ich. »Aber jedenfalls …« Ich weiß nicht, wie ich den Satz sinnvoll beenden soll. »… werden wir sehen!« Ich drehe mich auf dem Absatz um und bin wieder draußen.

Ich schaue auf die Uhr: sechs vorbei. Wie fast jeden Abend um diese Zeit ist der angesagte Treff des Viertels voller Leute mit Aperitifs in der Hand. Von außen hat es den Anschein, als kennten sich alle und steckten unter einer Decke. Nach fast einmonatiger Wartezeit habe ich das Gefühl, dass jetzt der Moment meines ersten Auftritts gekommen ist. Ich überquere die Straße; die Tür ist schon offen, und ich muss mich nicht entscheiden, mit welcher Miene ich sie aufdrücken soll. Obwohl wir uns noch nicht offiziell kennengelernt haben, ist mir der Besitzer des Lokals bereits vertraut: ein schlanker junger Mann, stets mit gebügeltem Hemd und Halbschürze. Wenn er nicht hinter der Theke steht, ist er draußen unter der grünen Markise, unterhält sich mit Passanten und misst dem Viertel den Puls. Er wirkt sympathisch und ein bisschen extravagant.

Als ich eintrete, begrüßt er mich mit einem so emphatischen »Buona*sera*«, dass sich alle Gäste nach mir umdrehen. Erneut versuche ich, meine glühenden Wangen zu ignorieren.

»Buonasera«, gebe ich zurück. Im Gegensatz zum Ok Phone 2 herrscht hier drinnen ein solcher Lärm, dass ich schreien muss, um auf mich aufmerksam zu machen. Ich beschließe, den Barbesitzer als Vermittler einzusetzen. »Ich wollte fragen, ob hier drinnen jemand etwas über dieses blaue Fahrrad weiß.«

»He, Leute! Hört mal her! Weiß jemand etwas über dieses blaue Fahrrad?«, brüllt der Barmann, während er eine Weinflasche entkorkt. Dann wendet er sich an mich. »Was sollte man denn über dieses blaue Fahrrad wissen?« Er schnuppert am Korken und schenkt dem Paar neben mir Weißwein in die Gläser. Mindestens vier Augenpaare sehen mich erwartungsvoll an.

»Dazu sollte man wissen, dass es *mein* blaues Fahrrad ist und dass es vor zehn Tagen von *diesem* Pfosten da verschwunden ist.« Ich gestikuliere mit dem Zeigefinger wie ein Polizist vor einer defekten Verkehrsampel. »Und vor fünf Minuten finde ich es an diesem anderen Pfosten dort befestigt vor, aber mit einem anderen Schloss.«

»Entschuldige, aber willst du damit sagen, dass die Person, die es gestohlen hat, es wieder hierher gebracht hat?«, fragt der Herr mit dem Weißwein. Seine Begleiterin nippt an ihrem Glas, lässt ihren Blick von den Pfosten draußen zu mir zurückwandern und dann von mir zu ihrem Freund.

»Genau das«, antworte ich. »Und deshalb will ich wissen, *wer* diese Person ist. Weil ich ihr eine knallen und mir dann mein Fahrrad wiederholen möchte.« Ich bin dermaßen erregt, dass mir der Schweiß ausbricht.

»Wer immer das ist, er ist ein Trottel«, sagt der Barbesitzer und kommt hinter der Theke hervor. »Und unter meinen Gästen gibt es keine Trottel.« Der Barmann blickt um sich. »Zumindest nicht heute Abend.« Alle kichern.

»Ich habe auch nicht geglaubt, den Dieb hier drinnen zu finden«, erkläre ich. »Aber ich weiß nicht, was ich tun soll. Ich behaupte nicht, dass ich Angst habe …« Kaum habe ich das gesagt, merke ich, dass mein Herz wie verrückt klopft. »Es ist nur …«, und ich breche ab. Wenn es sich um einen Dieb handelt, der mit demselben Fahrrad zum Tatort zurückkehrt, heißt das, dass er sich für unantastbar hält. Und wenn jemand sich für unantastbar hält, wäre ich für ihn nicht gerade ein abschreckender Gegner. »Vielleicht kann mir jemand helfen. Angenommen, es handelt sich um jemand Gefährlichen?«

»Ach, was heißt hier gefährlich! Ich sage dir doch: Das ist ein Riesentrottel.« Der Barbesitzer klopft mir auf die Schulter. »Nun komm schon, Kleine, Kopf hoch! Schauen wir, wie wir die Sache lösen.« Er trabt, immer noch mit Schürze, über die Straße, ich hinter ihm her. Ein paar Gäste gehen hinaus auf den Gehsteig und versammeln sich unter der grünen Markise. Mir wird klar, dass diese Episode, wie immer sie ausgeht, bereits eine Anekdote geworden ist, die heute beim Abendessen erzählt wird.

Der Barmann bückt sich, um das grün ummantelte Schloss zu untersuchen. »Und dieses Schloss hier? Ist das vielleicht deines?«

Jetzt ist er gekommen, der beschämende Augenblick der Wahrheit. »Ach ja. Das Schloss. Tja ja.« Ich knabbere an meinem Daumennagel. »Hm … na ja, vielleicht habe ich es nicht richtig befestigt.«

»Ja, vielleicht«, sagt der Barmann. »Ach übrigens, wie heißt du, Blondchen?«

»Hilary. Und du?« Er heißt Paolo.

»Also, Hilary. Hast du vielleicht zufällig noch den Schlüssel zu diesem Schloss?«

Ich könnte vor Freude zerspringen. Der Schlüssel! Noch heute früh habe ich mich, während ich im sechsten Stock auf den Lift wartete, gefragt, ob ich ihn wegwerfen sollte. Aber der Schlüssel von Blau war so etwas wie die Zahnbürste eines Exliebhabers geworden, den man wiederzusehen hofft. Und folglich …

»Natürlich habe ich ihn noch!« Ich krame in meiner Tasche und ziehe den Schlüsselbund heraus. »Schlüssel verliere ich nie«, teile ich ihm mit. »Nur Fahrräder.«

»Gut so«, sagt Paolo. »Was hältst du davon, das Fahrrad mit deinem Schloss an den Pfosten zu schließen? Soll ich dir zeigen, wie man das macht?«

Ich kann mir das Lachen nicht verkneifen. »Nein, nein. Ich glaube, dieses Mal schaffe ich es.«

Sobald Blau mit dem Schloss an den Pfosten gebunden ist, richte ich mich auf und blicke meinen neuen Nachbarn an, den extravaganten und sympathischen Barbesitzer. »Und jetzt?«, frage ich ihn. Ich sehe mich auf der Suche nach Verdächtigen um.

»Jetzt trinken wir einen und warten ab.«

Sobald wir wieder in der Bar sind, bitten mich auch jene, die die Geschichte nicht von Anfang an mitbekommen haben, um eine Zusammenfassung der Ereignisse. Plötzlich stürzen sich alle in eine Diskussion. Ich erfahre, dass die Siebenuhrposition auf dem Zifferblatt von Mailand einst als Hochburg der Fahrraddiebe berühmt war.

»Die Araber haben damit gar nichts zu tun«, sagt ein älterer Herr mit einem Glas Prosecco. »Und heutzutage ist das ja *gar nichts*. Diese Gegend hat man schon vor vierzig Jahren die Kasbah genannt – und da waren wir Italiener noch unter uns. Es hat einen blühenden Schwarzhandel gegeben … und nicht nur mit Fahrrädern. Alle, denen etwas geklaut worden war, kamen hierher, um danach zu suchen. Zur Polizei ging keiner.«

»Die Kasbah? Wirklich?«, frage ich über meinen Martini Rosso hinweg. Das ist ein guter Gag! Ich denke an De Sica und daran, wie hervorragend sich diese Straßen in einem Schwarz-Weiß-Film machen würden.

»Theoretisch müsste das Diebesviertel eigentlich die sicherste Wohngegend sein«, bemerkt ein Glatzkopf mit gestreiftem Schal. »Denn praktisch beklaut man ja seinen Nachbarn nicht.«

»Tja … aber die Welt hat sich ziemlich geändert«, antwortet ihm der Herr mit dem Prosecco. »An solche Regeln hält sich keiner mehr.«

Ich nasche grüne Oliven von einem Teller, spitze die Ohren und behalte den Pfosten im Auge.

»Na ja, trotzdem. Das passiert nicht alle Tage, oder? Das eigene Fahrrad vor seinem Haus wiederzufinden ...«, kommentiert eine junge Dame mit apulischem Akzent.

»So was hab ich noch nie gehört«, stimmt ihr der Glatzkopf mit dem gestreiften Schal zu. »Du bist ein Glückspilz.«

Schüchtern lächelnd erkläre ich, dass meiner Meinung nach weniger das Glück als das Schicksal die Hand im Spiel hatte. »Es ist schwer zu erklären, aber ich glaube, dass zwischen Blau und mir eine besondere Beziehung besteht.«

Paolo stöhnt auf und gießt Campari in einen Shaker. »Tja ja, absolut. An dieser Beziehung gibt es etwas *ganz* Besonderes.« Augenzwinkernd beginnt er, den Cocktail zu schütteln. »Leute, ihr hättet mal sehen sollen, wie man in Amerika Fahrräder anschließt! Und dann behaupten sie, wir könnten etwas von ihnen lernen ...«

Noch bevor ich eine Entgegnung formulieren kann, versetzt mir die Dame mit dem apulischen Akzent einen Rippenstoß. »He ... Schau mal, wer da ist!« Alle recken den Hals, um nach draußen zu sehen, während ich mein Glas mit dem Martini Rosso dem Erstbesten in die Hand drücke, in diesem Fall der Kahlkopf mit dem gestreiften Schal. »He, warte! Warte!«, raunt er mir zu. Aber zu spät, ich bin schon draußen, unter der grünen Markise.

Auf der anderen Straßenseite beugt sich ein dunkelhaariger Mann über Blau und versucht es mit ungeschicktem Ruckeln vom Pfosten zu zerren. Es dauert ein paar Sekunden, bis er kapiert, warum er es nicht schafft. Ich sehe, wie er erstarrt, ehe er sein Schloss wegreißt. Mit gesenktem Kopf blickt er um sich.

»HE! SUCHST DU JEMANDEN?«, höre ich mich brüllen.

Hinter mir wird leise gelacht. Der Dieb dreht sich um und läuft schnellen Schrittes in Richtung Viale Papiniano. Ich trete ein paar Schritte vor, bis zur Straßenmitte. »Du wirst ihm doch hoffentlich nicht hinterherlaufen«, murmelt jemand hinter mir. »HE,

ICH REDE MIT DIR!« Der Dieb beschleunigt seine Schritte. Gleich werden seine Jeansweste und seine dunklen Haare von der Bildfläche verschwinden, und das wird dann das Ende der Szene sein.

»WEISST DU WAS?«, lege ich los. Und unterdessen wartet ein Publikum. Nicht nur die Leute aus Paolos Bar, sondern aus dem Augenwinkel erkenne ich den Trödler vor seinem Laden, und neben ihm den anderen sizilianischen Typen. Auch der Junge aus dem Internetcafé mit der Fanta in der Hand ist da, eine Frau, die mit Einkaufstüten auf dem Weg nach Hause ist, sowie ein Paar, das eine Bulldogge Gassi führt. Ein Mädchen auf dem Fahrrad hält vor der Kreuzung an. Und ich verharre mit erhobener Faust mitten auf der Straße. In dieser Komödie steht mir das letzte Wort zu, aber leider fällt mir kein einziges ein. Ich öffne den Mund in der Hoffnung, dass irgend etwas von allein herauskommt. »DU BIST WIRKLICH EIN TROTTEL VON EINEM DIEB!« Daraufhin rennt der Trottel von einem Dieb los, und rauschender Applaus setzt ein. Ich drehe mich auf dem Absatz um. Der Glatzkopf mit dem Schal reicht mir mein Glas mit dem Martini Rosso, und auch mir wird ein paar Mal auf die Schultern geklopft.

Okay, das war kein glanzvolles Schlusswort, ich weiß. Ich weiß auch, dass ich später, bevor ich auf meiner Matratze aus fünfter Hand einschlafe, lange an den geistigen Fäden zupfen werde, um das perfekte Schlusswort zu finden, ein wirklich griffiges. Aber fürs Erste finde ich mich mit dem wirklichen Leben ab, mit meinem Fahrrad Blau und meinem Martini Rosso, hier in der ehemaligen Kasbah, dem unglaublichsten Ort auf dem Zifferblatt Mailand. Im Augenblick habe ich keine Beanstandungen.

2

Mein inneres Fffiiu

ICH WEISS WIRKLICH NICHT, was mich veranlasst hat, ausgerechnet letzten Freitag den Briefkasten zu öffnen. Seit ich im Frühjahr in die kleine Mansarde im sechsten Stock gezogen bin – mit ihren Parkettböden, ihrem Ausblick über die Dächer der umstehenden Häuser, der Wendeltreppe, die in den Schlafbereich und zum Oberlicht führt, ganz zu schweigen von dem beängstigenden Mikroklima, das die Bleibe, je nach Jahreszeit, eiskalt oder stickig heiß macht –, seitdem also habe ich es mir zur Gewohnheit gemacht, während ich unten auf den Lift warte, einen Blick durch den Spalt zwischen Plexiglas und Holzimitat zu werfen. Und wenn ich keinen eingeschweißten *New Yorker* sehe, schließe ich den Briefkasten nicht einmal auf: In diesen Zeiten enthält er selten etwas anderes als schlechte Nachrichten oder unangenehme Überraschungen. Wenn ich abends nach Hause komme und den Briefkasten völlig leer vorfinde, entfährt mir sechs von sieben Mal ein inneres *Fffiiu*. Ich sage, sechs von sieben Mal, weil ich eine Zeitschrift abonniert habe, die mich, theoretisch, einmal in der Woche erreichen sollte. Seit ich in Italien lebe, verlängert mir meine Mutter jedes Jahr mein Geschenkabonnement des *New Yorker*, und wir unterhalten uns bisweilen am Telefon über die witzigsten Artikel oder Karikaturen. Mir gefällt der Gedanke, dass sie und ich dieselben Sachen lesen, dass neben unseren jeweiligen Betten – die so weit voneinander entfernt stehen – dieselben Titelbilder und dieselben Texte liegen.

Auch wenn ich mir nie das Fernsehen angewöhnt habe – dass ich keinen Fernseher besitze, hat sicher auch eine Rolle gespielt –, kenne ich die Ungeduld sehr gut, mit der viele Menschen auf ihre liebsten Fernsehfilme warten: Dasselbe empfinde ich in Bezug auf meine wöchentliche Prosa-Bibel. Letzthin jedoch stelle ich mit Verwunderung fest, dass mein Briefkasten – letzte Reihe oben links außen – nicht mehr ganz so beruhigend leer ist.

An den *New-Yorker*-Tagen – die zuerst auf den Montag fielen, sich dann aber ohne ersichtlichen Grund auf den ersten und den letzten Mittwoch des Monats verschoben, an denen jetzt oft drei Ausgaben auf einmal eintreffen – öffne ich den Kasten blitzschnell, ohne den Stapel weißer Couverts im Geschäftsbriefformat anzutasten, der immer höher wird, seit sie im Mai plötzlich aus dem Nichts auftauchten. Diese Briefe sind nicht an mich, sondern an einen gewissen Guido Dragone adressiert. Guido Dragone habe ich nie kennengelernt, aber ich stelle ihn mir als einen Mann mit weißen, etwas spitzen Zähnen vor und mit dunklen, kräftigen Händen: eine männlichere, beängstigendere Version seiner Schwester – die ihrerseits Angela heißt.

Angela Dragone ist die Eigentümerin meiner Wohnung und hat wirklich zu viele Zähne für ihre Mundgröße und ist immer braun gebrannt, was sich gut mit ihrer Vorliebe für auffallende und funkelnde Ringe verträgt. Auch wenn, wohl aus steuerlichen Gründen – natürlich habe ich mich nie danach erkundigt –, der Name Guido Dragone sowohl auf den Couverts als auch auf dem Briefkasten steht (neben den ich mit Tesafilm ein Papierschildchen mit meinen Initialen, einen völlig stillosen Computerausdruck, geklebt habe), ist es seine Schwester Angela, die alle De-facto-Aufgaben eines Eigentümers erledigt. Zum Beispiel die Miete zu kassieren. In bar und eindeutig steuerfrei, wie ich vermute. Diese Frage habe ich natürlich niemals thematisiert.

Im Gegensatz zum *New Yorker* erscheint Angela Dragone in meinem Leben mit der Pünktlichkeit eines Schweizer Zuges. Am ersten Dienstag jeden Monats gegen Mittag rauscht sie, in eine Wolke von Hermès Calèche gehüllt, in die Buchhandlung. Angela Dragone wohnt außerhalb von Mailand, in einem jener Vororte, deren Namen ich mir nie merken kann, mit ihrem Mann und zwei halbwüchsigen Kindern, und nutzt unser monatliches Rendezvous im Stadtzentrum zum Shopping und für einige Erledigungen. Sie hat die Angewohnheit, meine Aufmerksamkeit dann, wenn sie mich mit einem Kunden beschäftigt sieht, mit einem gut gelaunten *Buongiorno* auf sich zu lenken oder mich, wenn ich gerade im Laden unterwegs bin und die Bücher gerade rücke, mit Küsschen-Küsschen auf die Bäckchen-Bäckchen zu begrüßen. Dann steuert Angela Dragone die Nische an, in der die teuren Hochglanzmagazine ausliegen. Sie streift mit ihren lackierten Fingernägeln daran entlang, blättert in den ausländischen Heften und entscheidet sich dann für amerikanische Mode, englischen Klatsch, französische Inneneinrichtung, italienische Küche und etwas über Boote für ihren Mann.

Mit Zeitschriften im Wert von über fünfundzwanzig Euro in der Hand präsentiert sie sich an der Kasse, hinter der ich bereits in Stellung gegangen bin. Wir duzen uns, auf ihr Drängen hin. Während ich den Kassenbon ausdrucke, fragt mich Angela Dragone, wie es in der Buchhandlung denn so geht und ob ich mich in meiner kleinen Mansarde wohlfühle. Ich antworte auf alles »gut« und »ja, danke« und erkundige mich dann meinerseits nach ihren Kindern und ihrem Mann, den ich bei unserer ersten Mieter-Vermieter-Begegnung kennengelernt habe und der zwar liebenswürdig war, aber jenes Gehabe außerordentlicher Zerstreutheit an den Tag legte, das für Männer, die sich mit »Finanzen« befassen, so typisch ist. Ohne sie zu fragen, ob sie eine Tüte braucht, ziehe ich unter der Kasse eine schöne mit Henkeln hervor und schiebe ihre Zeitschriften hinein. Dann öffne ich die oberste Schublade und entnehme ihr ein rotes Couvert im Taschenbuchformat – von der Art, die wir für Geschenkpäckchen verwenden –, in dem ich fein säuberlich die dreizehn Fünfzigeuroscheine verstaut habe. Der Umschlag ist schon zusammengefaltet und mit zwei grauen runden Aufklebern mit Name und Logo der Buchhandlung verschlossen. Manchmal lege ich noch als nette Geste eines unserer Lesezeichen dazu. Ich glaube, ich bin der einzige Mensch auf der Welt, der sich die Mühe macht, seine Miete in einem Geschenkpäckchen zu überreichen, aber ich mache es, um dieser Geldübergabe, der für beide Seiten etwas Unfeines und Peinliches anhaftet, ein wenig Würde zu verleihen.

Nun nimmt meine Vermieterin die Tüte mit den Zeitschriften in die Hand und steckt den roten Umschlag mit den Aufklebern in ihre Handtasche. »Wenn du irgendetwas brauchst«, sagt sie jedes Mal, »dann ruf mich nur an.« Am liebsten würde ich darauf antworten: »Wenn du es mir schon anbietest, dann hätte ich gern die Hälfte meines Gehalts zurück …«, aber ich sage es nie. Das andere, was ich nie tue, ist, die Couverts zu erwähnen, die sich in immer schnellerem Tempo in meinem Briefkasten vermehren. Ich stehe mit Angela Dragone auf gutem Fuß und weiß, dass sie mich mag. Alles in allem bin ich ja auch eine brave Mieterin: Ich zahle meine Miete pünktlich und bar und sogar in veredelter Form. Abgesehen von einem Zwischenfall mit einem nassen Mopp, der durch die Gegend flog – ganz ohne mein Verschulden –, glaube ich, dass sich noch nie ein Nachbar über mich beschwert hat. Ich veranstalte keine Partys, mache keine Fenster und Türen kaputt, verstopfe keine Abflussrohre, verliere keine Schlüssel und gehe nicht um zwei Uhr früh in Stöckelschuhen übers Parkett. Und unbestreitbar legen sie, ihr zerstreuter Ehemann und der unbekannte Bruder als Vermieter eine *Laisser-faire-*

Attitüde an den Tag. Allerdings wäre es mir lieb, wenn Guido aufhörte, mir meinen Briefkasten mit Couverts des Städtischen Energieversorgungsbetriebs AEM zu verstopfen.

»Du hast Post«, erklärte mir Carlo eines Spätvormittags, als wir erst seit Kurzem beisammen waren, ungefähr seit sechs Wochen. Er hatte mich mit seinem Auto zum großen Supermarkt begleitet, damit ich die Dinge einkaufen konnte, die für einen Transport auf dem Fahrrad zu schwer und in dem kleinen Gemischtwarenladen hinter meinem Haus zu teuer sind: Reinigungsmittel aller Art, Speiseöl, Bier und Mineralwasser. Es war Mitte September und noch heiß. Als wir nach Hause kamen, setzte Carlo die Wasserkästen ab und holte den Lift, während ich die Tüten abstellte und in meiner Tasche nach den Schlüsseln kramte. Ich bemerkte, dass er das stillose Schildchen betrachtete und dann durch das Plexiglasfensterchen schielte. O lieber Gott, betete ich im Stillen, lass ihn nicht bemerken, dass …

»Da drinnen steckt ein Haufen Briefe«, stellte er fest. »Soll ich sie rausziehen?« Und er deutete in Richtung des kaputten Schlosses.

»NICHT AUFMACHEN!«, brüllte ich, bevor ich meine Lautstärke unter Kontrolle hatte. »Ich meine, hm, ich weiß, worum es sich handelt. Und sie sind nicht, hm … nicht für mich. Schau! Der Lift kommt! Wie lang der nur immer braucht? Wahnsinn! … Findest du nicht auch?«

Carlo schaute ein letztes Mal hin und wurde ernst. »Die sind von der AEM, Hilary. Hast du sie nicht gesehen?«

Ich widmete mich unterdessen – mit absichtlich theatralischem Getue – der Schlacht zwischen den schmalen Aufzugtüren und den sperrigen Einkäufen in dem Versuch, ihn abzulenken, wie man es mit einem kleinen Kind oder einem Hund machen würde. »Scheißlift … grrrr! Was meinst du? Wie bitte?

Ob ich sie *gesehen* habe? Natürlich habe ich sie *gesehen*. Ich habe nur keine Lust, sie *anzufassen*.«

Der beklemmende Aufzug mit dem knallrot gestrichenen Inneren und dem fluoreszierenden Licht wirkt selbst in glücklichen Momenten beunruhigend: Und zu allem Überfluss sind die Wände mit Spiegeln verkleidet. Ich versuchte, Carlos Augen im Spiegel auszuweichen, aber es gab sonst nicht viel zum Hinschauen. »Pimpa«, sagte er und sprach meinen Kosenamen plötzlich ganz streng aus. »Das in deinem Briefkasten sind Rechnungen, und wie es aussieht, sind sie schon eine ganze Weile da drin.«

Ich hob den Blick. »Ich weiß genau, um was es sich handelt«, seufzte ich. »Aber im Augenblick kann ich nichts machen. Die von der AEM brauchen bloß eine Nummer zu ziehen und warten, bis sie dran sind.« Und um ihm klarzumachen, dass ich dennoch alles wohl bedacht hatte, setzte ich hinzu: »Jedenfalls ist der übergewichtige Mann von der Textilreinigung vor ihnen an der Reihe.« Carlo streichelte mir übers Haar. »Willkommen in der Neuen Armut«, murmelte ich, während ich mich an seine Brust schmiegte. Und da musste er lächeln.

Ach ja, der Mann von der Reinigung! Mein Herz ächzt unter Schuld- und Schamgefühlen, wenn ich an den übergewichtigen Textilreiniger und seine so ungeschickt direkt neben meiner Haustür platzierte kleine Reinigung denke. Zur Feier meiner Ankunft in dieser Gegend protzte der März mit einer Reihe von Frühlingstagen, an denen ich – unter Ausnutzung der Tatsache, dass ich ohnehin gerade die Koffer und Kisten ausräumte – meine gesamte Wintergarderobe sowie eine riesige Wolldecke packte und zum Reinigen hinunterbrachte, in der Absicht, sie später, eingehüllt in Plastikfolie, wieder in die Kisten zu legen und bis zum nächsten Herbst in dem für mich reservierten Teil des Dachbodens zu verstauen. An jenem sonnigen und glücklichen Morgen, der mich mit einem Hauch von Neuanfang und Verheißung verwöhnte, plauderte ich freundschaftlich mit meinem neuen Nachbarn, während er meine Sachen mit Etiketten versah und mit seinen dicken Fingern die Nummern auf einem Block notierte. Ich nahm mir auch eines der harten Bonbons aus dem Körbchen, das auf der Kasse stand. Ich empfand Genugtuung bei dem Gedanken, dass ich mich endlich dem Wechsel der Jahreszeiten gestellt hatte wie eine echte Europäerin, und nicht wie jemand, der in Kalifornien aufgewachsen ist – wo man immer dasselbe anzieht, im Oktober wie im April –, bis der übergewichtige Textilreiniger mir die Rechnung überreichte und das Bonbon mir im Halse stecken blieb. »Oh …«, stieß ich hervor, nachdem ich mich ausgehustet hatte. »Ist das ein hoher Betrag!« Der übergewichtige Textilreiniger bemerkte meine Panik und lächelte freundlich. »Keine Sorge! Sie können zahlen, wenn Sie sie abholen.« Das war vor acht Monaten.

Dank der fortgesetzten Anhäufung weißer Couverts in meinem Briefkasten und der beträchtlichen Menge an Kleidungsstücken in Geiselhaft geriet das Betreten meines Hauses bisweilen zu einer praktischen Übung in taktischer Flucht. Eines Nachmittags, als Carlo und ich in meine Straße einbogen, fanden wir einen wunderbaren Parkplatz direkt vor der Haustür. »Moment, bitte!«, flehte ich ihn an und duckte mich auf dem Beifahrersitz. Der übergewichtige Textilreiniger war nämlich gerade dabei, seinen Laden zuzuschließen. Er hatte ein Schild an die Tür gehängt, auf das er »Bin gleich zurück« geschrieben hatte, und begab sich zu Paolos Bar.

»Diesem Mann schulde ich einen Haufen Geld«, flüsterte ich.

»Aha, dann ist er es, der übergewichtige Mann von der Reinigung«, antwortete Carlo. »Um wie viel genau handelt es sich denn?«

»Um viel«, sagte ich. »Ich überlege, ob ich mir nicht gleich neue Kleider kaufe.«

Carlo sah dem Übergewichtigen nach. »Na ja … wenigstens nagt er nicht am Hungertuch«, sagte er nach einer Denkpause.

Carlo, zart besaitet und einfühlsam wie alle Männer, begriff schnell, dass er die Vermehrung der unangenehmen Rechnungen, die meinen Briefkasten überschwemmten, niemals erwähnen durfte. Jedes Mal, wenn wir vor dem Lift stehen blieben, drehte ich mich zum Briefkasten, um nachzusehen, während er den Blick abwandte, als würde ich Pipi machen. Bei den seltenen Gelegenheiten, wenn es den *New Yorker* herauszufischen galt, rief ich aus: »Oh! Schau, was für ein schönes Titelbild!«, in einem Ton, der zu überschwänglich war, um wirklich zu überzeugen. Sonst betrat ich den Aufzug mit leeren Händen. In beiden Fällen sagte Carlo kein Wort. Er beschränkte sich darauf, mich mit einer Mischung aus Zärtlichkeit, Belustigung und aufrichtiger Besorgnis anzuschauen – ein Ausdruck, den ich schon bei anderen Gelegenheiten und auf anderen Gesichtern gesehen hatte.

Als wir eines Abends sehr spät nach Hause kamen, holte Carlo – ermutigt durch eine Flasche Tokajer, die wir uns im Restaurant geteilt hatten – den Lift, drehte sich um, blickte eindringlich auf meinen Briefkasten und schnippelte mit zwei Fingern der rechten Hand durch die Luft.

»Schnipp-schnapp …«, sagte er leise. Ich sah unverwandt auf den leuchtenden Knopf. »Schnipp-schnapp …«, sagte er wieder, als wollte er die Pointe eines Witzes wiederholen. Seine Stichelei traf auf beredtes Schweigen. »Weißt du, was für ein Geräusch das ist?«, fragte er mich mit einem Lächeln.

»Das Geräusch, das du machst, wenn du ins Auto steigst, nach Hause fährst und heute Nacht alleine schläfst?« Inzwischen war der Aufzug da, und während die Tür aufging, drehte ich mich zu ihm: »Was machst du? Fährst du mit?«, fragte ich ihn. »Oder möchtest du lieber bei dir zu Hause schnipp-schnapp machen?« Er seufzte und stieg ein. Schweigend fuhren wir sechs Stockwerke hoch, umgeben von roten Wänden und unseren grell beleuchteten Spiegelbildern.

Später, im Bett, unter der Dachluke meiner kleinen Mansarde, sagte er mit ruhiger Stimme: »Pimpa, ich habe nur Angst, dass man dir den Strom abschaltet. Du müsstest sie wenigstens aufmachen, damit du weißt, um welche Summe es sich handelt. Ich kann dir aushelfen, wenn du was brauchst. Du kannst mich um Hilfe bitten, das weißt du doch?«

Ich weiß, sagte ich, und danke, sagte ich. Und dann fügte ich hinzu, dass ich mich lieber allein darum kümmern würde. Was ich nicht sagte, war, dass die Entscheidung, niemanden um Hilfe zu bitten, etwas ganz anderes ist, als niemanden zu haben, den man um Hilfe bitten könnte.

Und so organisiert ein unfreiwilliges Mitglied im Klub der Neuen Armen sein Leben: Nach Abzug der Miete bleibt vom Gehalt so wenig übrig, dass die Einrichtung eines Bankkontos nicht nur überflüssig, sondern auch demütigend wäre. Deshalb zählt man im täglichen Leben ständig die Tage, die bis zum Monatsende bleiben, und setzt sie in Relation zur Barschaft unter der Matratze – oder, in meinem Fall, zwischen den Seiten des Italienisch-Englischen Wörterbuchs. Von seinem festen Standort auf dem Küchentisch aus erfüllt dieser Band, der mit »A« beginnt und auf Seite 2671 mit »Zwinglismo« endet, die doppelte Funktion, mich sowohl mit Wörtern wie mit Geld zu versorgen. Das Stichwort ändert sich jeden Monat – ich wähle es, indem ich das Buch aufs Geratewohl aufschlage –, und die Erweiterung meines persönlichen Wortschatzes verleiht dem prosaischen Akt der Geldentnahme ein wenig Würde: Der April geht mit *gravoso*

(»schwer«, »beschwerlich«), *grintoso* (»entschlossen«) und *grippare* (»sich festfressen«) einher; der Juli hat für mich *ergastolo* (»Zuchthaus«), *erigere* (»errichten«, »erheben«) und *errabondo* (»umherirrend«) im Angebot, und im Februar präge ich mir das überaus nützliche *lubrico* (»rutschig«, »schlüpfrig«, »anstößig«) ein. Wahrscheinlich bin ich der einzige Mensch auf der Welt, der sich die Mühe macht, mithilfe von Zwanzigeuroscheinen nach linguistischen Perlen zu suchen, aber wenn einem schon die kleinen Extravaganzen – ein Kleid zur Reinigung bringen, ein Theaterabend oder höchstens drei Friseurbesuche pro Jahr – so viel Angst einjagen, dass jeder potenzielle Genuss an derlei Luxus dahin ist, muss man sich eben ein wenig *Joie de vivre* aus den Fingern saugen. Wehe, wenn sich dein Leben darauf reduziert, nur noch für die Miete und das Essen zu arbeiten. Dann ist es nur noch ein kleiner Schritt zu dem Gedanken, sich Steine in die Taschen zu stopfen und einen kleinen *splash* in den nächsten eiskalten Teich zu tun.

Und dann, am letzten Freitag, kam, was kommen musste: Von einem Tag zum anderen überschritt ganz Norditalien die Schwelle vom Herbst zum Winter. Ich wachte am Morgen auf und konnte meine Zehen nicht mehr spüren, schaute aus dem Fenster auf den grauenhaft grauen Himmel und begriff, dass meine Übergangsgarderobe nicht mehr ausreichen würde – egal, in wie viele Schichten ich mich hüllte. Das Stichwort des Monats Oktober war *inc-*, und es war klar, dass der Winter aufgehört hatte »bevorzustehen« (*incombere*) und amtlich »begonnen« (*incominciato*) hatte. Was das Timing anbelangte, so kam er ziemlich ungelegen (*incomodo*): Es fehlte noch eine ganze Woche bis zum Monatsende, und dieser Woche musste ich mich mit nur noch vierzig Euro in meinem Wörterbuch-Safe stellen. Ich hatte alle Zutaten im Haus, die man braucht, um Spaghetti mit Senfsauce und Omelette mit zerdrückten Erbsen zuzubereiten, also war für das Essen mehr oder weniger gesorgt. Ich musste mich nur schleunigst wieder in den Besitz meiner Wollsachen bringen. Was ich brauchte, war das Geld, um sie auszulösen – und das sofort.

Als einzig möglicher Aktionsplan bot sich an, mich direkt an die Spitze der Pyramide zu wenden. Die Spitze der Pyramide – nennen wir sie P mit großem P – ist nicht derjenige, der meine tägliche Arbeit managt, sondern der, dem mein Arbeitsplatz gehört, neben vielen anderen Dingen. Die Buchhandlung ist nur eine der vielen Ebenen der Pyramide, und ich bin einer ihrer Ziegelsteine. P mit großem P ist von Beruf Unternehmer – also einer der Menschen, die mit Projekten, Privateigentum, Personal und Profiten jeglicher Art herumhantieren. Bisweilen kann man zwischen den Menschen und dem Anfangsbuchstaben ihres Namens eine gewisse Kongruenz – ästhetischer wie literarischer Natur – feststellen, was im Fall von P mit großem P zutrifft, einem Mann mit einem langen und schlanken Körper, auf dem ein recht massiver Kopf sitzt. Als passionierter und proaktiver Protagonist, der gelegentlich penetrant und präpotent auftritt, ist P mit großem P nicht nur mein Chef, sondern auch mein Freund. Wenn man einen Freund um Geld bittet, spricht man von »leihen«, was keine gute Angewohnheit ist. Wenn man jedoch die Person darum bittet, die dich jeden Monat für deine Arbeit bezahlt, drückt man sich anders aus. In beiden Fällen jedoch muss man den Moment sorgfältig wählen. In der morgendlichen Kälte meiner zugigen kleinen Mansarde bibbernd, noch im Morgenmantel und mit dicken Socken, nehme ich mein Handy in die Hand und schreibe mit fast blauen Fingern eine SMS.

»Guten Morgen, P«, tippe ich ein. »Es ist kalt, nicht wahr? Apropos – könnte ich heute einen Vorschuss auf mein Gehalt bekommen? Danke, hbw.«

Ich nehme eine heiße Dusche und ziehe mich an, und schon verkündet ein *Piep*, dass eine Nachricht eingetroffen ist.

»Nimm 200 aus dem Safe und vergiss nicht, es aufzuschreiben. Apropos – ich bestätige deine Wetterbeobachtung. Kuss, P.«

Ich schmunzelte noch, während ich mit dem Aufzug die sechs Stockwerke hinunterfuhr. Ich ließ Blau stoisch an seinen Pfosten angeschlossen stehen und ging zu Fuß in Richtung Corso Magenta; es war absolut nicht ratsam, ohne einen ordentlichen Mantel aufs Fahrrad zu steigen.

In der Buchhandlung ertranken Jacopo und Giovanna in den neu ausgelieferten Büchern. Freitag ist mein freier Tag, und deshalb staunten sie über mein Kommen. Ich versuchte, einen lockeren, aber neutralen Ton anzuschlagen: »He, ciao ... Brrrr, wie kalt es draußen ist! Ich muss mir bloß einen kleinen ... P hat gesagt, ich soll es aufschreiben ... zweihundert Euro. Gebt ihr mir bitte die Schlüssel zum ...? Ah, da sind sie ja, sehr gut, danke.«

Neunzig Sekunden und vier Fünfzigeuroscheine später gab ich die Safeschlüssel zurück und verabschiedete mich von meinen Kollegen: »Vielen Dank nochmals, meine Lieben, und viel Spaß bei der Arbeit. Ciao!«

Es war fast elf, als ich bei dem kleinen Reinigungsgeschäft ankam, um das ich all die Monate so konsequent einen Bogen gemacht hatte. Als ich die Tür öffnete, ließ ein Glöckchen ein *Ding* ertönen. Der übergewichtige Textilreiniger saß im Hinterzimmer vor dem Fernseher. Ich wollte ja nicht indiskret erscheinen, aber es lief offenbar wohl eine der vielen Kochsendungen.

Ich machte mich mit einem etwas schüchternen »Guten Tag ...« bemerkbar. Der Mann erhob sich von dem Hocker und drehte den Apparat leiser. »Ihnen auch einen guten Tag«, sagte er und kam an den Tresen. »Was kann ich heute für Sie tun?«

Spielt er den Ironischen? Ich war mir nicht sicher. »Also«, begann ich mit beflissenem Lächeln. »Ich frage mich, ob Sie meine Kleider schon den Armen geschenkt haben.«

»Hihihi, das hätte ich beinahe«, antwortete er, nicht unfreundlich. Ich stellte fest, dass in dem Körbchen auf der Kasse jetzt statt der harten Bonbons Pralinen lagen. Ich hatte noch nicht gefrühstückt, und mir war ein wenig flau im Magen. Durfte ich es wagen? Ich zog es vor, den Blick abzuwenden.

»Na, dann komme ich also gerade noch rechtzeitig, oder? Ich habe auch das Geld dabei.«

»So ist es recht«, sagte er. »Das ist ein guter Anfang. Hätten Sie zufällig auch Ihren Abholschein dabei?«

Den Abholschein? Einen acht Monate alten Abholschein? »O ja«, bluffte ich. »Selbstverständlich …« Ich war mir keineswegs so sicher, kramte aber in meiner Tasche und zog die Brieftasche hervor, in der ich, wunderbarerweise, einen kleinen zerknitterten Schein fand, an den sein grünes Etikett angetackert war. Mit einem inneren *Ffffiiu!* rief ich ein äußeres »Da ist er ja!« und überreichte ihm das kleine Papierviereck, als wäre es ein Lotterielos. Der übergewichtige Textilreiniger studierte den Schein und bemerkte dabei sicherlich das Datum; dann begann er seine Suche in den Plastikfolienarchiven seines Hinterzimmers. Wenige Minuten später türmte sich auf dem Ladentisch ein mir vertrauter Haufen aus Dunkelblau und Grau und … genau! Da strahlte ja auch das frische Rot meines innig geliebten Mantels! Ich hatte mir den roten Mantel während meines ersten Winters in Italien in einem Vintage-Laden in Bologna gekauft: Damals war er auch nicht mehr gerade neu. Er zieht den Schmutz geradezu magnetisch an, und das Futter der rechten Tasche ist ausgerissen, aber ich glaube, dass er mir besser steht als alles, was ich sonst besitze. Oh, là, là!, dachte ich bei mir. Carlo glaubt, er sei bereits in mich verliebt, und dabei hat er mich noch nie in meinem roten Mantel gesehen! Ich blätterte vier Scheine à fünfzig Euro auf den Tisch und bekam ein paar Banknoten kleineren Formats und etliche Münzen heraus. Um meine Verlegenheit wegen des Geldaustauschs zu überspielen, fügte ich diesem ein wenig Würde hinzu, indem ich sagte: »Sie müssen mich entschuldigen; es tut mir wirklich leid, dass so viel Zeit vergangen ist. Es ist nur, weil … sehen Sie, es war keine ganz leichte Zeit.« Der Textilreiniger lächelte und sagte, ich solle mir keine Sorgen machen, wir befänden uns alle in derselben Lage. Auch wenn ich weiß, dass dies keineswegs zutrifft – man braucht nur durch die Gegend zu gehen, um zu sehen, wie vielen es besser und wie vielen anderen es schlechter geht –, antwortete ich mit einem Seufzer: »Tja ja …« Dann lud ich mir einen Haufen Mäntel, dicke Pullover und eine riesige Wolldecke auf die Arme.

»Warten Sie, warten Sie«, rief der übergewichtige Textilreiniger. Ich drehte mich um, weil ich dachte, er würde hinter dem Ladentisch hervorkommen, um mir die Tür aufzuhalten. Stattdessen blieb er an seinem Platz. »Kommen Sie noch mal hierher und machen Sie die Hand auf.« Ich gehorchte, und der übergewichtige Textilreiniger legte mir eine Portion Pralinen auf die Hand. »Sie sind so dünn geworden«, setzte er hinzu. »Sie dürfen das Essen nicht vergessen.« Ich dankte ihm und ging nach Hause, gerüstet mit meinen Sachen, den Pralinen und seinem weisen Rat.

Sobald ich im Eingang war, den Mund noch voller Schokolade, legte ich das Bündel aus Wolle und Plastik ab, holte den Lift und ging ein wenig in die Knie, um in meinen Briefkasten zu äugen; der *New Yorker* für diese Woche war zwar schon da, aber man kann ja nie wissen. Genau in diesem Augenblick passierte etwas ganz Seltsames: Ohne es überhaupt zu bemerken, hatte ich den Arm ausgestreckt und das oberste Couvert des Stapels aus dem Kasten gezogen. Ich weiß nicht, was mich dazu veranlasst hat. Ich war darauf vorbereitet, die nicht stillosen Initialen der AEM in der oberen Ecke links zu sehen. Was ich nicht zu sehen erwartet hatte, war das Firmenzeichen eines privaten Kuriers und darunter der Aufkleber »Einschreibbrief«. Ich hielt den Atem an und sah genauer hin, um festzustellen, wann er abgegeben worden war: Er war vom selben Tag, wahrscheinlich eingeworfen, während ich in der Buchhandlung die Safeschlüssel umdrehte oder mit den Pralinen des übergewichtigen Textilreinigers liebäugelte. »O Gott«, sagte ich zu meinem Spiegelbild im Lift. »O Gott«, antwortete mein Spiegelbild. Und wir hatten beide recht; denn ein Einschreibbrief konnte nur eines bedeuten: Schnippschnapp, und diesmal im Ernst.

»Carlo«, sagte ich ins Handy, sobald ich in der Wohnung war und meine gesammelte Wintergarderobe auf das Sofa geworfen hatte. »Ich halte einen eingeschriebenen Brief der Städtischen Energieversorgung in Händen. Ich weiß nicht, was ich tun soll.«

»Hast du ihn aufgemacht?«, fragte er.

»Natürlich habe ich ihn aufgemacht!«, brüllte ich.

»Und was steht drin?«

»Weiß ich nicht, *gelesen* habe ich ihn nicht. Ich schaff es nicht. Ich fühle mich nicht wohl.« Carlo war zu Hause, und ich wusste, dass ich ihn beim Klavierspielen gestört hatte, aber ich wusste auch, dass es sich um eine ziemlich brisante Angelegenheit handelte. »Er ist heute gekommen«, schob ich hinterher. »Es ist reiner Zufall, dass ich den Briefkasten geöffnet habe.« Ich erwähnte weder meinen Blitzbesuch in der Buchhandlung noch meine Kleiderabholung.

»Dann bedeutet das, dass wir noch Zeit haben«, stellte er fest. »Jetzt zieh den Brief heraus und lies mir vor, was da steht.« Mit noch eiskalten Händen holte ich ein einziges Blatt Papier hervor, wobei ich mir in den Daumen schnitt, und las den Betreff, der AUS GROSSBUCHSTABEN BESTAND UND DAHER LEICHT VERSTÄNDLICH WAR. Aus meinem Daumen quoll Blut.

»Okay, okay … Mmm. Sie verlangen die Zahlung und drohen die Sperrung an. Was ist eine Fristsetzung? Diesen Begriff habe ich noch nie gehört.« Ich überflog die ersten Zeilen. »Und hier, sie reden mich mit ›Liebe Kundin‹ an! Also, so richtig stinksauer scheinen sie nicht zu sein.«

»Nein, natürlich nicht. Sie sind sehr höflich, bis sie jemanden schicken, der den Strom abschaltet«, sagte er. »Jetzt such nach einem Datum. Da muss irgendwo ein Datum stehen, da in der Mitte.«

Ich war versucht, Carlo zu fragen, warum er in Sachen Fristsetzungen und Zahlungsbescheide so … *bewandert* klang, überlegte es mir dann aber anders. Und da stand es, inmitten des übrigen Textes und fett gedruckt: innerhalb von 8 Tagen vom 24. 10. an gerechnet. »Moment mal«, sagte ich. »Ist das der 31. oder der 1.? Was meinst du?« Ich rechnete rasch nach. »Nein, Moment mal. Der erste November ist ein Samstag. Werden die Samstage mitgezählt? Oder handelt es sich um acht Werktage?«

»Hilary, wen zum Teufel kümmert das? Bezahl jetzt sofort diese Scheißrechnungen, und basta!« Ich stellte mir Carlo vor, wie er an seinem Klavier saß und sich die Haare raufte. Wir kannten uns noch nicht so lange, und ich will nicht behaupten, dass er noch nie geschrien oder Schimpfwörter benutzt hätte, aber es war das erste Mal, dass ich ihn so aufgebracht erlebte. Dann fragte er mit ruhigerer Stimme: »Um wie viel geht es eigentlich?«

In meiner Panik hatte ich völlig vergessen nachzusehen, wie viel ich denen schuldete. Bevor ich mich aus der letzten Wohngemeinschaft ausklinkte und allein in die Mansarde zog, hatten sich immer meine Mitbewohner um die Aufteilung der Rechnungen gekümmert. Die Rechnungen selbst hatte ich nicht einmal zu Gesicht bekommen; ich wusste nur, dass die Person, mit der ich zusammen wohnte, mich hin und wieder um Geld bitten und ich ihr den geforderten Betrag aushändigen würde. So hatte ich keinen blassen Schimmer, wie viele Schulden eine einzelne Person in acht Monaten aufhäufen kann, in denen sie nachts gelesen und geschrieben, das Handy aufgeladen, gekocht, sich gewaschen und gewärmt hatte. Oben auf dem Blatt standen viele Zahlen, die einen amtlichen Eindruck machten: die Daten, die sich auf die jeweils fälligen Rechnungen bezogen, die Nutzernummer ... und da war sie, die Summe: »insgesamt Euro _____«. Ich wusste nicht, ob ich lachen oder weinen sollte. Der Betrag war fast der gleiche wie der, den ich gerade gezahlt hatte, um mir meine Kleider zurückzukaufen. Ein paar Euro mehr, und fertig. Ich las die Zahl laut vor.

»Ach!«, sagte Carlo, hörbar erleichtert. »Sooo viel ist das nun auch wieder nicht. Und wann bekommst du dein Gehalt? Am Ersten?«

»So ungefähr. Es gibt keinen festen Tag. Aber bestimmt nie vor dem Ersten des Monats.« Ich wusste schon, was Carlo als Nächstes sagen würde.

Und tatsächlich: »Könntest du denn nicht um einen Vorschuss bitten? Nur für dieses eine Mal?«

Ich tat, als überdächte ich seinen Vorschlag. »Mmm ... nein, eigentlich nicht. Ich glaube nicht, dass das eine gute Idee ist.« Gesegnet seist du, Carlo, dass du mich um keine Erklärung gebeten hast. Ich würde es ihm später erklären, in diesem Moment hatte ich keine Lust dazu – nicht am Telefon. Vorher würde ich mich ihm im roten Mantel zeigen.

»Tja. In Ordnung. Aber jetzt mal im Ernst: Wenn du willst, dass ich dir das Geld vorstrecke, bis du dein Gehalt bekommst – kein Problem. Überleg's dir, ja? Ich hol dich heute Abend gegen acht ab, nach meiner Stunde beim Maestro.«

Je mehr ich über meine Situation nachdachte, desto absurder erschien sie mir: War wirklich der Augenblick gekommen, da ich mich entscheiden musste, ob ich es mir unter freiem Himmel oder in meiner Wohnung gemütlich machen sollte? Und hatte ich meine Wahl, wenn auch unbewusst, nicht bereits getroffen?

In jenem Teil des Kopfes, der mir dazu dient, mich in die unwahrscheinlichsten Lebensumstände hineinzuversetzen, begann ich abzuschätzen, was geschehen würde, wenn ich mein Training in taktischer Flucht fortsetzen würde. Das Abonnement für das Schwimmbad – ein Geschenk meines Vaters, das er mir alljährlich erneuert – garantierte mir drei warme Duschen pro Woche. Dazu noch ein paar Nächte bei Carlo zu Hause, und das Problem der persönlichen Hygiene war gelöst. Das Handy und den Computer könnte ich in der Buchhandlung aufladen. Ohne Strom würde ich viel früher ins Bett gehen; den *New Yorker* könnte ich auch im Morgengrauen lesen. Da ich keine Vorhänge hatte, drang genügend Licht in meine kleine Mansarde, damit ich mich anziehen konnte, ohne allzu oft danebenzugreifen; und dank ihres besonderen Mikroklimas war die Temperatur in der Wohnung so, dass die Milch auch außerhalb des Kühlschranks nicht schlecht wurde. Und was das Kochen betraf – nun, mein Herd funktionierte mit Gas, nicht mit Strom. Aber Moment mal – braucht ein Gasherd womöglich auch Strom? Und was für eine Art von Energie verkauften sie überhaupt, diese Leute von der AEM? Mir dämmerte, dass ich völlig ahnungslos war. Und ich begriff auch, dass diese extremen Szenarien eher in meine künftigen Romane passten. Doch jetzt ging es nicht um eine groteske Kurzgeschichte, sondern um mein wirkliches Leben. Und obgleich ich eine Neue Arme war, konnte mir doch niemand vorwerfen, eine Frau zu sein, die sich nicht zu helfen weiß.

Aber Carlo gehörte nicht zu meinen Ressourcen, jedenfalls nicht bei diesem Thema. Als er am Abend kam, um mich zum Essen auszuführen, sah er mich im roten Mantel und sagte, ich sähe »hinreißend« aus. Nichts, nicht einmal vier Fünfzigeuroscheine in einem Augenblick größter Verzweiflung können ein solches Hochgefühl auslösen, wie wenn man von Carlo beim Einsteigen in sein Auto »hinreißend« genannt wird!

Es war auch nicht angebracht, einen Appell an meine Eltern zu richten. Samstag Vormittag, während einer meiner Sitzungen im Ok Phone 2 – dem Internetcafé, in dem wir Immigranten des Viertels uns alle trafen –, baute ich die Nachricht über meine erste ZAHLUNGSAUFFORDERUNG MIT FRISTSETZUNG FÜR DIE STROMSPERRE in die letzten Zeilen meiner E-Mail an meine Mutter ein. Lange hatte ich nach dem richtigen Ton gesucht: fröhlich genug, damit sie sich keine Sorgen machte, aber auch nicht so nonchalant, dass ich den Eindruck erweckte, den Ernst der Lage nicht zu begreifen. Schließlich fügte ich die Mitteilung in ein P. S. unter einen langen und vergnügten Brief ein, sonst würde sie den Brief als eine Zahlungsaufforderung meinerseits interpretieren. Doch trotz meiner ganzen strategischen Überlegungen wirkte sie, als sie mich am nächsten Tag in der Buchhandlung anrief, sehr besorgt.

»Was ist mit dem Strom? Geht's dir gut?«

Ja, ja, habe ich gesagt. Im Gegensatz zu meinem Gehalt und dem *New Yorker*, hält sich meine Mutter an einen genauen Zeitplan, aber in einem Geist, der sich stark von dem Angela Dragones unterscheidet. Sie ruft mich immer am Sonntag an, gegen vier Uhr nachmittags, wenn sie in Kalifornien gerade aufgestanden ist und die Leser vom Corso Magenta noch zu Hause sind und ihr Mittagessen verdauen. Ich streifte durch den Laden und brachte die Buchrücken auf Linie, und Giovanna machte sich am Computer zu schaffen. »Ich habe mit der Zahlung Zeit bis Freitag. Bis dahin wird mir schon irgendetwas einfallen. Sei unbesorgt.«

»Aber hör mal, Hilary …«, fing meine Mutter an. Ich wusste schon, was sie sagen würde. Und tatsächlich: »Brauchst du Geld?«

Ich versuchte, mit einer Art *hörbarem* Lächeln zu antworten: »Ja, natürlich brauche ich Geld … aber nicht von dir.« Immer noch in dem Versuch, meine wachsende Verlegenheit zu bezwingen, fügte ich hinzu: »Im Ernst, Mami, ich schaff das schon. Tausend Dank, aber ich hab alles im Griff.« In diesen Worten schwang eine Unsicherheit mit, die ihnen jede Überzeugungskraft raubte.

Ich hab alles im Griff. Ich hab alles im Griff. Wie ein Mantra wiederholte ich denselben Satz meinem Vater gegenüber – dem Trainingseinheiten in taktischer Flucht selbst nicht fremd sind –, als er mich eine Stunde später anrief. Meine Eltern hatten eindeutig Informationen über ihre im fernen Ausland weilende Tochter ausgetauscht, wozu alle Eltern neigen.

»Mach dir keine Sorgen, ich komme schon klar«, versicherte ich ihm. Gesegnet seist du, Papa, dass du mich nicht gebeten hast, dir genau darzulegen, wann und wie.

Und dann war es Montag. Der Monat Oktober neigte sich mit einem *Ticktack, Ticktack* seinem Ende zu. Ich sah mich in dem gnadenlosen Spiegel des roten Aufzugs an und stellte fest, dass meine Schultern so weit hochgezogen waren, dass sie beinahe bis zum Kinn reichten. Als ich mich für das Schwimmbad umzog, hatte ich mit Staunen bemerkt, dass ich meine Uhr nicht umhatte. Montagabend. Ich hatte Carlo zum Abendessen eingeladen – von dem, was von dem Vorschuss auf mein Gehalt übrig geblieben war, hatte ich die Zutaten für ein Pilz-Risotto gekauft, und er brachte eine schöne Flasche Refosco mit. Am nächsten Tag sollte Carlo nach Triest fahren und die ganze Woche weg sein. Wir aßen, redeten und tranken bis spät in die Nacht hinein und küssten uns dann ausgiebig vor der Tür. Vor dem Weggehen sagte er: »Nicht, dass ich es vergessen hätte. Wie sieht es mit den Rechnungen aus? Morgen könnte ich ganz früh in der Buchhandlung vorbeischauen und dir ein wenig ...«

Nein, antwortete ich ihm und sah ihm dabei in die Augen, sosehr ich auch gerührt und folglich versucht war, seinem Blick auszuweichen. Wirklich nicht. Danke, aber wirklich nicht nötig. Mach dir keine Sorgen, ich hab alles im Griff.

Ich hab alles im Griff. Und deshalb tat ich am Dienstag endlich das, was zu tun ich schon längst irgendwo beschlossen hatte – in jenem Teil meines Kopfes, der Notmaßnahmen vorbehalten ist. Sicher, ich hätte diesen Schritt schon in den Tagen davor tun können, aber dann wäre er nicht mehr als Notmaßnahme durchgegangen, sondern vielmehr als kluger Schachzug. Und das ist etwas ganz anderes und setzt die Reife voraus, Situationen mit luzider und rationaler Geisteshaltung anzugehen, eine Geisteshaltung, zu der ich – aus Gründen, die mir nicht ganz klar sind – keinen unmittelbaren Zugang habe. Während eines Augenblicks morgendlicher Ruhe in der Buchhandlung setzte ich mich an den Computer und öffnete gleich mein E-Mail-Fach. Ich ging die Eingänge durch und klickte zweimal auf eine Nachricht, die meine Rettung sein konnte, sein *musste*. Am 20.10. hatte Marco Vigevani geschrieben:

»Uèla. Ich dachte, dass 200 Euro ein angemessenes Honorar für Deine gute Arbeit sein könnten … Was meinst Du?«

Am selben Tag hatte Hilary Belle Walker geantwortet:

»Das scheint mir ein vernünftiger Betrag zu sein … brauchst Du meine Steuernummer?«

Und daraufhin hatte er mir mit Ja geantwortet, und ich hatte sie ihm mitgeteilt, aber an diesem Punkt ist die Sache dann stecken geblieben. Marco Vigevani ist mein Freund, und er ist auch Literaturagent. Wäre die Welt vollkommen, wäre er mein Freund *und* mein Literaturagent, aber so weit sind wir noch nicht, leider. In der Zwischenzeit wirft er mir bisweilen Brosamen hin, jene Brosamen, die den Monat einer Angehörigen der Neuen Armut entscheidend verändern können. Bei diesen besonderen Brosamen handelte es sich um eine Reihe von Übersetzungen, die er für die Frankfurter Buchmesse brauchte. Seit unserem letzten Mailwechsel waren acht Tage vergangen. Der Strategie der AEM folgend, beschloss ich, dass nach Ablauf von acht Tagen der Augenblick des Handelns gekommen war:

Hilary Belle Walker schrieb:

»ciao, marco! wäre es vielleicht möglich, vor monatsende bezahlt zu werden, oder muss ich 90 tage warten? muss ich eine rechnung oder so etwas ähnliches schreiben? übrigens, ist dir kalt? mir schon. kiss, kiss. hbw«.

Bevor ich die Mail abschickte, zeigte ich sie Jacopo. Jacopo pickt seit Jahren Brosamen in Gestalt von Musikbesprechungen auf und weiß deshalb über Rechnungen, Berechnungen nach Anschlägen, Neunzig-Tage-Fristen und Ähnliches Bescheid. »Hör mal, Jacopo«, fragte ich ihn. »Geht das so in Ordnung, eine E-Mail für Marco? Oder klingt sie zu aufdringlich und verzweifelt?« Jacopo überflog sie rasch.

»Schauen wir mal. Aber nein …«, antwortete er. »Sie ist überhaupt nicht aufdringlich.« Er las sie ein zweites Mal, während ich anfing, am Daumennagel herumzukauen. »Mmm, nein. Auch nicht zu verzweifelt. Ich glaube, sie geht in Ordnung, wenn man bedenkt …«

»Wenn man was bedenkt?«

Jacopo versetzte mir einen leichten Rippenstoß. »Kau nicht an deinen Nägeln herum! Wenn man bedenkt, wie ihr zueinander steht. Ich meine, du stehst doch mit Vigevani auf vertrautem Fuß, oder? Das heißt, ihr seid Freunde, oder irre ich mich?«

Ich dachte einen Augenblick nach und meinte, dass Jacopo solche E-Mails wahrscheinlich nicht an die Leute schickte, die seine Rezensionen veröffentlichten, auch wenn sie ihm alters- und statusmäßig viel näher waren als ich einem Agenten, der im Literaturbetrieb schon einen Namen hat. Wer war ich denn schon? Jemand, der am Corso Magenta Bücher verkaufte und für bereits arrivierte Autoren die biografischen Angaben und die Inhaltsangaben von Manuskripten übersetzte. O mein Gott, und in dieser ganzen Zeit hätte ich Marco auch noch siezen sollen?

»Tja ... Nicht, dass wir jeden Tag miteinander telefonieren und abends zusammen einen trinken gehen würden«, sagte ich. »Aber hin und wieder führt er mich zum Mittagessen aus, und einmal haben wir zusammen Socken gekauft.«

Jacopo schaute mich einen Augenblick an und erwiderte dann: »Also, dann ja. In diesem Fall glaube ich, ist die Nachricht völlig in Ordnung.«

Keine Stunde später war schon die Antwort da: *»Wenn Du im Büro vorbeischauen möchtest, kann ich Dich auch heute schon auszahlen – ich bin bis ungefähr sechs Uhr hier. Nein, mir ist nicht kalt. Hier im Büro ist es angenehm. Baci.«*

Nach »hinreißend« waren dies die schönsten Worte, die im ganzen Monat an mich gerichtet wurden.

Klipp-klopp, klipp-klopp machten meine Stiefelabsätze, während ich den Corso Magenta hinunterlief. Ich bog rechts ab in die Via De Togni und dann links in die Via San Vittore. Ich hatte Hunger, und im Fenster der Bäckerei an der Ecke lag ein echt verlockender Kuchen aus Maronimehl, aber ich blieb nicht stehen. Ich wartete an der Ampel zusammen mit einer Gruppe Studenten, die alle teure Jeans und Woolrich-Jacken trugen, und einen Moment lang beneidete ich sie um ihre gut eingemummelte Unbeschwertheit, die auch ich während meiner Jahre an der Universität genossen hatte. Aber nur einen Moment. Dann sprang die Ampel auf Grün, und ich eilte weiter, stur geradeaus bis zur Piazza Sant'Ambrogio – eine Adresse, die Ansehen, Wohlstand und ein Gefühl der Sicherheit suggerierte. Unter dem Schutz des Stadtheiligen von Mailand kann einem nichts wirklich Schreckliches passieren. Und hierher komme ich ja auch, wenn es so weit ist, die Brosamen aufzupicken.

Ich lächelte der Pförtnerin zu und legitimierte meinen Besuch mit einem einfachen »Vigevani«. Ich stieg die paar Treppen hinauf, und, verunsichert bezüglich des Protokolls, wie immer, wenn es eine Klingel gibt, man aber weiß, dass die Tür offen steht und man erwartet wird, machte ich kurz *Trrrring* und trat dann mit einem leisen »Darf ich?« ein. Die Tür zu Marcos Büro war geschlossen, aber seine Assistentin Claire machte mir ein Zeichen, dass ich in ihres kommen sollte, wo sie an einem mit Mappen und bedruckten Blättern beladenen Schreibtisch saß.

Claire und ich stehen nicht auf vertrautem Fuß. Ich habe sie niemals außerhalb des Büros gesehen – außer dem einen Mal, als wir zufällig an der Via Carducci auf entgegengesetzten Seiten auf Grün warteten und uns beim Überqueren der Straße mit einem Lächeln grüßten –, aber wir haben uns immer geduzt, weil wir ungefähr gleichaltrig sind. Sie arbeitet mit Marco zusammen, seit er sich als Literaturagent selbständig gemacht hat, und ich weiß, dass er sie überaus schätzt. Sie muss eine äußerst patente Frau mit Organisationstalent sein – eine Eigenschaft, die ich sehr bewundere: Ich könnte niemandes Assistentin sein, weil Assistieren heißt, einen Haufen Dinge erledigen zu müssen, die wie Kleinigkeiten aussehen, aber die ganze Maschinerie zum Stillstand bringen, wenn sie durcheinander geraten. Was ich an Claire bewundere, vielleicht noch mehr als ihre offensichtliche Begabung für das Geschäftliche, ist die Tatsache, dass sie Französin ist. Ich weiß, dass das aus dem Mund einer Amerikanerin, die seit vielen Jahren in Italien lebt, wenig plausibel klingt, aber ich habe es immer bedauert, keine Französin zu sein. In einer perfekten Welt hätte ich einen karmesinroten Pass, und unter meinem Namen stünde als Geburtsort »Paris«. Wäre ich in Paris aufgewachsen, hätte ich trotzdem hervorragend Englisch gelernt in der Schule, und dann hätte ich, meinem Schicksal folgend, mit vierundzwanzig Jahren, nach meiner Übersiedlung nach Mailand, Italienisch gelernt. Kurzum, hätte ich wählen können, wäre Französisch meine Muttersprache geworden. Aber … dann bräuchten Marco und Claire mich nicht für die Übersetzungen, und folglich wäre ich nicht hier, um die Brosamen aufzupicken, deren ich in diesem Augenblick so dringend bedarf.

»*Come stai?*«, erkundigte sich Claire nach meinem Befinden. Ich ließ den roten Mantel an, um ihr zu signalisieren, dass ich ihr nicht zu viel Zeit stehlen würde, setzte mich aber hin, um nicht den Eindruck zu erwecken, ich wollte mit der Tür ins Haus fallen.

»Gut, bestens«, sagte ich. Und dann, um das Gespräch von meiner tatsächlichen Verfassung abzulenken, fragte ich sie: »Und wie geht's dir? Ist wieder Ruhe eingekehrt, nach Frankfurt?«

Claire blickte auf ihren Schreibtisch und schüttelte dann lächelnd den Kopf. »Na ja, weißt du, alles ist relativ …« Dann unterhielten wir uns ein wenig über Bücher – was es Gutes zu lesen gab, was bald erscheinen würde – und dann ein wenig über die Kälte; und dann ein paar Worte über Deutschland und ob wir je dort waren, und wo und wann, und dann sagte sie: »Also, Marco ist noch am Telefon, aber ich kann hier schon mal mit der ›Honorarnote für gelegentliche Arbeitsleistungen‹ anfangen. Weißt du deine Steuernummer?«

Bei diesem Detail geriet die Maschinerie ins Stocken. »Leider, mhm … Ich weiß sie nicht auswendig. Ich hab sie in meinen Kalender geschrieben, aber den hab ich nicht dabei …« Doch dann leuchtete mit einem *Blonk* ein inneres Lämpchen auf, und ich sprang vor lauter Begeisterung beinahe auf. »Moment mal!«, sagte ich. »Ich hab sie letzte Woche auch in einer E-Mail an Marco notiert. Sie wird noch in seiner Mailbox sein, oder?«

Claire drehte sich zum Bildschirm und legte die Hand um die Maus. »Mmm ... schauen wir mal, vielleicht hat er sie ja an mich weitergeleitet. Letzte Woche, sagst du?« Und sie kämmte ihren Outlook Express durch, während ich versuchte, ihr weitere Hinweise zu geben: »Es war am Montag, glaube ich. Soweit ich mich erinnere, steht ›Boring Information‹ in der Betreffzeile. Hast du sie gefunden?«

Unverwandt auf den Bildschirm blickend, prustete Claire los: »Borrring Inforrrmeschn?«, antwortete sie mit diesen schlaffen, unheimlich attraktiven »R«s. »Schauen wir mal ... Ah, oui! Voilà!« Dann fragte sie mich nach dem Betrag, und ich antwortete: zweihundert Euro – als wäre es bloß eine Zahl wie jede andere und nicht der Unterschied zwischen Licht und Dunkel.

»Gut«, sagte Claire, während sie zwei Kopien ausdruckte. »Unterschreib da unten und behalte eine Kopie für deine Unterlagen.« Ich war versucht, sie zu fragen: »Welche Unterlagen ...?«, aber dann dachte ich, dass das vielleicht nicht angebracht sei, nahm die beiden Kopien und setzte unter diejenige, die ich zurückgeben sollte, ein HBW. Die andere faltete ich in der Mitte zusammen und steckte sie in meine Tasche.

Jetzt gab es nur noch eine letzte potenzielle Hürde. »Hm ...«, setzte ich an. »Wenn ihr mir einen Scheck gebt, könntest du mir dann sagen, wo eure Bank ist?« Claire sah mich etwas verdutzt an, worauf ich konkreter wurde: »Nein, weil ... Hm, ich habe kein Bankkonto. Zurzeit nicht. Nicht hier, in Italien.«

»Oh«, lautete ihre Antwort. »Ich verstehe ... Na ja, wenn das so ist, dann sehe ich nach, ob wir im Büro Bargeld haben. Aber bitte, entschuldige meine Neugierde: Wie kommt es, dass du kein Bankkonto hast ... hier, in Italien?«

Ich schickte mich gerade an, ihr eine kleine Definition der Neuen Armen als der aufstrebenden sozialen Klasse zu liefern, als Marco hereinkam. Er hatte eine Cordsamtjacke an und eine Pfeife im Mund, wie es sich für einen Mailänder Literaturagenten gehört. Er begrüßte mich mit einem »Ciao, Hilary!«, und ich stand auf, um auf meinen Bäckchen-Bäckchen seine Küsschen-Küsschen entgegenzunehmen. »Was für ein schöner Mantel«, sagte er.

»Ciao, Marco … Danke.«

»Marco«, fragte Claire, »wäre es ein Problem, Hilary bar zu bezahlen?« Gesegnet sei sie dafür, dass sie ihm nicht genauer erklärte, warum.

Meine Bekanntschaft mit Marco Vigevani verdanke ich dem *New Yorker*. Vor Jahren, kurz nachdem ich ein Ziegelstein in der Pyramide von P mit großem P geworden war, betrat Marco eines Nachmittags die Buchhandlung. Ich war allein, erinnere ich mich, und mir fiel auf, dass er, ohne mich zu fragen, wo er auslag, und nachdem er mir einen »Guten Tag« gewünscht hatte, schnurstracks auf die Wand zuging, wo wir das einzige Exemplar des *New Yorker* halten, mit dem der Laden beliefert wird. Auch wenn es, im Gegensatz zu meinem, nicht eingeschweißt ist, blättert fast nie ein Kunde darin – ich selbst rühre es nicht an, weil meines früher zu Hause eintrifft –, und das Heft geht fast jede Woche retour und wird durch die folgende Nummer ersetzt. Der *New Yorker* ist nicht billig, und auch jemand mit englischer Muttersprache ohne Fernseher braucht eine Woche, um ihn auszulesen. Aber dieser Herr hatte eine Ausgabe in der Hand, die mir besonders gut gefallen hatte, und obwohl ich mich als Buchhändlerin und nicht als Zeitschriftenverkäuferin verstehe, gilt: Geschäft ist Geschäft.

»Entschuldigen Sie«, sagte ich hinter dem Ladentisch hervor. »Aber kennen Sie diese Zeitschrift?«

Der Herr sah mich an und hatte mit Sicherheit meinen Akzent bemerkt, der damals noch ausgeprägter war. »Ja ... ich kaufe sie nicht immer, aber ich kenne sie gut.«

»Ah ja, okay. Ich wollte nur sagen, dass in dieser Nummer ein wunderbarer Artikel von John Le Carré über seinen Vater steht. Er könnte aus einem seiner Romane stammen, aber er ist autobiografisch. Er gehört zu den schönsten Sachen, die ich in letzter Zeit gelesen habe, dieser Artikel. Die acht Euro lohnen sich allein schon deshalb, meiner Meinung nach.«

Er lächelte mich an und klappte die Zeitschrift zu. »Ja, davon habe ich schon gehört. Danke. Gekauft.«

Und dann plauderten wir eine Viertelstunde miteinander, vielleicht noch länger: über das, was wir beide machten, und sonst noch allerhand. Bevor er ging, gab er mir seine Visitenkarte. Sechs Monate später rief ich ihn an. Nicht, um ihm zu sagen, dass ich ein publikationsreifes Manuskript hätte, sondern um ihn zu fragen, ob ich mich in der Zwischenzeit irgendwie nützlich machen könnte. Ich war auf der Jagd nach den berühmten Brosamen, und es schien ihn zu freuen, mir welche zuwerfen zu können. Auch wenn ich ihm gegenüber nie in die Details meines täglichen Kampfes mit der existenziellen Unsicherheit ging, ahnte Marco in diesen Jahren bestimmt, dass mein Leben nicht ganz unbeschwert verlief. Und deshalb dürfte ihn Claires Frage nicht allzu sehr erstaunt haben.

»Natürlich, gar kein Problem«, lautete seine Antwort. Claire stand auf, um die Kasse zu holen, und ich versuchte, meine Verlegenheit mit Ironie zu überspielen, indem ich sagte: »Ich hoffe, ich plündere euch nicht völlig aus ...«

»Ha, ha«, kommentierte Marco und stieß den Pfeifenrauch aus. »Da besteht keine Gefahr, zumindest vorläufig nicht.«

Ich versicherte ihm, dass ich eines Tages für die Agentur eine Einnahmequelle sein würde und nicht nur eine gelegentliche Kostenverursacherin.

»Tja, das wäre mir ein echtes Vergnügen«, antwortete Vigevani mit einem Lächeln. »Auf diese Weise würden wir zusammen unermesslich reich.« Zwei Minuten und vier Fünfzigeuroscheine später spürte ich, wie sich meine Schultern entkrampften.

»Tausend Dank«, sagte ich zu den beiden, während ich das Geld in meine Manteltasche schob, in die mit dem heilen Futter. Jetzt, da ein Happy End in greifbare Nähe gerückt war, fasste ich für sie die Story in einem Satz zusammen: »Man hat mir angedroht, den Strom abzuschalten.«

»Wer?«, fragte Marco und nahm die Pfeife aus dem Mund. »Die AEM? Im Ernst?«

»Ja, im Ernst«, sagte ich. »Sie haben mich mit ›Liebe Kundin‹ angeredet und erklärt, dass es ihnen leidtäte, mir dies mitzuteilen.«

»Du hast einen Brief erhalten?«, fragte mich Claire mit ihren entzückend vibrierenden »R«s.

»Ich habe einen Brief erhalten«, bestätigte ich. »Wollt ihr ihn sehen?« Ich öffnete meine Tasche, zog die Thermosflasche mit dem Pfefferminztee und das Buch heraus, das ich gerade las, und legte alles auf dem Stuhl ab. Dann kramte ich weiter auf der Suche nach dem Umschlag, aber am Ende ließ ich nur die Zigarettenpackung und einen Handschuh auf den Boden fallen.

»Wie viel Zeug hast du denn da drin?«, fragte mich Marco und bückte sich, um die Zigaretten und den Handschuh aufzuheben.

»Geschafft! Da ist er!« Ich zog den Brief aus dem Couvert und strich ihn glatt, bevor ich ihn an Marco weiterreichte. »Entschuldigt bitte die Blutflecken«, sagte ich. »Ich hab mich am Papier geschnitten.« Marco überflog die ZAHLUNGSAUFFORDERUNG MIT FRISTSETZUNG, und Claire las über seine Schulter hinweg mit.

Ich erwartete, dass wenigstens einer von den beiden sagen würde: »So einen Brief hab ich auch mal bekommen ... Wie viel Angst einem das macht!« Doch stattdessen beschränkten sie sich darauf, mich mit dieser Mischung aus Zärtlichkeit, Belustigung und aufrichtiger Besorgnis anzusehen, an die ich mich allmählich gewöhnte.

»Tja«, meinte Marco, als er mir den Brief zurückgab. »Wenigstens gehörst du nicht zu denen, die sich langweilen.«

»Richtig«, seufzte ich und tat alles in meine Tasche zurück. Es war halb sechs vorbei und Zeit, sie allein zu lassen. Bestimmt hatten sie Wichtigeres zu erledigen, und ich hatte Hunger.

Sobald ich draußen war, kaufte ich mir ein Stück von dem Maronikuchen. Ich setzte mich auf eine Bank an der Piazza Sant' Ambrogio und verspeiste es. Ich nahm ein paar Schlucke vom Pfefferminztee, rauchte eine Zigarette und beobachtete das Kommen und Gehen der Studenten und anderer Bürger und fühlte mich schon viel, viel wohler.

Am nächsten Tag arbeitete ich mittags durch, damit ich die Buchhandlung eine Stunde früher verlassen konnte. Um Punkt vier Uhr verabschiedete ich mich von Jacopo und ging schnellen Schrittes, wenn auch nicht im Galopp, zum Postamt in der Via Carducci. Die ellenlange Schlange dort konnte mich nicht mehr nervös machen. Ich las ein paar Seiten in meinem Buch, und als ich an die Reihe kam, präsentierte ich mich, den gesamten Inhalt meines Briefkastens in der Hand, am Schalter. Dahinter tippte eine Dame Zahlen in den Computer ein und ließ die Rechnungen der Reihe nach durch eine Art Drucker laufen, der jedes Mal *Zzzzt* machte. Schließlich nannte sie mir eine Zahl, und ich überreichte ihr den geforderten Betrag. In dieser Geldübergabe lag kein Hauch von Würde, aber auch nichts Vulgäres: Es war eine Transaktion und weiter nichts. Das erwartete Gefühl der Genugtuung, dass ich endlich wie ein erwachsener Mensch auf die taktische Flucht verzichtet hatte, wollte sich nicht einstellen, ebenso wenig wie ein inneres *Fffiu*!

Während ich auf dem Heimweg an der Kirche des Schutzheiligen vorbeiging, überwältigte mich inmitten all der Studenten und der anderen Bürger ein heftiges Heimweh. Wie der Hunger manifestiert sich diese Sehnsucht als Leere im Magen, die sich aber nicht so einfach mit einem Stück Kuchen füllen lässt. Das Einzige, was man in einem solchen Augenblick tun kann, ist, sich sofort an den vertrautesten Ort zurückzuziehen, den man kennt – einen sicheren und warmen Platz, an dem einen eine riesige und saubere Wolldecke erwartet –, und das Licht auszuschalten.

3

Galoppierender Schwachsinn

EINE BUCHHANDLUNG MIT MISPELFARBENEN WÄNDEN *in ei-*
ner eleganten Straße in einer norditalienischen Metropole am zweiten Tag des
Monats Januar. Die meisten ihrer nicht minder eleganten Stammkunden ha-
ben ihre dicht bevölkerte Stadt verlassen, um andere dicht bevölkerte Städte im
Ausland zu besuchen; oder sie trinken einen Grog beim Après-Ski in irgend-
einem glitzernden kleinen Märchendorf an den Abhängen der Alpen. Die
wenigen Daheimgebliebenen haben sich in ihren behaglichen Häusern ver-
krochen und genießen die Stille, die die Stadt zwei Mal im Jahr bietet, wenn
ihre Bewohner massenweise in Urlaub fahren.

Es ist kurz vor sieben Uhr abends, und draußen ist es dunkel und kalt.

Die Buchhandlung ist warm und gemütlich und leer, bis auf die einsame
Ausländische Buchhändlerin, ein zierliches Persönchen um die dreißig, ame-
rikanischer Herkunft. Die unschöne Beugung ihrer Schultern deutet auf eine
gewisse seelische Überlastung hin. Obwohl sich die Ausländische Buchhänd-
lerin durchaus über die Ruhe an ihrem Arbeitsplatz freut, insbesondere nach
dem hektischen Vorweihnachtsbetrieb, ist sie sich doch durchaus der Tatsache
bewusst, wie unbedeutend die Tätigkeit des Bücherverkaufens wird, wenn weit
und breit niemand da ist, der Bücher kauft.

Die Ausländische Buchhändlerin zählt das dünne Bündel der Kredit-
kartenbelege durch, tippt die Zahlen in einen vorsintflutlichen, überdimensio-
nierten Taschenrechner, um dann die Summen auf einen Zettel zu übertragen.
Sie nimmt den Taschenrechner in die Hand, um besser sehen zu können, ver-
sucht, das Display mit einem Finger zu säubern, und bläst dann darauf. Ein
Staubwölkchen landet direkt in ihrem Gesicht. Ihre Augen beginnen zu trä-

nen. Sie stellt den Taschenrechner wieder auf den Ladentisch, blinzelt ins Licht und wartet auf den Nieser.

DIE AUSLÄNDISCHE BUCHHÄNDLERIN Haaaa-aaaa-aa …
tschiii!

Sobald sie sich wieder gefasst hat, bedient sich die Ausländische Buchhändlerin ihres Ärmels, um sich Nase und Augen abzutrocknen. Mit zwei Fingern zieht sie an einem Augenlid und blickt prüfend auf ihre Hand. Sie blinzelt wieder und sieht auf den Ärmel, den vorderen Teil ihres Pullovers und noch einmal auf die Hand. Mit dem Ausdruck wachsender Panik deckt sie das rechte Auge zu und beugt sich über den Ladentisch, eindeutig auf der Suche nach etwas.

DIE AUSLÄNDISCHE BUCHHÄNDLERIN *(vor sich hin murmelnd, mit dem Gesicht beinahe auf der Ladentischplatte)* Ach, zum Teufel …
Das hat mir gerade noch gefehlt … Sag schon, wo bist du?

Die Ausländische Buchhändlerin richtet sich auf, zupft erneut am rechten Augenlid und tastet dann ihre Wangen ab, den Pullover, die Innenfläche der Hand. Sie tritt einen Schritt zurück und schaut mit einem resignierten Seufzer auf den Fußboden. Sie duckt sich und verschwindet hinter dem Ladentisch.
   Just in diesem Moment betritt ein Herr Kunde, gefolgt von seiner Weiblichen Begleitung, die Buchhandlung mit den mispelfarbenen Wänden. Der Herr Kunde ist groß, hat leicht gelichtetes kastanienbraunes Haar, trägt Brille und ist auf eine lässig-elegante Art gekleidet, die man bei italienischen Linksintellektuellen häufig antrifft. Die schwarzen Haare seiner Weiblichen Begleitung sind perfekt geschnitten, aber seit Längerem nicht gewaschen. Und sie trägt eine jener dramatischen Halsketten, wie sie für Frauen mit gutem Geschmack und künstlerischer Ader typisch sind. Beide sehen sich in der Buchhandlung um, die in diesem Moment sich selbst überlassen wirkt. Der Herr Kunde räuspert sich.

DER HERR KUNDE Ist da jemand?

Die Ausländische Buchhändlerin richtet sich sofort auf. Sie ist sichtlich zerzaust und hat noch die eine Hand über das rechte Auge gelegt.

DIE AUSLÄNDISCHE BUCHHÄNDLERIN Hier bin ich. Entschuldigen Sie. Ich habe ... mhm, nach etwas gesucht. Auf dem Boden.

DER HERR KUNDE Aber ich bitte Sie. Haben Sie noch auf?

DIE AUSLÄNDISCHE BUCHHÄNDLERIN (*nimmt die Hand vom Auge, richtet sich die Haare*) Ja, natürlich. Bis sieben.

DER HERR KUNDE Dürfen wir uns umsehen?

DIE AUSLÄNDISCHE BUCHHÄNDLERIN (*mit ihrem gewinnendsten Lächeln*) Aber sicher. Falls Sie irgendwelche Fragen haben, wenden Sie sich bitte an mich.

Der Herr Kunde und seine Weibliche Begleitung steuern die Abteilung Neuerscheinungen/Belletristik an. Die Ausländische Buchhändlerin schließt das rechte Auge halb und verzieht das Gesicht bei dem Versuch, die Kunden schärfer in den Blick zu nehmen: Sie wohnen weder in dieser Gegend noch sind sie Stammkunden. Sie hat sie noch nie gesehen. Während sie sich mit der Miene erfahrener Leser umsehen, beugt sich die Ausländische Buchhändlerin vor und hebt die Tastatur des Computers hoch in einem letzten Versuch, ihre Kontaktlinse zu finden. Die Kunden unterhalten sich leise.

DER HERR KUNDE (*zu seiner Weiblichen Begleitung*) Einen Augenblick, ich frage sie mal. Entschuldigen Sie bitte ... (*er zeigt ihr ein Exemplar von* L'omonimo *von Jhumpa Lahiri, Verlag Marcos y Marcos 2003,* € 15,50) Wo finde ich ihr erstes Buch?

Die Ausländische Buchhändlerin richtet sich erneut auf, nimmt die Hand vom Auge und ordnet sich wieder die Haare. Sie starrt auf das Buch, kann aber den Titel nicht lesen.

DIE AUSLÄNDISCHE BUCHHÄNDLERIN (*schließt wieder das rechte Auge zur Hälfte*) Ach … es tut mir leid, aber könnten Sie mir sagen, um welches Buch es sich handelt? Es ist … ich kann es von hier aus nicht sehen.

DER HERR KUNDE O ja, natürlich. Dieses hier heißt *L'omonimo* und ist von …

DIE AUSLÄNDISCHE BUCHHÄNDLERIN (*mit halb geschlossenem Auge und verzogenem Gesicht*) Jhumpa Lahiri. Selbstverständlich. Und Sie wollen ihr erstes?

DER HERR KUNDE Ja, genau. Ihr erstes Buch.

DIE AUSLÄNDISCHE BUCHHÄNDLERIN (*entspannt das Gesicht und lächelt*) Sehr gut. Schauen Sie, es ist genau … da. An der Wand mit den Empfehlungen.

Die Ausländische Buchhändlerin kommt hinter dem Ladentisch hervor und geht zu dem Regal mit den Buchempfehlungen. Es hat den Anschein, als habe sie einige Schwierigkeiten, das Gleichgewicht zu halten. Der Herr Kunde und seine Weibliche Begleitung rühren sich nicht von der Stelle; sie betrachten sie unschlüssig.

DIE AUSLÄNDISCHE BUCHHÄNDLERIN Sie müssen mich entschuldigen. Ich habe eine Kontaktlinse verloren. Ausgerechnet jetzt. Ich bin schrecklich kurzsichtig. Eigentlich fast blind. Ha, ha.

DER HERR KUNDE (*rückt mit dem Anflug eines Lächelns seine Brille zurecht*) Ach ja. Ich verstehe Ihr Problem.

DIE AUSLÄNDISCHE BUCHHÄNDLERIN (*legt die Hand über das rechte Auge und nimmt mit der anderen das Buch der Lahiri von der*

Wand, an der das Schild »Unsere Empfehlungen« hängt) Hier, bitte sehr. Es ist wunderschön.

DER HERR KUNDE (*nimmt das Buch,* L'interprete di malanni, *Guanda 2003,* € 8,00) Haben Sie es gelesen?

DIE AUSLÄNDISCHE BUCHHÄNDLERIN Natürlich. Ich kann es Ihnen wärmstens empfehlen. (*zeigt auf das Schild »Unsere Empfehlungen«*)

DIE WEIBLICHE BEGLEITUNG (*tritt näher heran*) Worum geht's?

DER HERR KUNDE Das ist diese indische Schriftstellerin, von der ich dir erzählt habe. Ich bin mit ihrem zweiten Buch fast durch, und jetzt möchte ich auch ihr erstes lesen. Sie hat den Pulitzer gewonnen.

DIE AUSLÄNDISCHE BUCHHÄNDLERIN (*nimmt die Hand vom Auge*) Es sind aber Kurzgeschichten.

DER HERR KUNDE Na und?

DIE AUSLÄNDISCHE BUCHHÄNDLERIN Nein, nein, ich meine nur, dass … Manche Leute mögen keine Kurzgeschichten.

DIE WEIBLICHE BEGLEITUNG Ach ja? Und warum nicht?

DIE AUSLÄNDISCHE BUCHHÄNDLERIN Ich weiß nicht, aber es ist leider so.

DER HERR KUNDE (*hebt die beiden Bücher hoch*) Welches von den beiden hat Ihnen besser gefallen?

DIE AUSLÄNDISCHE BUCHHÄNDLERIN Ich liebe Kurzgeschichten. Aber den Roman habe ich noch nicht gelesen. Ich warte auf die englische Fassung.

DER HERR KUNDE Kann ich das Exemplar nehmen, das hier ausgestellt ist?

DIE AUSLÄNDISCHE BUCHHÄNDLERIN Selbstverständlich.

DIE WEIBLICHE BEGLEITUNG Ich möchte auch eines.

DIE AUSLÄNDISCHE BUCHHÄNDLERIN Es tut mir leid, aber ich glaube, das ist unser letztes. Weitere Exemplare kommen nach dem Siebten, wenn die Auslieferungen wieder beginnen. Wir sind … wegen Weihnachten … ein bisschen ausverkauft.

DER HERR KUNDE (*überreicht seiner Weiblichen Begleitung* L'omonimo) Nimm du derweil den Roman, er ist wunderschön.

DIE WEIBLICHE BEGLEITUNG (*betrachtet die Wand mit »Unseren Empfehlungen«*) Mmm, in Ordnung. Danke.

DER HERR KUNDE (*klemmt sich das Buch mit den Kurzgeschichten unter den Arm*) In Ordnung. Jetzt bräuchte ich noch ein Exemplar des *Cantico dei cantici.*

DIE AUSLÄNDISCHE BUCHHÄNDLERIN (*ohne den blassesten Schimmer, worum es sich handelt*) Ach ja. Okay.

DER HERR KUNDE Die Ausgabe von Adelphi.

DIE AUSLÄNDISCHE BUCHHÄNDLERIN (*äußerst dankbar für diesen Hinweis*) Ach ja, natürlich, natürlich. Alle Adelphi-Bücher haben wir dort, in diesen beiden Regalen. (*beugt sich mit einem halb geschlossenen Auge vor, um nach dem schon wieder vergessenen Titel zu suchen*)

DER HERR KUNDE (*hinter ihr stehend*) Aber das ist keine Belletristik. Oder sollte es bei der Belletristik stehen? Haben Sie keine Abteilung für Dichtung? Oder vielleicht für Religion?

DIE AUSLÄNDISCHE BUCHHÄNDLERIN (*versucht, Zeit zu gewinnen*) Mmm, tja. Ich erinnere mich nicht genau, in welcher Abteilung wir es halten. Ich schaue mal schnell im Computer nach.

Der Herr Kunde beugt sich vor, um die Rücken der Adelphi-Bücher zu studieren. Seine Weibliche Begleitung hat eines der empfohlenen Bücher in die Hand genommen und liest den Klappentext. Die Ausländische Buchhändlerin bezieht erneut Stellung hinter dem Ladentisch und versucht verzweifelt, sich an den Titel zu erinnern. Wieder legt sie eine Hand über das Auge, während sie mit der anderen unter »Verlag« »Adelphi« eintippt. Und weiter …? Irgendetwas mit Kant? Aber Kant hat doch keine Gedichte geschrieben – oder doch?

DIE AUSLÄNDISCHE BUCHHÄNDLERIN (*nach ein paar unsicheren Tippereien auf der Tastatur*) Entschuldigen Sie mich bitte, aber könnten Sie mir bitte den Namen des Autors nennen?

Pause.

DER HERR KUNDE Ich fürchte, nein. Es gehört zum Alten Testament.

Eine knallviolette Woge schießt von unter dem Rollkragen der Ausländischen Buchhändlerin bis hinauf zu ihrer Stirn. Die Ausländische Buchhändlerin beugt sich möglichst weit zum Bildschirm des Computers, als suche sie nach einem Weg, auf dem sie in ihn hineinschlüpfen und für immer darin verschwinden könnte.

DIE AUSLÄNDISCHE BUCHHÄNDLERIN (*nachdem sie mit der freien Hand verzweifelt in die Tasten gehauen hat*) Ach … da ist es ja! *Il cantico dei cantici.* Adelphi. Für sieben Euro achtzig. Abteilung Religion. Oberes Stockwerk. Ich hole es Ihnen.
DER HERR KUNDE (*immer noch vorgebeugt*) Ach, da schau her! Da ist es ja! Es war also doch bei der Belletristik. Sehr gut. (*am Ladentisch angekommen, reicht er ihr die beiden Bücher. Dann, nicht unfreundlich …*) Danke.
DIE AUSLÄNDISCHE BUCHHÄNDLERIN (*zu beschämt, um ihm ins Gesicht zu sehen*) Bitte sehr.

Der Herr Kunde geht zurück zu dem großen Tisch, auf dem die Neuerscheinungen ausliegen. Die Ausländische Buchhändlerin nimmt das Adelphi-Buch in die Hand und untersucht es mit ihrem sehtüchtigen Auge.

DIE WEIBLICHE BEGLEITUNG (*tritt, mit einem weiteren Buch in der Hand, an den Herrn Kunden heran*) Kennst du sie? Eine Kanadierin. Genial. (*sie reicht ihm* Il sogno di mia madre *von Alice Munro, Einaudi 2003,* € *16,50*)

DER HERR KUNDE Ich hab ein anderes von ihr. *Nemico, amico, amante* ... Sehr schön. (*nimmt das Buch, Einaudi 2002,* € *16,50*) Schönes Titelbild.

DIE WEIBLICHE BEGLEITUNG Gefällt es dir?

DER HERR KUNDE In Ordnung, ich nehme auch das. (*an die Ausländische Buchhändlerin gerichtet*) Was gibt es sonst noch Schönes?

DIE AUSLÄNDISCHE BUCHHÄNDLERIN Tja, lassen Sie mich mal überlegen ... Wenn Sie indische Schriftsteller mögen, gäbe es auch ... die Divakaruni? *La maga delle spezie.* Davon ist gerade eine preiswerte Ausgabe erschienen.

DER HERR KUNDE Ach ja. Aber das habe ich schon. Sehr schön.

DIE WEIBLICHE BEGLEITUNG (*tritt an den Ladentisch heran*) Ich brauche auch ein Buch. Die neueste Ausgabe von Lucrezio. I Millenni. Es ist im November herausgekommen.

DIE AUSLÄNDISCHE BUCHHÄNDLERIN (*unsicher in die Tasten hauend, erneut voller Zweifel*) Der Autor heißt Lucrezio Imilenni? Schreibt man ihn mit einem L oder mit zwei? (*es ist sonnenklar, dass sie noch nie von ihm gehört hat*)

Pause.

DIE WEIBLICHE BEGLEITUNG Nein. Es ist ein lateinischer Autor. Lucrezio alias Lucretius und nichts weiter. Er hat keinen Nachnamen.

Pause.

DIE WEIBLICHE BEGLEITUNG Er hat *De rerum natura* geschrieben. Bei Einaudi erschienen. I Millenni ist der Name der Reihe.

DIE AUSLÄNDISCHE BUCHHÄNDLERIN Aha. Okay. Danke. (*während sie auf der Tastatur herumklappert, fragt sie sich, ob sie auf der Stelle Selbstmord begehen oder lieber warten soll, bis die beiden ihre Bücher bezahlt haben*) Oh. Ich sehe gerade, dass wir diese Reihe nie geführt haben. Das Buch kostet allerdings fünfundsechzig Euro.
DIE WEIBLICHE BEGLEITUNG Ja, ich weiß.

Pause.

DIE WEIBLICHE BEGLEITUNG Aber das Buch haben Sie nicht?
DIE AUSLÄNDISCHE BUCHHÄNDLERIN Nein. Tut mir leid.
DIE WEIBLICHE BEGLEITUNG Schon gut.
DER HERR KUNDE (*studiert immer noch den Inhalt der Regale*) Dann also noch ein Letztes für mich. Was gibt's denn sonst noch Lesenswertes? Aber geben Sie mir ja nicht Dan Browns *Sakrileg*!
DIE AUSLÄNDISCHE BUCHHÄNDLERIN (*sehr erleichtert, weil das Alte Testament und die lateinischen Klassiker abgehakt sind*) Ich bitte Sie! Das hätte ich Ihnen niemals empfohlen. Und es ist sowieso ausverkauft.
DER HERR KUNDE Na, klar. Weihnachten.
DIE AUSLÄNDISCHE BUCHHÄNDLERIN (*kommt wieder hinter dem Ladentisch hervor, die Hand auf dem Auge, und versucht, ihr Selbstvertrauen zurückzugewinnen*) Tja, es gibt da etwas Großartiges … das heißt, etwas Amüsantes und Originelles, im letzten Jahr erschienen. Der größte Teil spielt in Indien. Mal sehen, ob wir es noch haben. Es heißt *L'imitatore* … Und … und … es war eines meiner Lieblingsbücher, aber es hat sich nicht gut verkauft, was schade ist. Es müsste hier stehen, bei den Hardcovern von Einaudi. Ich empfehle es immer … deshalb ist jetzt auch keines mehr da. Tut mir leid. Aber es lohnt sich. Sie müssten dann nächste Woche noch einmal vorbeischauen.

DER HERR KUNDE Ich kenne es. Der Autor heißt Kunzru, nicht wahr?

DIE AUSLÄNDISCHE BUCHHÄNDLERIN (*nimmt die Hand vom Auge und blinzelt vor Staunen*) Sie kennen es? Haben Sie es schon gelesen?

DER HERR KUNDE Ja, ich hab's gelesen.

DIE AUSLÄNDISCHE BUCHHÄNDLERIN (*sofort ermutigt*) Oh! War es nicht schön? Ich habe mich wirklich amüsiert.

DER HERR KUNDE (*lächelt*) Sehr schön, ja.

DIE AUSLÄNDISCHE BUCHHÄNDLERIN Merkwürdig, dass Sie es schon gelesen haben! Man hat den Eindruck, dass in Italien noch nie jemand etwas davon gehört hat.

DER HERR KUNDE Um ehrlich zu sein: Ich war bis vor Kurzem bei Einaudi. (*und zeigt auf seine Weibliche Begleitung*) Wir beide.

DIE AUSLÄNDISCHE BUCHHÄNDLERIN Ach, ich verstehe! Dann darf ich Sie beglückwünschen: Das ist ein ausgezeichneter Verlag. Aber das wissen Sie ja bestimmt schon. Ha, ha. Tja, jedenfalls war es wirklich eines meiner liebsten Bücher vom letzten Jahr, das von Kunzru. Wirklich.

DER HERR KUNDE Danke. Sehr liebenswürdig von Ihnen.

DIE AUSLÄNDISCHE BUCHHÄNDLERIN Aber wenn ich Ihnen etwas sagen darf …

DER HERR KUNDE Bitte sehr.

DIE AUSLÄNDISCHE BUCHHÄNDLERIN (*beginnt sich zu entspannen*) Also. Ich will sagen, dass ich oft versucht habe, dieses Buch zu verkaufen, weil es mir wirklich gefallen hat, und … meiner Meinung nach ist es fesselnd, nicht wahr? Man hat Lust, weiterzulesen, zu wissen, wie es ausgeht … Aber es war wirklich schwierig. Niemand wollte es kaufen, bis auf die Kunden, die mich kennen und sich auf meine Empfehlungen verlassen. Und das Problem war – es kommt Ihnen vielleicht albern vor, aber ich verkaufe von Berufs wegen Bücher

und weiß daher, dass es stimmt –, das Problem war das Titelbild!

DER HERR KUNDE Das Titelbild?

DIE AUSLÄNDISCHE BUCHHÄNDLERIN Ja, das Titelbild. Ich
habe es auf Englisch gelesen, und da hatte es ein anderes
Titelbild. Ja, es war sogar das Titelbild, das mich bewogen
hat, zu dem Buch zu greifen. Aber das von Einaudi war nicht
sehr … verlockend. Das heißt, wenn ich den Kunden das
Buch gezeigt habe, haben sie auf das Titelbild geschaut und
dann gesagt: »Nein, danke.« Aber die, die es gekauft haben,
sind wiedergekommen, um mir zu sagen, wie sehr es ihnen
gefallen hat. Nur dass, na ja, dass das Titelbild ein bisschen …
fad war für ein so spritziges Buch. Finden Sie nicht auch?

DER HERR KUNDE (*zu seiner Weiblichen Begleitung*) Hast du das
gehört? (*wieder zur Ausländischen Buchhändlerin*) *Sie* hat es ge-
staltet, das Titelbild. Dieses und viele andere.

Pause.

DIE AUSLÄNDISCHE BUCHHÄNDLERIN Mhm … wirklich? O
nein! Zu dumm! Oh … oje.

DIE WEIBLICHE BEGLEITUNG Ja, das stimmt leider. Das war
mein Werk.

DIE AUSLÄNDISCHE BUCHHÄNDLERIN Oh. Tut mir leid. Nein,
ich will sagen … Ich wollte sagen … es war ein sehr *anspruchs-
volles* Titelbild …

DER HERR KUNDE (*belustigt? Schwer zu sagen*) Jetzt sind wir beide
mit anderen Dingen beschäftigt. (*blickt auf die Uhr*) Na ja, ich
glaube, diese vier Bücher reichen für den Moment.

DIE WEIBLICHE BEGLEITUNG (*an den Herrn Kunden*) Ich warte
draußen auf dich. Ich brauche jetzt eine Zigarette. (*an die Ausländische Buchhändlerin*) Auf Wiedersehen.

DIE AUSLÄNDISCHE BUCHHÄNDLERIN (*am Boden zerstört*) Auf Wiedersehen.

Die Weibliche Begleitung geht hinaus.

DIE AUSLÄNDISCHE BUCHHÄNDLERIN (*versucht, sich auf dem Weg zur Kasse zu beruhigen*) Ja, und womit beschäftigen Sie sich jetzt? Wenn ich fragen darf.

DER HERR KUNDE Wir haben einen neuen Verlag gegründet. Einen kleinen. Nehmen Sie auch American Express?

DIE AUSLÄNDISCHE BUCHHÄNDLERIN Selbstverständlich. (*fragt sich, während sie die Karte durchzieht, ob sie die Tatsache erwähnen soll, dass sie selber auch schreibt, oder nicht, oder ob sie ihn vielleicht fragen soll, ob er Marco Vigevani kennt. Dann beschließt sie, besser nichts mehr zu sagen*) Brauchen Sie eine Tüte für die Bücher?

DER HERR KUNDE (*zieht einen Montblanc aus der Jackentasche*) Nein danke. Das geht sehr gut so.

Die Ausländische Buchhändlerin überreicht ihm die Quittung zur Unterschrift und schließt das Auge halb beim Versuch, den Namen auf der Karte zu lesen, bevor sie sie ihm zurückgibt: Vittorio Bo. Die Ausländische Buchhändlerin notiert sich das im Hinterkopf.

DIE AUSLÄNDISCHE BUCHHÄNDLERIN Mhmmm … Entschuldigung, aber …

DER HERR KUNDE (*reicht ihr die unterschriebene Kopie und steckt den Füller weg*) Ja, bitte?

DIE AUSLÄNDISCHE BUCHHÄNDLERIN Es … es tut mir wirklich leid wegen vorhin. Es ist nur, weil man im Englischen für *Il cantico dei cantici* etwas anderes sagt. Ich habe mich vertan.

DER HERR KUNDE Wie heißt es denn auf Englisch?

DIE AUSLÄNDISCHE BUCHHÄNDLERIN *The Song of Solomon.*
DER HERR KUNDE *The Song of Solomon.* Sieh mal einer an! Da haben wir beide also heute Abend etwas dazugelernt. Ein gutes Neues Jahr. Und das mit Ihrer Kontaktlinse tut mir leid. Ich habe mich inzwischen mit einer Brille abgefunden.
DIE AUSLÄNDISCHE BUCHHÄNDLERIN (*blinzelnd, unbeholfen*) Ha, ha. Tja. Danke. Ihnen auch ein gutes Neues Jahr.

Der Herr Kunde geht, die Bücher unter dem Arm geklemmt, hinaus.

Die Ausländische Buchhändlerin blickt auf die Uhr und holt dann die Schlüssel aus der Schublade, kommt hinter dem Ladentisch hervor und verschließt die Eingangstür. Sie seufzt tief auf … und vergräbt kopfschüttelnd das Gesicht in den Händen.

DIE AUSLÄNDISCHE BUCHHÄNDLERIN (*vor sich hin murmelnd*) … bin *ich* vielleicht ein *Idiot* … Mein Gott, so eine Blamage …

Wieder hinter dem Ladentisch stehend, beginnt die Ausländische Buchhändlerin, mit halb geschlossenem Auge in die Tasten zu hauen.

DIE AUSLÄNDISCHE BUCHHÄNDLERIN Vittorio … Bo … Einaudi.

In diesem Moment klopft jemand an die Eingangstür. Es ist Der Herzallerliebste, ein junger Mann von geduldigem Wesen und scharfem Verstand. Der Herzallerliebste ist gekommen, um sie nach Hause zu bringen. Mit einer Hand über dem Auge, kommt die Ausländische Buchhändlerin hinter dem Ladentisch hervor und schließt die Tür wieder auf. Sie lässt ihn eintreten, sperrt wieder zu und zieht die Schlüssel ab. Dann tritt sie an ihn heran, um, mit einem halb geschlossenen Auge, seinen Kuss entgegenzunehmen.

DER HERZALLERLIEBSTE (*Kuss*) Ciao *bellissima*. Alles in Ordnung? Was ist denn mit deinem Gesicht los?

DIE AUSLÄNDISCHE BUCHHÄNDLERIN Meinem Gesicht? Das ist mein *Auge*! Ich habe eine Kontaktlinse verloren. Ich kann nichts sehen, wenn ich es nicht zumache. Und auch dann komme ich mir ganz wackelig vor.

DER HERZALLERLIEBSTE Wann ist das passiert? Komm, gib mir die Hand und hör auf, solche Grimassen zu schneiden. Du siehst ja aus wie nach einem Schlaganfall.

DIE AUSLÄNDISCHE BUCHHÄNDLERIN (*nimmt seine Hand, sie gehen zusammen hinter den Ladentisch*) Ungefähr vor einer halben Stunde. Du kannst das nicht verstehen, aber so geht es nicht weiter. Ich muss mir unbedingt bald die Augen lasern lassen. So kann man nicht leben.

DER HERZALLERLIEBSTE Na ja, zum Glück ist niemand in der Stadt … Du würdest alle Kunden in die Flucht schlagen. Warum nimmst du nicht eine Brille mit? Für den Notfall.

DIE AUSLÄNDISCHE BUCHHÄNDLERIN (*die eine Hand wieder über dem Auge, benutzt sie die andere, um den Betrag der letzten Quittung in den Taschenrechner einzugeben*) Was ich wirklich immer dabeihaben müsste, ist ein Maulkorb. Den ich mir aufsetze, wenn ich in Versuchung komme, mit den Kunden zu plaudern. Ich glaube, heute Abend habe ich wirklich den Tiefpunkt erreicht – was meine Job-Performance anbelangt.

DER HERZALLERLIEBSTE (*legt seinen Schal ab*) Das sagst du immer. Bei der Arbeit erreichst du mindestens zwei Mal pro Woche den Tiefpunkt, soweit ich weiß.

DIE AUSLÄNDISCHE BUCHHÄNDLERIN Nein, dieses Mal meine ich es ernst! Ich habe kein Fettnäpfchen ausgelassen. Ich eigne mich wirklich nicht für diesen Beruf.

DER HERZALLERLIEBSTE Was ist denn dieses Mal passiert? Hast du jemanden beleidigt? Schlimmer als damals, als du dich dem Ex-Präsidenten des Senats gegenüber so fies benommen hast, kann es ja nicht sein!

DIE AUSLÄNDISCHE BUCHHÄNDLERIN Woher hätte ich wissen sollen, um wen es sich handelte? Und außerdem hab ich mich nicht *fies* benommen. Ich hatte nur nicht begriffen, dass er eine Tüte haben wollte.

DER HERZALLERLIEBSTE Und deshalb hast du ihm eine zugeworfen!

DIE AUSLÄNDISCHE BUCHHÄNDLERIN Stimmt nicht! Kannst du nicht *aufhören*, solche Sachen herumzuerzählen? Ich habe nur die *Entfernung* falsch eingeschätzt. Wie hieß er noch mal? Ich kann mir seinen Namen nie merken.

DER HERZALLERLIEBSTE Scognamiglio.

DIE AUSLÄNDISCHE BUCHHÄNDLERIN Sconi-*was*? Na, hoffentlich schreibt er niemals ein Buch ... Ich höre mich schon fragen: »Könnten Sie das bitte buchstabieren?«

DER HERZALLERLIEBSTE Ich glaube, er hat schon ein Buch geschrieben. Ja, sogar mehr als eins.

DIE AUSLÄNDISCHE BUCHHÄNDLERIN Na wunderbar! Jedenfalls war das von heute viel schlimmer. Ich bin *mehr* als nur gedemütigt. Ich vergehe vor Scham!

DER HERZALLERLIEBSTE Was ist denn passiert?

DIE AUSLÄNDISCHE BUCHHÄNDLERIN (*während sie die Geldscheine in der Kasse zählt*) Also, dieser Herr ist hereingekommen. Mit seiner Begleiterin. Sie waren die letzten Kunden des Tages, die einzigen übrigens in zehn Stunden, die den Laden betreten haben, um nach *Büchern* zu suchen. Alles ist bestens gelaufen, bis er mich nach dem *Cantico dei cantici* gefragt hat und ich mich nach dem Namen des Autors erkundigt habe. Nach dem Namen des *Autors* habe ich mich erkundigt! Verstehst du? Ich konnte mit diesem Titel nichts anfangen. Ich habe geglaubt, er hätte etwas mit Kant zu tun!

DER HERZALLERLIEBSTE (*unterdrückt mühsam ein Lachen*) Wieso? Entschuldige bitte, aber wie heißt denn der *Cantico dei cantici* auf Englisch?

DIE AUSLÄNDISCHE BUCHHÄNDLERIN Wir nennen ihn *The Song of Solomon*! Na, komm schon, du hast in Philosophie promoviert, kannst Englisch ... bist *Jude*, oder? Wenn dich jemand nach *The Song of Solomon* fragen würde, wüsstest du dann, was gemeint ist?

DER HERZALLERLIEBSTE Natürlich nicht! Keinesfalls. Oder wenigstens nicht auf Anhieb.

DIE AUSLÄNDISCHE BUCHHÄNDLERIN (*überträgt weitere Zahlen auf ein Blatt Papier, immer noch mit einem abgedeckten Auge*) Na also. Auf jeden Fall, dieser Herr heißt Vittorio Bo – ich habe auf seine Kreditkarte geschielt, während er zahlte –, und er hat mir gesagt, er sei bei Einaudi gewesen, und ...

DER HERZALLERLIEBSTE Vittorio Bo? Das ist doch nicht am Ende der Sohn von Carlo Bo? Wie alt war er denn?

DIE AUSLÄNDISCHE BUCHHÄNDLERIN (*legt den Füller hin, steckt das Blatt in eine Mappe mit dem Etikett »Tageskasse«*) Keine Ahnung. Vierzig? Fünfundvierzig? Warum? Wer ist Carlo Bo? O du lieber Himmel!

DER HERZALLERLIEBSTE Ein ehemaliger Senator. Und ein berühmter Intellektueller.

DIE AUSLÄNDISCHE BUCHHÄNDLERIN Na bitte, großartig! Ich google gerade nach Vittorio Bo Einaudi. Komm her und hilf mir. Er muss ein wichtiger Lektor gewesen sein. Er hatte *alles* gelesen.

DER HERZALLERLIEBSTE Da! ... Da ist ein Link zu einer Zeitung. Klick darauf.

Pause, während sie lesen.

DIE AUSLÄNDISCHE BUCHHÄNDLERIN (*mit lauter Stimme*) Geschäftsführer und Generaldirektor … Ach verdammt! Das ist ja noch schlimmer als ein Lektor, oder?

DER HERZALLERLIEBSTE Na ja, für ihn nicht, denke ich. Aber hier heißt es, dass er im November sein Amt niedergelegt hat.

DIE AUSLÄNDISCHE BUCHHÄNDLERIN Ja, er hat mir gesagt, dass er einen neuen Verlag gegründet hat. Einen kleinen.

DER HERZALLERLIEBSTE Ach ja? Dann kennt er mit Sicherheit Vigevani. *Dem* solltest du deine Sachen schicken.

DIE AUSLÄNDISCHE BUCHHÄNDLERIN Offensichtlich hast du noch immer nicht kapiert, was für eine erbärmliche Figur ich gemacht habe. Ich habe ihn gefragt, ob er wüsste, wer das Alte Testament *geschrieben* hat! Und das war erst der Anfang …

DER HERZALLERLIEBSTE Na ja, nicht unbedingt eine falsche Frage: Es handelt sich tatsächlich um eines der Rätsel unserer Zeit. Und dann, was ist dann passiert? Hast du ihm eine Tüte zugeworfen?

DIE AUSLÄNDISCHE BUCHHÄNDLERIN Nein! Könntest du bitte mit der Tütengeschichte aufhören? Dann hat seine Begleiterin mich nach etwas von einem Lucrezio gefragt …

DER HERZALLERLIEBSTE … Und?

DIE AUSLÄNDISCHE BUCHHÄNDLERIN Und ich habe sie gefragt, wie man seinen Nachnamen schreibt! Ob mit einem L oder mit zwei! Sie hatte so was wie Imileni gesagt.

DER HERZALLERLIEBSTE I Millenni? Aber das ist der Name der …

DIE AUSLÄNDISCHE BUCHHÄNDLERIN … der Reihe! *Jetzt* weiß ich es auch. Aber wir haben sie nie geführt, diese Reihe. Außerdem bin ich Amerikanerin und habe kein Latein gelernt! Das mit dem Latein ist eine schreckliche Bildungslücke, aber ich habe kein Problem, das zuzugeben! Allerdings heißt das noch nicht, dass ich ein Vollidiot bin, oder? Und dann, entschuldige bitte, hat er zwei Bücher von meiner Wand mit den Empfehlungen gekauft ... ausgerechnet er, der Generaldirektor von Einaudi!

DER HERZALLERLIEBSTE Ex-Generaldirektor, genauer gesagt. Was hat er gekauft? Die Inderin, die dir so gefällt, und außerdem? Haslett?

DIE AUSLÄNDISCHE BUCHHÄNDLERIN Nein, die Munro. (*schickt sich an, das elektrisch betriebene Rollgitter herunterzulassen*)

DER HERZALLERLIEBSTE Das, was ich gekauft habe?

DIE AUSLÄNDISCHE BUCHHÄNDLERIN Nein, das andere.

DER HERZALLERLIEBSTE Also, mach dir keine Sorgen; jeder merkt, dass du gebildet bist. Es ist nur, weil du Ausländerin bist: Jeder intelligente Mensch wird das berücksichtigen. Es hat nur ein Missverständnis gegeben wegen der Sprache. Du hast dich doch nicht fies benommen und bist nicht verletzend gewesen – oder?

Pause.

DIE AUSLÄNDISCHE BUCHHÄNDLERIN Na ja ...

DER HERZALLERLIEBSTE Was? Du hast ihn beleidigt? Ihn? Seine Begleiterin? Hm?

DIE AUSLÄNDISCHE BUCHHÄNDLERIN (*schaltet der Reihe nach Computer, Kasse, Stereoanlage, Lampen aus*) Tja ... vielleicht sie. Aber ich habe es nicht *absichtlich* getan. (*sie reibt sich die Stirn*) Du kannst dir nicht vorstellen, was für ein fürchterliches Kopfweh ich habe. Ich muss mich unbedingt lasern lassen. Glaubst du, dass das immer noch sehr teuer ist?

DER HERZALLERLIEBSTE Sehr teuer. Und lenk nicht ab. Inwiefern hast du sie beleidigt?

DIE AUSLÄNDISCHE BUCHHÄNDLERIN (*stöhnt*) Also, es war

schrecklich. Er wollte noch ein Buch kaufen. Okay? Und ich habe ihm *L'imitatore* vorgeschlagen.

DER HERZALLERLIEBSTE Den du auch mir aufgeschwätzt hast?

DIE AUSLÄNDISCHE BUCHHÄNDLERIN Ja, den. Aber dann hat er mir gesagt, dass er es schon gelesen hat. Und ich habe ihm zur Antwort gegeben: Wirklich? Fast niemand hat es gelesen, dieses Buch. Und dann hat er mir erzählt, dass er bis vor Kurzem bei Einaudi gewesen ist. Er und auch seine Begleiterin.

DER HERZALLERLIEBSTE Verstehe … *L'imitatore* ist bei Einaudi erschienen. Schön, und weiter?

DIE AUSLÄNDISCHE BUCHHÄNDLERIN (*fängt an, ihre persönlichen Sachen einzusammeln*) Und dann habe ich ihm gesagt, dass mir dieses Buch zwar sehr gut gefallen hat, ich es aber nicht verkaufen konnte, wenn ich es den Kunden empfohlen habe. Denn, weißt du, am Ende hängt doch viel von uns Buchhändlern ab. Tatsache! Wir sind wichtig. Ich habe gedacht, dass er sich für das *interessieren* würde, was ich zu sagen hatte.

DER HERZALLERLIEBSTE Und was genau hattest du ihm zu sagen?

DIE AUSLÄNDISCHE BUCHHÄNDLERIN Dass meiner Meinung nach das grundlegende Problem das Titelbild ist. Dass es nicht … nicht sehr verlockend war. Es ist so was wie zum Beispiel … ein Typ, der in einem Kanu sitzt und einem den Rücken zukehrt. So was macht nicht neugierig.

DER HERZALLERLIEBSTE Tja, das stimmt. Aber das gilt für viele Titelbilder von Einaudi. Oft sind sie dermaßen subtil, dass sie schon fad wirken. Findest du nicht?
(*und wartet darauf, der Ausländischen Buchhändlerin in den Mantel zu helfen*)

DIE AUSLÄNDISCHE BUCHHÄNDLERIN (*schlüpft in den Mantel*) Doch, das finde ich auch. Und rate mal, womit seine Begleiterin sich bis vor Kurzem befasst hat?

Pause. (*Die Ausländische Buchhändlerin dreht sich um, schaut ihn an und setzt sich den Hut auf*)

DER HERZALLERLIEBSTE Mit den Titelbildern von Einaudi!
DIE AUSLÄNDISCHE BUCHHÄNDLERIN Bravo!

Der Herzallerliebste prustet los.

DIE AUSLÄNDISCHE BUCHHÄNDLERIN Da gibt's nichts zu lachen. Ich hätte in den Boden versinken wollen. Verstehst du? Harakiri machen. Und die ganze Zeit habe ich dagestanden und sie nur mit einem Auge angepliert. Ich habe ausgeschaut wie ein … unterbelichteter Pirat.
DER HERZALLERLIEBSTE (*lacht immer noch*) Stimmt! Du siehst tatsächlich ein bisschen so aus wie ein unterbelichteter Pirat.
DIE AUSLÄNDISCHE BUCHHÄNDLERIN Da gibt es nichts zu lachen, wenn die hier mich entlassen. Und ich kann auch vergessen, dass ich je bei Einaudi veröffentlicht werde. Oder bei wem auch immer, wenn ich's recht bedenke. Ich bin nicht intelligent genug, um Bücher zu *verkaufen*, geschweige denn, welche zu *schreiben*.
DER HERZALLERLIEBSTE Wenn du ein bisschen weniger melodramatisch bist, schaffst du bestimmt beides spielend. Jedenfalls ist Vittorio Bo nicht mehr bei Einaudi. Niemand wird je von dieser Sache erfahren. Und außerdem hat er, entschuldige bitte, Bücher bei dir gekauft. Oder nicht?
DIE AUSLÄNDISCHE BUCHHÄNDLERIN Ja, vier. Ich habe ihm Rabatt gegeben, ohne es ihm zu sagen. Hoffentlich kontrolliert er den Beleg.

Beide gehen auf die Tür zu.

DER HERZALLERLIEBSTE Na also! Du bist eine tüchtige Buchhändlerin. Niemand wird dich entlassen. Hauptsache, du wirfst keine Tüten mehr durch die Gegend.

DIE AUSLÄNDISCHE BUCHHÄNDLERIN Aber dieses Mal habe ich es nicht getan! Ich habe ihn sogar gefragt, ob er eine wollte. Sehr liebenswürdig.

DER HERZALLERLIEBSTE Und?

DIE AUSLÄNDISCHE BUCHHÄNDLERIN Er hat gesagt: »Nein, danke.« Er hat gesagt, es gehe sehr gut so.

DER HERZALLERLIEBSTE Und bestimmt hatte er recht. Komm schon, Schielauge, du bist müde. Ich bringe dich nach Hause.

Die Ausländische Buchhändlerin und Der Herzallerliebste gehen hinaus.

4

Der gläserne Fahrstuhl

DAS LETZTE JAHR WAR DAS JAHR der Hochzeiten: fünf, zwischen Mai und November. Eigentlich sechs, wenn ich die wichtigste, im März, dazurechne, als meine beste Freundin Molly in San Francisco heiratete. Ich bin mit dem Schnurrbärtigen Regisseur hingeflogen, habe ihn zu mir nach Hause mitgenommen, ihn meinen Eltern vorgestellt, mit meinen Freunden, den Hunden und Behausungen meiner Familie bekannt gemacht. Wir waren zwölf Tage dort und haben mit dem weißen Subaru Outback, der meiner Mutter gehört und stets voller Labradorhaare war, die üblichen Stationen abgeklappert.

Der Schnurrbärtige Regisseur war der dritte italienische Boyfriend, der diese Reise – Mailand-Paris, Paris-San Francisco – mit mir gemacht und in meinem alten Zimmer in dem überbreiten Futon-Bett geschlafen hat, in dem die unbequemsten Kopfkissen des Hauses gelandet sind. Der dritte italienische Boyfriend, der in der Bar um die Ecke seinen Morgenespresso trank, bei der zierlichen Neapolitanerin, die genau einen Monat vor meiner Übersiedlung nach Italien hinter der Theke aufgetaucht ist und die mich jetzt jedes Mal, wenn ich zurückkomme, mit einem »Ciao *bella!*« begrüßt. Der dritte Boyfriend, mit dem ich die traumhaft schönen Küstenstraßen entlangfuhr, auf dem Weg zu dem in den Wäldern gelegenen Blockhaus meines Vaters, einen Kilometer vom Pazifischen Ozean entfernt, wo im Frühjahr die Robben hinkommen, um auf den Klippen ihre Jungen zur

Welt zu bringen. Und der dritte Boyfriend, der in den gläsernen Fahrstuhl des Saint Francis Hotel am Union Square geführt wurde.

Man betritt das Hotel, durchquert die große Eingangshalle, die mir jetzt durchschnittlicher und weniger elegant vorkommt als früher, aber das macht nichts, man geht an der Rezeption vorbei, biegt in den Gang rechts ein und fährt dann, ohne zu zahlen und ohne jemanden zu fragen, in einem völlig durchsichtigen Lift hinauf bis zum zweiunddreißigsten Stock. Es ist wie ein senkrechtes Karussell, aber in einem Ambiente, das Luxus vortäuscht, und verbunden mit dem vagen Gefühl, etwas Unerlaubtes zu tun, was der Sache einen zusätzlichen Reiz verleiht. Ich liebe diesen gläsernen Fahrstuhl, seit ich mich als Elfjährige samstags mit meinen Freundinnen im Stadtzentrum traf, wo wir herumbummelten, unser Taschengeld auf den Kopf hauten und Streiche aushecketen. Wir waren eine Clique aus der französischen Schule, und das Spiel ging so, dass wir, sobald wir das Hotel betreten hatten, so tun mussten, als wären wir Pariserinnen, die ihre Ferien allein, ohne Eltern, hier verbrachten. Wir gaben uns französische Namen, bis auf Fleur, die tatsächlich Französin war. Ich wurde Camille genannt.

»Ich komm nicht ganz mit«, sagt der Schnurrbärtige Regisseur, während er hinter mir durch die Drehtür des Hotels geht. »Warum Camille?«

»Keine Ahnung. Nur zum Spaß«, erwidere ich und mache kleine Schrittchen, um nicht gegen die Tür zu stoßen, die sich automatisch und zu langsam bewegt. Die Welt war besser, als man die Drehtüren noch anschieben konnte; heutzutage geben fast alle ihr eigenes Tempo vor – das niemals mit meinem übereinstimmt. »Es war so etwas wie ein Alibi, ein bisschen naiv, zugegeben. Ich war Camille, weil es in der Schule ein älteres Mädchen gab, das so hieß und das ich aus der Ferne anhimmelte. Hier herum, glaube ich. Oh, die Bar haben sie renoviert. Mein Gott, was für fiese Typen.«

»Aber gibt es den Namen Hilary denn nicht im Französischen, irgend so was wie *Hilaire* zum Beispiel?«

»Weißt du, es war einfach lustig, sich eine Geschichte auszudenken. Ich erinnere mich, dass ich mich an diesen Nachmittagen extravagant gekleidet und mir einen roten Hut mit schwarzem Samtband aufgesetzt habe. Die Rolle war die Hauptsache. Da sind wir ja! Hoffentlich kommt sonst niemand.«

Während wir auf den Aufzug warten, knöpft sich der Schnurrbärtige Regisseur den Mantel auf. Während des ganzen Urlaubs in San Francisco tut er nichts anderes, als seinen Mantel aus- und wieder anzuziehen. Das Wetter in San Francisco ist oft so: Es gibt Tage, an denen man das Gefühl hat, die Jahreszeit würde zwanzig Mal wechseln. Wahrscheinlich würde mir das in einer anderen Stadt auch auf den Geist gehen, aber wenn ich nach Hause komme, stört es mich nicht; es beruhigt vielmehr meine Sinne. Als wäre es, gefühlsmäßig, ein Teil von mir.

»Warum möchtest du nicht, dass andere Leute einsteigen?«, fragt mich der Schnurrbärtige Regisseur just in dem Moment, als eine kleine Gruppe von Kraftprotzen mit Taschen von Macy's und Starbucks-Bechern mit Trinkhalmen auftaucht. Er grinst, ich hebe den Blick und senke die Stimme, auch wenn es unwahrscheinlich ist, dass sie Italienisch verstehen.

»Es ist schön, ohne Zwischenstopp gleich ganz nach oben zu fahren. Wenn Leute dabei sind, die vorher aussteigen, macht es weniger Spaß. Nur deswegen. Warten wir auf den nächsten.« Als der Aufzug kommt, wirft uns das Grüppchen fragende Blicke zu. Der Schnurrbärtige Regisseur lüftet den Hut und neigt den Kopf, während er einen Schritt zurück tritt. »*Je vous en prie*«, sagt er. Die Muskelprotze bleiben wie erstarrt stehen, vereint in ihrer Unsicherheit.

»*Please, go ahead*«, fordere ich sie auf. »*We'll wait for the next.*« Der Schnurrbärtige Regisseur und ich lächeln uns zu.

Ein Herr in Cordsamtjacke und mit Baseballkappe sagt: »*Oh, okay. Thanks.*« Und der Aufzug füllt sich mit Beinen, Armen, Taschen und Bechern, bis die Tür sich schließt.

»*Très génial, chéri*«, sage ich.

»*Ça va sans dire*«, antwortet mir der Schnurrbärtige Regisseur. Und zieht seinen Mantel wieder an.

Vom obersten Stock aus sieht man die ganze Stadt – oder wenigstens den südöstlichen Teil: die Bucht, die Bay Bridge – die vernachlässigte kleine Schwester der Golden Gate –, die Schiffe, die Silhouette von *downtown*, alles aus einer solchen Höhe, dass es mir jedes Mal kalt den Rücken hinunterläuft, denn ich leide unter Höhenangst. Die Sonne scheint, ein leichtes Lüftchen weht, und da und dort ist eine hohe Wolke zu sehen, aber kein Nebel, folglich hat man eine hervorragende Sicht. Gewiss, von oben sieht fast jeder Ort faszinierender aus – selbst die Landschaften rund um die Flughäfen werden interessant, wenn man gerade abgehoben hat oder sich im Landeanflug befindet –, aber San Francisco ist von so verwirrender Schönheit, dass es eigentlich keines gläsernen Fahrstuhls in einem mittlerweile schon allzu populären Vier-Sterne-Hotel bedarf. Aber ein Spaß ist es doch.

Die Aufzüge laufen außen am Gebäude entlang: Von der Straße aus kann man sie sehen – wenn man weiß, dass es sie gibt, und sie einem etwas bedeuten. Als wir oben ankommen, im zweiunddreißigsten Stock, öffnen sich die Türen, aber wir steigen nicht aus, und niemand steigt ein. In der obersten Etage gibt es keine Zimmer, nur einen Saal, den das Hotel für besondere Anlässe vermietet, zum Beispiel für Hochzeitsfeiern. Ich bin nie dort gewesen. Ich halte einen Finger auf den Knopf mit dem Symbol > | < gedrückt, und wir bleiben ein wenig so, in der Schwebe. Ich zeige ihm die Sehenswürdigkeiten von oben und füge immer ein paar Informationen hinzu: das Museum of Modern Art von Mario Botta, das grauenhafte Hyatt in der Gestalt einer Jukebox, entworfen von einem armen Irren, das Baseballstadion, wo die Bälle, mit denen *homeruns* erzielt werden, oft in der Bucht landen, das berühmte Transamerica Building, das höchste Wohnhaus der Stadt: Ich glaube, es hat mehr als vierzig Stockwerke, aber ich erinnere mich nicht genau.

Der Schnurrbärtige Regisseur war schon einmal in San Francisco, nur für ein paar Tage und vor vielen Jahren. Zwischen ihm und mir liegt ein Altersunterschied von dreizehn Jahren, und unser gemeinsames Leben in Mailand dreht sich vor allem um seine Freunde, seine Familie, seine Lebensbereiche, die er mit Inbrunst zeigt und mit mir teilt. Das ist normal, wenn die eine Hälfte eines Paars aus einem anderen Land kommt. Es stört mich nicht, im Gegenteil: Er hat seinen Garten gut bestellt, und ich bin glücklich, ihn mit ihm zu teilen. Doch wenn ich mich ernsthaft verliebe, dann möchte ich dem Betreffenden auch die andere Hälfte von mir zeigen, den Teil, der in meinem täglichen Leben in Italien nicht zum Vorschein kommt. Manchmal braucht es einen äußeren Anlass, einen Anblick, damit er an die Oberfläche gelangt. Jedenfalls begeben sich meine Gedanken, während wir die Stadt unter uns und den wechselhaften Himmel vor uns betrachten, in eine Art freien Fall.

»Weißt du, als ich gleich nach dem elften September nach Hause geflogen bin, war hier alles voll mit amerikanischen Fahnen. Im Stadtzentrum wehte auf jedem Hochhaus eine. Es war seltsam. Vor allem, weil San Francisco nie eine Stadt mit besonderer Vorliebe für … *stars and stripes* war …«

Der Schnurrbärtige Regisseur drückt meine Hand. »Von oben gesehen scheint es tatsächlich gar keine amerikanische Stadt zu sein. Ich meine das … im positiven Sinne.«

Ich erwidere seinen Händedruck. Es muss eine Geste der

Solidarität gewesen sein, denke ich, aber mir kam es wie eine Herausforderung vor. Es war etwas Beunruhigendes an all diesen Fahnen, die aus dem Nichts auftauchten. Mein Gott, was für ein ... schrecklicher Moment. Schrecklich: Was für ein banales Wort für ein Ereignis, durch das die Welt Sprünge bekommen hat – in diesem Fall nicht die äußere Welt, aus Nationen, Drohungen und Feinden, sondern meine *innere* Welt aus Orten, Erinnerungen und Menschen, mit denen ich aufgewachsen bin. Wie oft passiert einem so etwas? Manchen nie.

Drei Tage hatte ich mit Malpensa telefoniert, und schließlich war es mir gelungen, einen Platz im ersten Flugzeug zu ergattern, das starten durfte: So was tut man für das, was man liebt. Dieser Besuch, unvorhergesehen und dramatisch, war der wichtigste seit meinem Wegzug ins Ausland. Im Hause von Mollys Eltern überall Leute: Im Salon und in der Küche versammelte man sich, um die Leere auszufüllen, die jene abwesende Person hinterlassen hatte, die ihrerseits der Grund für unsere Anwesenheit war. Hin und wieder, wenn Molly es nicht mehr aushielt, zogen wir uns in ihr altes Zimmer zurück. Und während all dieser Tage blieb die Tür nebenan zu – die Tür zum Zimmer ihres Bruders, des besten Freundes meines Bruders –, und nie mehr würde er sie öffnen. Es hatte nichts mit den Zwillingstürmen oder den Flugzeugen zu tun: ein Motorradunfall in Mexiko, während eines Tauchurlaubs mit seinem Vater, just am Morgen des elften September. Dreiundzwanzig Jahre alt, wie mein Bruder, der mir plötzlich gar nicht mehr so klein vorkam. Und warum sollte eine private Tragödie nicht am selben Tag stattfinden wie eine öffentliche? Ich habe bis heute nicht das richtige Wort für diese makabre Koinzidenz gefunden. Kann man auch dann von Ironie sprechen, wenn es nichts zu lachen gibt? Vielleicht wäre »paradox« besser. Während meines Aufenthalts blieb der Fernseher ausgeschaltet.

Das persönliche Unglück war überwältigend; es ließ keinen Platz für das kollektive.

»Ich wollte dir gerade sagen: ›*a penny for your thoughts*‹, aber ich habe keinen Cent bei mir«, sagte der Schnurrbärtige Regisseur einmal zu mir, ganz am Anfang unserer Beziehung. »Ich habe nur zwei Euro.« Wir lagen auf seinem Bett, auf den Decken, noch angekleidet bis auf die Schuhe, und küssten uns ohne Hast. Irgendwann hatte ich eine tief schwebende Wolke, so etwas wie einen Stratokumulus, gefühlt – nichts Beunruhigendes –, die sich genau in jenem Augenblick entschlossen hatte, hinter meiner Stirn vorbeizuziehen, dort, wo einen Moment zuvor noch die Sonne gestrahlt hatte. Der Schnurrbärtige Regisseur hatte für so etwas ein Gespür.

Ich lächelte. »Umso besser. Meine Gedanken sind sowieso viel mehr wert als einen Cent.«

Da schob er eine Hand in die Tasche seiner Jeans, zog ein Zweieurostück heraus, klemmte es zwischen Daumen und Zeigefinger und hielt es mir hin. »Wie viele Gedanken kann ich dafür kaufen?«

Ich wollte nach der Münze greifen, aber er schloss sofort die Hand. »Nein, sag mir zuerst, wie viele Gedanken du mir dafür gibst.«

»Für zwei Euro? Ich weiß nicht. Vier?«

»Fünfzig Cent pro Gedanke? Ich bitte dich, Hilary! Du bist doch nicht Descartes! Sagen wir zwanzig.«

»Zwanzig Gedanken? In welcher Zeit?«

»Zwanzig Gedanken à zehn Cent. Ich sage dir, welche und wann.«

Ich nickte. »Abgemacht.« Ich hielt ihm die Hand hin, und er

legte mir die Münze mitten auf den Handteller, bog mir dann der Reihe nach die Finger um und küsste meine Faust.

Und tatsächlich stellte mir der Schnurrbärtige Regisseur manchmal diese Frage: »Also, welcher Gedanke geht dir jetzt gerade durch den Kopf? Du musst es mir sagen, ich hab schon dafür bezahlt.« Dann versuchte ich, aus dem Knäuel einen einzigen luziden Gedanken herauszuziehen. Aber es ist schwer, auf Befehl einen Gedanken in Worte zu fassen – vor allem, wenn man sich zwischen sechzig verschiedenen entscheiden muss. Genauso schwer, wie wenn du erklären sollst, was dir an dem Menschen, mit dem du zusammenlebst, gefällt. Du bist unsterblich in den Mann verliebt oder dreißig Jahre mit der Frau verheiratet, doch wenn man dich bittet, die Dinge aufzulisten, die *gerade diesen Menschen* zu etwas Besonderem machen, wird dein Kopf leer.

Am Tag, als Mollys Bruder beerdigt wurde, war die Kapelle so voll, dass viele draußen standen und zuhörten. Die Ansprache, die mein Bruder hielt, hatte eine unglaubliche Wirkung: Mehr als zweihundert Leute lachten, trockneten sich die Augen und nickten, weil dieser Dreiundzwanzigjährige imstande war, die Dinge aufzuzählen, die aus seinem besten Freund etwas Besonderes gemacht hatten. Noch nie habe ich eine so zarte und unbändige Liebe empfunden wie an jenem Tag für meinen Bruder. Und bis ich selbst ein Kind habe – falls überhaupt! –, werde ich diese Art von Liebe wohl für niemanden sonst empfinden. Kein Grund zum Traurigsein. Es gibt Leute, denen das nie passiert.

All das geht mir durch den Kopf, während ich mich auf Augenhöhe mit den Wolken befinde. Eine Sekunde lang fürchte ich, dass der Schnurrbärtige Regisseur diesen Moment wählen wird, um einen weiteren Gedanken für zehn Cent zu verlangen – aber die, die mir jetzt durch den Kopf gehen, wiegen zu schwer, als dass ich sie in Worte packen könnte. Ich müsste mir etwas ausdenken, ihm vielleicht ein weiteres Erinnerungshäppchen an meine Freundinnen-Clique zuwerfen. Aber er schweigt, und sein Mantel hängt immer noch über der Haltestange vor uns. Wer weiß, worüber der Schnurrbärtige Regisseur nachgrübelt, während er im zweiunddreißigsten Stockwerk meine Taille umschlungen hält; vielleicht denkt er an seine erste Reise nach San Francisco. Während unserer gemeinsamen Ferien habe ich ab und zu gemerkt, dass er in die Vergangenheit abdriftete, und mich gefragt, welche Gefühle sein *rewind* wohl aufrührte. Er war vor Jahren hier gewesen, um mit einem seriösen und einflussreichen Produzenten zu reden, mit jemandem, der sein Skript gelesen und gesagt hatte: *wow, great, very interesting*; ich würde mich gern mal mit dir unterhalten. Wie oft passiert einem so was schon? Und der Schnurrbärtige Regisseur hatte ein Flugzeug genommen, auf eigene Kosten: So was tut man für das, was man liebt. Der Schnurrbärtige Regisseur hat es mir nie gesagt, aber er hatte wohl die Hoffnung gehegt, dieses Mal würde es klappen. Ich stelle ihn mir vor, wie er mit wild pochendem Herzen durch die Straßen wanderte, weil diese Begegnung seinem Schicksal einen Kick geben konnte, hinein in eine Zukunft, wie er sie sich vorstellte. Aber es war anders gekommen.

Daran, dachte ich, dachte er wohl, und vielleicht war es auch so. Doch der Schnurrbärtige Regisseur bricht das Schweigen mit einer Zehn-Cent-Frage: »Bist du sicher, dass gerade kein Baseballmatch stattfindet?«

Ich lache laut auf. Wenn es ein Thema gibt, über das der Schnurrbärtige Regisseur und ich in den sechs gemeinsamen Monaten niemals gesprochen haben, dann war es sicher der Sport.

»Mein Schatz, die Saison beginnt im April. Zurzeit finden

wirklich keine Spiele statt.« Ich drücke seine Hand, damit er nicht glaubt, ich würde seine Frage nicht ernst nehmen. »Nächstes Mal, okay?« Noch ehe ich den Satz beende, mache ich fern am Horizont eine Nebelbank aus: Wird es dieses Mal ein nächstes Mal geben? Dieser Zweifel war mir die anderen Male, bei den anderen Boyfriends, nicht gekommen. Da war ich überzeugt, dass die Zukunft, die ich mir vorstellte, bereits begonnen hatte. Aber es war anders gekommen.

Der Schnurrbärtige Regisseur zieht seinen Mantel von der Haltestange und schlüpft hinein. »Du hast gesagt, dass dein Bruder und dein Vater immer zu den Giants gehen?«

»Ja, sie haben eine Dauerkarte. Aber ich glaube nicht, dass mein Vater zu jedem Match geht. Weißt du, von dort, wo er wohnt, sind es drei Stunden mit dem Auto ... Aber es macht ihm großen Spaß. Er verbringt ein paar Stunden mit meinem Bruder im Stadion, und oft übernachtet er dann bei meiner Schwester.«

»Er ist ein guter Vater. Ihr habt Glück.«

»Ja, das wissen wir.«

Es vergeht ein weiterer Augenblick, in dem wir nichts sagen. Und dann frage ich ihn mit Blick auf meine Uhr: »*On y va?*« Es ist fast vier Uhr.

»*Oui, d'accord.* Fahren wir nach unten. Aber gib mir vorher einen Kuss.« Ich küsse ihn. Manchmal genügt das schon, um den Himmel wieder aufzuhellen.

Dann drücke ich auf den Knopf L, der für »Lobby« steht. Die Türen schließen sich, und der Fahrstuhl bewegt sich nach unten. Ich nehme wieder seine Hand und sage: »Weißt du, was wir jetzt machen? Etwas ganz Lustiges.«

»Was denn?«

»Wir machen einen Luftsprung, einen großen Luftsprung. Du wirst sehen, wie merkwürdig sich das anfühlt ...«, und ich befreie mich von der Umhängetasche und stelle sie auf den Boden, um so leicht wie möglich zu sein.

»Was machst du da? Soll ich mir den Mantel ausziehen?«, fragt mich der Schnurrbärtige Regisseur.

»Wäre vielleicht besser, dann bist du leichter.« Der Schnurrbärtige Regisseur zieht den Mantel aus und hängt ihn wieder über die Haltestange. »Fertig?«, frage ich ihn. »*Jump*!« Wir sind ungefähr auf der Höhe des sechsundzwanzigsten Stocks, als wir den Luftsprung machen und das Panorama blitzschnell auf *rewind* schaltet. Dieser Augenblick der Leere, wenn man nicht in dem Moment landet, in dem man zu landen glaubt, lässt mich jedes Mal erschauern – mich, die ich vor der Leere Angst habe. Der Schnurrbärtige Regisseur lacht, während mir ein kleiner Angstlustschrei entfährt.

»Jetzt machen wir's mit geschlossenen Augen«, sage ich und entziehe ihm meine Hand. Ich weiß nicht, in welchem Stock wir sind, als wir wieder springen, jeder für sich. Wenn man die Augen schließt und allein springt, kann man die Zeit anhalten: Warum, weiß ich nicht, aber es ist so.

5

Italienisch für Hunde

WENN ICH MIT MEINEN ELTERN telefoniere, muss ich öfter mal das Gespräch unterbrechen, um meinem Hund Bart etwas zu sagen. Seit ich einen Festanschluss habe, rufen sie mich immer abends an, wenn ich gerade das Essen zubereite – und deshalb geht die Unterbrechung meistens auf Barts Konto. Während ich koche, bringt er sich zwischen mir und dem Kühlschrank in Stellung, zwischen mir und dem Herd oder zwischen mir und dem Tisch, auf dem ich gerade den Salat anrichte oder die Zwiebel für den Soffritto klein hacke. Jede meiner Bewegungen – der Griff nach dem Hackbrett, das Aufschlagen eines Eis, das Auspacken einer Käseecke – interpretiert Bart als eine Verheißung, auf deren Erfüllung er mit offenem Maul warten kann. Deshalb endet auch die Zubereitung des einfachsten Mahls in einer Art unbeholfenem Walzer auf sechs Füßen, auf den ich mich nur widerstrebend einlasse, denn ich möchte am Ende eines langen Tages ja nur meinen Hunger stillen und gleichzeitig ein Telefongespräch mit meiner Mutter oder meinem Vater führen.

Daher kommt unweigerlich der Moment, in dem ich in die Sprechmuschel sage: »Excuse me just a second« und dann Sprache und Tonfall wechsele: »Bart, los, ab, verschwinde! Du hast schon gefressen und nervst hier bloß. Los, ab, verschwinde! *A cuccia! A CUCCIA!*«

Ohne dieses zweite *A CUCCIA* nimmt Bart mich überhaupt nicht ernst. Er ist ein Hund von melancholischer Wesensart, der offensichtlich gelernt hat, im Leben sehr schnell klein beizugeben; nur wenn es ums Fressen geht, verwandelt er sich schlagartig in einen unverbesserlichen Optimisten.

Bevor ich weitertelefoniere, warte ich auf das Geräusch, das sechzehn Krallen auf dem Parkett im anderen Zimmer erzeugen, und dann auf das *Plof!* seiner vierzig Kilo, die sich zur Ruhe legen, gefolgt von einem so gedehnten Seufzer, dass es fast schon theatralisch wirkt. Daraufhin stoße auch ich einen theatralischen Seufzer aus, wechsle wieder die Sprache und beklage mich auf Englisch: »Vor einer halben Stunde hat er gefressen, dieser Hund, und jetzt führt er sich auf wie ein ausgehungerter Büffel. Man braucht nur eine Zitrone in die Hand zu nehmen, und schon fängt er zu sabbern an, es ist ein Elend ...« Aber ich brummle das alles mit einem Lächeln ins Telefon, weil ich dieses Ritual – den hoffnungsvollen Blick, den tollpatschigen Walzer, das Tipptapp der Krallen, das *Plof!* und den lang gedehnten Seufzer – in Wirklichkeit sehr liebe und beruhigend finde.

»Was hast du zu ihm gesagt? Was heißt *a cuccia*?«, fragt mich der Elternteil, der gerade dran ist. Die Italienischkenntnisse meiner Eltern sind hoffnungslos. Ich weiß, dass beide einmal Geld in einen Sprachkurs investiert haben, hege aber den Verdacht, dass diese CDs, immer noch in ihre Cellophanhüllen eingeschweißt, seit Jahren irgendwo auf dem Boden ihrer jeweiligen Autos ruhen.

»Das heißt ›go to your bed‹.«

»Aha, verstehe. *Cuccia* heißt also ›Bett‹ ...«

»Nein, ›Bett‹ heißt *letto*. *Cuccia* sagt man nur im Zusammenhang mit Hunden. *Cuccia* ist speziell das Hundebett.«

»Ach so. Wie schön, im Italienischen gibt es also ein eigenes Wort für Hundebett?«

»Ja. Warum, haben wir das nicht?« Die Frage ist aufrichtig gemeint, kein Scherz – aber wie auch immer, der jeweilige Elternteil am Telefon lacht und antwortet, nein, im Englischen gibt es kein eigenes Wort für ein Bett, das exklusiv Hunden vorbehalten ist.

Meine Eltern amüsieren sich über die Tatsache, dass ich mit Bart Italienisch spreche, und ich glaube, irgendwie beeindruckt es sie auch. Ich lebe seit etlichen Jahren in Italien. Jahre, in denen ich gelernt habe, mein Alltagsleben und alles, was es mit sich bringt, in einer anderen Sprache zu meistern, einer Sprache, die ihnen fremd ist. Verstehen, lesen, sprechen, lieben, streiten, arbeiten – sogar träumen und schreiben, all das tue ich inzwischen auf Italienisch. Aber mit einem Hund reden? Tja, das ist der endgültige Beweis dafür, dass sich ihre Tochter bereits unwiderruflich und tief greifend assimiliert hat!

Mit dem eigenen Haustier zu reden ist eine sehr persönliche, spontane und intime Art, eine Sprache zu verwenden. Oft verändert man dabei ein wenig die Stimme, und man sagt Dinge, die man zu einem Menschen niemals sagen würde, nicht einmal zu einem Kind, weil man sich bei Kindern bemüht, korrekt zu sprechen und mehr oder weniger logische und nicht allzu abstruse Dinge zu äußern. Man kann sich einfach nicht neben ein Kind legen und gurren: »Mein Gott, wie lang seine Nase ist, wirklich verblüffend. Du hast eine Nase, lang wie eine lange Nacht, großporig wie Balsaholz, riesige Nasenlöcher, wulstig und feucht … wulstigfeucht, feuchtwulstig … Und diese Elefantenohren? Ja, wo kommen die denn her, diese Ohren? Sehen aus wie Schlappen. Schlappschlapp. Ein schlappes Vierbein. Ja, das bist du. Du bist ein Schlappenvierbein, ein Fellschlappenvierbein.« Denn ein Kind würde einen mit Fragen löchern, wie zum Beispiel: »Was ist Balsaholz?« Das Kind würde wissen wollen, was »verblüffend« und »wulstig« bedeuten, und es wäre verwirrt, weil ich »Vierbein« gesagt habe statt »Vierbeiner«. Wortspiele und Metaphern würden ihm entgehen. Kinder, auch die kleinsten, sind Wesen, die alles aufsaugen wie ein Schwamm und während sie heranwachsen, das wiederholen, was sie aufgeschnappt haben.

Wenn ich dagegen Bart ein Wesen nenne, das alles wie ein Schwamm aufsaugt, oder einen Fellschlappen, wird er von mir keine Erklärungen verlangen: Es wird ihm gar nicht auffallen, dass ich falsche Plurale bilde, und er wird sein Leben lang nicht bemerken, dass sein Frauchen viele Fehler macht, einen drolligen Akzent hat und manche Sätze nur sagt, um sich an ihrem Klang zu berauschen. Für jemanden, der seit Jahren mehrmals täglich korrigiert wird, an jedem Tag seines Lebens, von Freunden wie von Wildfremden, ist es ein wahrer Trost, sich einem konzilianten Zuhörer gegenüber unbefangen in der Zweitsprache ausdrücken zu können.

Mit Bart zu leben ist für mich nicht nur eine sprachliche Befreiung, sondern bildet mich in gewissem Sinne weiter. Nicht alle lernen, eine Fremdsprache mit Autorität zu gebrauchen, und ein Tier abzurichten ist ein guter Ausgangspunkt. Auch wenn man einem Hund in einer Stadt wie Mailand nicht viele Befehle beibringen muss: Komm, Fuß, Platz – das ist die Basis. Ich kann von Bart keine Wunder verlangen; für mich ist es bereits ein Erfolg, dass er an der Leine neben mir auf dem Fahrrad läuft und dass er im Restaurant nicht das Brot vom Tisch klaut. Italienisch ist die Sprache, die man auf der Straße hört, deshalb erschien es mir logisch, ihm das wenige, das er wissen musste, auf Italienisch beizubringen: Schließlich braucht ein Hund die Vokabeln nur, um zu gehorchen und um zu begreifen, wann er sich richtig und wann er sich falsch verhält – und nicht, um ins Ausland zu reisen, zu arbeiten oder die Gedichte von Eliot zu verstehen. Und außerdem sind im Italienischen die Imperativformen der Verben wunderbar geeignet, sich rasch verständlich zu machen und sofort die Aufmerksamkeit auch des schlichtesten und schusseligsten Tiers zu erregen, während die englischen Äquivalente sich demgegenüber als ungenau und schwach erweisen. *Via!*, *vieni!* und *giù!* sind effektvoll und eindeutig, während Ausdrücken wie »away!«, »come!« und »down!« irgendwie die Würze fehlt. »Stay!« lässt Raum für Zweifel, während mit *fermo!* jede Debatte beendet ist. Andererseits wäre es ein Jammer, eine lobenswerte Handlung lediglich mit einem schlappen einsilbigen »good« anzuerkennen: Ein schönes, lang gezogenes *Bra-aa-vo!* gestattet es dem Hund, sich in der vollen Anerkennung seines Herrchens oder Frauchens zu sonnen. Die einzige Ausnahme ist »sit«, das ich von Anfang an anstelle von *seduto* verwendet habe. *Se-du-to* ist zu lang, abgesehen von diesem ärgerlichen Schlussvokal, der je nach dem Geschlecht und der Anzahl der Hunde geändert werden müsste, und das erschien mir, offen gestanden, zu kompliziert, sowohl für den Hund als auch für mich.

Erfreulicher und befriedigender, als Befehle geben zu können, ist das breite Spektrum der scherzhaften Suffixe, das das Italienische zu bieten hat. Sicher, im Alltagsleben bin ich ihnen schon begegnet – *bene* wird zu *benino*, wenn es gar nicht so gut läuft; und wenn es sich um ein großes Abendessen handelt, wird aus der einfachen *cena* ein *cenone* –, ist aber von Hunden die Rede, dann brechen alle Dämme. Der Hund ist groß, schön und brav? Dann ist er ein *bel cagnone* oder gar ein *cagnolone*, wenn er zudem noch einen etwas dümmlichen Welpenblick hat. Große Pfoten sind *zampotte*, kleine *zampe piccole*, *zampette* oder *zampine*. Man hat die Wahl. Ein Hund hat viele Haare? Dann ist er ein *pelosone*. Und einer, der wenige Haare hat? Der wird zum *spelacchiotto*. Fragt man jemanden: »Was für einen Hund hast du?«, wird er dir antworten: »eine zwölf Jahre alte *volpettina*«, und meint eine süße kleine

Spitzdame, oder: »eine Art *lupacchiotto* aus dem Tierheim«, und charakterisiert damit einen pfiffigen jungen Schäferhund. Dank des Suffixes weiß der Zuhörer jedenfalls sofort Bescheid. Im Zusammenhang mit Hunden verleihen diese Variationen dem, was man beschreibt, mehr als nur einen Hauch Zärtlichkeit: Selbst das Wort *cagnaccio* enthält mehr Zuneigung für den betreffenden Vierbeiner, als in dem hässlichen Wort »Köter« steckt. Im Englischen dagegen gibt es all diese spielerischen Varianten ebenso wenig wie im Deutschen. Der einzige Trost für die armen englischsprachigen Hundebesitzer mit ihren blassen Adjektiven »big« und »small« ist, dass sie wenigstens nicht merken, was ihnen fehlt.

Es waren diese Koseformen, die mir am Anfang am meisten Probleme bereiteten. Die Kosenamen, die im zwischenmenschlichen Verkehr benutzt werden, waren mir wohlvertraut, aber man kann nicht gut durch die Gegend laufen und einem *cagnolone* »amore!« oder »tesoro!« hinterherrufen. Dank der unzähligen Spaziergänge, die ich mit Bartone und den anderen Hundebesitzern des Viertels in unserem kleinen Park unternommen habe, verfüge ich inzwischen über einen großen Vorrat an passenden Spitznamen für die Spezies Hund, die keine Missverständnisse aufkommen lassen, als da sind: *Patatone, prosciuttino, pistolino; puzzolino, brintolone, batuffolo; scamorzone, nasone, pulcioso; vitello, maialetto, carotino; trota, trottolina, tartufone.* Ich habe ein Weilchen gebraucht, bis ich sie alle mit der größten Selbstverständlichkeit verwenden konnte, lernte aber in der Zwischenzeit, dass es vollkommen akzeptabel ist, einen unbekannten *pelosone*, der neben dir an der Ampel steht und auf Grün wartet, mit einem *Ciao, patata!* zu begrüßen. Ja, fast garantiert wird sowohl er als auch sein zweibeiniger Begleiter deinen Gruß mit einem *sorrisone*, einem breiten Lächeln, erwidern; und unter einem grauen Mailänder Himmel kann dies zu den tröstlichsten Momenten des Tages gehören. Aber in San Francisco, was sagt man da? Es ist verrückt, aber ich kann mich wirklich nicht mehr erinnern. In einem Punkt aber bin ich mir ziemlich sicher: Auch wenn San Francisco eine Stadt mit freundlichen Bewohnern ist, in der fast alles möglich ist, wird niemand einen Hund je mit »Hi, potato!« begrüßen.

So kommt zwangsläufig der Abend, an dem ich am Telefon sage: »Ach, hör mal zu, Papa, bevor ich es vergesse.« Ich schlucke ein Raviolistück hinunter. »Wie nennen wir die Hunde auf Englisch?« Mein Vater – der sich, bevor er das Haus verlässt, die Taschen mit Keksen vollstopft, damit er an der Ampel die wartenden Hunde füttern kann – ist der richtige Adressat für diese Frage, denn meine Mutter würde einfach sagen, dass sie ihren Hund Hank »Hank«, oder, als Gipfel der Redseligkeit, »good Hank« nennt.

»Wie meinst du das? Wie wir sie nennen? Meinst du Spitznamen?«

»Ja, genau.« Im Teller sind noch ein paar Ravioli, und als meine Gabel ein wenig gegen die Keramik klickt, höre ich das *Flop!* von Barts vierzig Kilo, die sich aus der *cuccia* erheben, und dann das schwankende Tipptapp der sechzehn Krallen auf dem Parkett des anderen Zimmers. Ohne mich umzudrehen, weiß ich, dass er jetzt auf der Küchentürschwelle sitzt, mit Glupschaugen und angelegten Ohren, wie er es immer macht, wenn er Mitleid erregen will. Ich ignoriere ihn und esse weiter, während der Hund meinen Rücken mit Blicken durchbohrt.

»Also ... lass mich nachdenken. Ich nenne Jake ›big-brown-dog‹. Ich sage: ›Komm her, big-brown-dog‹, und dann ... ist er da! Verstehst du, er weiß es. Er weiß, dass er gemeint ist, der große-braune-Hund.« Ich übersetze den Satz still vor mich hin ins Italienische, während mein Vater fortfährt: »Oder wenn nicht, dann sage ich ›doggy-white-face‹«. »Weißgesicht« ist für einen Hund nicht übel, denke ich: Jake ist ein schokoladenfarbener Labrador mit starker Neigung zu Fettleibigkeit und einem Gesicht, das aus Altersgründen ganz weiß ist. »Also, ›doggy-white-face‹ sage ich in letzter Zeit vielleicht öfter. Stimmt's, Jake? Und dann schaut er auf meine Haare, als wollte er antworten: ›Wer im Glashaus sitzt …!‹.« Amüsiert über den Esprit seines Hundes, lacht mein Vater vor sich hin.

»Ha, ha, sehr lustig«, sage ich. »Aber ich habe nicht deine Spitznamen für Jake gemeint. Ich wollte wissen, welche man allgemein verwendet. Weißt du, wie zum Beispiel …«

»Wie zum Beispiel ›Darling‹? Oder ›Honey‹? So in der Art?«

»Aber nein! Nicht die, die man auch für Menschen verwendet. Das ist ja genau der Punkt! In Italien gibt es einen Haufen Möglichkeiten, lauter witzige Namen nur für Hunde, und ich frage mich immer, welche Entsprechungen es im Englischen gibt. Aber vielleicht gibt es ja gar keine … Ich erinnere mich nicht.«

»Nenn mir ein Beispiel.«

»Also … hier ist ›big potato‹ groß in Mode. Das heißt, auch der Tierarzt redet deinen Hund, wenn er ihn untersucht, mit ›big potato‹ an.«

»Große Kartoffel? Waaas? Der Tierarzt fragt den Hund: ›Wie geht's dir, große Kartoffel?‹«

Ich bekomme schier einen Lachkrampf. »Ja, genau. Oder auch ›großes Kalb‹. Aber es gibt auch ›kleiner Schinken‹, ›lange Zunge‹ und ›Stinker‹, die ganze Skala rauf und runter: ›großer Stinker‹, ›kleiner Stinker‹ …« Jetzt lachen wir beide.

»Und keiner wird böse, wenn du ihm sagst, dass sein Hund stinkt?«

»Nein, weil es keine Beleidigung ist; es ist ein liebevoller Ausdruck. Dann gibt es ›Kreisel‹ …«

»Kreisel? Das Ding, mit dem die Kinder spielen?« Wenn es

auf der Welt einen Hund gibt, der dem Kreisel-Bild in nichts entspricht, dann ist es Jake, der sich schon als Welpe mit der Leichtfüßigkeit eines soeben aus dem Winterschlaf erwachten Bären bewegt hat.

»Genau. Oder ›haarige Forelle‹ oder ›hässlicher Trüffel‹ …«

»Jetzt willst du mich aber veräppeln …«

»Nein, ich schwör's dir! Bei uns gibt es solche Namen nicht, oder doch?«

»Nein … Ich würde wirklich sagen, dass es bei uns solche Namen nicht gibt …« Ich merke an seiner Stimme, dass er in die Defensive geht. Ich möchte nicht, dass mein Vater glaubt, dass ich glaube, Hunde würden im Englischen weniger geliebt als im Italienischen.

»Na ja, ›big-brown-dog‹ ist auch sehr hübsch. Im Italienischen klingt das ebenfalls sehr gut. Ja, es reimt sich sogar.«

»Ach ja? Wie sagt man denn?«

»Man sagt *cagnone marrone*. Schön, oder?«

»Ja klar, ›*cagnone*‹ heißt ja ›dog‹ …« Ich denke an die noch eingeschweißten CDs unten auf dem Autoboden und frage mich, ob sie wohl auch eine Lektion enthalten, die den Hunden oder wenigstens den Suffixen gewidmet ist. Meinem Vater den Unterschied zwischen *cane, cagnone* und *cagnolino* zu erklären wäre ohnehin vergebliche Mühe.

»Genau, *cagnone* heißt ›dog‹. Bravo!« Ich sage tatsächlich »bravo«, weil es emphatischer klingt als »good«. »Jetzt mache ich aber Schluss, weil ich hier einen *cagnone* habe, der auf seine Ravioli wartet.«

»Erzähl mir nicht, dass in Italien die Hunde zum Abendessen Ravioli bekommen …«

Ich lache. »Nein. In Italien fressen die Hunde Hundefutter. Bart hat sein Abendessen schon verspeist. Aber er hofft auf die Reste von meinem.«

»Und heute Abend gibt es welche?«

»Ja, heute Abend schon. Genau vier Ravioli, die ich absichtlich im Topf gelassen habe.«

Ich lege den Hörer auf und drehe mich, immer noch am Tisch sitzend, auf meinem Stuhl um. Bart hat sich nicht von der Stelle bewegt, wo das Parkett des anderen Zimmers in das Linoleum der Küche übergeht. Als sich unsere Blicke treffen, stellt er die Ohren auf. Ich stoße mich vom Tisch ab, stehe auf und nehme meinen Teller in die Hand, um ihn zum Spülbecken zu tragen. Bevor ich die Arbeitsfläche erreiche, ist der Hund schon neben mir, und zu zweit vollführen wir ein paar tapsige Walzerschritte. »Okay, okay, warte eine Sekunde, *bufalone* ...!« Richtig, *bufalo*: Dass man einen Hund auch »Büffel« nennen kann, habe ich vergessen, meinem Vater zu sagen.

Ich greife in den Topf auf dem ausgeschalteten Herd und fische die Handvoll ungewürzter, ein wenig klebriger Ravioli heraus. »*Tob!*« Ich werfe sie der Reihe nach mit einem »*Tob!*« in die Luft und warte ab, bis er ein Stück verschlungen hat, bevor ich ihm das nächste gebe. Er kaut nicht einmal, dieser Hund, und hat Geifer am Maul. Auch wenn diesem Ritual etwas Pathetisches anhaftet, finde ich es in seiner Vorhersagbarkeit beruhigend. »*Tob!*« Häppchenwurf. »*Tob!*« Häppchenwurf. In weniger als dreißig Sekunden ist alles verputzt. Erst wenn er sieht, dass ich den Wasserhahn aufdrehe und nach dem Spülmittel greife, dreht sich mein Hund um und kehrt mit einem *Plof!* in seine *cuccia* im anderen Zimmer zurück.

Beim Abwaschen denke ich über dieses »*Tob!*« nach, das ich immer dann sage, wenn ich meinen Hund mit etwas Essbarem belohne. Auch das habe ich im Park gelernt, als ich den anderen Hundebesitzern bei ihren Übungen in Sachen Lohn-für-die-gute-Tat zuschaute.

»Was bedeutet dieses ›*Tob*‹?«, erkundigte ich mich, wie ich mich erinnere, bei einer Frau, die ein Päckchen Crackers vor ihrer *cagnolaccia* ausschüttete, um die Hundedame von dem Loch abzulenken, an dem sie weiterbuddeln wollte.

»›*Tòh!*‹? ›*Tòh!*‹ benutzt man, wenn man jemanden belohnt. Auch zu Kindern sagt man: *Tòh!* He, Sofia! *TOH! TOH!*«

»Schön, also ›*Tòh!*‹«, habe ich gesagt. Auch wenn es bei Sofia nicht besonders zu wirken schien.

Sofias Frauchen hat mich ein wenig verunsichert angeschaut. »Wieso? Gibt es das bei euch nicht? Nicht einmal für Kinder? Was sagt ihr denn in solchen Fällen?«

»Nein, bei uns gibt es kein ›*Tòh!*‹. Bei uns sagt man … Warte mal, lass mich nachdenken … *Boh*, ich erinnere mich nicht … Aber irgendwas muss es doch geben!« Ich wollte nicht, dass sie glaubt, im Englischen würden die Kinder weniger geliebt als im Italienischen.

Das sollte ich meinen Vater fragen, denke ich, während ich Topf und Teller, die inzwischen trocken sind, wegräume. Ich sollte ihn nach dem »*Tòh!*« fragen. Jemand, der durch die Gegend geht, die Taschen voller Kekse, um sie bei den Ampeln an die Hunde zu verfüttern – so jemand kennt bestimmt den richtigen Ausdruck. Es sei denn, im Englischen gibt es ihn wirklich nicht. Dann würde es sich um einen weiteren hoffnungslosen Fall handeln. Also ist es besser, ihm nichts zu sagen: Dann merkt er wenigstens nicht, was ihm fehlt.

6

Das Phänomen

Das Leben kann absolut phänomenal sein – und so sollte es sein, und
so wird es sein –, wenn Sie anfangen, das Geheimnis anzuwenden.
BOB PROCTOR, Philosoph,
Schriftsteller und Persönlicher Trainer

KOMISCH, WIE ES GELAUFEN IST! Komisch im Sinne von
merkwürdig. Man könnte es auch Zufall nennen. Es war Frühling,
und ich war in der Buchhandlung gerade dabei, die Neuerscheinungen einzuordnen, die Jacopo in den Computer scannte. In
dem Buchladen, in dem ich arbeite, ist die Belletristik nach Ver-
lagen geordnet, und ich stand vor dem Abschnitt *Sellerio*. Sellerio
ist ein Verlag in Palermo, dessen Bücher erlesene Objekte sind,
die man gern in der Hand hält: kleine elegante Bändchen mit
dunkelblauem Cover, edlem Papier, angenehm im Griff. Die
Bebilderung beschränkt sich auf ein Quadrat in der Mitte des
Schutzumschlags – immer Ausschnitte aus mehr oder weniger bekannten Gemälden. Der Name des Autors und der Buchtitel
sind in schlichten Lettern über das Quadrat in der Mitte gedruckt. Darunter steht *Sellerio editore Palermo*, in derselben Schrift-
art. Kein Logo.

»Das sind wirklich die mit Abstand elegantesten Bücher«,
sage ich zu Jacopo. »Die veröffentlichen wohl niemals Debüt-
autoren?« Ich fragte das weniger als Leserin oder Buchhändlerin
denn als Debütautorin. Die ich nicht war. Aber ich lebte – lebe –

in der Hoffnung, es eines Tages zu sein, weshalb ich zwangsläufig viel Zeit in der Buchhandlung damit verbringe, über das Fertige Erste Buch zu fantasieren; welcher Verlag wohl die erbitterte Bieterschlacht um das Manuskript gewinnt, wie das Cover aussieht und was in den fünf Zeilen der Autorenbiografie auf der Umschlagrückseite stehen wird, welcher Fotograf das Foto von mir macht und ob mein Nachname, der mit einem »W« beginnt, sich als Nachteil erweisen wird, sobald mein Erstling einmal keine Neuerscheinung mehr ist, die in sämtlichen italienischen Buchhandlungen und dann zweifellos weltweit prominent im Schaufenster ausliegt und sich neben der Kasse stapelt.

Jacopo, den ich oft bitte, meine Texte gegenzulesen und die Präpositionen oder Konjunktive zu korrigieren, und den ich manchmal zu unüblichen Zeiten anrufe, um ihn nach idiomatischen Wendungen oder anderen Geheimnissen der italienischen Sprache zu fragen, weiß genau, dass mein ganzes Leben darauf ausgerichtet ist, früher oder später einen persönlichen Strichcode zu haben. Ich konnte mich deshalb schlecht ärgern, als er mit einem verschwörerischen Lächeln sagte: »Aha, verstehe, du möchtest also eine *Selleriana* werden? Dann schau mal, was gerade hereingekommen ist: Der Autor ist vier Jahre jünger als du, und es heißt, er sei *die* neue Stimme der italienischen Belletristik. Kurzgeschichten, deine Spezialität. Hier.« Und von seinem Platz hinter dem Ladentisch reichte er mir einen Stapel schmaler dunkelblauer Bücher. Auf dem Cover ein Ausschnitt aus einem Porträt von David Hockney: ein Junge im weißen T-Shirt. Den fünf Zeilen über den Autor entnahm ich, dass er im selben Jahr wie mein Bruder zur Welt kam, aus Florenz stammte, aber in Mailand lebte und arbeitete. Der Gedanke lag nahe: Auch ich lebe und arbeite in Mailand. Wer weiß, vielleicht haben wir gemeinsame Bekannte? Obwohl mir sein Name nicht bekannt vorkam, ist Mailand letzten Endes doch ein großes Dorf. Über den fünf Zeilen mit Informationen über den Autor stand kein Foto; die Bändchen von *Sellerio* sind für so etwas zu edel. Der Klappentext gab eine knappe Zusammenfassung der drei Kurzgeschichten, und das Bändchen selbst war so dünn, dass man es in wenigen Stunden auslesen konnte.

»Er ist genauso alt wie mein Bruder«, sage ich zu Jacopo. Da ich automatisch eine Zuneigung zu Leuten fasse, die so alt sind wie mein Bruder, schwang in meinen Worten nicht der geringste Hauch von Neid mit, wirklich. »Und es soll wirklich gut sein?« Da das Buch gerade erst erschienen war, konnte das Urteil nicht von den Kritikern stammen, sondern von denen, die uns beruflich *Sellerio*-Bücher verkaufen, bevor wir sie an das Publikum weitergeben.

»Er muss so etwas wie ein Junges Phänomen sein. Nimm das Buch mit nach Hause, lies es, und wenn es dir gefällt, kannst du es ja weiterempfehlen.«

»Alles klar«, sage ich und lege ein Exemplar für mich zur Seite. »Wird gemacht.«

Die Menschen gingen zur Arbeit, sie erfüllten ihre Aufgabe, sie kamen nach Hause. Sie befanden sich in einer Tretmühle ohne eigene Macht, weil das Geheimnis von den wenigen Wissenden gehütet wurde.
DR. DENIS WAITLEY, Psychologe

Schreiben kann es, das Junge Phänomen. Ich habe sein Buch auf einer Parkbank, in Begleitung von Bart, am Nachmittag angefangen und es noch am selben Abend ausgelesen. Ich empfahl es persönlich vielen Kunden, verkaufte etliche Exemplare und sorgte dafür, dass das Buch lange an der Wand mit »Unseren Empfehlungen« ausgestellt blieb. Dass auch die Kritiker entzückt waren, tat ein Übriges. Mit den Rezensionen war ich nur in einem Punkt nicht einverstanden, denn mir gefielen die Kurzgeschichten in aufsteigender Reihenfolge – die zweite besser als die erste, und die dritte war mein Liebling. Sie handelte von einem jungen Mann, einem arbeitslosen Schauspieler in Rom, der nach Florenz zurückkehrt, um seinen Freund aus Kindertagen zu treffen, der beschlossen hat, ein Affe zu werden. Tatsächlich hatte diese letzte Geschichte keine Auflösung. Sie endete damit, dass der Freund des jungen Schauspielers in seiner Villa auf einem Hügel außerhalb von Florenz als Affe weiterlebt: Ganze Tage verbringt er damit, grunzend mit Pistazienschalen zu spielen, während seine Mutter versucht, die Fassung zu bewahren. Erstaunlicherweise empfand ich diese Erzählung als die glaubwürdigste der drei. Alle Rezensenten waren entgegengesetzter Meinung, nämlich dass die Qualität der Kurzgeschichten von Nummer eins bis Nummer drei abnähme – aber egal: Das Junge Phänomen wurde lanciert und gelobt, und ich steuerte meinen kleinen Teil zur Steigerung der Verkaufszahlen bei. Ein Exemplar schenkte ich sogar Carlo – mit der üblichen Aufforderung: »Lies es, bitte, und sag mir dann, was du davon hältst« – und überredete Jacopo, sich eines für die Osterferien zu kaufen. Jacopo liest vielleicht fünf Bücher im Jahr, deshalb war dies mein schönstes Verkaufserlebnis.

Das, woran Sie denken, führen Sie herbei.
LISA NICHOLS, Schriftstellerin und herausragende
Vertreterin der Persönlichen Motivation

Nicht, dass ich besonders über das Junge Phänomen oder sein Buch mit den drei Kurzgeschichten nachgedacht hätte, schließlich hatte ich mein eigenes Leben zu leben und an meine eigenen noch zu schreibenden Kurzgeschichten zu denken. Aber wenn ich etwas an meinem Beruf schätze, dann, dass er mir oft Gelegenheit gibt, über Bücher zu reden – wahrscheinlich öfter als die meisten anderen Menschen. So verbrachte ich ein angenehmes Juniwochenende im Landhaus meines Freundes Marco Vigevani, des Literaturagenten, und wir diskutierten gute zehn Minuten über dieses Buch, während wir uns im Swimmingpool tummelten und seine Zwillingstöchter, bewaffnet mit Tennisbällen, mit Bart auf dem Rasen herumtollten und versuchten, den Hund vom Wasser abzulenken.

»Die erste Geschichte ist gut, aber am besten finde ich die zweite«, sagte Marco, der rücklings auf der Luftmatratze lag. »Auch wenn sie etwas zu sehr an Cormac McCarthy erinnert.« Die zweite Kurzgeschichte handelt von zwei Brüdern und ihren Pferden.

»Stimmt, sie ist sehr schön«, antwortete ich und hielt mich in seiner Nähe über Wasser, »auch wenn mich ein wenig irritiert hat, dass er sie keinem bestimmten Ort oder Zeitpunkt zuordnet.« Zeit und Schauplatz sind für die Kurzgeschichten, die ich schreibe – oder schreiben werde –, wichtig, und deshalb achte ich auch beim Lesen besonders darauf. »Aber letzten Endes ist das eine Frage des Stils. Und Stil hat er wirklich.« Ich versuchte, die Missgunst zu unterdrücken, die hin und wieder hochkommt, wenn ich mit meinem Freund, dem Literaturagenten, über die Bücher anderer Leute spreche. Vielleicht ist »Missgunst« nicht das passende Wort, denn ich bin niemandem böse, der, selbst wenn er jünger ist als ich, schöne Bücher mit attraktiven Covern schreibt, die sich gut verkaufen und gut besprochen werden. Was ich an dem sonnigen Nachmittag im Pool des Literaturagenten zu unterdrücken versuchte, war wohl eher das quälende Bewusstsein meiner eigenen Unzulänglichkeit. Man hält es besser klein, sonst schlüpft die Selbstverachtung wie der Geist aus der Flasche. Der Tag würde schon noch kommen, an dem ein anderer Schriftsteller – vielleicht sogar das Junge Phänomen höchstpersönlich – in einem Swimmingpool über Mein Erstes Buch diskutieren würde. Ich musste nur daran glauben. Und es dann natürlich auch schreiben.

»Er soll ganz sympathisch sein«, sagte Marco. »Er arbeitet in der Werbung. Oder hat es zumindest getan. Ich habe gehört, dass er ein Jahr um die Welt gesegelt ist, nachdem er die Universität geschmissen hatte.«

Na und?, dachte ich. Mein Bruder ist *zwei* Jahre lang um die Welt gereist, zwar nicht im Segelboot, aber immerhin. Und mein Vater hat *vier* Universitäten geschmissen. Doch das erzählte ich Marco nicht. Schließlich hätte er zu jenen Bekannten gehören können, die das Junge Phänomen und ich gemeinsam hatten. Und wenn das Junge Phänomen Dinge tat, wie das Studium hinzuschmeißen und um die Welt zu reisen, konnte er auch jemand sein, der mir gefiel. »Ach, du kennst ihn? Er wohnt in Mailand, stimmt's? Hat er einen Agenten?«

»Nein, ich kenne ihn nicht, aber ich kenne Leute, die ihn kennen. Er hat keinen Agenten, aber ich habe gehört, dass …« Just in diesem Augenblick kreischten die Zwillinge los, während Bart im Galopp – hechelnd und von der Jagd nach den Tennisbällen erhitzt – an den Rand des Pools rannte und sich fragte, wo ich wohl abgeblieben war. Trotz der vier Zweibeiner, die »NEIIIIN!« brüllten, machte Bart einen Freudensprung ins Wasser und landete praktisch auf meinem Kopf. Alle lachten, denn der einzige Mensch, der den Hund nicht im Schwimmbassin haben wollte, war Marcos Frau, die gerade irgendwo im Haus beschäftigt war.

Schöpfung findet immer statt. Mit jedem Gedanken oder längerem Grübeln tragen wir alle zum Schöpfungsgeschehen bei. Denn aus diesen Gedanken wird sich etwas manifestieren.
REVEREND MICHAEL BERNARD BECKWITH, Visionär

Im Herbst kam das erste Buch des Jungen Phänomens auf die Shortlist des angesehensten Literaturpreises Italiens, und deshalb erschienen viele Interviews, nicht nur Rezensionen. Einmal hörte ich ihn im Radio; er hatte diesen typischen Akzent der Florentiner, die das »C« wie ein gehauchtes »H« aussprechen. »Coca-Cola« klingt wie »Hoha-Hola«. Nicht, dass er während des Interviews »Hoha-Hola« gesagt hätte; man merkte nur, wie stolz er auf seine toskanische Herkunft war. Und wer könnte ihm das verdenken? Dante war schließlich auch Toskaner. Außerdem ging aus einem Interview hervor, dass seine beiden Großmütter Amerikanerinnen waren, die Toskaner geheiratet hatten, und dass das Junge Phänomen meinem Geburtsland große Zuneigung und Bewunderung entgegenbrachte, was in diesen Zeiten bei Italienern eher selten vorkommt – vor allem wenn sie so alt sind wie mein Bruder. Und wer könnte es ihnen verdenken bei unserer Arroganz? Aber das Junge Phänomen liebte die amerikanische Literatur und bekannte sogar, er habe die Titelgeschichte der Sammlung zuerst auf Englisch schreiben wollen. Das hat mich tief beeindruckt, als Amerikanerin, die Kurzgeschichten auf Italienisch schreibt – wenn auch bislang mit wenig Erfolg. Komisch, nicht wahr? Im Sinn von merkwürdig. Einen Zufall könnte man das nennen. Der Versuch, in einer fremden Sprache zu schreiben, ist nicht unbedingt der naheliegendste Zeitvertreib. Es ist schwierig. Und Schwierigkeiten hatte ich in der Tat: Außerstande, einen verheißungsvollen Anfang zu einem guten Ende zu bringen, warf ich nach drei Seiten oder drei Absätzen oder drei Sätzen das Handtuch und fing etwas Neues an. Auf lange Sicht kann das demoralisierend wirken, vor allem, wenn dich deine Arbeit in Gestalt von Strichcodes und Covern mit dem augenfälligen Beweis konfrontiert, dass vielen anderen gelungen ist, was du gern erreichen würdest.

Viele Menschen fühlen sich durch ihre derzeitigen Lebensumstände blockiert, gefangen oder begrenzt. Welcher Art diese Umstände auch sein mögen, sind sie doch nur ihre momentane Gegenwart. Sobald Sie beginnen, das Geheimnis anzuwenden, wird die aktuelle Wirklichkeit beginnen, sich zu wandeln.

DR. JOE VITALE, Metaphysiker und Schriftsteller

Monate vergingen, und es war bereits Zeit, den alten Kalender wegzuwerfen und von vorn anzufangen. Das Junge Phänomen hatte den angesehensten Literaturpreis Italiens nicht gewonnen, und ich meldete mich zu einem Kurs für Kreatives Schreiben an. Mir ging es weniger um den Unterricht selbst als um die Anregungen, das Schreiben unter Zeitdruck und – warum nicht? – um Bestätigung. Ich wollte, dass jemand mir sagte, was ich schreiben und wie lang es sein sollte, wann ich damit fertig sein sollte und ob es gut oder schlecht war. Mein Kursleiter hieß Raul. Raul schreibt einen Roman pro Jahr. Ich hatte noch keinen gelesen, aber Jacopo kannte seine Übersetzung von Cormac McCarthys *Blood Meridian* und fand sie ausgezeichnet. Raul war ein sehr guter Pädagoge: Er sagte Dinge, die ich schon wusste, aber in einer neuen und begeisternden Weise. Außerdem erlaubte er, dass mich Bart zu den Stunden begleitete, was sehr freundlich von ihm war, denn er hatte ein wenig Angst vor Hunden. Raul hatte einen recht derben Humor, und wenn er zu unflätig wurde, verdrehte ich auf meinem Stuhl in der vordersten Reihe die Augen und stöhnte; aber unser literarischer Geschmack war ähnlich. Seit ich seinen Kurs besuchte, las ich etwas weniger und schrieb etwas mehr, nahm ich nicht mehr so viele Neuerscheinungen mit nach Hause, sondern nutzte die Zeit auf der Parkbank mit Bart, um mich mithilfe meines *New Yorker* auf dem Laufenden zu halten.

Mein schwuler holländischer Freund, der Blumenhändler,

schenkte mir eine Hyazinthenzwiebel und einen Topf dazu und versicherte mir, die Wahrscheinlichkeit, dass ich sie umbringen könnte, sei gering. Ich stellte den Topf auf den Küchentisch, neben den Stammplatz meines Laptops. Wir – ich, mein Computer, die Hyazinthenzwiebel im Topf und Bart, der unter dem Tisch lag – verbrachten viele Stunden dort und warteten auf die Blüte.

Dies alles ist geschehen durch das Wissen, wie das Geheimnis anzuwenden ist.
JACK CANFIELD, Schriftsteller,
Lebensberater und Motivationstrainer

Dries war es – mein schwuler holländischer Freund, der Blumenhändler –, der mir an einem düster grauen Samstagnachmittag, an dem ich und Bart auf eine Tasse Tee bei ihm hereingeschaut hatten, zum ersten Mal von *The Secret* erzählte. Dries hatte neun Jahre in Japan gelebt und machte immer einen sehr guten Tee; er sprach fünf Sprachen mehr oder weniger fließend, aber wir beide unterhielten uns auf Englisch.

»Oh my God«, sagte er. »Gestern Abend war ich mit Dagmar aus, und sie hat von nichts anderem geredet als von *The Secret*. Hast du je davon gehört, von diesem Geheimnis?«

Dagmar ist seine polnisch-kanadische Freundin, die mit einem elf Jahre jüngeren Mailänder zusammenlebt: Er ist professioneller Billardspieler, sie gibt Englischunterricht und bietet in der Freizeit Massagen an, um ihr Gehalt aufzubessern. Dagmar gehört zu den Menschen, die einen bei der ersten Begegnung sofort nach Tag, Monat und Jahr seiner Geburt fragen. Daraufhin stellt sie blitzschnell eine Berechnung an und teilt einem dann seine Zahl mit, aus der folgt, was gut oder schlecht an seinem Charakter ist, zu welchen anderen Zahlen man passt und welche man besser meidet. Sie sagt dir sogar, welcher Teil deines Körpers am anfälligsten für Krankheiten ist. Ich habe öfters mit Dagmar zu Abend gegessen, und jedes Mal haben wir mindestens zwanzig Minuten über Zahlen diskutiert. Ich bin eine Fünf. Wir Fünfen sind Kommunikatoren. Wir suchen die Freiheit und müssen besonders gut auf unser Herz achtgeben. Oder auf unsere Leber. Vielleicht sind es aber auch die Nieren.

Zurück zu Dries: »Du lieber Himmel!«, rief ich. »Nein, ich habe noch nie etwas von *The Secret* gehört. Aber ich kann mir vorstellen, um was es geht. Es hat für alles, was in deinem Leben nicht gut läuft, eine Lösung – stimmt's?«

Dries stieß lachend den Rauch seiner Camel Light aus. »Genau, Schätzchen, genau darum geht es. Dagmar hat gesagt, dass es einen ganz anderen Menschen aus dir macht und dass ich es mir unbedingt anschauen muss.«

»Aha, okay. Dieses *Geheimnis* ist also etwas zum Anschauen?«

»Ja, du kannst es mit einer Kreditkarte aus dem Internet herunterladen oder dir auch per Post bestellen. Dagmar leiht es mir, sobald sie es sich zum zweiten Mal angesehen hat.«

»Donnerwetter, dieses Geheimnis muss ja wirklich topsecret sein, wenn man es sogar aus dem Internet herunterladen kann!«, sagte ich und griff nach der Teekanne, um unsere Tassen nachzufüllen. »Ich glaube, ich habe mir vor ein paar Jahren mal einen ähnlichen Film angeschaut. Damals ging es darum, die Regeln der Quantenphysik auf das Alltagsleben anzuwenden. Ziemlich überspanntes Zeug, aber es hat mir gefallen. Allerdings war ich vollkommen bekifft. Die Schauspieler waren reine Lachnummern.«

»Überspannter als der hier kann er nicht gewesen sein. Warte, ich zeig ihn dir. Ich habe heute Morgen den Gratis-Trailer heruntergeladen. Komm mit.« Er nahm eine Camel Light aus seinem Päckchen, das auf dem Tisch lag, und wir gingen ins Wohnzimmer, wo Bart vor Dries' gewaltigem Sofa saß und es anstarrte. »O mein lieber Bart«, sagte Dries. »Es tut mir wahnsinnig leid, aber ich habe dein Tuch vergessen.« Er stürzte zum Schrank im Flur und kam mit einem riesigen Strandtuch zurück, das er auf die Mitte des Sofas breitete. Bart kletterte hinauf und streckte sich mit einem Seufzer darauf aus. Dries hatte zwei Monate mit sich gekämpft, ob er das hell sandfarbene Sofa kaufen sollte, auf dem fünf Leute Platz hatten und das ihn zwei Monatsgehälter kostete. Dries war mir sehr sympathisch, aber die Tatsache, dass er meinem großen schwarzen und haarigen Hund erlaubte, sich auf dieses Sofa zu legen – »Auf dem Parkett hat er es nicht so gemütlich, der Ärmste!«, sagte er immer –, steigerte meine Verehrung ins Unermessliche. Dries war eine Sechs. Die Sechsen sind altruistisch und mitfühlend.

Dries' Laptop hatte seinen Stammplatz auf dem mittleren Brett seines großen, zwei Meter breiten Bücherregals, das bis zur Decke reichte und fast keine Bücher enthielt. Wir setzten uns davor, und während er auf Google ging, einen Doppelklick machte und dann auf Download und schließlich auf Buffer drückte, sah ich mich nach einem Feuerzeug und einem Aschenbecher um. Unvermittelt quoll eine apokalyptische Musik aus den Lautsprecherboxen. »Es geht los!«, brüllte Dries. Ich stürzte mich neben ihn, den Aschenbecher in der Hand.

»*Im Laufe der Geschichte hatten alle großen Geister etwas gemeinsam ...*«, und auf dem Bildschirm erschienen die Porträts von Beethoven, Lincoln, Edison und Einstein zusammen mit ihren »Unterschriften«, als würden sie auf diese Weise ihr Einverständnis erklären.

»O mein Gott«, sagte ich. »Mir ist jetzt schon schlecht. Armer Lincoln ...«

Die apokalyptische Musik wurde immer frenetischer, um mit dem schnellen Rhythmus der Filmschnitte mitzuhalten: ZACK –

ein Ritter in Rüstung verliest im Fackelschein ein Dokument; ZACK – ein Mann in einer Toga vergräbt verzweifelt eine Papyrusrolle im Sand, im Hintergrund zwei Pyramiden; ZACK – Großaufnahme der Hände eines Priesters (was sich aus dem violetten Gewand und dem goldenen Kreuz schließen lässt, das ihm um den Hals hängt), der einen Text aufrollt und davonläuft; ZACK – wir sind in einem dunklen Saal voll weiß gekleideter Männer, die mit finsteren Mienen um einen Tisch herumsitzen; ZACK – ein tibetischer Mönch reibt eine Lampe, und dann – ZACK – sehen wir denselben Mönch aus der Perspektive eines riesigen blauen Dschinns. Beim Anblick des riesigen blauen Dschinns konnte ich mir das Lachen nicht mehr verbeißen. Während dieser hektischen Montage wurde uns mitgeteilt, dass das Geheimnis bis jetzt VERBORGEN, BEGEHRT, VERBOTEN und GEÄCHTET wurde. Ich drückte meine Zigarette aus. »Und dann verstehen die Leute nicht, warum ich das Internet hasse …«, murmelte ich, und Dries kniff mir in den Arm, um mich zum Schweigen zu bringen.

Nach einer weiteren lärmenden Minute teilte uns eine Stimme mit, dass wir *uns auf den Beginn einer neuen Epoche der Menschheit vorbereiten* müssten. Aber hier endete der Gratis-Trailer, und auf dem Bildschirm erschien so etwas wie ein Formular, über das wir uns die komplette Version des Geheimnisses noch heute bestellen konnten.

»Wenn sie ›komplette Version‹ sagen, was soll das heißen? Wie lange dauert sie?«

»So lange wie ein Spielfilm, Schätzchen. Sagen wir, neunzig Minuten.« Dries fuhr seinen Computer herunter, und wir gingen wieder in die Küche. »Was sagst du dazu? Wenn Dagmar ihn mir ausleiht, schauen wir ihn uns dann zusammen an?«

»Ja, unbedingt!«, antwortete ich. Ich nahm meine Jacke und Barts Leine vom Stuhl. Es sah aus, als würde es gleich regnen, und ich wollte schnell nach Hause. »Ich rufe heute Abend meinen Hundesitter an und frage ihn, ob ich ihm ein paar Joints abkaufen kann. Ich kann mir solches Zeug unmöglich neunzig Minuten lang unbenebelt anschauen.«

Dieses Prinzip lässt sich in drei einfache Wörter zusammenfassen: Gedanken werden Dinge!
MIKE DOOLEY, Schriftsteller und internationaler Redner

Wenige Tage später war es so weit. Dries kam am Dienstagabend zu mir mit einer Riesentasche voller Frischhalteboxen, mit selbst gekochtem Coq au vin und Beilagen. Eigentlich hatte ich das Abendessen übernehmen wollen, aber er hatte insistiert: »Nein, ich koche, und du wäschst ab. So ist es fair, Schätzchen.« Er hatte den Film besorgt und ich drei fachkundig gedrehte Joints vom Hundesitter. Obwohl Dries aus Amsterdam stammte und ich aus San Francisco, waren wir beide nicht imstande, einen anständigen Joint zu drehen – eine Tatsache, die wir ebenso lustig wie peinlich fanden. Wir rauchten die eine Hälfte vor dem Essen und legten die andere zur Seite, in Erwartung der neuen Epoche der Menschheit.

Nach dem Essen gingen wir ins andere Zimmer; ich hantierte am DVD-Player herum, während Dries es sich auf dem Sofa bequem machte. Als er mir den Joint reichte, kam ich mir schon ein wenig benommen und verblödet vor. Ich klatschte in die Hände und brüllte: »Ich kann kaum erwarten, *komplett transformiert* zu werden! Und stell dir vor, alles, was wir dafür tun müssen, ist *schauen*!«

»Ich weiß, Schätzchen. Nichts leichter als das ...«

Urplötzlich setzte eine apokalyptische Musik ein. Bart erhob sich aus seiner *cuccia* und verzog sich in die Küche.

Das Geheimnis ist das Gesetz der Anziehung! Alles, was in Ihr Leben kommt, ziehen Sie selbst in Ihr Leben herein.

BOB PROCTOR, Philosoph,
Schriftsteller und Persönlicher Trainer

Anscheinend spielt es keine Rolle, ob das, was in dein Leben kommt, positiv oder negativ ist. Wenn du zum Beispiel – und das wurde mithilfe von Schauspielern demonstriert – die fixe Idee hast, dein Fahrrad mit zwölf Schlössern abzuschließen, aus Angst, dass es dir geklaut wird, dann wird es dir tatsächlich GEKLAUT, und zwar aufgrund der Tatsache, dass das Universum diesen Gedanken – »Fahrrad« in Verbindung mit »geklaut« – gehört hat. Du musst also dein Fahrrad abschließen, aber NICHT, weil du Angst hast, dass es geklaut wird. Das *Wort* »geklaut« darfst du nicht einmal denken, niemals, weil du damit das Gesetz der Anziehung stören würdest, das keine Theorie ist, sondern ein wissenschaftlich bewiesenes Phänomen, das auf der Quantenphysik beruht.

Das Gesetz der Anziehung gehorcht Ihnen wirklich aufs Wort. Wenn Sie sich in Gedanken auf Ihre Wünsche konzentrieren, dann wird Ihnen das Gesetz der Anziehung genau das liefern, was Sie wollen, jedes Mal.

LISA NICHOLS, Schriftstellerin und herausragende
Vertreterin der Persönlichen Motivation

Jetzt sehen wir eine schöne junge Asiatin, die in einem Schaufenster ein goldenes Collier betrachtet. Sie will es unbedingt haben, das lässt sich von ihrem Gesicht ablesen. Mit halb geschlossenen Augen und höchst konzentriert nähert sie ihr Gesicht der Glasscheibe. Und, funktioniert es? Und wie! In der folgenden Szene sehen wir sie, elegant gekleidet für ein galantes Rendezvous, und ihr Kavalier – nähert er sich ihr vielleicht mit … einer Hyazinthenzwiebel im Topf? Nein! Genau mit *diesem Collier*!

Unsere Gefühle lassen uns wissen, was wir denken. Wenn Sie sich gut fühlen, dann erschaffen Sie gerade eine Zukunft, die im Einklang mit Ihren Wünschen ist.

MARCI SHIMOFF,
Schriftstellerin, Transformationslehrerin

Es folgt eine ausführliche Erklärung des Unterschieds zwischen den *Gedanken*, denen zu folgen nicht immer einfach ist, und den *Gefühlen*, denen man dagegen leicht zu folgen vermag, weil man sie fühlen kann. Wenn du eine schöne Frau bist und hysterisch schreist und auf deinen Partner eindrischst, wirst du dich nicht gut fühlen und deshalb nicht unbedingt »im Einklang« mit deinen Wünschen stehen. Bist du aber eine weniger schöne Frau, die allein in einem Garten sitzt, und siehst ein älteres Paar, das sich an den Händen hält, und du lächelst, weil du dich bei seinem Anblick wohlfühlst – auch wenn du übergewichtig bist und keinen Partner hast –, dann bist du »im Einklang«, viel mehr als diese schönere Frau, die einen festen Freund hat, aber hysterisch ist.

Erinnern Sie sich an Aladin und seine Wunderlampe? Aladin nimmt die Lampe, reibt sie sauber, und ein dienstbarer Geist kommt zum Vorschein. Dieser Dschinn sagt bei jedem Auftritt: »Dein Wunsch ist mir Befehl!«
JAMES RAY, Philosoph, Schriftsteller und Experte für die Entwicklung von Wohlstand und menschlichem Potenzial

Bei dem gigantischen blauen Dschinn handelt es sich offensichtlich um eine Metapher. Wir müssen uns selbst wie Aladin vorstellen und das Universum um das bitten, was wir wollen. Aber wir können uns nicht auf das Bitten beschränken. Um das Geheimnis anzuwenden, muss man drei Schritte tun: bitten, glauben, nehmen. Zum Glück kann man sich diesen Dreiklang leicht merken. Und um was dürfen wir bitten? *Um was immer wir wollen*:

ein Luxusauto, ein großes Haus, eine Reise in ein exotisches Land, um Schecks, die wie von Zauberhand in solchen Mengen ins Haus flattern, dass man sie nicht mehr zählen kann. Es gab Sketche für jede dieser Situationen, und die Schauspieler taten ihr Bestes, um zufrieden und transformiert zu wirken. Niemand hat ausdrücklich Strichcodes und Cover erwähnt, oder wie man den Schritt vom Viel-an-Kurzgeschichten-*Denken* zum Viele-Kurzgeschichten-*Schreiben* vollzieht, aber ich habe festgestellt, dass fast alle Lehrer des Geheimnisses auch Schriftsteller waren. Mike, Bob, Lisa, der Philosoph James Ray – ihnen allen war gelungen, was ich nur wollte.

»Ich brauche eine Zigarette«, sagte ich laut. Aus meiner Lotosposition heraus vollführte ich einige Verrenkungen. Immer wenn ich Hasch rauche, packt mich die Lust, mich zu verrenken. »Möchtest du auch eine?« Ich beugte mich zu Dries hinüber, der, gegen die Kissen gelehnt, eingenickt war.

Sobald der Film zu Ende war, weckte ich Dries auf. Mitternacht war vorbei, und am nächsten Morgen mussten wir beide arbeiten.

»Ach, verdammt«, sagte Dries. »Ich habe meine Transformation verschlafen! Sag mir bitte, was ich versäumt habe.«

»Kurz zusammengefasst? Bitten, Glauben, Nehmen! Alles klar?« Wir gingen in die Küche, wo ich die sauberen Frischhaltedosen in Dries' Tasche verstaute und er in seine Jacke schlüpfte.

»Ja ja, schon. Aber jetzt sei mal ehrlich: Hast du was dazugelernt oder nicht?«

»Nichts, was ich nicht schon gehört hätte. Vielleicht hast du vergessen, dass ich in Kalifornien aufgewachsen bin! Bei uns kommt so was praktisch aus dem Wasserhahn.« Ich zog mir Schuhe und den leichten Mantel an und griff nach Barts Leine. »Komm, ich begleite dich bis zum Rad. Dann kann Bart Pipi machen.«

Draußen, an der Ecke, tauschten Dries und ich Küsschen-Küsschen auf die Bäckchen-Bäckchen aus. Dann zündete er sich, bevor er auf sein Rad stieg, eine Zigarette an und schaute mir in die Augen. »Schätzchen, darf ich dir etwas sagen? Ich möchte nicht, dass du mich missverstehst, aber …«

»Na schieß schon los.«

»Tja, ich weiß, dass ich die Hälfte verschlafen habe, aber was den Teil anbelangt, den ich gesehen habe … weißt du, woran ich die ganze Zeit gedacht habe?«

»Nein, woran denn?«

»Ich habe ständig an *dich* gedacht. Ich weiß nicht, aber ich habe den Eindruck, dass du schon all diese Dinge machst. Weißt du, du ziehst die Leute an wie ein Magnet und konzentrierst dich auf das, was du willst …«

Ich lachte ohne rechte Überzeugung. »Wie charmant du bist! Nur, dass du den ganzen Teil versäumt hast, in dem vom persönlichen Wohlstand die Rede war. Wenn ich das Geheimnis anwenden würde, wäre ich steinreich, würde ein Luxusauto fahren und viel mehr Schmuck besitzen. Stattdessen bin ich die am wenigsten reiche Person, die ich kenne. Ja, ich glaube sogar, ich bin die am wenigsten reiche Person, die alle mir bekannten Leute kennen.«

Bevor Dries antwortete, wandte er den Kopf zur Seite und blies den Rauch aus. »Entschuldige bitte, Hilary, aber möchtest du denn so ein Luxusauto haben?«

»Nein, ich mache mir absolut nichts aus Autos.«

»Na siehst du! Dann passt ja alles zusammen.«

Ich dachte einen Moment nach und sagte dann, ja, vielleicht passt alles irgendwie zusammen. Wir verabschiedeten uns voneinander, er strampelte davon, und ich begleitete Bart auf seiner üblichen Runde ums Karree, immer noch ein bisschen high vom Joint.

Es ist wirklich wichtig, dass Sie sich gut fühlen, denn Ihr Wohlgefühl geht als ein Signal ins Universum hinaus.

DR. JOE VITALE, Metaphysiker und Schriftsteller

Auch wenn ich *Das Geheimnis* weniger erhellend gefunden hatte als eine Stunde Kreatives Schreiben bei Raul – zotige Sprüche inklusive –, stellte ich fest, dass ich mir meiner Gedanken und Gefühle bewusster geworden war. Das ging so weit, dass ich mich fragte, ob ich mit ihnen »im Einklang« war oder nicht. Ich musste auch zugeben, dass ich mich, merkwürdigerweise, besser fühlte. Besser als wann?, fragte ich mich. Besser als vorher, war die einzige Antwort, die ich finden konnte, und ich kam zu dem Schluss, dass mir das genügte.

Und wie war das mit der Anziehung? Wenn man ein Wort wie »Anziehung« in eineinhalb Stunden vierhundert Mal hört, geht es einem zwangsläufig tagelang im Kopf herum. Nicht, dass die Anziehung generell je ein Problem gewesen wäre, aber mir kam der Verdacht, dass meine unablässigen Selbstvorwürfe wegen meiner Schwebe-Existenz etwas mit meiner ständigen Anziehung auf Männer – jeglichen Alters und jeglicher Herkunft – zu tun haben könnte, deren einziger gemeinsamer Nenner … ihre Schwebe-Existenz war. Die Anziehung beruhte im Übrigen auf Gegenseitigkeit. Was würde geschehen, wenn ich anfinge, mich selbst – nicht auf heimliche oder apokalyptische, sondern auf normale Weise, ohne den Dschinn mit der Lampe – als einen Menschen zu sehen, der bereits mit seinem Leben zufrieden war, auch wenn es unvollkommen und ohne Strichcode war?

Meine Hyazinthenzwiebel blühte endlich auf – ein fröhliches Gelb.

Kurz darauf verfasste ich schließlich eine Kurzgeschichte – von A bis Z – für Rauls Kurs, die ich bereits schön fand, ehe ich sie ihm überreichte. Ich druckte sie in der Buchhandlung aus und gab sie Jacopo zum Korrigieren, damit sich Raul nicht in meinen Fehlern verhedderte. »Mir gefällt sie. Kompliment!«, sagte Jacopo. »Ich kann nur für dich hoffen, dass sie nicht wahr ist. Oder doch?«

»Natürlich ist sie wahr!«, antwortete ich. »Ist er nicht ein perfekter Schwachkopf?«

Jacopo seufzte. »Er ist dreiundzwanzig, Hilary! Was hast du erwartet?«

»Auch ich war mal dreiundzwanzig. Aber ich war kein feiges, verlogenes Stück Scheiße.« Ein Kunde am Reiseführerregal blickte von seinem Lonely Planet auf und sah mich prüfend an.

»Komm, lass gut sein«, sagte Jacopo und gab mir die Seiten mit seinen blauen Kugelschreiberkorrekturen zurück. »Dein Italienisch wird jedenfalls immer besser. Aber du hast nach wie vor ernsthafte Probleme mit Maskulinum und Femininum. Es sieht so aus, als würdest du die Endungen auf gut Glück verstreuen.«

In der nächsten Stunde forderte Raul mich auf, meine Kurzgeschichte vorzulesen. Obwohl ich mich vorbereitet hatte, war ich doch sehr nervös. Als ich fertig war, glühte mein Gesicht wegen meines Akzents und der falsch ausgesprochenen Wörter, aber Raul sagte vor versammelter Mannschaft: »Ich habe wirklich nichts daran auszusetzen. Das ist ein perfektes Beispiel für eine minimalistische Kurzgeschichte aus der Feder einer Frau. Aufrichtig, aber nicht gefühlsduselig. Apropos, beruht sie auf Tatsachen? Literarisch macht es natürlich keinen Unterschied.«

Ich versicherte ihm, dass alles den Tatsachen entspräche, und bat ihn dann, mir die Wendung »aus der Feder einer Frau« zu erklären – da sie aus dem Munde eines Mannes kam, der unflätige Sprüche machte, konnte man sie unterschiedlich interpretieren. Tatsächlich aber war ich so dankbar und glücklich, dass ich an mich halten musste, um nicht in Tränen auszubrechen. Was ich an Raul schätzte, war, dass er seinen Schülern nicht nach dem

Mund redete. Manchmal ließ er uns eine Geschichte vorlesen und sagte dann: »Habt ihr gut zugehört? Macht das bitte nicht nach!« Nach der Stunde kam eine andere Kursteilnehmerin zu mir und bat mich um eine Kopie; sie wollte sie ihrer Schwester zu lesen geben. Ich lächelte so erstaunt, als hätte ich einen Scheck erhalten.

Dieses Lächeln habe ich noch die ganze Woche mit mir herumgetragen. Ich konnte nichts dafür. Selbst wenn ich an die dummen Mienen der Schauspieler zurückdachte, lächelte ich weiter. Eines Morgens fragte mich der Barkeeper Paolo in der Bar an der Ecke, ob ich verliebt sei. »Nein, noch nicht ...«, antwortete ich, während ich die Hand ein wenig kokett nach der Milch ausstreckte. »Aber wenn es so weit ist, gebe ich dir Bescheid.« Obwohl ich genau weiß, dass es nur eine Variante des Komplimentemachens ist, wenn man eine Frau fragt, ob sie verliebt sei, nahm ich Paolos Frage als gutes Omen.

Sie können beginnen, die Liebe zu fühlen, die Sie umgibt, selbst wenn sie nicht da ist. Und was wird geschehen? Das Universum wird der Art Ihres Liedes entsprechen. Das Universum wird der Art Ihres inneren Gefühls entsprechen und Ihre Gedanken dementsprechend verwirklichen.
REVEREND MICHAEL BERNARD BECKWITH, Visionär

Und deshalb war es komisch – oder, besser gesagt, merkwürdig –, dass ich ein paar Tage später im Wartezimmer des Zahnarztes, unmittelbar vor meiner Frühjahrszahnreinigung, eine Männerzeitschrift in die Hand nahm – eine Ausgabe, die schon ein paar Monate alt war – und darin ein weiteres Interview mit dem Jungen Phänomen fand, dieses Mal mit Fotos garniert. Ich war bereits davon ausgegangen, dass das Junge Phänomen nicht nur begabt, sympathisch und ein Glückspilz, sondern auch ein schöner Mann war, denn wer hat, dem wird gegeben, oder, wie man in

Italien sagt: Es regnet immer auf den, der sowieso schon nass ist. Aber auf den Gedanken, im Internet ein Foto von ihm zu suchen, war ich nicht gekommen. Und da saß ich nun, nach all diesen Monaten – sichtlich strahlend und seit Kurzem energiegeladen –, mit dem Gesicht des Jungen Phänomens im Schoß, im Wartezimmer meines Zahnarztes. Plötzlich spürte ich ein sehr seltsames Gefühl im Magen – so, als würde er sich gleichzeitig ausdehnen und zusammenziehen. Es war mehr als nur Anziehung; denn sowohl die reale Welt als auch die Zeitschriften sind voller Männer, die genauso gut aussehen wie das Junge Phänomen. Es war eine Art *Wiedererkennen* – als würde ich jemanden betrachten, den ich bereits kannte. Nur ein einziges Mal hatte ich bisher ein so spontanes und sicheres Gefühl des Wiedererkennens empfunden, nämlich als ich, nachdem ich mir wochenlang herzergreifende Bilder von in Käfigen eingesperrten Hunden angesehen hatte, auf der Website des Nationalen Tierschutzbundes ENPA Barts Foto fand. Ja, das ist er!, war es mir durch den Kopf geschossen. *Der oder keiner! Das ist mein Hund!* Ohne den leisesten Zweifel zu hegen, hatte ich ihn mir eine Woche später nach Hause geholt.

Das Junge Phänomen hatte keinerlei Ähnlichkeit mit Bart. Er wirkte weder traurig noch resigniert und auch nicht besonders ausgehungert. Dennoch sah er aus wie jemand, der *bereits mir gehörte*. Wie sieht jemand aus, der so aussieht, als würde er bereits mir gehören? Ich kann es nicht erklären, aber ich weiß es in dem Moment, in dem ich ihn sehe. Oder, universeller gesprochen, wenn ich es *fühle*. Wie war es möglich, dass wir, er und ich, uns noch nicht begegnet waren? Dass wir noch keine Freunde waren? Aber nein … Was heißt hier Freunde! Warum er und ich noch nicht …

»Signorina Walker?« Die Zahnhygienikerin rüttelte mich aus meinen Tagträumen auf. »Wir sind so weit. Kommen Sie …«

»Ich komme gleich, danke.« Ich schenkte ihr mein liebenswürdigstes Lächeln, und sobald sie sich umgedreht hatte, öffnete ich meine Tasche und warf die Zeitschrift hinein. Meine Hände schwitzten.

Das macht wirklich Spaß. Es ist, als hätte man das Universum als Katalog in der Hand. Man blättert darin und sagt: »*Ich möchte gern dieses Erlebnis haben, ich möchte gern jenes Produkt haben, und ich möchte gern eine solche Person haben.*« *Sie sind derjenige, der seine Bestellung beim Universum aufgibt. Es ist wirklich so einfach.*
DR. JOE VITALE, Metaphysiker und Schriftsteller

»Dries«, sagte ich am selben Abend am Telefon. »Ich habe ein Problem. Ich glaube, *Das Geheimnis* hat etwas mit mir angestellt.«
»Etwas Schönes oder etwas Schlimmes?«
»Ich weiß es nicht. Ich glaube, ich habe meinen idealen Partner gefunden.«
»Eeeecht? Aber das ist doch fantastisch, Schätzchen!« Ich hörte, wie Dries einen langen Zug von seiner Zigarette nahm. »Habe ich dir schon gesagt, dass Dagmar beschlossen hat, einen Massagesalon zu eröffnen?«
»Nein, das hast du mir nicht erzählt. Wie schön! Gut für sie. Es gibt da ein kleines Problem. Mit meinem idealen Partner, meine ich.«
»Und das wäre? Ist er verheiratet?«
»Nein, oder ... na ja, ich weiß es nicht. Vielleicht schon. Es ist nur so, dass ... ich ihn nicht kenne. Noch nicht.«
Dries lachte. »O mein Gott, sag mir bloß nicht, dass du dich endlich bei einem Chatroom angemeldet hast. Bravo, Mädchen!«
»Um Gottes willen, nein! Da ist ... da gibt es doch diesen Typ. Er ist Schriftsteller, hat ein Buch geschrieben. Letztes Jahr. Ich habe einen Haufen Exemplare für ihn verkauft. Ich will sa-

gen, nicht *für* ihn, sondern weil mir das Buch gefallen hat und weil er genauso alt ist wie mein Bruder.«

»Das scheinen mir zwei gute Argumente zu sein.«

»Na ja, er hat auch schöne Rezensionen bekommen. Aber schau, Dries … ich weiß nicht, was mit mir los ist. Es ist ja schon eine ganze Weile her, und … ich habe nicht geglaubt, dass ich noch an ihn dächte, aber vielleicht ist es ja doch so. Zum Beispiel in meinem Unterbewussten, diese ganze Zeit über. Verstehst du, was ich sagen will?«

»Mmm, jetzt warte mal. Dir ist erst jetzt klar geworden, dass du vielleicht an ihn gedacht hast, ohne es zu wissen?«

»Ja, ja, genau! Denn als ich heute endlich sein Foto gesehen habe, zum ersten Mal, war es, als … weißt du, ich war beim Zahnarzt und … O mein Gott …«

»Wirklich? Sooo hübsch ist er?«

»Nein, dieses ›o mein Gott‹ bezog sich darauf, dass ich mich sprechen höre und weiß, dass ich absolut psychopathisch klinge. Aber wie auch immer – ja, er sieht ziemlich gut aus.«

»Sag mir, wie er heißt. Ich sitze gerade am Computer.«

Ich nannte ihm den Namen des Jungen Phänomens. Ich selbst hatte den größten Teil des Nachmittags im Internet gesurft und alles gelesen, was es über ihn zu lesen gab, und alle seine Fotos angeschaut. »In Ordnung, aber du musst *Sellerio* danebentippen, weil es noch einen anderen mit demselben Namen gibt. Meiner ist der mit …«

»… einem wunderschönen Lächeln und diesen herrlichen dunkelbraunen Augen?«

Ich kicherte glücklich wie ein Teenie. »Ja, ja … Stimmt doch, dass er gut aussieht? Aber außer dass er gut aussieht … Ich will sagen, glaubst du, dass er für *mich* gut aussieht? Weißt du, was ich sagen will? Nicht in einem oberflächlichen Sinne.«

»Ich weiß *genau*, was du meinst. Und vielleicht dürfte ich es dir nicht sagen, aber ja, ich glaube, dass er für dich absolut ideal ist. Er wirkt seeehr intelligent, Schätzchen. Außerdem scheint er ein Hundenarr zu sein.«

Obwohl wir oberflächlich gesehen nicht viel gemeinsam hatten, begriff mich Dries immer sehr gut. Er war homosexuell und eine Sechs und folglich äußerst intuitiv. Wäre ich eine Schauspielerin in *Das Geheimnis* gewesen, wäre ich jetzt von einer mit Spezialeffekten dahergezauberten goldenen Aureole umgeben gewesen. Aber auch ohne sie stieß ich einen beseligten Seufzer aus.

Das Wie fällt in den Zuständigkeitsbereich des Universums. Es kennt immer den kürzesten, raschesten, schnellsten, harmonischsten Weg zwischen Ihnen und Ihrem Traum.
MIKE DOOLEY, Schriftsteller und internationaler Redner

Jetzt wollte ich mit jedem, der mir zuhörte, nur noch über das Junge Phänomen reden. Da ich ihn nicht wirklich kannte, gab es nicht viele Gelegenheiten, ihn in Gespräche einzuflechten. Deshalb fing ich wieder an, den Kunden sein Buch zu empfehlen, auch wenn es keine Neuerscheinung mehr war.

»Was ist denn los? Bekommst du etwa Prozente …?«, fragte mich Jacopo. »Sicher, es ist ein gutes Buch, aber vom letzten Jahr. Liest du keine Neuerscheinungen mehr?«

»Mmm, ich lese etwas weniger, um ehrlich zu sein. Und außerdem: Wer hat gesagt, dass wir nur Neuerscheinungen empfehlen dürfen?« Dann setzte ich hinzu: »Außerdem ist er ein Freund von mir.«

Jacopo blickte vom Computer auf. »Ach ja? Ich wusste gar nicht, dass du ihn kennst.«

»Na ja, ich kenne ihn auch nicht, nicht wirklich … noch nicht. Es ist etwas kompliziert.«

Jacopo starrte mich einen Augenblick an, bevor er sich kopf-schüttelnd wieder dem Computer zuwandte. »Genau. Kann ich mir gut vorstellen.«

Als ich eines Abends mit Carlo essen war, fragte ich ihn: »Hör mal, erinnerst du dich an das Buch, das ich dir letztes Jahr ge-schenkt habe? Diese drei Kurzgeschichten des Jungen Phäno-mens? Hast du es gelesen?« Carlo ist mein Ex-Allerliebster und in der Regel auch der erste Mensch, an den ich mich wende, wenn ich eine Anregung oder ein wenig Inspiration brauche. Er und ich gehen ziemlich oft abends zum Essen aus, und da wir beide uns gern über Bücher unterhalten, war meine Frage nicht ganz abwegig.

»Natürlich habe ich es gelesen. Und es hat mir auch gefallen.« Und Carlo redete ein paar Minuten lang und erklärte, während ich mein Kotelett aß, ausgiebig die Stärken und Schwächen jeder einzelnen Geschichte. Carlo ist ein sehr aufmerksamer Leser und für intellektuelle Argumentationen viel besser begabt als ich, die ich eher dem Instinkt folge.

»... und auch wenn sie, unter literarischen Gesichtspunkten, die am wenigsten gelungene war«, sagte er gerade, »hat mir die letzte am besten gefallen. Weißt du, die, in dem von dem Jungen die Rede ist, der beschließt, ein Affe zu werden.«

»Mir auch!«, rief ich aus. »Nur dass ich nicht genau sagen kann, warum.«

»Na ja, es ist ein schönes Thema, oder nicht? Ein Junge, der beschließt, sich auf diese Weise aus dem Leben auszuklinken. Konsequent in seinem Entschluss, nicht mitzumachen. Ganz wie Bartleby, würde ich sagen. Erinnerst du dich an sein ›Ich möchte lieber nicht‹?«

»Du hast recht. Wer weiß, ob er je *Bartleby* gelesen hat – das Junge Phänomen, meine ich.« Ich riss ein Stück vom Brot ab und gab es Bart, der sich neben meinem Stuhl auf dem Boden niedergelassen hatte.

»Warum denn nicht?«, sagte Carlo und schenkte mir Wein ein. »Irgendwo habe ich gelesen, dass er eine Zeit lang in New York gelebt und versucht hat, beim Film Fuß zu fassen. Und diese Geschichte scheint mir ein perfektes Drehbuch für einen Kurzfilm zu liefern, findest du nicht?«

Ein perfektes Drehbuch für einen Kurzfilm … Aber hallo! Ich hatte doch einen Freund in Los Angeles, einen ehemaligen Studienkollegen, der mich immer wieder mal fragte, ob ich nicht eine gute Idee für einen Kurzfilm hätte. Er war Regisseur für Werbespots und hielt mich nach wie vor großzügig für eine seiner »schriftstellernden Freundinnen«, auch wenn ich ihm seit Jahren nichts mehr zu lesen gegeben hatte.

»Carlo …«, hob ich nach einem Schluck Wein an. »Ich möchte dir etwas sagen. Aber ich will nicht, dass du mich verurteilst oder auslachst.«

Carlo lächelte. »Echt Hilary, dieser Vorspann! Also gut, lass hören.«

Ich fixierte mein Glas Wein und erklärte dem Universum meine Absichten. »Ich glaube, dass dieser Typ, weißt du, das Junge Phänomen … Ich glaube, dass er mir wirklich gefällt. Ich glaube, ich muss ihn treffen.«

Carlo starrte mich einen Moment an, bevor er losprustete. »Entschuldige … Es ist nur, dass …« Er lachte weiter, und deshalb verschränkte ich die Arme vor der Brust und bemühte mich, pikiert dreinzuschauen. »Nein, entschuldige, Hilary, aber es ist nur, dass … die beiden Sachen normalerweise in umgekehrter Reihenfolge passieren, oder? Will sagen: *erst* triffst du ihn, und *dann* gefällt er dir. Aber du hast natürlich recht. Warum dem natürlichen Lauf der Dinge folgen? Das würde ja heißen, dass du mit dem *Gehirn* argumentierst. Und wir wissen alle, wie langweilig du es findest, dieses Argumentieren mit dem Gehirn.«

»Kann es nicht vielleicht sein, dass man in Bezug auf etwas ein Vorgefühl hat?« Ich richtete mich auf und legte Gabel und Messer nebeneinander, um zu signalisieren, dass ich mit dem Essen fertig war. »Und vielleicht hat man sogar recht? Oder gehören Gefühle nicht zu deinem Wissensmanagement?«

»Natürlich gehören Gefühle zu meinem Wissensmanagement! Aber im Gegensatz zu deinem gehört zu meinem auch Logik!« Nachdem Carlo den letzten Bissen Tatar hinuntergeschluckt hatte, lächelte er mich an: »Was soll ich sagen? Der arme Junge ahnt nicht, was ihn erwartet.«

Sobald Sie anfangen, Ihre Gedanken und Gefühle zu verstehen und wirklich zu beherrschen, werden Sie sehen, wie Sie Ihre Wirklichkeit selbst erschaffen.

MARCI SHIMOFF,
Schriftstellerin und Transformationslehrerin

Keine Woche später war ich im Besitz der E-Mail-Adresse des Jungen Phänomens. Ich hatte Marco Vigevani gefragt, der mir sagte, nein, er habe sie nicht, aber es wäre nicht schwer, sie zu besorgen, und dann fragte er mich, wozu ich sie bräuchte. Da ich meinem Freund, dem Literaturagenten, nicht gut erzählen konnte, dass ich die Erschafferin meiner Wirklichkeit war, sagte ich ihm, er solle die Sache vergessen, sie sei nicht so wichtig.

Inzwischen war Rauls Kurs fast zu Ende, aber er und ich hatten, außerhalb des Unterrichts, eine Art Freundschaft geknüpft. Einmal rief er mich an, als er sich gerade in meiner Gegend befand, gesellte sich dann in dem kleinen Park zu uns und blieb eine Stunde neben mir auf der Bank sitzen, während Bart mit seinem Ball spielte. Ich hatte bemerkt, dass Raul, wenn die anderen Hunde näher kamen, um uns zu begrüßen, ganz steif wurde und zurückwich. Er hatte wirklich Angst vor Hunden, sogar vor den kleinen. Sobald ich ein plausibles Motiv konstruiert hatte, das auf meinem Freund, dem Regisseur in Los Angeles, und seinem möglichen Interesse für Kurzgeschichten mit Jungen und Affen, basierte, schrieb ich Raul eine E-Mail, um zu testen, ob die Geschichte glaubhaft klang. Meine Version der Wirklichkeit war immerhin *nicht ganz* aus der Luft gegriffen. Ich hatte *wirklich* einen Freund, der Regisseur in Los Angeles und auf der Suche nach Ideen war; und die Kurzgeschichte des Jungen Phänomens war *wirklich* eine gute Idee: Es waren zwei Wahrheiten, zusammengehalten von einer Lüge – ein nicht völlig verwerfliches Verhältnis also. Schließlich ist »Erschaffer« ein anderes Wort für »Erfinder«. Und was sollte ein Erfinder anderes tun als erfinden?

Am nächsten Morgen fand ich Rauls Antwort vor: Die E-Mail-Adresse des Jungen Phänomens? Kein Problem. Und da war sie nun, in meiner Mailbox, wie ein Geschenk des Universums.

Entscheiden Sie, was Sie wollen. Glauben Sie, dass Ihre Wünsche wahr werden können. Glauben Sie, dass Sie die Verwirklichung Ihrer Träume verdienen und dass Ihre Träume realisierbar sind. Dann schließen Sie jeden Tag für einige Minuten die Augen und visualisieren Sie, das zu haben, was Sie wollen; konzentrieren Sie sich dabei auf das Gefühl, es bereits zu besitzen.

JACK CANFIELD, Schriftsteller,
Lebensberater und Motivationstrainer

Der Entwurf des Briefes kostete mich einige Zeit: Ich musste den richtigen Ton treffen, und da ich auf Italienisch schreiben wollte, musste ich Fehler vermeiden, denn ich konnte ihn ja nicht gut Jacopo Korrektur lesen lassen. Doch da das Junge Phänomen nun in Reichweite war, eilte es auch nicht mehr so.

Bei der Arbeit fantasierte ich etwas weniger darüber, wie das Cover meines Buches aussehen würde, und ein bisschen mehr über die amerikanischen Großmütter des Jungen Phänomens, ob sie noch lebten, und wenn ja, ob wir uns verstehen würden. Würden unsere Kinder die »C«s wie »H«s aussprechen? Gab es Swimmingpools in seinem Leben? Und wenn ja, dürfte Bart hineinspringen? Ich fragte mich, wie er wohl in unterschiedlichen Augenblicken des Tages roch. Und dann stellte ich mir uns zusammen vor – das Musterpaar der italienischen Literaturszene –, wie wir zu zweit Interviews gaben, Journalisten empfingen, vielleicht bei uns zu Hause, in unserem Salon, der randvoll war mit Büchern, mit Holzbalken an der Decke, wie wir, geschickt zwischen dem Englischen und dem Italienischen hin und her wechselnd, so sehr im Einklang waren, dass der eine die Sätze des anderen vollendete. Vor meinem geistigen Auge sah ich seine großen und kräftigen Hände, die mir zuklatschten, während ich auf die Bühne stieg, um ... in Empfang zu nehmen. Und dann sah ich meine Hände, kleiner und in schönen weißen Handschuhen, die ihm applaudierten, während er ausgezeichnet wurde mit ... Und dann würde *Sellerio* zu Weihnachten eine Geschenkkassette mit unseren Büchern auf den Markt bringen. Und so weiter. Ich dehnte den zweiten Schritt des »Bitten, Glauben, Nehmen« aus, weil er mir besonderen Genuss verschaffte.

In der Zwischenzeit empfahl ich das Buch des Jungen Phänomens einem Stammkunden der Buchhandlung, der es jedoch bereits gelesen hatte. Und nicht nur das: Er kannte den Autor persönlich. Er hatte ihn unlängst getroffen, bei einem Aperitif: Um ehrlich zu sein, es war kein Tête-à-Tête – es waren andere dabei gewesen.

»Ich bin mehr mit seiner Schwester befreundet«, erklärte mir der Kunde, der wahrscheinlich ein paar Jahre älter war als ich und häufig am Sonntag kam, um sich etwas von mir empfehlen zu lassen. »Sie ist ein paar Jahre jünger als ich, aber wir haben viele gemeinsame Freunde.«

»Ach ja?« Ich versuchte, den Überschwang aus meiner Stimme herauszufiltern. »Also leben die beiden in Mailand? Er und seine Schwester?«

»Tatsächlich hat er mir gesagt, dass er gerade dabei sei, wieder nach Florenz zu ziehen. Das ist schon ein paar Wochen her.«

»Oh.« *Nein!*, dachte ich.

»Soweit ich es verstanden habe, hat er sich wohl vor Kurzem von seiner Freundin getrennt. Sie haben zusammengelebt.«

»Ach.« *Ja!*, dachte ich. »Tja«, sagte ich. »Wie schade. Auch weil ich ihn im Auftrag eines Freundes, eines Regisseurs, kontaktieren müsste, der sich für eine seiner Kurzgeschichten interessiert. Dann muss ich ihm wohl eine E-Mail schreiben.« Ich sagte es, als handele es sich um einen belanglosen Einfall, und nicht so, als hätte ich schon siebzehn verschiedene Versionen und eine Liste mit möglichen Namen für unsere zweisprachigen Kinder im Computer gespeichert.

»Ach, hast du schon seine E-Mail-Adresse?«, fragte mich der Kunde. »Kennst du ihn?«

»Ja, ich habe sie«, sagte ich. »Aber, mhm, ich kenne ihn nicht. Weißt du, es ist etwas … kompliziert.«

Der Kunde, der eigentlich auch sehr nett und sympathisch war, bat um keine Erklärungen. »Aha, verstehe«, sagte er. »Dann hör zu. Wenn du möchtest, könnte ich ihm sagen, dass ich dich kenne … wenn ich ihn das nächste Mal sehe oder mit ihm rede. Dann riskierst du nicht, dass …«

»… ich wie eine Irre dastehe?« Ich weiß nicht, warum ich es

gesagt habe: Es ist mir einfach so herausgerutscht. Mein Gesicht stand in Flammen. Ich betete, dass das Gesetz der Anziehung mich nicht gehört hatte – und falls doch, dass es die Ironie nicht überhörte.

»Na ja, ich wollte eigentlich sagen, ›dass ich ihn überrumple‹«, korrigierte ich mich.

»Aha«, sagte er. »Natürlich, genau.«

Wir standen ein paar Sekunden schweigend da und blickten verlegen auf unsere Schuhspitzen. Dann lachte der sympathische junge Mann. »Ja, wenn du's sagst … wohl beides?«

Manchmal wird es erforderlich sein, tätig zu werden, aber wenn Sie wirklich in Übereinstimmung mit dem aktiv werden, was das Universum zu Ihnen zu bringen versucht, dann wird es sich gut und freudig anfühlen.

BOB DOYLE, Schriftsteller und Kenner
des Gesetzes der Anziehung

Die E-Mail, die ich dem Jungen Phänomen schließlich sandte, bestand aus tausend Worten. Es schmerzt, das jetzt niederzuschreiben – *tausend Worte*, die im elektronischen Briefkasten des Jungen Phänomens landeten und die fast jedes Thema berührten, von dem ich glaubte, dass es ihn auch nur im Geringsten interessieren könnte: meine Arbeit in der Buchhandlung, sein Buch auf der Wand mit »Unseren Empfehlungen«, mein Hund Bart – benannt nach *Bartleby*, hatte er ihn gelesen? –, Rauls Kurs für Kreatives Schreiben, der Freund seiner Schwester, der einer meiner Stammkunden ist, mein Freund, der Regisseur in Los Angeles, der auch ein Studienkollege war, an welcher Universität ich studiert und in welchem Fach ich meinen Abschluss gemacht hatte – *Theater* – aha! Genau! –, die Geschichte von dem Jungen-Affen, eine perfekte Idee für einen Kurzfilm. Das war der eigentliche Knackpunkt der E-Mail. Ob die Rechte schon verkauft seien? Ob es diese Kurzgeschichte schon auf Englisch gebe? Und wenn nicht, ob es ihm recht sei, wenn ich sie übersetzte? Nicht offiziell, auch wenn ich nebenberuflich als Übersetzerin arbeitete – nichts Literarisches leider, nur langweiliges Zeug für die Modebranche –, sondern nur, um eine Version davon an meinen Freund, den Regisseur, weiterzuleiten. Es war mir klar, dass das alles plötzlich kam, deshalb versicherte ich ihm darüber hinaus, dass ich völlig normal sei. Wenn er mir nicht glaubte, könne er sich bei Raul oder bei besagtem Freund seiner Schwester erkundigen. Ich entschuldigte mich im Voraus für die Störung und fügte hinzu, dass ich, wenn er mir nicht antwortete, das absolut verstehen könnte. Er sei sehr beschäftigt. Auch wenn es mir gelang, das Gesetz der Anziehung und die neue Epoche der Menschheit unerwähnt zu lassen, fielen mir, kaum hatte ich auf »Senden« geklickt, die apokalyptische Musik und die hektische Montage von Szenen mit den verfolgten Rittern ein. Oje, dachte ich, bin ich in meinem Überschwang zu weit gegangen? Ehe mich das Universum hören konnte, schob ich diesen Gedanken beiseite und schaltete den Computer aus.

Es war schon spät, nach Mitternacht. Ich nahm einen tiefen Schluck Wasser direkt aus der Flasche, ging dann ins andere Zimmer und streckte mich neben Barts *cuccia* aus. Er kehrte mir den Bauch zu. Ich streichelte ihn. »Hör zu, Bart. Ich glaube, dass dir das Junge Phänomen wirklich gefallen wird. Er ist sehr groß und schlank, so wie du. Und außerdem ist er Toskaner. Du bist auch schon in der Toskana gewesen. Möchtest du ein toskanischer Hund sein? Natürlich willst du das … Klar …« Als ich aufgehört hatte, Bart den Bauch zu kraulen, bürstete ich die Haare ab und kletterte hinauf in mein Bett auf dem Zwischenboden. Ich schaltete die Lampen aus. Mein Herz klopfte wie wild, und ich war überhaupt nicht müde. Ich überlegte, ob ich wieder aufstehen sollte, um mit dem Hund eine Runde um den Block zu laufen, aber dann schlief ich doch ein.

Zur Essenszeit am folgenden Abend war die Antwort da. Ich schaute lange auf den Namen des Jungen Phänomens in meinem elektronischen Briefkasten, ehe ich seine Mail öffnete. *Er wird nichts Böses oder Schlechtes schreiben,* sagte ich mir. *Er wird freundlich sein.* Und das war er! Meine tausend Wörter hatten zwar nur hundertzwanzig seinerseits zur Folge, aber alle waren freundlich. *Zuallererst sei unbesorgt,* schrieb das Junge Phänomen, *du störst mich keineswegs.* Ich schaute lange auf diesen Briefanfang, bevor ich las, dass er sich, natürlich, freuen würde, mich zu treffen, aber dass er soeben nach Florenz gezogen sei. Er müsse in der nächsten Woche für ein paar Tage nach Mailand zurück, aber hauptsächlich, um Umzugskisten zu packen, und wahrscheinlich sei das, aus einer Vielzahl von Gründen, nicht der günstigste Augenblick für einen Plausch. Warum schickte ich ihm nicht meine Telefonnummer? Wenn er während seines Aufenthalts in Mailand Zeit hätte, würde er mich anrufen – sonst würde er mir gleich nach seiner Rückkehr nach Florenz wieder schreiben oder mich anrufen. Kurzum, irgendeine Möglichkeit würden wir schon finden. Was ich dazu meinte?

Ich meinte – oder besser – *fühlte,* dass alles wunderbar lief. Okay, es gab ein logistisches Problem: Er war in Florenz und ich in Mailand, aber bisweilen ist das Universum genau so: Man erkennt, dass man, um sich vom Kampf der Gefühle zu befreien, die Stadt wechseln muss. Wo war das Problem? Genau aus diesem Grund gab es ja Züge und Telefone. Ich meinte auch, mindestens vierundzwanzig Stunden warten zu sollen, bevor ich ihm eine Antwort schickte. Ich hielt sechzehn durch und saß während der ganzen Zeit praktisch auf meinen Händen. Dieses Mal beschränkte ich mich auf acht knappe Zeilen – länger als ein

Haiku, kürzer als ein Sonett – mit meiner Telefonnummer und der Versicherung, dass ich die Situation sehr gut verstand. Ich wusste, dass er sie, mit der Zeit, auch verstehen würde.

Gott sei Dank gibt es eine zeitliche Verzögerung, sodass sich nicht alle Ihre Gedanken augenblicklich erfüllen.
LISA NICHOLS, Schriftstellerin und herausragende
Vertreterin der Persönlichen Motivation

Drei Wochen später saß ich frühmorgens im Zug nach Florenz. Ich hatte mir eine Fahrkarte erster Klasse besorgt in der Hoffnung, dass mir eine bequeme und angenehme Reise helfen würde, auch künftig mehr Bequemlichkeit und Annehmlichkeiten auf mich zu ziehen. Es war Montag, und fast alle anderen Fahrgäste im Wagen erster Klasse waren Männer mit Krawatte, die auf den Tastaturen ihrer Laptops oder Handys *Ticka-Ticka-Ticka* machten. Es ist sieben Uhr früh, überlegte ich, und die Woche hat noch nicht angefangen. Wie kommt es, dass alle so beschäftigt sind? Ich las die Tageszeitung.

Eine Stunde später, nachdem ich die Nachrichten des Tages und die Gratispackung mit den Keksen verdaut hatte, hielt ich es nicht mehr aus und rief Carlo an, einen der wenigen meiner Bekannten, die wahrscheinlich schon wach, aber noch nicht im Büro waren. Er war auch einer der wenigen meiner Bekannten, die noch nicht wussten, was ich heute machte.

»Ciao, ich bin's«, sagte ich und versuchte, meine Stimme geziemend zu dämpfen. »Stör ich dich?«

»Nein, ganz im Gegenteil. Ich bin in der Bar und frühstücke gerade. Und du, wo bist du? Warum sprichst du so leise?«

»Ich sitze im Zug; ich will niemanden stören.« Ich sah mich um. Fast alle flüsterten in ein Handy, ohne Aufsehen zu erregen. Erste Klasse: eine Offenbarung!

»Im Zug? Am Montagmorgen? Wo fährst du denn hin? Oder bist du auf dem Rückweg?«

»Nein, ich bin auf der Hinfahrt«, sagte ich. »Ich fahre nach Florenz. Ein Tagesausflug.« Es gehört zu den schönsten Dingen des Lebens in Italien, dass man einen *Tagesausflug nach Florenz* machen kann. Die meisten Menschen müssen um den halben Erdball fliegen, um Florenz zu sehen.

»Oh, wie schön! Was gibt's denn in Florenz?« Dann schob er hinterher: »Erinnerst du dich, dass wir beide einmal dort waren? Ein Tagesausflug nach Florenz, um deine Tante aus Alaska dort zu treffen. Wir haben so gut in diesem Lokal gegessen, das du zufällig entdeckt hast … Und dann haben wir diesen Spaziergang ganz hinauf bis zu dieser Kirche auf dem Gipfel eines Hügels gemacht. Wie hieß sie noch gleich?«

»Ja, mit einer unglaublichen Aussicht. Wie hieß sie noch mal? Santa … irgendwas.«

Carlo sagte, dass er noch die Fotos habe, die wir von der Kirche auf dem Gipfel des Hügels geknipst hatten. Und dann schwiegen wir einen Moment, jeder ließ die denkwürdigsten Einzelheiten jenes Tages Revue passieren, den wir, vor so vielen Jahren, zusammen verbracht hatten.

»Und was führt dich dieses Mal nach Florenz?«, fragte Carlo. »Ist jemand auf Besuch in Italien?«

»Nein«, sagte ich. »Tatsächlich gibt es eine Cézanne-Ausstellung, die ich sehen möchte. Im Palazzo Strozzi.«

»Ach ja, natürlich. Irgendwo habe ich etwas darüber gelesen; sie muss schön sein. Paul Cézanne: Ein Maler für Maler …« Dann sprach er über den großen Einfluss, den Cézanne auf die moderne Kunst ausgeübt hat, vor allem auf den Kubismus, und dass auch Picasso erklärt habe, er wäre ohne Cézanne niemals Picasso geworden. »Nach all diesen Impressionisten«, schloss Carlo, »konnten die Kritiker mit dem armen Cézanne nichts anfangen.«

»Ja, genau«, seufzte ich. Ich fragte mich, ob ich jemals ein Thema finden könnte, über das Carlo nicht besser Bescheid wusste als ich. »Der arme alte Cézanne.«

»Bravo, Hilary! Es ist eine schöne Idee, sich für so etwas einen Tag freizunehmen.«

»Ja, ich schwänze im Namen der Kultur. Eine kleine Luftveränderung …« *Er wird mir doch einen Aufhänger liefern, oder nicht?* Ich begann mir Sorgen zu machen.

»Also dann, viel Vergnügen!«, sagte Carlo. »Fährst du gleich nach der Besichtigung zurück?«

Na endlich! »Nein, ich bin zum Mittagessen verabredet. Und mein Zug fährt erst um sechs.« *Jetzt frag mich bitte, mit wem.*

»Ach. Wieso? Wen kennst du denn in Florenz?«

»Na ja, das Junge Phänomen!« Ich hielt den Atem an.

»… Den Schriftsteller? Mit dem gehst du essen? O mein Gott. *Das* also ist das wahre Motiv dieses ganzen Tagesausflugs?«

»Natürlich nicht! Du weißt doch, dass ich für die Postimpressionisten *schwärme* …«

»Ja richtig, und ob: Hilary ist ja ganz besessen von den Postimpressionisten! Du redest fast von nichts anderem … Cézanne hier, Van Gogh da …«

Ich konnte ein nervöses Lachen nicht unterdrücken. »Sei nicht so frech, ich bitte dich. Du bist nur neidisch, weil ich die Erschafferin meiner Wirklichkeit bin.«

Carlo prustete los. »*Was* bist du?« Ich stellte ihn mir vor, wie er sich, über die Theke der Bar gekrümmt, die Tränen aus den Augen wischte. »Du bist *was* von *was*?«

»Die Erschafferin. Meiner. Wirklichkeit.« Ich wiederholte es mit leiser Stimme, auch wenn Carlo zu laut lachte, um mein Erster-Klasse-Geflüster verstehen zu können.

»Und was ist mit *seiner* Wirklichkeit? Deren *Erschafferin* bist du auch?« Bevor ich antworten konnte, fügte Carlo hinzu: »Wer schert sich um den armen Cézanne? Er ist nur dein *Alibi*. Ich lege jetzt auf und spreche ein Gebet für das Junge Phänomen … Sag mir nur eines: Habt ihr euch je *getroffen*? Hat er dich je gesehen? Hast du je mit ihm gesprochen?«

»Na ja … nur am Telefon, ein paar Minuten. Warum? Glaubst du, dass er … enttäuscht sein wird?«

»Enttäuscht? Er? Hilary, du bist es, die in einen Zug gestiegen ist … im Morgengrauen! Wenn hier jemand eine Enttäuschung riskiert, dann du!«

»Ich? Aber nein, ich fühle mich ausgezeichnet. Ich hatte gesagt, dass ich ihn kennenlernen wollte, und in … ungefähr fünf Stunden wird das geschehen. Und in der Zwischenzeit sehe ich mir die *Die Badenden* an. Und vielleicht auch dieses andere Bild, du weißt schon, das mit den beiden Männern, die Karten spielen. Alles läuft wie am Schnürchen, könnte man sagen, oder?«

»Weißt du was? Du bist ein Genie, im Ernst. Ein Genie der vergeblichen Mühen, aber trotzdem ein Genie.«

»Jetzt platzt mir aber der Kragen! Du willst doch nur, dass ich mir lächerlich vorkomme.« Plötzlich erschien mir alles, was ich trug, deplatziert: die grünen Lackballerinas, das rot-weiße Kleid, die große blaue Tasche mit den Korbeinsätzen, die an den Ecken tatsächlich schon abgestoßen waren. Meine Fingernägel waren schmutzig und alle unterschiedlich lang. Carlo hatte sich inzwischen wieder gefasst und schlug einen anderen Ton an.

»Nein, so ist es nicht, ich schwöre es dir. Du bist nicht lächerlich. Du bist … ein Phänomen. Wirklich, das bist du.«

Sie sind der Michelangelo, der Schöpfer Ihres Lebens. Und Sie selbst sind der »David«, den Sie gestalten.

DR. JOE VITALE, Metaphysiker und Schriftsteller

Er wollte mich anrufen, sobald er mit seinem Vormittagsprogramm fertig war – ein Vortrag in einer Realschule –, und dann könnten wir einen Treffpunkt vereinbaren, irgendwo im Stadtzentrum. Irgendwann am Nachmittag würde er ein Radiointerview geben müssen – aber er wusste nicht genau, wann –, doch wir hätten bestimmt genug Zeit, um eine Kleinigkeit zu essen und ein wenig miteinander zu plaudern. Um ein Uhr saß ich vor dem Palazzo Strozzi auf einer Stufe in der Sonne und blätterte in einem Buch, das ich mir gekauft hatte: *Cézannes Paradies*, verfasst von einem französischen Kunstkritiker. Das Bild der beiden Kartenspieler auf dem Cover fehlte in der Ausstellung allerdings. Ich hatte drei erbauliche Stunden vor den Gemälden stehend verbracht – in einer anderen Stadt zu sein, fern von meinem Alltagstrott, war allein schon ein Genuss, und ich nahm mir vor, in Zukunft öfter mal im Namen der Kultur zu schwänzen. Der Tag schien vom Glück begünstigt zu sein: Auch für den *völlig unwahrscheinlichen* Fall, dass das Junge Phänomen aus irgendeinem Grund unsere Verabredung nicht einhalten könnte, wäre er nicht vergeudet gewesen. Doch wie kam ich bloß auf solche Gedanken? Er würde mit Sicherheit kommen! Bis jetzt hatte es keinerlei Komplikationen gegeben: Der Zug war pünktlich gewesen, das Museum nicht überlaufen, und ich hatte mich nicht verirrt. Ich war im Einklang mit dem, was das Universum mir anbieten wollte. Und wenn der Augenblick unserer Begegnung gekommen war, würde sofortiges Einverständnis ohne einen Hauch von Verlegenheit herrschen: Wir hatten so viele Dinge gemeinsam, er und ich. Vor meinem geistigen Auge sah ich uns schon in einem netten Lokal sitzen, toskanische Crostini mit Hühnerleber essen und dazu ein Glas Chianti trinken. Ich schaute auf die Uhr und zog dann das Handy heraus, um nachzusehen, ob der Akku reichen würde. Er würde.

Um zwanzig nach eins klingelte mein Handy. Auf dem Display leuchtete der Name »JPH« – das enigmatische Kürzel, unter dem ich ein paar Wochen zuvor, als er mich anrief, seine Nummer gespeichert hatte. Seine Stimme klang ein wenig gehetzt, aber freundlich, als er sich erkundigte, ob alles in Ordnung und wie die Ausstellung gewesen sei und wo ich mich jetzt befände. Am Telefon kam sein toskanischer Akzent noch ausgeprägter rüber als damals im Radio. Niemand sonst, den ich kannte, sprach so.

»Ach, sie war wunderschön«, sagte ich. »Wirklich, wenn du es schaffst, solltest du auch hingehen. Und dein Vortrag in der Schule? Bist du fertig? Glaubst du … Ich meine, hast du Zeit, etwas essen zu gehen?« Ich sagte es so beiläufig, als handele es sich um eine entfernte Möglichkeit, und nicht bereits um eine der entscheidenden Wendungen in meinem Leben.

»Gern«, antwortete er. »Bist du noch beim Palazzo Strozzi? Kennst du das Zentrum von Florenz?«

Ja, ich kannte mich in Florenz ein wenig aus, und außerdem hätte ich einen guten Orientierungssinn.

Er schlug ein Treffen auf der Piazza della Signoria vor, ob ich mich erinnerte? Dort, wo der gigantische *David* von Michelangelo steht. Eigentlich nur eine Kopie von ihm. Davor könnten wir uns treffen. Ein etwas kitschiger Treffpunkt, räumte er ein, aber weißt du, es ist auch der einfachste. »Vielleicht brauche ich länger, bis ich einen Parkplatz gefunden habe«, meinte er. »Aber ich steige gerade ins Auto. Du brauchst zu Fuß nur fünf Minuten. Also warte dort auf mich, okay?«

Warte auf mich, dachte ich. *Das Junge Phänomen hat mich gebeten, auf ihn zu warten!* Alles klar, kein Grund zur Eile, sagte ich. Und schob dann hinterher: »Hey, Moment mal! Ich weiß zwar, wie du aussiehst, weil du einigermaßen berühmt bist. Aber da ich, na ja, da ich es nicht bin, sage ich dir, dass ich einen Schopf blonder Haare habe, ein rot-weißes Kleid und eine große Sonnenbrille trage.«

Das Junge Phänomen lachte. »Ich finde dich schon, glaub mir! Wir sind hier in Florenz! Und du wirst die Einzige vor dem *David* sein, die keine Japanerin ist.«

Das Geheimnis funktioniert jedes Mal, bei jedem Menschen.
BOB PROCTOR, Philosoph,
Schriftsteller und Persönlicher Trainer

Um zwei Uhr saßen wir – er, das Junge Phänomen, und ich, Hilary – an einem Tisch vor einem netten Restaurant und teilten uns einen Teller Crostini und eine Flasche Chianti. Ich hatte ihn bestellen lassen. »Du bist der Florentiner«, hatte ich gesagt. »Entscheide du; ich esse alles.« Und da waren sie: Crostini mit Hühnerleber und Chianti, direkt aus dem Katalog des Universums. Als Hauptgericht würde eine Tagliata, also gebratene Rinderfiletscheiben, mit Rucolasalat folgen, von dem ich hoffte, dass er mir nicht zwischen den Zähnen stecken blieb. Wie vorab visualisiert, hatten wir auch ein paar Mal gemeinsam gelacht, und der einzige Hauch von Verlegenheit hatte sich ergeben, als wir, nachdem wir uns mit Küsschen-Küsschen auf die Bäckchen-Bäckchen begrüßt hatten, regungslos inmitten der Menge japanischer Touristen standen, unschlüssig, wo wir zum Essen hingehen sollten.

»Ich würde dich gern aus dem Trubel entführen«, hatte das Junge Phänomen gesagt, der alle Leute rundum um mindestens eine Kopflänge überragte. »Ich kann mich nur nicht allzu weit von meinem Auto entfernen. Du musst mich im Voraus entschuldigen, aber irgendwann bekomme ich den Anruf für dieses Radiointerview. Vermutlich muss ich dann ins Auto flüchten, wo es wenigstens etwas ruhiger ist.«

»Kein Problem«, antwortete ich. *Ich bitte dich, Universum, gib mir eine Stunde,* bat ich im Stillen. *Nein, neunzig Minuten. In neunzig Minu-*

ten wird es mir gelingen, Eindruck zu machen. »Und was machen wir jetzt? Möchtest du irgendwo ein Sandwich essen?«

»Um ehrlich zu sein, ich bin ziemlich hungrig … vielleicht etwas Handfesteres, hm? Oder hast du keinen großen Appetit?« Und dann schaute er mich so an, wie die Männer mich anschauen, wenn sie herausfinden wollen, ob ich zu jenen weiblichen Wesen gehörte, die nichts essen.

»Ich habe nur die Gratispackung Kekse gegessen, die man im Zug bekommt, deshalb sterbe ich, offen gestanden, vor Hunger … Oh, entschuldige. Vielleicht sollte ich nicht sagen, dass ich ›vor Hunger sterbe‹ …« Wir spazierten bereits durch eine kleine Gasse, die von der Piazza wegführte. Er machte lange Schritte, aber es gelang mir mitzuhalten.

»Warum solltest du nicht ›vor Hunger sterben‹ sagen? Wieso entschuldigst du dich?«

»Na ja … weil es nicht schön ist zu sagen, dass man vor Hunger stirbt, wenn es auf der Welt Menschen gibt, auf die das tatsächlich zutrifft. Glaubst du nicht? Es ist nicht sehr … fair.« Vielleicht wirkte ich jetzt pedantisch und politisch korrekt. *Halt den Mund, Hilary,* sagte ich mir. *Erteile ihm keine Lektionen in Sachen Semantik. Er ist Schriftsteller.*

»Na ja, alles ist relativ. Ich verstehe, was du meinst. Du brauchst dich nicht zu entschuldigen.«

»Ach, okay. Entsch … nein. Ich will sagen … in Ordnung.« Hoffentlich glaubte er jetzt nicht, ich würde zu jenen weiblichen Wesen gehören, die sich ständig für irgendetwas entschuldigen. Da wäre er völlig auf dem Holzweg. Abgesehen von diesem kleinen Moment der Betretenheit – sicher eine Folge meiner Nervosität – war die Situation ziemlich komisch, im Sinne von merkwürdig. Was machte ich – aus seiner Sicht – als Tagesausflüglerin in Florenz? Glaubte er wirklich, dass ich all diese Kilometer wegen der *Badenden* zurückgelegt hatte? Der Vorwand mit dem Jungen-Affen galt nicht mehr, weil ein Produzent aus Rom bereits die Rechte an dem Buch erworben hatte. Darüber hatten wir schon vor ein paar Wochen am Telefon gesprochen. Und trotzdem waren wir jetzt hier zusammen.

Wir saßen im Freien vor dem Restaurant, und ich versuchte, uns mit den Augen eines Außenstehenden zu betrachten. Objektiv gesehen, passten wir gut zueinander, gingen locker miteinander um – nicht wie zwei Leute, die sich nie zuvor getroffen hatten, sondern eher wie ... na ja, wie ein groß gewachsener Typ und eine Ausländerin, die zusammen zu Mittag aßen. Er hatte mir den Stuhl zurechtgerückt und schenkte mir Wein ein. Er rauchte nicht – »Ich habe vor zwei Jahren damit aufgehört, und es vergeht kein Tag, an dem ich es nicht bereue« –, aber es störte ihn nicht, dass ich rauchte, und er bat sogar den Kellner um einen Aschenbecher. Dank dem Internet und einem Anruf bei Dagmar wusste ich bereits, dass das Junge Phänomen eine Drei war. Die Dreien sind außerordentlich charismatische Menschen. Sie verfügen über ein enormes Kreativitätspotenzial und hören sehr gern zu.

Und sie reden auch gern, wie es den Anschein hat. Wenn ich nervös bin oder jemandem zum ersten Mal begegne, neige ich dazu, ihn mit Fragen zu bombardieren. Ich bin von Natur aus neugierig und außerdem überzeugt, dass sich die Leute am wenigsten langweilen, wenn sie von sich selbst reden. Deshalb sprachen wir, während wir unsere Crostini verzehrten, über das Junge Phänomen. Ja, wirklich? Und warum hast du mit dem Rauchen aufgehört?

Es war nach einem Totalbesäufnis, das drei Tage dauerte. Da war der Zeitpunkt gekommen, an dem er gesagt hatte: Basta.

Ha, ha, sagte ich. Ein dreitägiges Gelage. Wie lustig! Und seither hast du auch auf Besäufnisse verzichtet?

Nicht unbedingt, antwortete er. Und dann fragte er mich, ob ich die Theorie der Büffelherde kannte.

Die Theorie der Büffelherde? Nie gehört.

Also, hob er an und schenkte uns Wein nach, eine Büffelherde bewegt sich im Tempo des langsamsten Büffels. Auf diese Weise bleiben alle zusammen; doch wenn sie gejagt werden, sind die langsamsten auch die Ersten, die getötet werden. Wodurch die Geschwindigkeit der Herde als Ganzer immer weiter zunimmt.

Genau, sagte ich, die natürliche Auslese. Völlig klar.

Genau, antwortete das Junge Phänomen und lächelte dem Kellner zu, der gerade das Geschirr abräumte. Dieselbe Theorie kann auf die Gehirnzellen und den Alkoholkonsum angewandt werden, oder? Bei einem Alkoholexzess werden die schwächsten Zellen zuerst getötet, wodurch all deine nutzlosen Gedanken ausgelöscht werden.

Aha, verstehe, sagte ich und nickte. Das heißt, dass der Alkohol dich letzten Endes intelligenter macht? Oder dass du weniger Gedanken hast, aber die, die du hast, sind die richtigen?

Das ist die Idee dahinter, ja, sagte das Junge Phänomen und lehnte sich zurück. Du kannst immer mehr trinken und immer intelligenter werden, mindestens bis vierzig. Dann bist du völlig ausgebrannt, bis auf die letzte Zelle, die dir verblieben ist – allerdings eine erstklassige –, aber was bleibt einem mit vierzig noch zu tun?

So wie es bei mir aussieht, dachte ich, *wahrscheinlich alles*. Für ihn sei es leicht, so etwas zu sagen, erklärte ich. Angesichts der Tatsache, dass er sein erstes Buch mit – wie alt war er? – achtundzwanzig? siebenundzwanzig? geschrieben hatte. Er war siebenundzwanzig. Und eigentlich war das sein zweites Buch. Er hatte zuvor schon einen Roman geschrieben, aber der war nicht sehr gut gewesen. Er hatte ihn gar nicht veröffentlichen wollen, aber ein kleiner Verlag hatte ihm ein Angebot unterbreitet ...

Ach ja? Von seinem ersten Buch wisse ich nichts.

Das war gelogen; denn dank Internet wusste ich alles über sein erstes Buch, auch dass er es nicht für gut hielt. Ich hatte auch versucht, mir über die Buchhandlung ein Exemplar zu bestellen, aber es war vergriffen.

Als unser Hauptgericht serviert war, unterhielten wir uns ein wenig übers Schreiben. Nicht über meines – schließlich gab es da nicht viel zu berichten –, sondern über seines. Auch er hatte einen Kurs besucht – das wusste ich schon, tat aber, als wüsste ich von nichts –, allerdings nicht in Mailand und nicht bei Raul. Das Junge Phänomen hatte sich bei einer richtigen Schule angemeldet – der besten und einzigen brauchbaren Schule für Kreatives Schreiben in ganz Italien –, die er nach zwei Jahren mit dem Master abgeschlossen hatte –, auch wenn er das Studium an der Universität abgebrochen und also auch nicht promoviert hatte.

Oh, là, là! Auch er war vorzeitig von der Universität abgegangen? Wie lustig ... Da bot sich mir also endlich eine Chance, etwas zum Gespräch beizusteuern.

Ja, das Junge Phänomen hatte eine konfliktreiche Beziehung zu Institutionen im Allgemeinen. Warum ich lachte? Ob auch ich von der Universität abgegangen sei?

Nein, ich nicht. Aber mein Vater sogar von vieren. Genau genommen war er von einer abgegangen und von drei anderen rausgeschmissen worden. Wegen mieser Noten und schlechten Benehmens.

Vier? Das Junge Phänomen zog die Augenbrauen hoch und nahm einen Schluck Wein. Donnerwetter!

Ja, sagte ich. Jedenfalls hatte mein Vater als junger Mann mit den Institutionen auch nicht viel am Hut. Nicht, dass das im Lauf der Jahre viel besser geworden wäre. Oh, Moment mal, das stimmt nicht ganz. Inzwischen ist er Mitglied bei den AA, seit ungefähr dreizehn Jahren. Ob das Junge Phänomen wisse, was die AA seien?

Na klar: Die Anonymen Alkoholiker. Das ist eine Gruppe für die, die …

… die mit vierzig noch eine einzige letzte gute Zelle im Gehirn haben, sagte ich. Oder, wie im Fall meines Vaters, mit fünfzig.

Das Junge Phänomen lachte. Er hatte wirklich ein schönes Lächeln. Auf diese Weise ermutigt, fügte ich hinzu, dass mein Vater auch verheiratet war und dann geschieden, vier Mal nacheinander. Womit er, wie ich vermutete, zumindest eine gewisse Beharrlichkeit an den Tag gelegt hatte. Oder einen gewissen Optimismus. Oder sonst etwas.

Endlich war es mir gelungen, das Junge Phänomen zu beeindrucken! Nicht mit meinem Charme, meiner Intuition oder meinen Leistungen, sondern mit dem Bericht über das Scheitern meines Vaters in den Bereichen Studium, Ehe und Mäßigung im Alkoholkonsum. Ich begriff, dass es nicht die typische Strategie war, die weibliche Wesen anwenden, um die Aufmerksamkeit eines netten Mannes zu erregen, aber jetzt sah er mich wenigstens interessiert an.

»Muss ein sympathischer Typ sein, dein Vater«, sagte das Junge Phänomen, während er Messer und Gabel nebeneinanderlegte, um kundzutun, dass er mit dem Essen fertig war.

»Natürlich ist er das! Mein Vater gehört zu den Menschen auf der Welt, die ich am liebsten habe. Er ist … weißt du, ein Genie der vergeblichen Mühen.« Kaum waren mir diese Worte herausgerutscht, bereute ich, sie ausgesprochen zu haben. Zum Ersten, weil ein Teil von mir verstört war bei dem Gedanken, dass ich meinen Vater mit denselben Worten beschrieben hatte, mit denen mein Ex-Allerliebster mich charakterisierte. Und zweitens, weil es eine schöne Formulierung war. Wenngleich noch nicht im Besitz eines eigenen Strichcodes, wusste ich doch, wie Schriftsteller agieren: wie Zecken nämlich – stets bereit, schöne Formulierungen aufzusaugen, ohne Rücksicht auf die Urheber.

Und tatsächlich: »Ein Genie der vergeblichen Mühen? Das ist gut! Das gefällt mir.« Ich sah dem Jungen Phänomen buchstäblich zu, wie er das abspeicherte, und im vollen Bewusstsein, dass es Carlos sprachliche Erfindung war, die er für speicherungswürdig befand, nicht meine eigene. Wieder kam der Kellner, um abzuräumen.

»Natürlich halten nicht alle Leute ein Universitätsstudium und die Ehe für vergebliche Mühen ...«, schob ich in dem Versuch hinterher, mir Carlos Formulierung zu eigen zu machen. »Das heißt, das ist etwas schräg ... als Bild ... in diesem Fall.« Jetzt diskutierte ich schon wieder über Semantik.

»Ja ... richtig«, sagte das Junge Phänomen, offensichtlich nicht ganz bei der Sache. Beinahe gelang es mir, die Gedanken zu hören, die ihm durch den Kopf ratterten: *ein Genie der vergeblichen Mühen, ein Genie der vergeblichen Mühen.* »Aber ich verstehe, was du meinst. Als Definition ist es jedenfalls hübsch. Es gefällt mir. Dein Vater scheint mir ... ein toller Typ zu sein.«

Das bin ich!, wollte ich schreien. *Ich bin das Genie der vergeblichen Mühen! Der tolle Typ bin ich!* Stattdessen kramte ich mit einem leisen Seufzer in meiner Tasche nach einer Zigarette.

»Möchtest du eine Nachspeise? Einen Espresso?«, fragte mich das Junge Phänomen. Just in diesem Augenblick beschloss das Universum, für mich zu antworten, indem es sein Handy klingeln ließ. Das Interview. Das Junge Phänomen entschuldigte sich – einen Moment – und stand vom Tisch auf. Ich schaute auf die Uhr: Es war fast halb vier. Meine neunzig Minuten hatte ich bekommen.

Ich setzte die Sonnenbrille auf und sah dem Jungen Phänomen zu, wie er das Handy wegsteckte, zum Kellner ging und ihm seine Kreditkarte gab.

»Es tut mir leid, aber ich muss gehen«, sagte das Junge Phänomen. »Ich muss in fünfzehn Minuten im Auto sein, weil sie mich dann anrufen für dieses Interview. Ich weiß, es ist ein wenig plötzlich, dieser Abschied, aber ...«

»Nein, kein Problem«, antwortete ich. »Ich verstehe das sehr gut. Das Timing ist doch perfekt ... Wir sind mit dem Essen fertig, nicht wahr? Kann ich mich beteiligen an den ...« Und da ich es nicht über mich bringe, das Wort »Auslagen« auszusprechen, tat ich, als wollte ich nach meiner Brieftasche greifen.

»Nein, ich bitte dich! Schon erledigt.« Und er versicherte mir, dass es ihm ein Vergnügen war. Da ich aus Mailand angereist war, sei ich der Gast ... Der Kellner kam mit der Quittung und einem Stift. Dreißig Sekunden später half mir das Junge Phänomen in die Jacke. *Was für untadelige toskanische Manieren*, dachte ich und fühlte mich sofort von einer finsteren Woge erfasst. Seit Wochen war keine finstere Woge mehr über mich hinweggerollt.

Auf dem Gehsteig gab mir das Junge Phänomen Küsschen-Küsschen auf die Bäckchen-Bäckchen. Mir stieg sein Geruch in die Nase: ein Hauch von Zitrone – seine Seife oder vielleicht seine Rasiercreme –, vermischt mit etwas anderem, Erdhafterem, wie etwa Trüffel oder Pilze. Oder möglicherweise war es das Aroma unseres Essens. Was auch immer, es gefiel mir. »Also, ich muss jetzt wirklich los«, sagte er, während er seine Ray Ban hervorzog. »Kommst du allein zurecht? Wann fährt dein Zug?«

Ich antwortete ihm, dass mein Zug um sechs Uhr abfuhr, und ja, natürlich würde ich mich allein bestens zurechtfinden.

»Also ... es war schön, oder? Tja, das machen wir wieder mal. Früher oder später. Einverstanden?«

»Klar!«, sagte ich mit meinem strahlendsten Lächeln und hoffte, dass mir nichts Grünes zwischen den Zähnen steckte. Weder hatte ich mir vorher unseren Abschied ausgemalt noch mir vorgestellt, wie unsere letzten Worte lauten würden – *Tja, das machen wir wieder mal. Früher oder später –*, und vielleicht war es dieser Punkt, in dem ich mich irrte. Das Gesetz der Anziehung hatte nicht das vollständige Manuskript erhalten. Das Einzige, was ich hinzufügen konnte, war ein »Danke«. Und deshalb fügte ich es hinzu, und schon drehte er sich um und rannte los. Seine Beine waren so lang, dass er schon nach drei Schritten um die Ecke und von der Bildfläche verschwunden war.

Sie sind nur deshalb an diesen Punkt in Ihrem Leben gekommen, weil etwas in Ihrem Inneren beharrlich sagte: »Du hast verdient, glücklich zu sein.«
LISA NICHOLS, Schriftstellerin und herausragende
Vertreterin der Persönlichen Motivation

Als Erschafferin meiner Wirklichkeit bin ich an diesem Punkt stehen geblieben, vor dem Restaurant, und habe überlegt, was ich tun sollte.

Tja, das machen wir wieder mal. Früher oder später. Bevor sich die finstere Woge in ein Meer der Verzweiflung verwandeln konnte, lief ich auf der sonnenbeschienenen Seite des Gehsteigs in eine Richtung, die mir die richtige zu sein schien. Ich hatte keinen Stadtplan dabei und erinnerte mich nicht an den Namen des Ortes, den ich suchte, also konnte ich schlecht nach dem Weg fragen. Ich schaute auf die Uhr: noch zwei Stunden bis zur Abfahrt. Ich bog um ein paar Ecken und befand mich am Fluss, den ich überquerte.

Früher oder später. Gibt es etwas weniger Verheißungsvolleres, etwas Vageres als den Ausdruck »früher oder später« – egal, in welcher Sprache? Ich musste ein gutes Stück gelaufen sein – schon sah ich keine Japaner mehr –, und mein Herz schlug schneller, je steiler die Straße wurde. Ich betrat eine Bar für einen Espresso und ein Glas Leitungswasser. Das Lokal war leer bis auf die Dame hinter der Theke, die mit einem Kreuzworträtselheft beschäftigt war. Sie hob den Kopf, registrierte meine blonden Haare und die gigantische Sonnenbrille und stieß den Seufzer der belagerten Florentinerin aus: eine *Ausländerin!* Ich war niemand, den sie kannte, und sie würde mich auch nie wieder sehen. Als ich ausgetrunken hatte, dankte ich ihr, zahlte meine achtzig Cent und trat ins Freie, ohne sie auch nur zu fragen, ob oben auf dem Hügel eine Kirche stand. Mit meinem üblichen schnellen Schritt machte ich mich einfach an den Aufstieg.

Die Dreien sind tatsächlich außerordentlich charismatische Menschen. Und obwohl Charisma eine attraktive Eigenschaft ist, ist es kaum fassbar – sehr schwer zu definieren, auf semantischer Ebene. Ich hängte meine Tasche von der einen auf die andere Schulter und dachte ein wenig über die Semantik nach: War es tatsächlich möglich, seine eigene Wirklichkeit zu erschaffen? Wäre es nicht noch besser, wenn man die eigene Wirklichkeit kreativ gestalten könnte? Ich drehte und wendete die Wörter im Kopf hin und her, bis ich den Satz fand, der mich zufriedenstellte. *Was mir wirklich gefallen würde,* schlussfolgerte ich, *wäre, überhaupt etwas zu schaffen, und basta.*

Auf dem Gipfel des Hügels stand ich plötzlich vor der Kirche, in der ich schon einmal gewesen war und deren Name ich vergessen hatte. Auch wenn ich in den Kurzgeschichten, die ich schreibe – oder schreiben will –, den Schauplätzen immer große Aufmerksamkeit widme, gehe ich lieber der Nase nach, wenn es darum geht, wirklich irgendwohin zu gelangen. Ich zog die Jacke aus, nahm die Sonnenbrille ab und reckte mich. Die Aussicht war genauso schön, wie ich sie in Erinnerung hatte: all diese roten Dächer und der Fluss da unten. Die Sonne stand nicht mehr so hoch, aber es fehlte noch ein Weilchen zur »goldenen Stunde« – ein Ausdruck, den ich von meinem Vater gelernt hatte. Die goldene Stunde ist die Stunde jeweils nach Sonnenaufgang und vor Sonnenuntergang, ein Moment des Tages, den Fotografen und Regisseure lieben, weil er alles magisch und zugleich dramatisch erscheinen lässt. Ich würde die goldene Stunde vom Zugfenster aus bewundern, während ich nach Mailand zurückkehrte, in mein Alltagsleben, das, wie mir plötzlich schien, undramatisch und ohne jede Magie war. Ich begann den Abstieg. Ich hatte noch eine gute Stunde bis zur Abfahrt, wollte aber noch etwas Spielraum haben, falls ich mich ohne Stadtplan auf der Suche nach dem Bahnhof verlief. Schließlich war ich doch das Genie der vergeblichen Mühen: ein Außenseiter-Büffel ohne seine Herde.

7

Die Entfernung vom Feuer

EIN BRIEF VON MAILAND nach Mailand ist einen Tag unterwegs, höchstens zwei. Schlimmstenfalls drei. Sonntage nicht eingerechnet.

Mein neuer Briefkasten hat die Nummer 19: unterste Reihe, der zweite von links. Mein Name steht nicht darauf, aber der Hausmeister kommt jeden Tag, einschließlich Samstag, von acht bis zwölf, und verteilt alles. Die Post, habe ich den Eindruck, kommt am späten Vormittag. Jetzt wohne ich im Parterre, zum Hof hin, und habe die Briefkästen direkt vor der Tür, doch am späten Vormittag bin ich fast nie zu Hause.

Abgesehen vom *New Yorker*, der gewöhnlich montags eintrifft, und von Rechnungen ist mein Briefkasten meistens leer. Ich gehe nicht jeden Tag nachsehen, vielleicht nur jeden zweiten, aber es ist mir auch schon passiert, dass ich zwei, sogar drei Ausgaben des *New Yorker* auf einmal vorfinde, zusammen mit fälligen Rechnungen. Dass ich mir abgewöhnt habe, täglich im Briefkasten nachzusehen, erkläre ich mir mit einer Art anti-Pawlowschem Phänomen: Wer nie einen Keks erhält, fängt eben an, die Glocke zu ignorieren.

Es gibt auch Überraschungen, allerdings selten. Eine Einladung aus offiziellem Anlass – aber dann ruft man mich gewöhnlich vorher an, um sich nach der Adresse zu erkundigen. Glückwunschkarten zu meinem Geburtstag oder zu Weihnachten – aber sie kommen immer von denselben Leuten: von meiner

Mama, meinen Tanten, meiner Großmutter. Meine Verwandten und Freunde wissen, dass ich Postkarten sammle, deshalb erhalte ich hin und wieder eine. Ich habe ungefähr zwanzig an meine Wohnungstür geklebt, andere bewahre ich in einer wunderschönen Schachtel der Konfiserie Sant'Ambrœus auf: Sie hat die Form einer Taube, und ich habe sie inzwischen mit persönlichen Erinnerungsstücken und Mementos gefüllt. Mehr als einmal ist es mir passiert, dass ich Karten von Leuten bekam, die ich gut kenne, deren Handschrift ich jedoch nie zuvor gesehen hatte. Wie das Mittagessen zu Hause und die Stille in den Zügen ist in diesen hektischen und geschwätzigen Zeiten auch das handgeschriebene Wort im Aussterben begriffen.

Er war es, der den Brief aufs Tapet gebracht hatte. Wir lagen bei mir zu Hause auf dem Sofa, an einem Spätnachmittag, etwa zehn Tage vor seiner Abreise. Ich wusste von Anfang an über seine Absicht Bescheid – nämlich dass er am Tag X in jene Weltgegend reisen würde, die am weitesten entfernt war von Mailand, von seiner Familie und all den erlittenen Schlappen, von denen sich ein Dreiundzwanzigjähriger niedergedrückt fühlen kann: abgebrochenes Studium, hingeschmissene Jobs, enttäuschte Eltern, Unfähigkeit, bei einer Sache zu bleiben. Mir war nicht klar, was er in Australien zu finden hoffte, und ich vermutete, dass es ihm selbst auch nicht klar war. Ich nannte sein bevorstehendes Abenteuer »Operation Känguru«, sprach ihm Mut zu und war doch ständig versucht, ihm zu sagen, dass unsere Fehler uns auch auf die andere Seite des Erdballs folgen. Echte Wendungen im Leben vollziehen sich selten dann, wenn man sie suchen geht, hätte ich gern hinzugefügt, aber ich hütete mich davor, ihm allzu viele Ratschläge zu geben. Zum ersten Mal lebte ich wirklich eine – unerwartete und vielleicht unmögliche – Liebesgeschichte in den Tag hinein. Für mich, mit meinen zweiunddreißig Jahren, war diese

Leichtigkeit eine Offenbarung. Für ihn wäre alles andere undenkbar gewesen.

Es war Freitag, mein freier Tag. Während meiner Stunde bei
der Dottoressa hatten wir über die Operation Känguru gesprochen und darüber, ob ich mich, wie auch immer, auf eine Zeit des
Leidens einstellen müsse. Am Ende der Stunde hatte sie mich
mit einem schönen Satz beglückt, den ich nie zuvor gehört hatte.
Den ganzen Nachmittag war er mir wie ein Ohrwurm im Kopf
herumgegangen.

»Die Dottoressa hat mir ein wunderschönes Sprichwort bei-
gebracht«, sagte ich zu ihm. Wir hatten die Schuhe ausgezogen,
und er streichelte mir durch die violette Strumpfhose die Füße.
Seine blauen Socken hatten Löcher.

»Was für eines denn? Hast du es schon in dein Adressheft ein-
getragen?« In meiner Tasche trage ich immer ein kleines Adressheft mit mir herum, in das ich statt Namen Wörter eintrage, die
ich mir merken möchte, meist gewählte Ausdrücke oder neue
idiomatische Wendungen.

»Noch nicht. Vielleicht ist es auch gar kein Sprichwort, sondern nur eine Redensart. Hör mal, wie schön es ist: ›Die Entfernung ist wie der Wind: Die kleinen Feuer löscht sie, die großen
facht sie an.‹ Poetisch, findest du nicht?« Sein Gesichtsausdruck
veränderte sich; plötzlich hatte er einen Blick, aus dem ich nicht
schlau wurde. »Was ist los? Kanntest du es schon?«

Als Antwort ein kleines, verlegenes Lächeln. Aha, deshalb
war ich so ratlos: Nach fünf Monaten war es das erste Mal, dass
ich ihn verlegen sah.

»Ja ... ich kannte es schon. Es ist nur, dass ... nein, nichts.«

»Was soll das heißen: nein, nichts? Du sagst mir immer, dass
man einen Satz nicht anfangen darf, ohne ihn zu beenden, das sei
fürchterlich. Also, los. Es ist nur ... dass was?«

»Nein, es ist nur, dass ... ich bin schon seit einiger Zeit dabei, dir einen Brief zu schreiben. Und eigentlich handelt er genau vom Thema dieses Sprichworts.«Jetzt war ich es, die errötete.

»Ein Brief? Du? ... Mir?«

»Natürlich, du schreibst mir immer was ... Ich dachte, es ist jetzt an der Zeit, dass ich dir mal schreibe. Es sollte eine Überraschung sein.«

Ich wollte ihm einen Kuss geben, aber dann erschien es mir verfrüht, als würde ich mich für ein Geschenk bedanken, das ich noch gar nicht erhalten hatte. Statt des Kusses sagte ich einfach: »Ich kann es kaum erwarten, ihn zu lesen.«

Es stimmte, ich schrieb ihm immer etwas. Morgens, wenn ich vor ihm aus dem Haus ging, klebte ich Post-its an den Kaffeekocher; ich schickte ihm Postkarten – und kaufte sogar die Briefmarken dazu –, auch wenn er kaum einen Kilometer von mir entfernt wohnte. Ich bombardierte ihn mit E-Mails unter witzigen Betreffzeilen, mit unseren Sprüchen: »Dein Kram«, »Wie zwei Schnecken«, »3 wirklich wichtige Fragen«, »Donnerwetter!«, »Umgekrempelt wie ein Handschuh« mit irrsinnig vielen »P. S.«. Ich schickte sie ihm, obwohl ich wusste, dass er seine Mails nicht regelmäßig las – ein bisschen so wie ich die normale Post. Und ich steckte ihm Zettelchen in die Hosentaschen, in sein Zigarettenpäckchen, in die Brieftasche. Kurzum, ich streute überall Wörter aus und wusste, dass auch er eine Schachtel hatte, in der er alle aufbewahrte. Es fiel mir leicht, ihm meine Zuneigung auf diese Weise zu zeigen, ohne ein automatisches Echo auf meine Gesten zu erwarten. Deshalb machte mich der Gedanke glücklich, dass ich in Kürze auch einmal etwas von ihm in die taubenförmige Schachtel legen könnte.

Wir sprachen nie davon, was nach der Operation Känguru aus uns werden würde: Welchen Sinn hätte eine so rhetorische Konversation gehabt? Großes oder kleines Feuer, das wird die Zeit erweisen. Wir sagten uns nur immer: »Sag niemals nie«, was mir schon sehr weise vorkam, und ich staunte über die Tatsache, dass ich es selbst glaubte. Doch der Gedanke an den Brief tröstete und beruhigte mich, wenn ich an die Leere dachte, die seine Abreise in meinen Tagen und meinen Nächten hinterlassen würde.

Und dann war er da, der letzte Tag. Am Morgen rief ich in der Buchhandlung an und erzählte ihnen das Märchen von der Grippe. »Pass gut auf dich auf«, empfahlen sie mir. »Heuer ist sie wirklich brutal.«

Ein Spaziergang zusammen im Park mit dem Hund, ein Mittagessen bei mir zu Hause mit Wein, ein Sprung in die Bank, um Dollar abzuheben, und der Rest des Nachmittags im Bett. Um sieben Uhr abends fuhr er noch mal nach Hause, um zu packen und mit seiner Familie zu Abend zu essen. Er bat mich, danach zu ihm zu kommen, gegen zehn, um mich von ihm zu verabschieden und weil er mir etwas geben wollte.

Um Mitternacht hielt ich es nicht mehr aus. Ich lag auf seinem Bett neben einem Stapel T-Shirts und Slips, sein Koffer stand aufgeklappt am Boden, und De Gregori sang den Getreidefeldern und den kleinen Münzen ein *Buona notte* zu. Kurzum – eine langsame und sinnlose Folter. Und es war auch eine Art Déjà-vu: Als ich nach Italien zog, war ich so alt wie er heute, und die Szene kam mir verwirrend bekannt vor. Sie erneut zu durchleben, dieses Mal aus der Sicht des Zurückbleibenden, erfüllte mich mit Heimweh – doch in das Heimweh mischte sich ein anderes Gefühl, das ich in keiner Sprache hätte benennen können. Ich sah ihn lächelnd an, spürte aber, dass meine Augen traurig waren. Er warf ein paar Hosen in den Koffer, beugte sich über mich und küsste mich auf die Stirn.

»Hör zu, ich glaube, ich erspare dir das besser. Was hältst du davon, wenn ich dich jetzt nach Hause bringe? Ich werde diese Nacht sowieso nicht schlafen …«

Ich nickte. Er zog sich einen Pullover über und hob eine Tüte vom Boden auf. »Das ist für dich.«

Während wir auf den Lift warteten, schaute ich in die Tüte: ein T-Shirt, DVDs, die er mir ausleihen wollte, sein Schal von Inter Mailand (so würde ich der Mannschaft Glück bringen) und eine Schlagersammlung – vierundvierzig italienische Canzoni, auf zwei CDs gebrannt. Kein Briefcouvert.

Als wir den Aufzug betraten, wich ich seinem Blick aus, während ich ihm einen Kuss gab und »Danke« sagte. Ich wartete, bis die Tür geschlossen war, und fügte dann hinzu: »Hast du nicht etwas vergessen?«

»Was?« Ich weiß nicht, wohin seine Augen schauten, die meinen starrten jedenfalls auf die Ziffern der Schalttafel. Wir waren noch kein Stockwerk nach unten gefahren, als er sagte: »Ach so ... der Brief?«

Ich nickte.

»Hör zu, Hilary, ich habe es nicht geschafft. Doch, ich habe es versucht, aber er ist mir nicht gelungen. Alle Wörter kamen mir so banal vor ... Auf solche Dinge verstehe ich mich nicht so gut wie du ...«

»Und ob! Aber auch wenn nicht, spielt es keine Rolle ... Es ist nur, dass du es mir versprochen hattest. Oder vielleicht habe ich es nicht richtig verstanden ... Entschuldige ...« Ich brach in Tränen aus. Er nahm mich in die Arme.

»Entschuldige dich nicht; ich bin es, der sich entschuldigen muss. Ich war nicht imstande, dir das zu sagen, was ich dir sagen wollte.«

Die Tür des Aufzugs ging auf, und wir durchquerten den großen Marmoreingang in absoluter Stille; nur unsere Schritte waren zu hören.

Im Auto drehte er sich zu mir, bevor er den Motor anließ: »Hör zu, jetzt ist es genug! Der Brief liegt oben, in meinem Zimmer. Ich wollte ihn morgen am Flughafen einwerfen. Ich weiß, dass du unheimlich gern Sachen mit der Post bekommst ... Ich wusste nicht, dass du damit gerechnet hast, ihn schon heute Abend zu erhalten. Ich gehe hinauf und hole ihn. Ich ertrage es nicht, dich so zu sehen.«

»Ich verstehe nicht ... Soll das ein Witz sein?«

»Nein. Ich schwöre, wenn du willst, gebe ich ihn dir gleich. Sonst schicke ich ihn dir morgen von Malpensa aus. Was dir lieber ist.«

Ich lächelte. »Du gehst doch nicht etwa jetzt nach oben und fängst an, mir einen Brief zu schreiben?«

Er erwiderte mein Lächeln. »Ich bitte dich, er liegt seit einer Woche auf meinem Nachtkästchen. Entscheide du.«

Ich legte den Kopf auf seine Schulter. »Morgen vom Flughafen aus. Bestens.«

Ein Brief von Mailand nach Mailand dauert einen Tag, höchstens zwei Tage. Schlimmstenfalls drei. Sonntag nicht eingerechnet. Nicht am folgenden Tag, aber zwei Tage später dachte ich schon beim Aufstehen an den Brief. Ich ging zur Arbeit und dachte weiter an seinen Verfasser, irgendwo in der südlichen Hemisphäre, und an seine Handschrift, die im Briefkasten Nummer 19 auf mich wartete. Ich ging eine halbe Stunde früher als üblich von der Arbeit weg und flog buchstäblich auf dem Fahrrad nach Hause. Ich hatte beschlossen, den Brief auf der Bank im Park zu lesen, während mein Hund unter den Büschen herumschnüffelte.

Nur, dass der Brief nicht da war.

Und auch nicht am nächsten Tag.

Ebenso wenig am Tag darauf.

Und dann war Sonntag.

In der Zwischenzeit hatte ich ihm zwei E-Mails geschrieben. Eine nannte ich »Liste der Dinge, die ich dir sagen wollte«, und die andere »Das Wochenende«. Sie waren fröhlich und liebevoll und im Plauderton gehalten. Nur in einem P. S. erwähnte ich den noch nicht erhaltenen Brief.

Montagabend war der Brief immer noch nicht da. Stattdessen der *New Yorker*. Auf dem Titelbild die Zeichnung einer jungen Frau, die mit einer Hundeleine an einen Baum gebunden war, im Schnee, während ihr Hund in der Bar gegenüber saß und einen Espresso trank. Ich ließ das Abendessen sausen und entschied mich für ein Glas Whiskey und vierundvierzig auf zwei CDs gebrannte italienische Schlager. Die E-Mail dieses Abends trug die Betreffzeile *»Feeling sad«*.

Am Dienstagmorgen war eine Antwort da. Sydney war wunderschön, besser, als er es sich vorgestellt hatte. Die Leute unglaublich *friendly*, trotz des unverständlichen Akzents. Die Jugendherberge sehr rustikal, aber vielleicht hatte er schon bald eine andere Unterkunft. Bondi Beach schön, aber nicht so, wie die Legende es will. Und die Mädchen – alle flachbusig. Er hatte noch keine Zeit gehabt, sich eine Arbeit zu suchen, aber mit der Bank war alles okay. Am Wochenende würde er vielleicht schon ein Handy haben. Und keine Sorge wegen des Briefes – er wird kommen!

An den folgenden Tagen gingen weitere E-Mails hin und her, manche von ihm sogar zärtlich, manche von mir sogar fröhlich. Aber der Brief traf nicht ein. Eine Freundin erzählte mir von einer ihrer Kolleginnen in New York, die für den Monat April eine Wohnung in Mailand zur Untermiete suchte. Aus reiner Neugierde fing ich an, die Preise für Flugtickets nach Sydney zu studieren.

Ein paar Mal fand ich zu Hause Nachrichten auf dem Anrufbeantworter vor. Er war es, seine glückliche Stimme, die mich mit *»mate«* anredete. Er hatte am frühen Morgen auf Band gesprochen, als ich im Schwimmbad war.

Und dann, am dritten Samstag nach seiner Abreise, erreichte mich ein Anruf, während ich gerade mit dem Mopp die Küche auswischte. Dieses Mal ein R-Gespräch. Ob ich es annähme? Selbstverständlich.

Wir telefonierten eine halbe Stunde miteinander. Ich zwang mich, nicht an die Rechnung zu denken. Er hatte eine Wohnung gefunden, vielleicht auch einen Job. Alle Welt war in Australien. Der Winter war im Anzug, aber das Wetter noch wunderbar. Ich fehlte ihm so sehr, wirklich sehr. Wie es mir gehe?

»Gut! Hier ist alles im grünen Bereich. Bart hat sich an der Pfote verletzt. Mit der Arbeit geht es gut, das Übliche halt. Es ist schon warm, heute laufe ich sogar ohne Strümpfe herum …«

Sein Englisch wurde immer besser. Er versuchte mit aller Kraft, nicht auch den Akzent zu übernehmen, der ihm ein bisschen derb vorkam. Die Mädchen waren immer noch alle platt wie Bügelbretter. Er tat jeden Tag etwas von meinem Parfüm auf seine Kleider, um meinen Duft mit sich herumzutragen.

Erst als wir uns verabschiedeten, wagte ich, ihn zu fragen: »Weißt du, mein Liebling, ich hab das Gefühl, dass dein Brief irgendwo zwischen dem Flughafen und meinem Haus verloren gegangen ist …«

Er unterbrach mich: »Der Brief ist nicht angekommen, weil ich ihn noch nicht geschrieben habe.«

Dann fing er wieder zu reden an, aber ich hörte ihm nicht mehr zu. Auf dem Küchentisch lag immer noch der *New Yorker*, und das Frauchen des Hundes war immer noch an einen Baum gebunden, immer noch mit demselben besorgten und hoffnungsvollen Blick, und ihr Hund saß immer noch in der Bar. Ich drehte das Heft um, damit ich das Titelbild nicht mehr sehen musste, und zündete mir eine Zigarette an. Während ich rauchte, spielte ich mit dem Feuerzeug herum und regulierte die Flamme – bald höher, bald niedriger –, bis es nach verbranntem Nagel roch.

Er sprach noch immer über den Brief: » ... Wirklich, es ist mir ernst damit. Ich habe alles, was ich geschrieben habe, hier, in meinem Heft ... Ich schwöre dir, dass ...« Dieses Mal schnitt ich ihm das Wort ab: »Hör zu, mach dir keine Sorgen. Es ist egal, wirklich. Aber jetzt muss ich aufhören. Dieser Anruf kostet mich ein Vermögen.«

Als ich den Hörer auflegte, fröstelte ich. Ich hatte die Fenster geöffnet, damit der Fußboden schneller trocknete. Ich schloss sie. Während ich mir einen dicken Pulli überzog, fragte ich mich, wie lange dieser kalte Wind brauchen würde, bis man ihn in der südlichen Hemisphäre spürte.

8

Trockenzeit

DER ZWEITE FREITAG IM APRIL war der Dreizehnte. Ich bin nicht abergläubisch, aber auf Daten achte ich; ich kann nicht anders. Auch weil mein Gedächtnis sich an Details klammert – das Wann-Wo-Wie-Warum?, das Wer-mit-wem? und Wer-hatte-was-an? – und es, all meinen matten Bemühungen zum Trotz, keine Möglichkeit gibt, seinen Griff zu lockern. Ein scharfes Gedächtnis ist sicher nützlich, wenn man bestimmte Momente ohne die Hilfe eines Tagebuchs und eines Fotoapparats wieder aufleben lassen will; doch es kann auch eine Last sein, all diese detailgesättigten Erinnerungen wie einen alten Metallkoffer hinter sich herzuziehen.

Wir hatten nicht einmal Monatsmitte, und schon war klar, dass dies ein heißer, trockener Frühling werden würde. Schmelzende Schokoladestückchen – die Reste meines Ostereis – bekleksten mir die Finger, wenn ich sie mehr aus Pflichtgefühl denn aus echter Naschlust aus dem Glas fischte. Meine Gelüste zielten in der Tat auf andere Dinge ab – auf gekühltes Bier, Pfefferminzeis, eine pralle Tomate, in die man hineinbeißen konnte wie in einen Apfel. Auf Bleichsellerie, Avocado, rohen Fenchel, mit Öl und Sardellen angemacht. Zweimal pro Woche gab ich ein kleines Vermögen für frisches Gemüse aus, das wegen der plötzlichen großen Trockenheit dreimal so teuer war wie üblich. Doch am meisten sehnte ich mich nach Ananas, die nie zu meinen Leidenschaften gehört hatte, ohne die ich es jetzt aber aus irgendeinem Grunde nicht mehr aushielt. Als der Obstverkäufer mein Zögern angesichts der Kilopreise bemerkte, versuchte er, mich mit der Erklärung zu trösten, es handele sich um eine frisch geerntete, soeben eingeflogene Frucht irgendwo aus Südamerika. Während ich die Geldscheine herauszog, entfernte er im Hinterzimmer, über eine Tonne gebeugt, mit einem großen Messer die Schale. Dann legte er die langen saftigen Scheiben in Plastikschälchen und deckte sie mit Alufolie zu. »Sei vorsichtig damit, Puppe«, sagte er augenzwinkernd, während er das Geld entgegennahm. »Die Ananas ist ein Aphrodisiakum, hast du das gewusst?«

Ja, richtig: Es kommt immer wieder die Jahreszeit, in der wir uns schlagartig bewusst werden, dass wir Instinktwesen und nicht nur Gewohnheitstiere sind. So wie bei Sommerbeginn das einzige Thema der bevorstehende Urlaub ist, kreisen im Frühling die Gespräche unweigerlich um die Liebe. Es ist schön, über Liebe zu reden, doch sie zu machen ist noch besser, aber meine Gefühlslandschaft war genauso ausgetrocknet wie die Poebene. In einer Zeitschrift hatte ich eine Reportage gelesen, und die Fotos von der Dürre hatten mich traurig gestimmt. Ich habe mich auch ein wenig damit identifiziert. Seit Monaten hatte es nicht mehr geregnet. Ich weiß nicht, ob ich mich klar genug ausdrücke.

Ich hatte eine neue Frisur, die mir stand. In der Buchhandlung war ich nicht mehr in einen Alpakaponcho oder einen Chenilleschal eingemummelt; die vierzig Minuten Mittagspause mit dem Hund im Park genügten, um meine Sommersprossen aus dem Winterschlaf zu wecken; ich spazierte mit unverhüllten Schlüsselbeinen und Fesseln durch die Gegend. Die Blicke der männlichen Wesen blieben länger hängen als sonst; auch die Herren eines gewissen Alters, die nur in den Laden kamen, um die Tageszeitung zu kaufen, wirkten weniger schroff, lächelten öfter, einige fast komplizenhaft. Ich wusste, dass ich eine Art Frequenz aussandte, die nicht nur an den Kalender, an die absurde Hitze, die kollektiven Hormone gebunden ist: Als wäre ich eine der Ecken am Gehsteig, an denen mein Hund, angezogen von irgendeinem für mich unsichtbaren Signal, stehen bleibt und schnüffelt.

»Wie hübsch du heute bist«, sagte eines Spätnachmittags Signora Occhipinti zu mir, in einer jener Pausen, die ich mir gönnte, wenn in der Buchhandlung wenig los war. Oft ging ich zu ihr hinauf in den ersten Stock, um ihr Guten Tag zu sagen, mit ihr zu plaudern, eine zu rauchen, ein Glas Wasser oder eisgekühlten Tee oder sogar Weißwein zu trinken, wobei ich, was mir auch immer angeboten wurde, zuerst zurückwies, um es dann doch zu akzeptieren. An jenem Tag trug ich eine weiße Hose und eine Streifenbluse mit aufgeknöpftem Stehkragen und hochgekrempelten Ärmeln. »Du siehst aus wie einem Bild des 19. Jahrhunderts entstiegen.« Signora Occhipinti ist über achtzig, und ihr höchstes Lob ist, dass jemand aussieht, als sei er einem Bild des 19. Jahrhunderts oder einem Märchen entstiegen.

»Also, ich bitte dich …«, antwortete ich und nahm in der Küche Platz. »Hast du meinen Hosensaum gesehen? Er ist voller Flecken vom Kettenöl. Ich glaube nicht, dass die jungen Damen des 19. Jahrhunderts sich in so einem Aufzug hätten porträtieren lassen.« Im Entgegennehmen von Komplimenten bin ich nie sehr gut gewesen, obwohl ich sie liebe.

»Aber es sieht schick aus. Die Männer werden verrückt nach dir sein. Verrückt. Was darf ich dir anbieten? Möchtest du eine Coca-Cola?«

»Nein, danke. Vielleicht ein Glas Wasser, wenn du was da hast …«

»Ach, wie langweilig du bist. Los, nimm auch eins von denen! Ich weiß, dass du sie magst.«

»Okay, eins vielleicht. Danke.« Signora Occhipinti hat immer einen Vorrat apartester Leckereien – gefüllte Plätzchen oder kleine Puffreisriegel mit Milchschokoladeüberzug – für ihren Enkel, der oft bei ihr übernachtet, wenn er nicht zu den Eltern seiner Freundin geht. Ihr Enkel ist dreißig.

Ich nehme einen Schokokeks aus der Schachtel – mehr aus Pflichtgefühl denn aus echter Naschlust – und packe ihn aus.

»Und? Was macht die Liebe?«, fragt sie mich und zieht einen Schokokeks für sich heraus. Es rührt mich, eine elegante Dame in ihrem Alter mit süßem Knabberzeug in der Hand zu sehen.

Noch mit vollem Mund antworte ich: »Bitte, wechseln wir das Thema.«

»Das glaube ich nicht! Das darf doch nicht wahr sein! Gibt es denn keinen, der dir gefällt?«

»Doch, den gab's. Leider ist er nach Australien gegangen, um erwachsen zu werden. Prima, dieses Zeug!«

»Schön war er ja, dieser Typ. Und, meldet er sich? Auch nach der Gemeinheit mit dem Brief?«

Seufzend schenke ich mir noch ein Glas Wasser ein. »Ja. Er ruft mich an. Oft sogar. Ich verstehe es nicht!«

»Was gibt's denn da groß zu verstehen? Eine Zweite wie dich findet er nicht. Aber mach Schluss mit ihm: Er ist zu jung.«

»Mmm. Glaubst du?«

»Ja, das glaube ich. Du brauchst einen, der schon erwachsen ist, einen, der dir helfen kann, einen, der dir Geschenke macht, der dich auf Reisen mitnimmt ...«

Ich zünde mir eine Zigarette an. »Also, mir würde einer genügen, der mich ins Bett mitnimmt.«

Der Gag gefällt ihr irrsinnig gut. Lachend steht sie auf und geht ihre Pall Mall Miami suchen. »Also, wo ist das Problem? Du wirst doch tausend Verehrer haben.«

»Na ja, tausend nicht gerade. Und die, die aufkreuzen, sind

nicht die, die mir gefallen. Sie liegen neben deiner Tasche, die Zigaretten.«

»Ach ja, danke, meine Liebe. Was macht dir das aus? Er braucht dir doch nur für einen Abend zu gefallen. Es dürfte nicht schwer sein, einen zu finden, mit dem du's ein paar Stunden aushältst.«

»Doch.«

»Aber das glaube ich keine Sekunde! Es ist nicht mehr so wie zu meiner Zeit ... Es ist alles einfacher, findest du nicht? Wenigstens dann, wenn es ums Bett geht, meine ich. Um die anderen Sachen beneide ich euch junge Leute kein bisschen.«

Ich denke einen Moment nach. Sie hatte mir schon öfter gesagt, dass sie uns junge Leute nicht beneidete, und ich habe ihr immer voll zugestimmt. Meistens bot das die Gelegenheit, sie erzählen zu lassen, wie es früher war. Als es im Frühling noch regnete und sich nur reiche Leute zwei ganze Ananas pro Woche leisten konnten. Als dreiundzwanzigjährige Jungs aus bester Mailänder Familie nicht aus freien Stücken nach Australien gingen, um bei der Obsternte zu helfen. Nein, vielleicht sollte ich mich besser nicht zurücksehnen, schließlich wäre eine unverheiratete Frau in meinem Alter mit dem schrecklichsten aller Makel befleckt gewesen ... eine alte Jungfer zu sein! Nein, dann lebt man doch besser in unserer Zeit, in der eine Situation wie die meine etwas ziemlich Normales ist.

»Kennst du das? Es ist, wie wenn du etwas ganz Alltägliches brauchst – etwa ein Paar Wildledermokassins –, etwas, was du tausend Mal an tausend Leuten und in tausend Schaufenstern gesehen hast. Aber dann, wenn du es brauchst, findest du es nicht. Du läufst durch die Straßen, gehst in die richtigen Geschäfte, aber man bietet dir nur Ballerinas oder Stiefeletten an. Also, das bringt mich zur Verzweiflung! Ich möchte ein Paar Wildledermokassins – um sie nur ein paar Mal anzuziehen, verstehst du? –, und es gibt keine. Und jetzt sag mir bitte nicht, dass es die falsche Jahreszeit sei! Es ist genau die richtige Jahreszeit, und alle wissen es. Sie wissen es.«

Dieser Gag gefällt ihr noch besser. Und ich glaube nicht, dass es eine größere Freude gibt, als eine achtzigjährige Dame so zum Lachen zu bringen wie einen Teenie.

Dennoch hatte Signora Occhipinti recht: Es hätte nicht schwer sein müssen. Ich arbeite dreißig Stunden pro Woche in einer Buchhandlung im Epizentrum der Mailänder Bourgeoisie, wo viel Kommen und Gehen herrscht – und das auf einem gewissen Niveau. Die Zeit, in der es mir Spaß machte, in Kneipen zu gehen, war zwar vorbei, aber ich lebe in einem bunten und lebendigen Stadtteil, und wenn ich in Begleitung meines Hundes – eine Art melancholisches schwarzes Fohlen, sehr schön und sehr lang – durch die Straßen spaziere, falle ich bestimmt auf. Ich kenne viele Leute aus unterschiedlichen Kreisen. Ich war nicht auf der Suche nach dem Mann zum Verlieben und Heiraten, mit dem ich drei Kinder haben und bis ans Ende meiner Tage glücklich und zufrieden leben würde: Ich suchte schlicht einen, der mit Genuss und *Savoir-faire* Hand an mich legte. Ich hatte Lust, die Worte zu hören, die man sich nur in den intimsten Augenblicken sagt: dein Duft …, deine Haut … zieh mich an den Haaren! Tu ich dir weh?, nein, ja … So? Ja … wie schön du bist, wie schön *du* bist, so schön … Und so weiter.

Bestenfalls würden wir hinterher von Herzen lachen, ein Zigarettchen rauchen, eine Dusche nehmen und einen Teller Pasta verspeisen. Dann jeder ab in die eigene Heia. Gute Nacht, bis bald – oder auch nicht. Wo ist das Problem, entschuldige?

»Entschuldige, aber warum rufst du nicht Max an?«, fragt mich Silvia, während ich mit einer Gabel eine Avocado zermansche, den

Hörer zwischen hochgezogene Schulter und zur Seite geneigtem Kopf geklemmt. Max ist ein Ex, seit vier, fünf Jahren schon, und der Einzige, mit dem ich nach dem Ende unserer Beziehung wieder geschlafen habe. Es ist nur ein einziges Mal passiert, zwei Jahre nachdem wir uns getrennt hatten, und es war schön gewesen – nein, mehr als nur schön! Wahrscheinlich war es deshalb so prickelnd gewesen, weil wir uns in den zehn Monaten, die wir – sogar sehr glücklich – zusammen waren, niemals »Ich liebe dich« gesagt hatten und sich das Lachen, die Zigarette, die Dusche und die Pastasciutta danach und das Wir-sehen-und-hören-uns-wieder aneinanderreihten, ohne allzu tiefe Wasser aufzurühren. Ich treffe mich übrigens immer noch mal mit Max, auf ein Sushi oder ein Bier im Freien, und es wäre kein Kunststück, ihn nach Hause zu führen und ins Nest hüpfen zu lassen. Aber nein.

»Nein, Max nicht!«, antworte ich Silvia. »Ich weiß nicht, warum. Schon mal durchexerziert. Außerdem steckt er immer noch in dem Schlamassel mit dieser Engländerin. Ich möchte sein Chaos nicht weiter vergrößern. Nein, es muss jemand Neuer sein.«

»Verstehe«, sagt Silvia. »Der Typ, den du letzten Herbst auf dieser Hochzeit kennengelernt hast? Diesen Fotografen?«

»Den König der schwarzen Liste? Hör auf, der muss ja schon halb Mailand vernascht haben!«

»Das will ich meinen! War ja auch ein supergeiler Typ. Aber was kratzt dich das? Du wirst bestimmt in bester Gesellschaft sein.«

»Na klar! In der Gesellschaft von Herpes! Nein, das fehlte mir gerade noch. Zwei Stunden und dann einen Monat Antibiotika ...«

»Da hast du auch wieder recht. Verdammt noch mal. Sag bloß, es gibt keinen ... Bei den vielen Leuten, die du kennst, kommt mir das komisch vor.«

»Es ist mehr als komisch, es ist tragisch! Sil, ich schwöre dir, ich gehe schon die nackten Wände hoch. Ich denke nur noch an Sex. Allmählich komme ich mir ganz pervers vor.« Aus dem Kühlschrank hole ich die Tabascoflasche, eine halbe Zitrone und eine kleine violette Frühlingszwiebel.

»Hast du noch nie an ein wenig Do-it-yourself gedacht?«

Salz, frisch gehackter Koriander. »Komm, du weißt doch selbst am besten, dass das nicht dasselbe ist. Das ist, als würde man ins Restaurant gehen und als Erstes die Mousse au Chocolat bestellen. Es ist nicht dasselbe wie nach dem Essen.«

Nachdem wir ausgelacht hatten, fing Silvia wieder an: »Trotzdem, denk mal einen Moment nach. Du hast fünf Monate mit dem Jungen Spund wie Gott in Frankreich gespeist. Und vorher auch schon – ein Jahr mit dem Schnurrbärtigen Regisseur. Oder irre ich mich?«

Stimmte alles. In dieser Hinsicht hatte ich mich schon längere Zeit nicht beklagen können. Ich öffne die Speisekammer und hole eine Tüte Picadora-Chips heraus. »Willst du damit sagen, dass ich Reserven angesammelt habe?«

»Ich will sagen, dass du ein wenig Diät halten könntest. Weißt du, am Anfang ist es immer am schwersten. Dann lassen die Hungergefühle immer mehr nach.«

»Tja, wenn *du* mir das sagst ... Übrigens, ich muss auflegen. Ich habe Hunger.«

»Was isst du denn Schönes?«

»Guacamole mit Mais-Chips. Zu knusprig fürs Telefon. Und außerdem tut mir der Nacken weh.«

Wir verabschiedeten uns, und ich setzte mich an den Tisch mit Chips-und-Guacamole, einem Bier und dem ein paar Wochen alten, noch ungelesenen *New Yorker*. Im Kühlschrank lagen drei Scheiben Ananas, schon gesäubert, als Dessert.

Ein paar Mal pro Woche bekam ich Anrufe aus Australien, denen ich aus naheliegenden Gründen auszuweichen versuchte. Ich war noch immer fix und fertig wegen der Sache mit dem Brief und dachte: Je eher ich den Jungen Spund vergesse, desto besser. Aus seinen Nachrichten auf dem Anrufbeantworter glaubte ich schließen zu können, dass er anderer Meinung war. Jedenfalls blieb die Tatsache, dass uns nicht weniger als vier Kontinente (und eine nicht unbedeutende Anzahl an Jahren) voneinander trennten, und die Rolle der Penelope hatte mir noch nie gelegen.

Und dann war da noch der Schnurrbärtige Regisseur! Hin und wieder war metaphorisch an die Tür geklopft worden, um nachzusehen, ob sie vielleicht doch nicht so fest verschlossen war. Aber nach einem monatelangen verheerenden Hickhack hatte ich begriffen, dass wir beide – trotz hervorragender Voraussetzungen – wie ein Auto waren, das feststeckte. Die Blockade war ein Zustand, der sehr schwer aufrechtzuerhalten war, aber nachzugeben hätte bedeutet, mit Höchstgeschwindigkeit auf eine Betonmauer zuzurasen.

Und dann: ein Typ, den ich Ende März auf einer Party kennengelernt hatte. Eine geradezu aufregende, jedenfalls unvergessliche Begegnung: Es war mir zuvor noch nie passiert, von einem angebaggert zu werden, der im Besitz jeder einzelnen Eigenschaft war, die ich für unerträglich halte. Anthropologisch gesprochen, war ich geradezu gebannt.

Er stellte sich gleich mit seinem Spitznamen vor: »Ich bin Eduardo, aber alle nennen mich Dada.«

»Dada? Warum, bist du Surrealist?« Natürlich nicht: Dada bastelte an einer lukrativen Karriere als Temporary Manager. Das war ein Job, von dem ich noch nie gehört hatte, aber es gelang mir auch nicht, Neugierde zu heucheln; ich wusste, dass ich die Erklärung langweilig und deprimierend finden würde. Als ich mir ein Stück Focaccia holen wollte, prahlte Dada damit, dass er seit zwei Jahren keine Kohlenhydrate mehr anrühre. Diese Lebensentscheidung ergänzte er durch ein »Cross-Training« im Fitnessstudio sechs Mal die Woche und am Sonntag durch Jogging im Park. Als Antwort zog ich einen Joint hervor, den er anschaute, als handele es sich um eine Bombe. Oder besser: um eine Brioche. Oder noch besser: um einen Hund. Ja, natürlich hasste er Tiere, sie waren voller Krankheitserreger. Dada war auch ein Hygienefanatiker. »Fanatiker« und »Hygiene«: Er hat sie zusammengesetzt, diese beiden Wörter. Als hätte das nicht genügt, gestand er, unter dem Sternzeichen Jungfrau, mit Aszendenten Jungfrau, geboren zu sein. Soll ich noch fortfahren?

Er verkehrte in Lokalen, in die ich nie einen Fuß gesetzt hatte. Er stand auf Hardcore Techno – ob mir das etwas sage? Er fuhr auch einen Audi, so einen Sportwagen, metallic grau. Ich empfand fast Dankbarkeit dafür, dass er die protzigste Uhr trug, die ich in meinem ganzen Leben gesehen hatte.

Nach einem halben Joint machte mir die Unterhaltung keinen Spaß mehr, und nach einem Augenblick der Paranoia stand ich vom Sofa auf und sagte: »Entschuldige bitte, Dada, aber wenn es dir nichts ausmacht, würde ich mich jetzt gern mit jemand anderem unterhalten.«

Am nächsten Tag fragte er unsere gemeinsame Freundin, die die Party ausgerichtet hatte, nach meiner Telefonnummer. Ich brauchte eine Weile, bis ich ihm klargemacht hatte, dass meine Absagen nicht Teil einer weiblichen Strategie waren. Eingebildet war er also auch noch.

Und dann: ein Mann um die fünfzig, der am Palmsonntag in die Buchhandlung hereingeschneit war – einer aus der Menge, die nach der Messe aus der Kirche gegenüber quoll, aber schon auf dem Weg zu einem Ausritt. Das legte zumindest die Tatsache nahe, dass er weiße Reithosen, schwarze kniehohe Stiefel und einen Olivenzweig in der Hand trug. Ein Mann, der es nicht für nötig hielt, sich zwischen dem einen und dem anderen Event umzuziehen, musste mich verblüffen, aber ich benahm mich ihm gegenüber untadelig. Im Grunde ist das ja auch mein Job. Er wollte eine Biografie, die er im Schaufenster gesehen hatte, und ich holte sie ihm heraus. An der Kasse tauschten wir ein Lächeln.

Eine knappe Stunde später läutete das Telefon, und ich ging dran.

»Entschuldigen Sie bitte, ich war vor einer Stunde in Ihrem Geschäft, und mich hat eine blonde junge Dame bedient. Sind Sie es selbst?«

»Ja, ich bin Hilary. Was kann ich für Sie tun?« Ich war darauf gefasst, mich dafür zu entschuldigen, dass ich ihm falsch herausgegeben hatte oder in seinem Buch einige Seiten fehlten. Stattdessen:

»Entschuldigen Sie bitte, ich bin derjenige, der nach diesem Buch über den Fürsten Borghese gefragt hat; ich weiß nicht, ob Sie sich erinnern. Es waren viele Leute da …«

»Ja, natürlich. Sie waren gekleidet wie … ein Ritter.« Das war bestimmt nicht das richtige Wort, aber wenigstens reizte es ihn zum Lachen.

»Ja, genau … wie ein Ritter. Aber wo kommen Sie denn her?«

»Aus den Vereinigten Staaten. Bitte, was kann ich für Sie tun?«

»Nichts … das heißt …« Das heißt, er wollte mir nur sagen – sehr höflich, trotz seiner offenkundigen Verlegenheit –, dass er mich für »eine tolle Frau« hielt und dass es ihm nicht oft passiere, dass ihm beim Verlassen eines Geschäfts etwas nicht mehr aus dem Kopf ging … Um die Wahrheit zu sagen, es sei das erste Mal, dass er einen solchen Anruf tätige. Aber schließlich müsse man auch einmal aus dem Bauch heraus handeln. Und wenn ich nicht allzu beschäftigt sei …

In solchen Augenblicken – wenn eigentlich eine kleine, harmlose Lüge genügen würde – stelle ich mir jedes Mal selbst ein

Bein. Man bräuchte doch nur zu antworten: »Sie sind sehr freundlich, und ich danke Ihnen. Aber leider bin ich seit ein paar Jahren in festen Händen.« Doch von reiner Panik gepackt, gab ich ihm meine Privatnummer, obwohl ich ganz genau wusste, dass ich niemals mit ihm ausgehen würde. Ich gebe zu, es war nicht einer meiner lichtesten Momente.

Unser erstes und einziges Gespräch am Telefon hatte alle meine Kräfte aufgebraucht, und so nahm ich seine nachfolgenden Anrufe nicht mehr entgegen. Drei Wochen in Folge tauschte ich mit Jacopo meine Sonntagsschichten gegen seine Samstage. Bei einer dieser vermiedenen Begegnungen brachte mir der Ritter ein Schokoladen-Osterei mit – riesengroß, zart schmelzend und von ausgezeichneter Qualität –, zusammen mit einem Kärtchen. Zum Dank schickte ich ihm eine SMS.

Mein unhöfliches Benehmen lastete schwer auf mir, zumal einem so ehrenhaften Mann gegenüber. Doch der Verdacht liegt nahe, dass ein frommer Ritter wie er einer Frau nicht auf diese Weise nachstellt, nur um sie ins Bett zu locken. Was er suchte, war eine Liebesgeschichte; das verriet schon das Lächeln, das er mir an der Kasse zuwarf. Man soll niemals nie sagen. Aber über einige Dinge meiner Zukunft bin ich mir ziemlich sicher: Es ist höchst unwahrscheinlich, dass ich je eine Kreuzfahrt mache, fast unmöglich, dass ich im Lotto gewinne, und undenkbar, dass ich je sagen werde: »Weißt du, mein Mädelchen, als ich deinen Papa das erste Mal sah, kam er gerade aus der Kirche, gekleidet wie ein Ritter …« Warum also dann den Hörer abnehmen?

Einen interessanten Typen gab es tatsächlich. Auch er ein Kunde der Buchhandlung; auch er einer von denen, die am Sonntag kommen – am Nachmittag jedoch, nach dem Essen, und normal gekleidet. Mittelgroß, dunkler Lockenkopf, eine kleine Neigung zu Geheimratsecken über einer schönen, markanten Stirn, dichte, aber nicht zusammengewachsene Augenbrauen. Seit Jahren ist er Stammkunde, auf gute Belletristik abonniert. Er wohnt im Viertel, ist aber so freundlich und anspruchslos, dass man es kaum vermuten würde.

Einige Monate zuvor hatte er mich gebeten, ihm einen »schönen Roman zum Lesen« zu empfehlen. Nach ein paar gezielten Fragen holte ich ihm *Der Sportreporter* von Richard Ford.

»Nie gehört«, sagte er.

»Ja, ich weiß«, antwortete ich. »Hier kennt ihn niemand. Auch in Amerika ist er noch ein Geheimtipp – und doch hat er den Pulitzer gewonnen. Er gehört zu den Autoren, die von ihren Schriftsteller-Kollegen heiß geliebt werden. Und von Lesern, die die Belletristik ernst nehmen.«

»Aha, verstehe«, sagte er, während er den Rückentext las. »Und zu welcher Gruppe gehörst du?«

» Na ja … fürs Erste würde ich sagen, nur zur zweiten …«

Er sah vom Buch auf und lächelte mich an. »Mmm, bist du dir sicher? Ich sehe dich immer mal wieder am Computer sitzen und wie eine Furie in die Tasten hauen.«

»Wie eine Furie …? Schon möglich. Ich mache Übersetzungen, um mein Gehalt aufzubessern. Aber keine Bücher, eher unnützes Zeug, im Modebereich. Und außerdem schreibe ich Briefe, beispielsweise an meine Freunde oder an die Verwandten zu Hause … nichts Großartiges … Und nur, wenn hier wenig los ist, zum Beispiel am Sonntagnachmittag.« Ich war rot angelaufen.

»Sei unbesorgt. Das war kein Vorwurf. Ich war nur neugierig. Entschuldige, ich wollte dich nicht in Verlegenheit bringen.«

»*Qui? Moi?* In Verlegenheit?« Gott sei Dank hatte das Telefon im Laden beschlossen, just in diesem Augenblick zu läuten.

Während er meine literarische Empfehlung begutachtete, machte ich mich da und dort ein wenig zu schaffen. Es ist schön zu glauben, im richtigen Moment das richtige Buch in die Hände der richtigen Person legen zu können. Das kommt nicht oft vor. Ich rede nicht von den Büchern, die auf der Bestsellerliste stehen oder in der Woche zuvor in der Tageszeitung besprochen wurden, von diesen Büchern, die in aller Munde sind und zu denen die Kunden deine Meinung hören wollen. Ich meine Bücher aus der Backlist, die die Verlage als Sonderausgaben herausbringen, die vielleicht schon seit einem Jahr – oder noch länger – im Regal herumstehen, ohne dass jemand sie kauft.

Am Ende enttäuschte er mich nicht. Ich räumte ihm kommentarlos Rabatt ein; er merkte es und bedankte sich bei mir. Er wollte auch keine Tüte haben: »Ich nehme es so. Danke.« Ich war glücklich: Mein geliebter, vernachlässigter *Sportreporter* wurde endlich von jemandem mit nach Hause genommen, der ihn sicherlich zu schätzen wusste. Was will man mehr?

»Heute Abend läuft im Spazio Oberdan Rossellinis *Reise nach Italien*. Interessiert er dich?«, frage ich den Sportreporter. Ich habe ihm diesen Spitznamen gegeben, um ihn von den drei oder vier anderen mir bekannten männlichen Wesen gleichen Namens zu unterscheiden. Schließlich läuft es immer auf dieselben Namen hinaus, bei den männlichen Italienern um die dreißig. Warum nur?

In Wirklichkeit frage ich ihn das nicht mit lauter Stimme. Wir chatten miteinander, über unsere Gmail-Accounts. Seit ein paar Wochen tauschen wir E-Mails aus, und seit einigen Tagen chatten wir also. In dieser letzten Serie unseres Austauschs kreist unser virtueller Dialog um die Möglichkeit, zusammen auszugehen, und ich bin es, die als Erste den Ball wirft. Glücklicherweise fängt der Sportreporter ihn sofort auf.

»Ja, gute Idee«, schreibt er zurück. »Ich könnte dich nach der Arbeit zu Hause abholen. Möchtest du mir verraten, wo?«

Da war es, endlich: ein Rendezvous mit jemandem, der mir

sympathisch genug war, um mit ihm einen Abend zu verbringen. Und – was für ein Abend – ein fast sommerlicher zwölfter April! Ich ziehe ein rosa Kleidchen an, darunter weiße Strumpfhosen, die ich oberhalb der Knöchel abgeschnitten hatte. Die Fesseln sind die Geheimwaffe der Frauen, auch wenn viele es nicht wissen. Wer über einen Busen verfügt, zieht dieses zarte Gelenk, an dem Fuß und Bein zusammentreffen, niemals ins Kalkül und entscheidet sich, ohne lange zu überlegen, für ein tiefes Dekolleté, um Aufmerksamkeit zu erregen. Doch wohlgeformte Fesseln können genauso verführerisch sein wie hervorstehende Brüste. Vielleicht tröste ich mich auch nur damit, weil das einzig Hervorstehende an meiner Brust die Knochen sind. Jedenfalls war es schön, mich für jemanden in Schale zu werfen, und es war kein Zufall, dass sich meine Hüllen mit ein paar einfachen Handgriffen entfernen ließen.

Um acht Uhr höre ich ein Motorrad heranbrausen und auf den Gehsteig fahren. Dann herrscht Stille. Ich schaue ein letztes Mal in den Spiegel und beschließe, die Haare doch offen zu tragen. Pferdeschwanz und Helm passen nicht zusammen. Ein paar Sekunden später läutet es. Bart erhebt sich, bellt, läuft zur Tür und fängt an, auf der Stelle zu tänzeln. »Nein, du nicht«, sage ich zu ihm. »Du wartest hier auf mich.« Ich nehme meine Tasche und die Schlüssel und gehe hinaus. Der Sportreporter empfängt mich mit einem Lächeln: »Wie schön, dich mal in voller Größe zu sehen und nicht als Halbfigur hinter dem Ladentisch.« Mir, die ich im Allgemeinen unbeholfen auf Komplimente reagiere, gelingt es dieses Mal, ein schlichtes »Danke« zu sagen.

Keine Frage, dass achtzig Minuten Ingrid Bergman, gefilmt von Roberto Rossellini, mit dem Vesuv und Pompeji als Kulisse, einen guten Abendauftakt darstellen. Nach dem Kino unterhielten wir uns darüber, wie fies und engstirnig Alex, wie gefühlsbetont und überempfindlich Katherine war und was für wahnwitzige Kleider sie trug. Wir fragten uns, ob man in den 1950er Jahren tatsächlich einen Rolls-Royce mit offenem Verdeck nachts im Herzen von Neapel stehen lassen konnte. Auch er war tief beeindruckt von der Szene, in der sie ihm am Tisch die Frühstückseier auf einem kleinen silbernen Spirituskocher zubereitet – vielleicht der exklusivste Gegenstand, den man je im Kino sah.

Apropos Abendessen: Wir hatten beide Lust, noch essen zu gehen.

»Aber kein Nobelrestaurant«, sage ich und halte ihm meinen Helm hin, den ich nicht aufbekomme.

»Einverstanden. Kein Nobelrestaurant.«

Ich schlage ein Lieblingslokal von mir vor: klein, einfache, aber unverfälschte Gerichte, akzeptable Preise, und die Küche ist bis Mitternacht geöffnet. Um die wenigen Tische herrscht oft Gedränge.

»Ja, bestens, das kenne ich. Schauen wir mal, ob wir noch unterkommen«, sagt der Sportreporter. Ich schwinge mich aufs Motorrad, und mit vielversprechendem Dröhnen starten wir in den zweiten Teil des Abends.

Unglaublich, aber es ist ein Tisch frei – noch dazu draußen. Es ist zehn vorbei und immer noch mild. Wir einigen uns darauf, dass das Wetter wunderbar ist für Mitte April. Früher oder später muss es doch regnen, oder? Der Sportreporter hat den grünen Daumen und erzählt mir von seinen Balkonpflanzen. Kräuter und Blumen, jede Menge Lavendel … Unser Kellner ist sympathisch und sieht auch noch gut aus. Wir bestellen das Gleiche: ein Steak, Ofenkartoffeln und ein halbes Helles. Alles bestens. Wir sind entspannt, und die Unterhaltung fließt dahin. Ich stelle ihm einen Haufen Fragen. Er scheint fast geschmeichelt von meiner Neugierde. Ich muss ihm nicht einmal die Geschichte erzählen, wie es mich nach Italien verschlagen hat, und bin ihm dafür dankbar.

Als der Kellner uns fragt, ob wir ein Dessert möchten, schaut der Sportreporter mich an: »Was meinst du?« Was ich meine, ist: Werfen wir den Ball und schauen wir, was passiert.

»Also ... Zu Hause habe ich eine tischfertige Ananas und Wodka im Kühlschrank.« Einen Moment wirkt der Sportreporter überrumpelt. Ich erinnere mich an das Augenzwinkern des Obstverkäufers und komme mir dreist vor.

Zum Glück gewinnt der Sportreporter rechtzeitig die Fassung wieder. Er gibt dem Kellner die Speisekarte zurück und sagt: »Danke, aber ich glaube, ich optiere doch für Ananas und Wodka bei ihr zu Hause.«

»Ausgezeichnete Wahl«, bemerkt der Kellner. »Ich bringe Ihnen sofort die Rechnung.«

Kaum bleibt das Motorrad vor meinem Haus stehen, hört man Bart vom Sofa aus meine Ankunft verkünden. »Das Fenster dort geht auf mein Schlafzimmer«, sage ich zum Sportreporter. »Eigentlich ist es auch das Wohnzimmer. Bart hört mich immer kommen.«

»Sollten wir ihn vielleicht noch ausführen?«, fragt er. Mir fällt auf, dass er nicht das Verb »müssen« gesagt hat.

»Wenn es dir nichts ausmacht, ja, danke. Dann muss ich später nicht mehr raus.«

»Ich bitte dich. Ich freue mich, den berühmten Bart kennen-zulernen. Wie verhält er sich denn gegenüber Fremden?«

Ich muss schmunzeln. »Er wird fünf Sekunden bellen, um Eindruck zu schinden, dann wird er sich für ein Weilchen zurück-ziehen, und danach wird er seine Schnauze zwischen deine Knie schieben.«

»Gute Kontaktaufnahme«, erwidert der Sportreporter. »Du hast ihn richtig erzogen.«

Wir betreten den Hof, in dem das übliche Chaos aus orange-farbenem Plastik und Staub herrscht. »Willkommen in Beirut«, sage ich mit einem Seufzer. »An der Fassade werden Balkone angebracht, und wir leben alle mit Begeisterung zwischen den Gerüsten.«

»Das ist aber doch schön, oder? Ein Balkon?«

»Von wegen Balkon! Ich wohne im Parterre.«

Der Sportreporter lacht. Mir schwant, dass Bart nur eine einzige Runde ums Karree drehen wird, husch, husch. Als ich die Wohnungstür aufschließe, beginnt für den Sportreporter und mich der dritte Teil des Abends.

Der dritte Teil des Abends dauerte bis vier Uhr früh.

Wir aßen je zwei honigsüße Scheiben Ananas und tranken ich weiß nicht wie viele Gläschen eisgekühlten Moskovskaya. Aus dem Radio kam angenehm entspannende Musik. Die Atmosphäre war perfekt, man kann es nicht anders sagen.

Allzu perfekt: Wir haben uns gar nicht aus der Küche herausbewegt. All diese Stunden, in der Küche, in voller Bekleidung ... geredet. Meine Küche kann nichts dafür. Sie ist ein gemütlicher Ort und nebenbei auch zweckmäßig. Mit einem soliden Tisch und einer schön breiten Arbeitsfläche. Es gibt auch eine ziemlich breite Fensterbank, auf der sich Zeitungen und Zeitschriften stapeln, die sich aber notfalls mit einer einzigen Bewegung zur Seite schieben lassen. Ich möchte keinen falschen Eindruck erwecken, aber ich weiß aus Erfahrung, dass sich meine Küche für ganz andere Aktivitäten eignet als zum Essen und Trinken, Lesen und Reden: Wenn man in einer Zweizimmerwohnung lebt, muss man kreativ mit dem Raum umgehen. Vielleicht war gerade das das Problem: Trotz Ananas, unverhüllten Fesseln, offenem Haar und trotz des Frühlings stand dem Sportreporter nicht der Sinn nach dem, was mir schon länger so dringlich erschien. Vielleicht war ihm auch die Zeit durch die Finger geronnen – als uns bewusst wurde, dass fast schon der Morgen graute, war es jedenfalls zu spät für einen ersten Kuss. Um diese Zeit konnte er mir nur noch auf der Türschwelle einen einzigen auf die Wange drücken und mir ein bisschen verlegen eine »gute Nacht« wünschen.

Freitags gehe ich nicht in die Buchhandlung, und theoretisch kann ich so lange schlafen, wie ich will. Nur schade, dass schon um Viertel vor acht unter meinem Fenster ein Streit ausbrach: zwei arabische Stimmen, die ich weiß nicht was brüllten, aber wahrscheinlich ging es um die Bohrer, die Balkone, das Gerüst und diesen Betonmischer, der gerade die erste Ladung des Tages mahlte. Als mir einfiel, dass heute der Dreizehnte war, empfand ich das brutale Erwachen beinahe als Trost. Ich bin nicht abergläubisch, aber auf Daten achte ich; ich kann nicht anders. Ich verbrachte den ganzen Morgen mit Nichtstun, was mich entsetzlich anstrengte. Die Müdigkeit verlangsamte jede meiner Handlungen und machte sie so schwer, als wäre ich in einen tiefen See voller Schlamm eingetaucht. Trotzdem war ich ein Nervenbündel. Während meiner wöchentlichen Sitzung bei der Dottoressa erzählte ich ihr von meiner anhaltenden körperlichen Unruhe.

»Was soll ich tun?«, frage ich sie, ohne eine Antwort zu wünschen oder zu erwarten. »Verstehen Sie, dass ich einfach an nichts anderes mehr denken kann? Ich will Liebe machen. Ich. Will. Liebe. Machen. Ich habe Herzflimmern, ich schwöre es Ihnen. Ist das normal? Sieht man es mir an?«

»Nein, man sieht es Ihnen nicht an. Sie wirken, als gehe es Ihnen sehr gut. Doch ich glaube Ihnen. Und Sie wollen mit ihm Liebe machen? Mit …« – ein verstohlener Blick auf ihre Notizen von letzter Woche – » … mit dem Sportreporter?«

Ich seufze und streichle zerstreut Barts Stirn, der einen Großteil der Stunde mir gegenübersitzend verbringt, die Schnauze zwischen meine Knie geschoben. »Nicht unbedingt mit *ihm*. Ehrlich gesagt, weiß ich nicht einmal, ob er mir überhaupt noch gefällt – epidermisch gesprochen. Aber im Moment ist kein Besserer im Angebot.«

Die Dottoressa – ja, *sie* scheint tatsächlich einem Gemälde des 19. Jahrhunderts entstiegen zu sein! – lächelt und legt den Füller auf den Schreibtisch zwischen uns. »Interessant, dass Sie immer ›Liebe machen‹ sagen, und nicht ›Sex‹, oder?«

Ich denke einen Augenblick nach. Es stimmt. Und ich weiß nicht, ob ich auf Englisch dasselbe sagen würde. Nein, auf Englisch würde ich wahrscheinlich »Sex« sagen. Seltsam.

Die Dottoressa fährt fort: »Ich habe immer geglaubt, dass die Liebe eine Hautkrankheit sei. Ich sage das, weil Sie gesagt haben, dass Sie, ›epidermisch gesprochen‹, nicht wüssten, ob Ihnen dieser Sportreporter gefällt.«

Was mir mit Sicherheit gefällt, ist ihr Satz: »Das ist schön! Eine Hautkrankheit …«

»Finden Sie?«

»Ja. Zumindest für eine gewisse Phase der Liebe …« Wir schweigen einige Sekunden. Dann: »Aber bei dem, was ich jetzt will, geht es nicht um Liebe.«

Bevor sie antwortet, lässt die Dottoressa meine Worte einen Moment in der Luft schweben. »Ach, nein? Sind Sie sicher?«

Nein, ich war mir nicht sicher. Was ich wirklich wollte, war vielleicht, mich von der Krankheit zu befreien, die wegen des Jungen Spunds immer noch in mir rumorte. Auch wenn ich nicht wusste, warum, war doch er es gewesen, dem es trotz keineswegs optimaler Voraussetzungen fast gelungen war, aus mir einen halbwegs gelassenen Menschen zu machen. Und vielleicht war es nicht nur das Körperliche, was mir fehlte, sondern eben dieses Gefühl der Gelassenheit, das ich sehr stark mit dem Akt des Mich-ausdrücken-Könnens assoziiere. Und Liebe so zu machen, wie es mir gefällt, ist etwas sehr Kreatives, auch Poetisches. Das Einzige, was dem nahe kommt, ist, wenn ich anfange …

» ... wenn Sie was anfangen?« Die Dottoressa sitzt im Profil da, das Gesicht leicht vorgeneigt, und starrt aus dem Fenster hinunter auf den Parco Sempione. Ja, sie scheint für ein Porträt zu posieren, gekleidet in eine Sinfonie aus Bordeauxrot und Moosgrün. Ich kenne inzwischen jede ihrer Posen – wie sie vermutlich jede der meinen –, und diese bedeutet, dass sie mir sehr aufmerksam zuhört.

» ... zu schreiben«, beende ich den Satz.

Die Dottoressa fand das wohl interessant, zumindest drehte sie sich um, nahm den Füller in die Hand und schrieb wortlos etwas auf das vor ihr liegende Blatt.

9

Anderer Leute Häuser

ES IST EIN GLÜCKLICHER ZUFALL, dass mein Nachname auf
eine meiner Lieblingsbeschäftigungen hinweist. Egal, wo und zu
welcher Jahreszeit – ich möchte mich eine Stunde lang in einer
Geschwindigkeit bewegen, die das Herz schneller schlagen lässt
und die Gedanken im Kopf auf Trab bringt, also rasch, aber nicht
gehetzt. Nichts gegen Wanderungen auf dem Land – sie erfri-
schen Körper und Geist, und der Hund springt vor Freude –,
aber am liebsten sind mir Streifzüge durch die Stadt. Eine Land-
schaft unbekannter Gesichter, lockender Schaufenster und Häuser, in denen sich das Leben anderer Leute abspielt, regt meinen
Geist an wie sonst nichts. Zumal wenn ich durch eine vertraute
Stadt wandere; dann kann ich meine Fantasie schweifen lassen,
ohne die Gefahr, mich zu verlaufen.

Es gibt Menschen, die keine Routine ertragen; Menschen, die
stets nach Neuem suchen, auch in kleinen Dingen. Als Carlo und
ich noch zusammen waren, hat er mir einmal gesagt, dass er beim
Zeitungkaufen immer einen anderen Kiosk ausprobiert. Nur einen Block von seinem Haus entfernt gibt es einen Kiosk, aber
immer denselben Weg zu gehen würde ihn traurig machen. Ganz
beiläufig erwähnte Carlo im selben Gespräch, Verhaltensforscher
könnten die Intelligenz von Tieren daran messen, ob sie »Gewohnheitstiere« sind oder nicht. Ein Pferd, sagte er, ist weniger
intelligent als ein Affe, denn es leidet, wenn es neuen Situationen
ausgesetzt wird, denen sich ein Affe sofort anpasst. Wenn ich

mich recht entsinne, fand diese Diskussion in dem kleinen Park nahe meiner Wohnung statt. Wir waren mit Bart ausgegangen, der seinen Ball immer wieder mit heftigem Gebell vor meinen Füßen ablegte und ihn dann jedes Mal, wenn ich ihn aufzuheben versuchte, schwanzwedelnd erneut ins Maul nahm.

»Entschuldige«, fragte ich ihn. »Ist das, was du mit einem ›Gewohnheitstier‹ assoziierst, nicht vielleicht die Fähigkeit, eine Sache lieb zu gewinnen?« Carlo hat zwar einen Doktor in Philosophie, aber seine Theorie über die Tiere überzeugte mich keineswegs.

»Entwicklung und Fortschritt beruhen nicht auf Bindung, sondern auf Anpassungsfähigkeit. Ich spreche von der genetischen, nicht der emotionalen Intelligenz. Kannst du mir vielleicht erklären, warum dieser Hund dir nicht erlaubt, den Ball aufzuheben?«

»Was weiß ich? Es macht ihm eben Spaß. Jedenfalls redest du daher, als würde das eine das andere ausschließen, aber ich glaube nicht, dass das wirklich der Fall ist. Weißt du, ich zum Beispiel bin jemand, der etwas gern fest ins Herz schließt, glaube aber auch, dass ich mich schnell anpasse.«

»Das stimmt, du bist wirklich so. Was bedeutet, dass du mit einer höheren Intelligenz ausgestattet bist. Doch das, meine Liebe, habe ich nie bezweifelt …« Mit einer übertrieben ausladenden Geste schob Carlo eine Hand in die Hosentasche, um Bart abzulenken, bückte sich dann plötzlich, hob mit der anderen den besabberten Ball hoch und warf ihn bis in die hinterste Ecke des Parks. Selbstgefällig blickte er dem Hund nach, der mit schlackernden Ohren davongaloppierte. Und meinte dann: »Ich frage mich, warum bisher kein Intellektueller zu dem Schluss gekommen ist, dass es bei jedem diskussionswürdigen Thema im Grunde um Hilary geht. Wann werden sie das endlich begreifen?«

Schon als ich klein war, liebte ich lange Streifzüge durch die Stadt. Zu Hause hatten wir immer einen Hund, der nachmittags, nach der Schule und vor dem Abendessen, Gassi geführt werden musste. Der Hund meiner Kindertage hieß Jackie – ein Golden-Retriever-Weibchen und ebenso schön wie dumm, außergewöhnlich sanftmütig, aber unheilbar verträumt. Sie konnte nichts apportieren, und wenn man sie frei laufen ließ, verirrte sie sich sofort. Obwohl wir direkt gegenüber von einem kleinen Park wohnten, führte ich Jackie deshalb immer an der Leine. Ich weiß nicht, wer den Ausdruck erfand, aber mein Papa und ich nannten Jackies lange Spaziergänge »Gehirnjoggen«.

»Gehst du jetzt mit Jackie Gehirnjoggen?«, fragte mich Papa, der zu Hause arbeitete und oft da war, wenn ich von der Schule kam. Oder ich erklärte später, bei Tisch: »Heute hat Jackie toll gehirngejoggt. Kommt sie dir nicht aufgeweckter vor?« »Absolut«, bestätigte er. »Man merkt, dass sie viel Sauerstoff abbekommen hat. Ihr seid lange draußen gewesen. Hast du deine übliche Runde absolviert?«

Meine übliche Runde war eine Art Viereck mit geschweiften Rändern, und ich konnte sie auf eine gute Stunde ausdehnen. Das Haus meines Vaters stand etwa in der Mitte einer langen Steigung, die sich dann noch einen halben Kilometer hinzog und immer steiler wurde. Mir machte das Steigen Spaß, Jackie, die zu allem Überfluss auch faul war, weniger. Wenn wir oben angekommen waren, drehte ich eine Runde, bevor es auf der anderen Seite wieder hinunterging. Es war eine Wohngegend, in der es nichts anzuschauen gab als andere Häuser – aber schon mit elf Jahren liebte ich es, mir die Häuser anderer Leute anzugucken. Während der Hund alle zehn Schritte stehen blieb und schnüffelte, erging ich mich in Fantasien über meine künftigen Wohnstätten und darüber, wie sie aussehen würden: bemaltes Holz oder glatter, efeubewachsener Beton? Mit Erker und Vorhängen vor dem Fenster oder mit Holzläden? Ebenerdig, vielleicht mit einem anmutigen Vorgarten, oder Hochparterre mit Stufen vor dem Eingang, damit auch eine Garage Platz hatte? Ich schwärmte für Türmchen – keine Seltenheit an den viktorianischen Häusern –, hatte aber Vorbehalte gegen allzu überfrachtete Fassaden, die an übertrieben geschminkte Frauen erinnerten. Meine nachschulischen Streifzüge dienten nicht nur der körperlichen Ertüchtigung, sondern auch der Entwicklung meines persönlichen Geschmacks, und noch heute zieht vor allem die nachlässige, nicht allzu geleckte Eleganz meine Blicke an, der spontane Zauber all dessen, was eine echte, aber ungeregelte Harmonie ausstrahlt.

»Häuser sind Welten«, sagt meine Dottoressa. Seit ein paar Jahren träume ich immer wieder von Häusern – von zwei Häusern, aber immer denselben. Das erste ist eine Villa auf dem Land, ein weißes Gebäude, umgeben von Gärten. Darin gibt es im Parterre einen endlosen Korridor mit vielen weißen Türen, und oben eine Art luftige Dachterrassenwohnung mit Holzbalken an der Decke und einem kostbaren Teppich auf dem Boden. Das Haus gehört nicht mir; ich weiß, dass ich ein Gast auf der Durchreise bin, aber nicht, wem genau es gehört, und ich begegne dort auch niemals jemandem. Beim anderen ist es komplizierter: eine Stadtwohnung im gotischen Stil, die ich mit anderen Leuten und Bart teile. Sie ist sehr geräumig und originell, von unregelmäßigem Zuschnitt, mit verschiedenen Eingängen und unterteilten Räumen. In diesem Haus fühle ich mich oft verloren.

»Verloren? Sie wissen nicht, wo Sie sind?«, fragt mich die Dottoressa. In der Nacht zuvor war ich in die gotische Wohnung zurückgekehrt, und als ich aufwachte, hatte ich mich unruhig und niedergeschlagen gefühlt.

»Ich erinnere mich nicht, ob ich mich verirrt oder etwas verloren hatte … Aber ich war … nervös. Und etwas verängstigt. Desorientiert.«

»Aber ist es ein Haus, das in Ihrem Leben eine Rolle spielt?«

»Nein, überhaupt nicht. Es erinnert mich an keinen konkreten Ort. Und es ist jedes Mal, wenn ich von ihm träume, anders. Heute Nacht zum Beispiel habe ich aus dem Fenster nach unten geschaut, und dort war Wasser. Kanäle, wie in Venedig, nur dass jemand darin badete. Das Wasser war verlockend. Ich wollte hineinspringen.«

»Und, haben Sie es gemacht?«

»Nein … Es gab eine Art Balkon mit einer Leiter – wie sagt man? Einen *fire escape*? Wie an den Wohnblocks in New York. Aber aus Holz. Von dort konnte ich hineinspringen oder über die Sprossen der Leiter auch hinunterklettern, aber …«, und plötzlich schnürt sich mir die Kehle zu, und ich spüre eine Träne nach unten rinnen.

»Aber …?«

Einen Augenblick kann ich nichts sagen und starre auf meine Hände. Ich ziehe die Nase hoch. »Aber ich hatte nicht den Mut.«

Ich habe, um meine Träume zu interpretieren, nie bewusst nach bestimmten Symbolen gesucht. Ich bemühe mich, an die Existenz eines »kollektiven Unterbewussten« zu glauben, in dem zum Beispiel eine Katze für alle dasselbe bedeutet. Träume, auch die anderer Leute, interessieren mich als Erzählungen und wegen der Gefühle, die sie noch nach dem Erwachen auslösen. Deshalb unterhalte ich mich gern mit der Dottoressa darüber. Obwohl ihr Regal voll ist mit Werken über Psychologie, Religion und Philosophie, hat sie mir nicht erklärt, dass der Balkon C. G. Jung zufolge auf Unentschlossenheit hindeutet und dass das Wasser für meine emotionale Seite steht. Sie sagt einfach nur: »Häuser sind Welten«, was keine Theorie ist, sondern eine menschliche Wahrheit.

»Mein Traumhaus steht zum Verkauf!«, sage ich am Telefon zu Carlo. Wir sind nun schon seit Jahren kein Paar mehr, doch wenn ich dringende Neuigkeiten habe, ist er oft der Erste, den ich anrufe. Es ist ein Mittwoch Mitte September, und wie fast jeden Mittwoch lese ich den Immobilienteil, der an diesem Tag dem *Corriere della Sera* beiliegt. Nennen wir es ein Hobby – oder, wie Jacopo von der Buchhandlung sagt: eine Perversion. Ich studiere sowohl die Miet- wie die Kaufobjekte; hin und wieder gehe ich mir sogar etwas anschauen, einfach nur um in Übung zu bleiben. In den ersten fünf Jahren in Mailand bin ich sechs Mal umgezogen und glaube, dass sechs Umzüge bei jedem Spuren hinterlassen würden. Die Zweizimmerwohnung mit Blick in den Hof, in der ich jetzt lebe – zweihundert Meter von der Mansarde entfernt, die ich zugunsten der Tochter meiner Ex-Vermieterin räumen musste –, ist die erste, in der ich allein und mit einem ordnungsgemäßen Vertrag wohne. Rechtlich gesehen ist mir klar, dass niemand mich hinausdrängen kann, aber zu wissen, was es sonst auf dem Markt gibt, beruhigt meine Nerven.

»Ich hab wohl was verpasst«, sagt Carlo. »Seit wann kannst du es dir leisten, ein Haus zu kaufen?«

»Kann ich nicht. Ich habe auch nicht behauptet, dass ich es kaufen will. Ich habe nur gesagt, dass das Haus, das ich immer gewollt habe – und ich meine, *wirklich* gewollt habe, seit ich klein war –, zum Verkauf steht.« Ich bin mit dem Hund draußen, und die Zeitung liegt aufgeschlagen neben mir auf der Bank. Bart ist weit hinten im Park und leckt gerade mit höchster Konzentration die Brotkrumen von der Erde auf, die irgendein altes Mütterchen dort für die Tauben ausgestreut hat.

»Ach, jetzt kann ich dir wieder folgen! Gut. Und wie ist das Haus, das du immer *wirklich* haben wolltest, seit du klein warst?«

»Es ist eine wunderschöne kleine Villa mit vierhundert Quadratmetern auf drei Ebenen, dazu Garten, Terrassen und Garage.

Es ist eine repräsentative, eigenständige Einheit in einer ruhigen und vornehmen Gegend, mit der Möglichkeit der Realisierung von Ausbauten. Was sagst du dazu?«

»Ich sage, dass sie für dich und Lord Bart ideal zu sein scheint, die Realisierung von Ausbauten vorausgesetzt. Und auch noch die Garage, dann kann dir niemand mehr dein Fahrrad klauen. Und wie viel kostet der Spaß, wenn ich diese taktlose Frage stellen darf?«

»Weiß ich nicht, ich habe noch nicht angerufen. Hier steht: ›Näheres und Besichtigungen nach Rücksprache, Referenzen erbeten‹. Was soll das heißen? Dass ich ihnen vorher meinen Kontostand offenbaren muss?«

»Nein, das soll heißen, dass sie ein sehr schönes Haus haben, bestimmt mit erlesenen Bildern an der Wand und kostbaren Gegenständen überall, und sich das Gesindel vom Hals halten wollen. Wahrscheinlich wird es noch von den Eigentümern bewohnt. Und wo befindet sich diese Residenz, meine Liebe? Auf Martha's Vineyard?«

»Du Affe! Im Bocconi-Viertel. Ich bin mir sicher, dass das Haus in einer der Straßen steht, in denen ich immer mit Bart spazieren gehe. Es gibt dort ein paar Sträßchen mit wunderschönen Häusern, kleinen Villen. Seit Jahren verzehre ich mich danach! Habe ich dir nie davon erzählt?«

»Nicht, dass ich mich erinnerte. Du denkst doch nicht im Ernst daran, bei denen anzurufen?«

»Ich würde es so gern tun, aber ich weiß nicht, ob ich den Mut dazu habe. Carlo, ich schwöre dir, ich würde alles verkaufen, was ich besitze, nur um für eine Stunde in eines dieser Häuser hineinzukommen ... In Mailand findet man ein solches Haus nicht so leicht. Meinst du, ich passe nicht dorthin? Gehöre ich auch zum Gesindel?«

»Ich sage nur, dass du, auch wenn du alles verkaufst, was du hast, einschließlich Hund, nicht einmal das Geld für einen silbernen Seifenhalter zusammenkratzen kannst, Hilary. Bei aller Liebe: Du bist für die ein Albtraum!«

Ich kann mir das Lachen nicht verkneifen, empöre mich aber erst mal. »Machst du Witze? Ich soll ein Albtraum sein, ausgerechnet ich? Ich bin doch bloß sooo neugierig ...«

»Eben, das ist es ja. *Sooo* neugierig und so gefühlsduselig. Ich sehe dich schon vor mir. Du würdest sogar in die Schränke hineinschauen und sagen, wie schön dieses ist und wie perfekt jenes, und dann würdest du, bevor du wieder gehst, in Tränen ausbrechen und beichten, dass du *leider* nur hundertsechzig Euro übrig hast ...«

Zu Carlos Fehlern gehört, dass er gern den Neunmalklugen spielt, aber leider hat er fast immer recht. Wie hat er bloß erraten, wie viel Geld ich noch im *Dizionario* habe? Ich finde das ziemlich irritierend. »Vielleicht unterschätzt du mich, Carlo. Ich bin erwachsen, verstehst du? Und außerdem habe ich eine jahrelange Schauspielerausbildung hinter mir. Glaubst du, ich könnte nicht *so tun*, als könnte ich mir ein schönes Haus leisten?«

Ich hörte Carlo seufzen. Ich stellte ihn mir vor, wie er am Klavier sitzt oder sich, über den Küchentisch gebeugt, mit einer Hand die Haare rauft. Wahrscheinlich würde er gern mit dem weitermachen, was er vor meinem Anruf getan hat. »Spiel nicht die Mimose, Hilary. Niemand will dich kränken. Wenn du das Haus so gern besichtigen willst, dann geh und schau es dir an. Aber versuch, dein Herz nicht allzu sehr daran zu hängen. Mehr sage ich gar nicht. Obwohl es ohnehin sinnlos ist: Am Ende machst du ja sowieso immer, was du willst.«

Ich beschloss, den Rückwärtsgang einzulegen. Eigentlich wollte ich wohl nur darauf hinaus, dass Carlo sich erbot, mich bei der Besichtigung des Hauses zu begleiten. Einfach so. Aber es war nicht seine Art, mir so etwas anzubieten. Das hätte ich inzwischen wissen müssen. Es ist nicht seine Schuld, dass ich es nicht kapiere.

»Also entschuldige bitte. Vielleicht hast du recht, und es ist nur eine dumme Laune. Ich entlasse dich wieder in deinen Alltag. Aber eines will ich dir noch sagen ...«

»Schieß los.«

»Ich *besitze* bereits einen silbernen Seifenhalter. Und der gefällt mir nicht einmal. Er hinterlässt auf weißer Seife blaue Flecken. Ein bisschen ekelig, offen gestanden.«

Carlo lachte. »Na siehst du! Auch der Luxus hat seine Schattenseiten.«

Ich beschloss, die Sache eine Zeit lang ruhen zu lassen. Nicht weil Carlo sie mir ausgeredet hätte, aber seine Bemerkung über den silbernen Seifenhalter hatte mich nachdenklich gestimmt: Was, wenn ich einen Termin vereinbare, hingehe und ein kaltes, kahles Haus vorfinde? Oder schlimmer noch: ein Nullachtfünfzehn-Haus? Wäre ich bereit, mir einzugestehen, dass mir mein Luftschloss eigentlich gar nicht gefiel? Ich ließ die Gegend zwischen dem Parco Ravizza und der Centrale del Latte im Geiste Revue passieren – nur fünfzehn Minuten zu Fuß von meiner Wohnung entfernt, aber sie wäre mir für immer unbekannt geblieben, hätte ich keinen Hund zum Gehirnjoggen gehabt –, doch mir kam kein einziges Haus in den Sinn, das mir nicht gefallen hätte. Sicher, es gab einige im Tudor-Stil, und ich sehe mich nicht in einem Haus im Tudor-Stil. Aber wenn das Haus, das zum Verkauf stand, so eines wäre, hätte es in der Anzeige bestimmt »wunderschöne kleine Villa im Tudor-Stil« geheißen, weil viele das schick finden. Was ich dagegen an diesem Viertel unwiderstehlich finde, ist sein vager Hauch von Dekadenz.

»Dieses Viertel ist nicht mehr so wie früher«, hat mir vor Jahren einmal eine ältere Dame anvertraut. Sie werkelte in ihrem Garten; zum ersten Mal traf ich bei einem Spaziergang durch diese Straßen eine ihrer Bewohnerinnen.

»Entschuldigen Sie bitte, Signora. Wohnen Sie hier? Darf ich Sie etwas fragen?« Es war ein langes Wochenende über den 1. Mai, an dem ich in Mailand geblieben war, und fast niemand war unterwegs. Wahrscheinlich hatte die Dame, die ebenfalls über ein langes Wochenende allein war, gute Gründe, mich misstrauisch zu beäugen – eine Ausländerin, die herumstreunt, gefolgt von einem riesigen schwarzen Hund.

»Ja. Das ist mein Haus. Was wünschen Sie bitte?« Trotz meines entwaffnenden Lächelns war die ältere Dame sofort ganz steif geworden – wie es die echten Mailänder aller Altersklassen tun, wenn Unbekannte das Wort an sie richten.

»Entschuldigung, ich möchte nicht stören. Ich wohne nur in der Nähe, und diese Straßen gefallen mir so gut. Ich habe mich immer gefragt: Wie alt sind diese Häuser? Ungefähr?«

»Sie stammen alle aus den Fünfziger- oder Sechzigerjahren. Vorher gab es hier nichts. Nur Gemeindeland.«

»Verstehe. Und seither wohnen Sie hier?«

Die Dame hatte einen Weidenkorb zur Hälfte mit Blumen aus ihrem Garten gefüllt. »Ich wohne seit vierundfünfzig Jahren in diesem Haus … Stellen Sie sich das vor …« Sie lächelte, aber ihre Stimme klang ein wenig traurig.

»Vierundfünfzig Jahre? Wie schön! Und hier überall wohnen mehr oder weniger noch dieselben Familien?«

»Ja. Wir sind alle ein Leben lang hier.«

»Den Eindruck hatte ich auch. Ich bin bloß neugierig … weil sie so besonders sind, diese Häuser.«

»Das stimmt. Die Häuser sind immer noch schön. Aber dieses Viertel ist nicht mehr so wie früher. Inzwischen laufen hier

nicht mehr so viele angenehme Leute herum; und dieser Park …
ist sehr übel beleumdet.«

»Ach wirklich?«

Ich war gerade im Parco Ravizza gewesen. Bart und ich hatten fast das ganze Hundeareal für uns allein gehabt, und ich habe ihm gut und gern zwanzig Minuten lang seinen Ball zugeworfen. Nur eine alte taube Dalmatinerhündin hielt unter der Parkbank die Stellung und bellte ins Leere; über ihr saß eine Filipina und las ein Klatschheftchen. Unter den Bäumen hinter dem Basketball-Spielplatz lungerten ein paar zwielichtige Typen herum, aber sie waren mit ihren Nachmittagsbierchen unter sich geblieben. Die Dame seufzte. »Ich sage es ungern, aber diese Gegend hier ist sehr heruntergekommen. Wie eigentlich der Rest von Mailand auch …«

Alle echten Mailänder behaupten das. Ich kann sie nur bedauern, schon weil ich selbst Teil dieser wenig vornehmen Zeiten bin.

»Veränderungen sind nie leicht«, sagte ich, »vor allem, wenn man etwas lieb gewonnen hat.« Und etwas verlegen fügte ich hinzu: »Jedenfalls beglückwünsche ich Sie zu Ihrem Garten und den Hortensien. Sie sind wirklich schön.«

Die Dame blickte in ihren Korb. »Sie mögen Hortensien? Hier, nehmen Sie sich zwei. Nein, zwei geht nicht. Nehmen Sie drei.«

Ich versuchte abzulehnen, aber sie insistierte: »Sie brauchen sich nicht zu zieren …«

Am Ende nahm ich eine blaue Hortensie. Ich hatte immer eine Schwäche für Hortensien: Sie bleiben schön, auch wenn sie nicht mehr frisch sind. Sie bleichen etwas aus, bleiben aber intakt. Ihre strubbeligen Blüten haben eine bewundernswerte Widerstandskraft.

Am ersten Mittwoch im Oktober steht das Inserat wieder im Immobilienteil des *Corriere*. In der Woche davor war es verschwunden, was einen kleinen Anfall des Bedauerns in mir ausgelöst hatte. In der Zwischenzeit hatte meine Barschaft gerade wieder ihren allmonatlichen freudigen Aufschwung erlebt – leider änderte sich immer nur die erste Ziffer, ohne dass weitere hinzukamen –, und der Ausdruck »Referenzen erbeten« machte mir immer noch Angst. Doch auch wenn sie sich verständlicherweise das Gesindel vom Hals halten wollen, nehme ich nach der Rückkehr vom Park den Hörer in die Hand und rufe das Maklerbüro an. Da hat Carlo recht: Ich mache immer, was ich will. Wenn möglich.

»Guten Tag, ich rufe wegen einer Anzeige an. Es geht um die kleine Villa im Bocconi-Viertel ...« Ich versuche, mit starkem Akzent zu sprechen, ohne ins Lächerliche abzurutschen. Immobilienmakler mögen Ausländer als Gattung in der Regel nicht, aber – erstaunlich, doch immer noch wahr – Amerikaner sind eine Ausnahme.

»Ja, natürlich. Das Anwesen stammt aus den Fünfzigerjahren, es wird immer noch von den ersten Eigentümern bewohnt ...« Die Dame am Telefon artikuliert jedes Wort sehr deutlich und lobt das »Anwesen« eineinhalb Minuten lang über den grünen Klee. Die Beschreibungen der »Anwesen«, über die ich mich gewöhnlich informiere, dauern nie länger als zwanzig Sekunden, deshalb fällt es mir dieses Mal nicht leicht, auf Anhieb alles mitzubekommen. Ich mache mir am Rand der Zeitung Notizen. So beschäftigt bin ich mit dem Schreiben – zeittypische Details; Hauptbadezimmer in Marmor –, dass ich erst nach einer Weile merke, dass die Dame verstummt ist!

»Oh, sehr gut. Es scheint ja ein fabelhaftes Haus zu sein. Und es wurde immer von derselben Familie bewohnt?«

»Richtig, Signora. Es wurde sogar vom Ehemann der Eigentümerin selbst entworfen. Er ist vor zehn Jahren gestorben, und die Dame hat einige Probleme: Ein so großes Haus zu erhalten ...«

Eine weitere kurze Pause, die ich mit Gedanken an die Dame mit den Hortensien fülle. Dann hangele ich mich wieder an dem klassischen Gesprächsfaden entlang: »Und wie sind die Preisvorstellungen?«

»Zweieinhalb Millionen, Verhandlungsbasis.«

»Verhandlungsbasis« berührt mich seltsam: Beim Einkaufen vermeide ich es, Rabatt zu verlangen, hier wird er mir von vornherein angeboten. Nun ist nur noch eine Antwort möglich. Ich räuspere mich. »In Ordnung. Vielen Dank. Ich spreche mit meinem Mann und rufe Sie eventuell noch einmal wegen eines Termins an. Einstweilen vielen Dank.«

Ich lege auf, überrascht von der Leichtigkeit, mit der ich »meinen Mann« erwähnt habe. In meinem ganzen Leben habe ich diese beiden Wörter noch nie laut nacheinander ausgesprochen, und es tut mir ein bisschen leid, dass ich die große Gelegenheit jetzt so leichtfertig verschenkt habe.

Gegen fünf Uhr Nachmittag kommt der Junge Spund zu mir, zusammen mit dem kleinen Gastone. Sobald der Welpe Bart sieht, gerät er in Ekstase, macht Männchen, um ihm die lange Nase abzulecken, und wedelt derart begeistert mit dem Schwanz, dass sein ganzes Körperchen bebt. Traurig und verärgert dreht Bart sich um, legt die Ohren an und trottet ganz langsam ins andere Zimmer zurück, wo er sich niederlegt. Gastone ist für ihn als Herausforderung nicht mehr ganz neu: Er kam im August dazu, als wir alle auf dem Land waren, ein Geburtstagsgeschenk für den Jungen Spund. Bart hat die Sache nicht sehr gut aufgenommen – ja, für den Rest der Woche hatte er, als Ausdruck stummen Protests, im Dielenschrank geschlafen. Ich weiß nicht, was ein Verhaltensforscher dazu sagen würde, aber in den vergangenen knapp zwei Monaten hat mein Hund in dieser Hinsicht zugegebenermaßen keine großen Fortschritte gemacht.

Der Junge Spund fragt mich, ob er sich einen Espresso machen darf, und ich antworte, ja, geht in Ordnung, aber ich mach ihn lieber selbst. Er ist ebenso schusselig wie schön und neigt dazu, Dinge zu verschütten, zu zerbrechen oder zu beschmutzen. Ich glaube ihm, dass er es nicht absichtlich tut, aber allein schon meine Stimme zu hören, die ihm wegen eines bekleckerten Tischtuchs Vorhaltungen macht, ist unerträglich – vor allem mir selbst.

Also leere ich den Kaffeekocher aus, fülle ihn neu, schalte den Herd ein und hole die Tassen herunter. Gastone trippelt ins andere Zimmer, um nachzusehen, was sein Freund Bart so treibt. Der Junge Spund setzt sich und zündet sich eine Zigarette an. Der Immobilienteil liegt auf dem Tisch, mit zyklamenfarbenen Tintenstiftkringeln und all meinen Notizen rundherum. »Was ist los? Suchst du etwa eine Wohnung?«, fragt er.

Ich erzähle ihm von dem wöchentlichen Ritual mit den Immobilienanzeigen, den Straßen, in denen ich mit dem Hund spazieren gehe, und den wunderschönen Häusern dort.

»Natürlich, ich erinnere mich«, sagt der Junge Spund. »Du hast es mir einmal erzählt. Man kommt auf dem Weg zur Autobahn daran vorbei, wenn wir aufs Land fahren, stimmt's? Bei der Centrale del Latte?«

Überrascht drehe ich mich zu ihm um und verschütte dabei ein bisschen Kaffee auf die Arbeitsfläche. »Ja, genau die. Aber erinnerst du dich wirklich daran, dass ich sie dir gezeigt habe?« Seit seinem Unfall in Australien hat der Junge Spund Probleme mit seinem Gedächtnis. Es heißt, das sei normal für jemanden, der ein Trauma erlebt hat, und die Erinnerungen kämen nach und nach zurück. In diesen Monaten habe ich mich daran gewöhnt, so viele Dinge zu wiederholen – Ereignisse oder Details, wichtig oder belanglos –, dass ich es fast schon für normal halte.

Der Junge Spund grinst selbstgefällig. »Ist es mir etwa gelungen, dich zu verblüffen?«

Ich nehme einen Schwamm und tupfe die Tropfen auf. Ich gebe zwei Stückchen Zucker in seine Tasse, eines in meine und setze mich an den Tisch. »Nur ein bisschen. Das ist schon verrückt. Unter all den Dingen, an die du dich erinnern könntest ...«

»Und wie ist dieses Haus? Hast du angerufen?«

Ich rühre den Kaffee um und erzähle ihm, was die Dame am Telefon gesagt hat. »Und der Entwurf stammt tatsächlich vom Ehemann der Eigentümerin. Die ist inzwischen verwitwet. Stell dir vor, wie schön es sein muss – alles original italienischer Fünfzigerjahre-Look!«

»Es muss wunderschön sein. Und dann erst für dich! ... Du wirst bestimmt durchdrehen. Hast du einen Besichtigungstermin vereinbart?«

»Nein, natürlich nicht. Ich habe gesagt, dass ich erst mal mit ›meinem Mann‹ sprechen müsse, nur um das Telefongespräch zu beenden.«

»Du hast gelogen? Du?« Der Junge Spund zündet sich eine neue Zigarette an. Seit er aus Australien zurück ist, raucht er zu viel.

»Ja, ich habe gelogen. Ist es jetzt etwa *mir* gelungen, *dich* zu verblüffen?«

»Nur ein bisschen. Wenn *du* gelogen hast, heißt das, dass es um etwas Wichtiges geht ...«

Ich stehe auf, um das Fenster zu öffnen, und zünde dann, noch im Stehen, auch mir eine Zigarette an. »Nein, mein Schatz ... Ich habe gelogen, weil mir nichts anderes einfiel. Ich kann mich doch nicht als potenzielle Erwerberin eines Hauses ausgeben, das zweieinhalb Millionen Euro kostet.«

»Und wieso nicht? Möchtest du, dass ich mitkomme?«

»Mitkommen? Als was? Als mein Chauffeur?«

»Sei nicht so frech. Als dein Mann natürlich!«

So geht's in deinem Leben zu – auch wenn es sich nur darum handelt, so zu tun, als ob. Der, den du bittest, lehnt ab, und dann bietet sich der Falsche an. Ich sehe uns schon vor mir: ich, hypernervös, in dem verzweifelten Versuch, wie eine junge amerikanische Erbin zu wirken, mit ihm, der bereits ein junger Erbe ist, sich aber mit Löchern in der Hose und einer Alkoholfahne präsentiert.

»Nein, danke. Vergessen wir's. Du verstehst den Sinn … der ganzen Sache nicht. Du würdest hingehen und dich total danebenbenehmen, bloß um mich zu blamieren.«

»Hilary, du unterschätzt mich. Glaubst du im Ernst, ich könnte nicht einmal *so tun*, als ob ich mir ein Haus leisten könnte? Schließlich ist das nicht einmal so weit von der Wahrheit entfernt, wenn du dir's genau überlegst.«

»Wenn vorher erst die Hälfte deiner Familie das Zeitliche segnen muss, zählt das nicht!«

Wir müssen beide lachen, und keiner fühlt sich gekränkt. Dann steht er auf und gibt mir einen Kuss. »Schau, ich kenne dich doch. Diese Geschichte mit dem Haus wird dir so lange keine Ruhe lassen, bis du hingehst und es dir ansiehst. Wenn du keine Lust hast, allein zu gehen, lass mich dich begleiten.«

Ich gebe ihm den Kuss zurück. »Du bist sehr lieb, wirklich, aber du und ich, wir sind beide nicht glaubwürdig. Du läufst mit Schuhen herum, von denen sich die Sohlen ablösen, und ich – schau mich nur an! Mir sieht man das Prekariat doch an der Nasenspitze an. Außerdem weißt du, dass mir das Lügenmärchenerzählen Angst macht.«

»Du darfst es eben nicht als Lügengeschichte sehen. Stell es dir vor wie … Theaterspielen: Ich werde ein Jackett und ein Hemd anziehen und die Rolle des jungen, frisch vermählten Firmenkronprinzen spielen. Es wäre mir eine Ehre.«

Seit er aus Australien zurück ist, hat der Junge Spund beschlossen, Schauspieler zu werden. Ich mache ihm ständig Mut. Auch wenn meine Meinung nicht ins Gewicht fällt, glaube ich, dass der Junge Spund talentiert ist. Dass er schön ist wie ein junger Gott, ist auch kein Schaden. Das eigentliche Problem ist die Willenskraft, an der es ihm wie immer vollständig mangelt.

Doch jetzt bin ich es, die zögert. »Schau ... ich weiß nicht, warum, aber für mich ist es wichtig, dieses Haus zu sehen. Ich kann es mir selbst nicht erklären, und es ist auch nicht logisch. Aber ich habe Angst, dass ... dass ...« Mir fällt das richtige Wort nicht ein.

»Mach dir keine Sorgen, es geht schon nichts schief.« Ja, schiefgehen, das war es, das richtige Wort. Einen Moment lang bekomme ich keinen Ton heraus und starre nur auf meine Hände. Ich seufze tief, um mein Herz zu beruhigen, das aus irgendeinem Grund so wild zu schlagen angefangen hat, als würden wir uns befetzen oder als müsste ich auf ein wichtiges Testergebnis warten. Jetzt musste nur noch ein letzter Punkt geklärt werden. Ich räuspere mich: »Und was ist mit dem Ring?«

Der Termin ist am Freitag, um sechs Uhr abends. Freitag ist mein freier Tag, und wir – ich, der Junge Spund und seine jungen Freunde – sind alle zur Fiera del Vintage gefahren, die jeden Oktober in einem Schloss bei Pavia abgehalten wird. Auch Bart ist mit von der Partie, weil ich den ganzen Tag außer Haus bin und der Hundesitter keine Zeit hatte. Nach ein paar Stunden hat Bart genug vom Kleideranschauen, und ich führe ihn ins Freie, hinaus in einen schönen Park. Ich werfe Steinchen, während ich mich mit den Freunden des Jungen Spunds unterhalte, der als Letzter herauskommen soll. Immer wieder schaue ich auf die Uhr: Seit dem Morgen fühle ich mich, als wartete ich auf etwas. Auf etwas zu warten ist kein unangenehmes Gefühl; das Problem ist eher, dass sich dieses enge Gefühl im Magen bald wieder verflüchtigen wird – und man dann etwas anderes finden muss, auf das zu warten sich lohnt. Schließlich kommt, gegen vier, auch der Junge Spund heraus, mit Taschen beladen; ich habe nichts gekauft – wie oft, wenn mir zu vieles gefällt.

Weil so viel Verkehr ist, wir die Autobahn nicht finden und der Junge Spund sich noch zu Hause umziehen muss, sitzen wir erst eine Viertelstunde vor dem Termin in der Via Curti wieder im Auto. Wie versprochen, trägt er jetzt eine Hose ohne Löcher, ein weißes Hemd und eine blaue Samtjacke, die ihm hervorragend steht, aber nicht zur Jahreszeit passt, denn draußen hat es fast zwanzig Grad. »Na?«, fragt er mich, während er mir mit übertriebener Galanterie die Autotür aufhält. »Hast du gesehen, was für einen Ehemann du dir geangelt hast?«

»Los, du eitler Pfau, steig ein, wir sind schon spät dran«, antworte ich nach Ehefrauenart. Kaum legt er sich den Gurt an und dreht den Schlüssel, sage ich, weil ich mir jetzt sicher bin, dass wir tatsächlich fahren: »Vergiss bitte nicht: Du stellst mich als deine *Partnerin* vor, okay? Nicht als deine Ehefrau. Wir sind nicht verheiratet.«

»Ach was! Wir haben nach buddhistischem Ritus geheiratet: bei buddhistischen Hochzeiten gibt es keine Ringe ...«

Ich ziehe ein Spiegelchen aus meiner Tasche und tupfe mir etwas Kakaobutter auf die Lippen. »Hör zu, lassen wir das mit dem Buddhismus. Ich bitte dich! Machen wir es lieber so, wie es im linken Mailänder Bürgertum wirklich ist: Wir sind seit vielen Jahren zusammen, haben ein Kind ...«

»Zwei Kinder. Ich will zwei.«

»Du Nervensäge! Also meinetwegen, ich erwarte das zweite Kind, aber wir sind *nicht* verheiratet. Heute ist es mega-in, nicht zu heiraten ...«

Der Junge Spund öffnet das Fenster, zündet sich eine Zigarette an und wirft mir einen merkwürdigen Blick zu: »Schwanger? Du? Mit diesen hervorstehenden Knochen …?«

Ich fühle durchs Kleid meine Hüften. Zu Mittag haben wir nur ein Brötchen gegessen, und mein Bauch ist beinahe konkav. »Ich bin im zweiten Monat. Und ich leide unter Übelkeit. Schon beim Ersten hat man bis zum vierten Monat nichts gesehen. Okay? Aber nur, wenn sie uns fragen. Wir gehen ja nicht hin, um ihnen einen Haufen Lügen zu erzählen. Vielmehr werden *wir* ihnen Fragen stellen, und zwar über das Haus. Wir … müssen nur eine Antwort parat haben, wenn sie uns etwas fragen. Kapiert?«

Was wir vorhaben, bringt meine Gefühle in Aufruhr und macht mir Angst. Es ist ein kleines Theaterstück, ein Stegreifspiel, das wir uns einfach nur ausgedacht haben, um meine Neugierde zu befriedigen – oder besser, um etwas in mir zu lösen, was ich selbst nicht richtig verstehe –, das uns aber aus der Hand gleiten könnte. Für die Anmietung einer Zweizimmerwohnung mit Blick in den Hof reicht eine Viertelstunde: Man redet über den Vertrag, die Heizung, die Möblierung, falls vorhanden, über den Hausmeister und verliert vielleicht zwei, drei Worte über den Hund. Doch ein Haus dieser Größenordnung, das noch von der ursprünglichen Eigentümerin bewohnt wird, erfordert mit Sicherheit mehr von uns. Hin und wieder haben wir, der Junge Spund und ich, laut über unsere mögliche Zukunft nachgedacht – aber andere Leute in diese Märchengeschichten hineinzuziehen hat etwas Unanständiges.

»Wie soll ich fahren? Über den Corso San Gottardo oder die Umgehungsstraße?«, fragt mich der Junge Spund. Ich blicke auf seine Hände am Lenkrad und stelle fest, dass er alles abgenommen hat bis auf den Ring am kleinen Finger. Als wir uns kennenlernten, hatte er so getan, als wäre es ein Siegelring – was mich jetzt, da ich ihn gut kenne, zum Lachen bringt. Diesen Ring hat er sich nämlich selbst anfertigen lassen: Die eingravierten Initialen sind die der Fußballmannschaft, deren Fan er ist, wenn auch nicht mehr in dem gleichen Maße wie früher. Früher einmal hat diese Mannschaft seinem inzwischen verstorbenen Onkel gehört. Eben diesen Namen – den des verstorbenen Onkels, der auch der des Familienbetriebs ist – hatte der Junge Spund benutzt, als er anrief, um den Besichtigungstermin zu vereinbaren: der einzig gangbare Weg, um die Forderung nach »Referenzen« zu erfüllen.

»Nimm den Corso San Gottardo, um diese Zeit ist die Umgehungsstraße eine einzige Katastrophe«, sage ich. »Sie kennen also nur *deinen* Nachnamen?«

»Ja. Ich muss irgendwo links abbiegen, stimmt's?«

»Ja, aber hier noch nicht. Bei der nächsten. Und die Vornamen? Wie heißen wir?«

»Ich dachte, ich nehme den meines Onkels. Was meinst du?«

»Baldassarre? Im Ernst? Du stellst dich mit Baldassarre vor?« Ich kann mir das Lachen nicht verbeißen.

»Das klingt doch unheimlich seriös: Baldassarre!«

»Ja, total seriös. Ich sage dann Zar zu dir. Vergiss nicht, darauf zu reagieren. Aber vielleicht wäre ein schlichtes *Schatz* doch besser?«

»Nein, Zar gefällt mir, Schatz weniger. Und du?«

Ich antworte, dass mir Hilary eigentlich gut gefällt. Der Name hat mit Fröhlichkeit zu tun. Er hat mir immer gefallen.

»Nein, nein. Du musst dich anders nennen. Welchen anderen Namen hättest du denn gern gehabt?«

Ich muss eine Sekunde nachdenken. »Mmm, schwierig. Meine Eltern wollten mich ursprünglich Abigail nennen, haben es sich dann aber im letzten Augenblick anders überlegt. Abigail finde ich auch nicht übel.« Abigail ist ein hebräischer Name und bedeutet »Vaters Freude«. Doch das sage ich nicht laut. Ich denke es nur.

Der Junge Spund ist einverstanden: Abigail passt gut zu mir. »Und unser Kind?«, fragt er. »Ist es ein Junge? Wie alt ist er?«

»Ein Junge. Tja ... achtzehn Monate?«, antworte ich. Eine kurze Pause und ein bisschen Kopfrechnen. »Er wird im Mai zwei. Den Namen suchst du aus.«

Er sieht mich lächelnd an. »Du weißt ja, welcher Name mir gefällt ...«

Ich verdrehe die Augen und stöhne. Der Junge Spund ist zutiefst davon überzeugt, dass Jerome der ultimativ schönste Männername ist. Kein Witz. Für seine echte Zukünftige hoffe ich aufrichtig, dass er früher oder später davon abrücken wird. »Also Jerome? Einverstanden, Jerome geschenkt.« Während ich die Erdkrümelchen entferne, die ich seit dem Steinchenwerfen unter den Fingernägeln herumtrage, fasse ich zusammen: »Baldassarre, Abigail, Jerome ... Du lieber Himmel, was für eine unglaubwürdige kleine Familie!«

Links sehe ich die Via Curti. Es ist eine kleine gewundene Straße mit insgesamt vier oder fünf Häusern; das der Dame mit den Hortensien befindet sich in der nächsten. Wir stellen das Auto mit leicht geöffneten Fenstern ab und lassen Bart zurück. Während wir auf das Haus zugehen, halten wir uns an den Händen. Da taucht es plötzlich auf: das Haus, die Fassade efeuberankt. Ein Tor und ein kleiner Vorgarten trennen es von der Straße. »O Gott«, sage ich mit einem kurzen Seufzer, »ich habe es schon jetzt ins Herz geschlossen.« Und drücke dem Jungen Spund so fest die Hand, dass er stehen bleibt und mich ansieht. Aus den Augenwinkeln bemerke ich vor der Eingangstür eine Dame in Beige mit einer Ledermappe in der Hand. Ich gebe ihm, der regungslos auf dem Gehsteig steht, einen leichten Schubs. »Los, es ist zehn nach sechs ...«

»Ich wollte dir nur sagen, dass du sehr schön bist«, unterbricht er mich. »Und dass es mir leidtut, dass ich dir nicht das Haus kaufen kann, das du verdienst.«

Seit er aus Australien zurück ist, ist der Junge Spund auch viel zärtlicher.

Etwas verdutzt wende ich mich zu ihm: »Du weißt, dass ich dich anbete, nicht wahr?«, sage ich und drücke ihm einen Kuss auf die Stirn. »Aber ich schwöre dir: Wenn du heute etwas mitgehen lässt, rede ich nie wieder ein Wort mit dir!«

Wir gehen lachend durch das Tor: Keiner ist wirklich gekränkt.

Immer noch Händchen haltend, steigen wir die vier Stufen zur Eingangstür hinauf, wo uns die Dame in Beige zusammen mit einer anderen Dame mit blondem Haar und Perlenohrsteckern erwartet. Beide müssen zwischen fünfzig und sechzig sein und wirken sehr gut erhalten. Ich bin durchaus imstande, unterschwellige weibliche Botschaften zu entziffern: Wir Frauen verfügen über eine eigene Körpersprache, bestehend aus feinen Schichten, die den Männern oft verborgen bleiben. Aus ihren achtsamen Bewegungen und ihrem Lächeln mit geschlossenem Mund lese ich eine verhaltene Neugierde heraus, ein förmliches Willkommen und dazu noch dieses furchtbare Mailänder Misstrauen. Nach sieben Jahren in dieser Stadt ist es eine Reaktion, die ich sofort wiedererkenne: Ich begegne ihr jedes Mal, wenn ein Sohn mich seiner Mutter präsentiert.

Der Junge Spund und ich stellen uns vor: Abigail Walker und Baldassarre Nachname-des-Familienbetriebs. »Guten Abend! Entschuldigen Sie bitte die Verspätung.«

»Guten Abend …« Die Dame in Beige nennt ihren Namen, und das vor sechs Stunden verzehrte Brötchen dreht sich mir im Magen um. Ich erkenne den Namen wieder, der nicht allzu häufig vorkommt und unter anderem eine Firma bezeichnet – eine andere, natürlich. Das war absehbar: Mailand ist klein – vor allem wenn man sich in bestimmten Kreisen bewegt, in Kreisen, zu denen auch Anwesen gehören, die man nur nach Vorlage von Referenzen aufsuchen kann. Die Dame in Beige mit der Ledermappe hat denselben Nachnamen wie eine Freundin von mir. Nein: Cecilia und ich sind keine Freundinnen – es ist viel schlimmer.

Ich kenne Cecilia, seit ich in der Buchhandlung arbeite. Unsere Beziehung ist ein Buchhändlerin/Kundin-Verhältnis, was impliziert, dass man sich grüßt und Meinungen über Bücher austauscht. Jahrelang hat sie auf der Kundenhitparade einen der oberen Plätze eingenommen, sowohl in meiner wie in Jacopos. In letzter Zeit ist sie ein paar Plätze abgestiegen, aber nur, weil sie so viel arbeitet und deshalb seltener kommt. Sie ist vielleicht ein Jahr jünger als ich, sehr hübsch, mit offenem Gesicht, hochgebildet – eine passionierte Leserin – und hat perfekte Umgangsformen. Cecilia ist immer so untadelig, so gepflegt, so unerschütterlich freundlich, dass ich mir im Vergleich zu ihr wie ein verheerender Wirbelwind vorkomme. Trotz unserer entgegengesetzten Temperamente mag ich Cecilia sehr – oder, besser gesagt: Ich schätze sie.

Eben deshalb – weil wir keine Freundinnen waren und ich sie schätzte – hatte ich ihr im letzten Frühjahr einmal von meinen Kurzgeschichten erzählt: Damals hatten wir uns während meiner Pause in der Bar an der Ecke zufällig nebeneinandergesetzt. Sie hatte mich sogar zuerst gefragt, ehrlich. Ein paar Jahre zuvor hatte ich einige – wirklich sehr kurze – Kurzgeschichten in einer Frauenzeitschrift veröffentlicht, die dann eingestellt wurde, und sie hatte sie alle gelesen und mir gesagt, dass sie ihr gefielen.

»Und was ist mit dem Schreiben?«, hatte sie sich erkundigt. »Wie geht's damit?«

Tatsächlich hatte ich gerade eine Kurzgeschichte beendet, für die ich mich nicht schämte. Okay, okay, ich gebe es zu: Sie gefiel mir sogar richtig gut, und ich war stolz auf mich. Volle acht Seiten erzählende Prosa, noch dazu auf Italienisch! Ich konnte meine Selbstzufriedenheit kaum verhehlen.

»Alle Achtung! Du schreibst auf Italienisch? Aber das ist ja fantastisch …!«

»Na, Italienisch ist ein bisschen viel gesagt. Ich glaube, ich habe keine einzige Präposition richtig getroffen. Aber ich versuche es, auch wenn es eine Art Selbstfolter ist … Bei jedem Satz schwitze ich Blut.« Was für eine unglückliche Metapher! Warum musste ich ausgerechnet »Blut schwitzen« sagen, während wir am Sonntagvormittag in der Bar sitzen und einen frisch gepressten Orangensaft trinken?

Liebenswürdig, wie sie ist, lächelte sie – ein echtes Lächeln, mit geöffneten Lippen. »Man merkt, dass du Herausforderungen liebst. Du hast mich neugierig gemacht. Ich würde sie gerne lesen.«

Ach ja, ein kleines Detail noch: Cecilia arbeitet für einen Verlag. Wenn sich eine professionelle Person einer Amateurschriftstellerin als Leserin anbietet, obwohl sie weder aus genetischen noch affektiven Gründen dazu gezwungen ist, gibt es nur eine Antwort:

»Im Ernst?«

Und deshalb habe ich Cecilia einige meiner Kurzgeschichten geschickt. Ich habe die E-Mail, die sie mir daraufhin geschrieben hat – exakt fünf Zeilen, ohne Schnörkel, Schmeicheleien oder Zweideutigkeiten –, so rührend gefunden, dass ich sie, noch bevor ich sie mir ausdruckte, an meine Freundin Silvia weitergeleitet habe. Jetzt liegt sie in der taubenförmigen Schachtel der Konfiserie Sant'Ambrœus, in der ich meine wichtige Korrespondenz aufbewahre. Seit Cecilia mir gesagt hatte, dass sie meine Geschichten liest, schicke ich ihr jedes Mal, wenn ich mit einer neuen fertig bin, eine Kopie. Und hin und wieder schließe ich sie in meine Fantasien über meine mögliche Zukunft ein. Mir ist klar, dass dieses Gefühl nicht zwangsläufig auf Gegenseitigkeit beruhen muss, aber heimlich hege ich die Hoffnung, dass sie eine wichtige Figur in meinem Leben werden könnte.

Zum Glück ist die Dame in Beige keine Kundin der Buchhandlung und hat auch keine meiner Kurzgeschichten gelesen. Deshalb sagt ihr die blonde, sommersprossige Amerikanerin mit den hervorstehenden Hüften und einem Namen, der ans Spazierengehen erinnert, nichts, die da in Begleitung eines gut aussehenden jungen Mannes vor ihr steht. Doch Mailand ist klein – und es ist unvermeidlich, dass bestimmte Kreise sich überschneiden, vor allem wenn Firmennamen involviert sind. Tatsächlich wendet sich die Dame in Beige direkt an den Jungen Spund und fragt: »Sind Sie zufällig verwandt mit ...?« Und sie nennt den Namen seines Vaters.

Mit einem Hitzeschwall schießt die Panik in mir hoch. Ich komme mir nackt und verletzlich vor, wie ein Fisch am Angelhaken. Doch der Junge Spund, der sich – manchmal sogar voller Stolz – selbst einen »geborenen Lügner« nennt, zuckt nicht mit der Wimper. Mit seinem entwaffnendsten Lächeln antwortet er: »Natürlich. Das ist mein Onkel.« In diesem Moment bin ich ihm für seinen nonchalanten Ton dankbar. Später wird er mir nur noch peinlich sein.

Die Dame in Beige erwidert das Lächeln auf schwer deutbare Weise. »Ach, tatsächlich? Würden Sie ihm bitte meine Grüße ausrichten? Wir haben uns früher öfter gesehen, aber jetzt schon seit Jahren nicht mehr ... Wie geht es ihm?«

»Gut, es geht ihm gut, vielen Dank«, sagt der Junge Spund und wirft mir einen Blick zu. Ich zwinge mich, die Augen nicht niederzuschlagen, und mische mich auf die denkbar platteste Ehefrauenart ein: »Was für ein merkwürdiger Zufall! Wie klein Mailand doch ist …«

Noch mitten im Eingangsbereich macht uns die Dame in Beige – wahrscheinlich also eine Verwandte von Cecilia und eine alte Freundin des Vaters des Jungen Spunds – mit der Dame mit den Perlenohrsteckern bekannt, der Tochter der Eigentümerin. Nennen wir sie der Einfachheit halber die Tochter der Signora Curti. Sie lässt sich nicht auf das »Kennen-Sie-zufällig …?«-Spiel ein, sondern beobachtet das Paar Baldassarre-Abigail so aufmerksam, als wären wir es, die zum Verkauf stünden.

»Guten Abend, sehr erfreut«, sagt sie mit zurückhaltendem Händedruck. Links ist ein großes Wohnzimmer, in dem uns die Signora Curti selbst erwartet, stehend und auf einen Stock gestützt. Die Signora Curti hat weißes Haar und ein Gesicht, das zu achtzig Jahren im Wohlstand passt. Sie trägt ein blaues Kleid und geschmackvollen Tagesschmuck. Ihr Blick verrät kein Misstrauen, nur eine würdevolle Resignation, die in mir die Lust weckt, sie zu umarmen und davonzulaufen.

Ich und der Junge Spund begrüßen sie nacheinander. »Entschuldigen Sie bitte, dass wir hier so eindringen …«, fügt er mit perfekter Galanterie hinzu. Die Signora Curti lächelt: »Oh! Aber ich bitte Sie! Es ist mir ein Vergnügen.« Er behauptet, alte Damen fänden ihn unwiderstehlich, und ich habe keinen Grund, das zu bezweifeln. Als er das erste Mal mit mir bei der Signora Occhipinti zum Frühstück war, haben die beiden unter meinen belustigten Blicken die ganze Zeit miteinander geflirtet.

»Gut«, sagt die Dame in Beige und tritt ein paar Schritte zurück. »Vielleicht beginnen wir mit der Hausbesichtigung? Dort, wo Sie hereingekommen sind, haben wir ein geräumiges Vestibül. Wie Sie sehen, sind die Räume sehr hoch, die Lampen wurden eigens dafür entworfen …«

Allein schon das Wort *Vestibül* versetzt mich in Verzückung. Ich komme mir vor wie der kleine Gastone, wenn er Bart sieht, und fange beinahe an, Männchen zu machen.

»Zu hoch, diese Decken«, meldet sich die Signora Curti kopfschüttelnd zu Wort. »Warum musste man sie so hoch machen?«

»Aber nein! Sie sind perfekt!«, rufe ich aus, im selben Moment, in dem der Junge Spund erklärt: »Decken können gar nicht hoch genug sein, für mich wenigstens.« Es entsteht eine kleine Pause, während die drei Frauen nach oben blicken, zu den Decken hinauf, ein wenig erstaunt über unsere Begeisterung. Auch die Signora Curti lächelt jetzt zufrieden.

»Gut«, erklärt die Dame in Beige. »Also, links sehen Sie den Hauptsalon ...« Es reicht, die Möbelstücke zu zählen, um zu wissen, dass der Hauptsalon größer ist als meine ganze Zweizimmerwohnung mit Hofblick: zwei oder drei Sofas unterschiedlicher Größe, zwei bequeme Sessel, zwei weitere, weniger bequeme, aber elegantere Tischchen und Lampen, ein großes Bücherregal hinten und wertvolle Gegenstände, da und dort verstreut. »Was für ein gemütliches Zimmer!«, sage ich. Ich trete an eines der Bilder heran, als ich plötzlich merke, dass sich niemand sonst von der Stelle gerührt hat: Sie stehen alle noch im Vestibül und betrachten den Hauptsalon, ohne einzutreten. Wäre ich ein Gast, jemand, den man wirklich eingeladen hat, könnte ich jetzt sagen: »Was für ein schönes Bild! Ein Sironi, nicht wahr?« Stattdessen mache ich einen Schritt zurück und frage: »Warum Hauptsalon? Gibt es noch einen anderen Salon?«

Die Tochter der Signora Curti antwortet, es gebe im ersten Stock noch ein Wohnzimmer, das, je nach Wunsch, auch in ein Schlafzimmer verwandelt werden könnte.

»Wenn es Ihnen nichts ausmacht, warte ich hier auf Sie«, verkündet die Signora Curti und steuert mit ihrem Stock auf einen der bequemen Sessel zu. Auf dem Tischchen daneben bemerke ich ein Kreuzworträtselheft. »Lassen Sie sich ruhig Zeit, wir haben keine Eile«, sagt sie zu uns.

Das Esszimmer ist genau so, wie es sein soll: hell, förmlich, altmodisch. So war es auch im Haus meiner Mutter – das schönste Zimmer des Hauses und trotzdem das am wenigsten bewohnte. Während meiner Highschool-Zeit hatte ich mir angewöhnt, hier meine Hausaufgaben zu machen, an dem langen ovalen Mahagonitisch; es tat mir leid, dass er nicht benutzt wurde. Ich konnte aber nur am Nachmittag dort lernen; denn die Lampe in der Deckenmitte gab nicht genug Licht zum Lesen.

Verblüfft betrachten der Junge Spund und ich die Schiebetür aus Holz, deren riesige rauchfarbene Glasscheibe mit einem Pfauenmotiv verziert ist.

»Hast du das gesehen, mein Schatz?«, frage ich ihn. »Das ist wirklich *deine* Tür!«

»Ja, ja …«, sagt er und nickt dazu.

»Gefallen Ihnen Schiebetüren?«, fragt uns die Tochter der Signora Curti.

»Tja, diese hier ist etwas Besonderes, weil … der Pfau so etwas wie unser Totemtier ist«, erklärt der Junge Spund. Seine Stimme klingt anders als sonst: nicht unaufrichtig, nur etwas gesetzter und erwachsener. Sie gefällt mir.

»*Unseres*?«, sage ich in scherzendem Ton und wende mich mit einem kleinen Seufzer an die Tochter der Signora Curti. »Wissen Sie … er ist ein unverbesserlicher Pfau.«

Die Zurückhaltung der Tochter der Signora Curti schmilzt ein wenig dahin. »Ach wirklich? Tja, ein schöner Mann, Ihr Mann. Wie lange sind Sie schon verheiratet?«

Darüber hatten wir nichts vereinbart. Mit einer Hand schiebt der Junge Spund meine Haare zur Seite und küsst mich sanft auf die Schulter. »Schon seit einer Ewigkeit …«, murmelt er.

Ich spüre, dass ich rot anlaufe, und antworte: »Wir sind zusammen seit … wie lange ist das jetzt her? Fast vier Jahre. Aber wir haben noch nicht geheiratet. Früher oder später werden wir das tun, aber …«

»Nach dem nächsten Kind, das haben wir beschlossen, stimmt's?«, schiebt er hinterher.

»Es ist nur, dass wir beide große Familien haben, und da meine in Amerika ist und seine in Italien … Es kommt uns wie eine Riesenaktion vor.« Bis auf den Kontext stimmt viel an diesem Satz: Ich habe viele Verwandte, alle leben in den Vereinigten Staaten, und ich fürchte mich vor jedem Ereignis, das komplizierte Planungen erfordert.

Die Tochter der Signora Curti zeigt sich verständnisvoll: »Aber sicher. Eines nach dem anderen. Heute heiraten ja viele Paare nicht …«

Die Dame in Beige lauscht mit gespannter Aufmerksamkeit. Nach einem kleinen Räuspern fragt sie: »Werfen wir einen Blick in die Küche?«

Nur eine Schwingtür, und wir befinden uns inmitten eines Haushaltsparadieses – der Nachkriegszeit. Kein Retroschick: Hier etwas zuzubereiten wäre, wie auf einem Film-Set zu kochen.

»O mein Gott … diese Küche ist wirklich *unglaublich*!« Kaum höre ich mich das sagen, fällt mir Carlo und seine perfekte Imitation meines üblichen, kaum gezügelten Überschwangs ein.

»In Ordnung. Ich glaube, Abigail haben wir jetzt an die Küche verloren«, sagt der Junge Spund und nimmt mich in die Arme.

Dieses Mal lässt sich auch die Dame in Beige ein Lachen entlocken.

Ich versuche mich zu fassen. »Nein, bitte entschuldigt … es ist nur, dass … Sie ist wirklich schön. Es ist noch die Originalküche, nehme ich an …«

Die Tochter der Signora Curti nickt. »Sie ist über fünfzig Jahre alt, diese Küche …«

Der Junge Spund, ebenso beeindruckt wie ich, fährt mit der Hand über die Arbeitsfläche. »Sie sieht aus, als wäre sie gestern gemacht, so makellos ist sie …«

Die Tochter der Signora Curti erklärt uns, dass ihr Vater eine Möbelfirma hatte und sich deshalb persönlich um jedes Detail gekümmert habe. »Und außerdem hat man damals andere Materialien verwendet, haltbarere. Die Dinge waren auf Generationen hin ausgelegt …«

Ich frage mich, wieso die Tochter der Signora Curti nicht selbst hier eingezogen ist, vielleicht mit ihrer Familie. Ich blicke auf ihre linke Hand und sehe, dass sie keine Ringe trägt.

»Sollte ich je hier wohnen, würde ich die Küche genau so lassen, wie sie ist«, erkläre ich beim Hinausgehen. Wenigstens war das die reine Wahrheit.

Auf der Treppe fragt uns die Dame in Beige, wie viele Kinder wir haben.

»Vorläufig eines«, sage ich, während im selben Augenblick der Junge Spund erklärt: »Fast zwei.«

»Wir erwarten das zweite, aber wir sind noch am Anfang«, erläutere ich.

»Ach, wie schön! Meinen Glückwunsch«, sagt die Tochter der Signora Curti.

Auch die Dame in Beige gratuliert uns. Wie vorhergesehen, sind der Junge Spund und ich jetzt gezwungen, ein paar Takte über unseren kleinen Jerome zu sagen. Sobald wir im ersten Stock angelangt sind, blickt die Dame in Beige mich an und stellt in fast bewunderndem Ton fest: »Sie sind noch gertenschlank. In welchem Monat sind Sie denn?«

»Der zweite ist gleich vorbei.« Ich berühre meinen Bauch so, wie ich es inzwischen fast alle meine Freundinnen habe machen sehen. »Es ist nur, dass … ich ein wenig unter Übelkeit leide. Beim Ersten war es genauso: Am Anfang habe ich sehr wenig Appetit.«

»Bis zum vierten Monat hat man fast gar nichts gesehen«, meldet sich der Junge Spund zu Wort und wiederholt fehlerfrei seinen einstudierten Satz. Dann fügt er hinzu: »Danach wurde sie allerdings eine Tonne.« Um dem Nachdruck zu verleihen, gibt er mir einen Klaps aufs Hinterteil. Wie nett, diese Paare, die sich in Gegenwart Dritter anfrotzeln! Einen Moment lang bin ich fast stolz auf ihn, auf uns und unsere wachsende Familie. Und dann erleichtert, weil es mir gelungen ist, den Satz: »Ich bin schwanger« nicht auszusprechen. In dreiunddreißig Jahren habe ich diese drei Wörter nie in dieser Konstellation benutzt, und es hätte mir leidgetan, sie in einem solchen Zusammenhang leichtfertig zu verschenken.

Im ersten Stock – nach der Besichtigung der drei Schlafzimmer, dem wirklich märchenhaften Hauptbad aus Marmor und dem Badezimmer »für die Kinder« – entspannt sich die Atmosphäre und wird fast freundschaftlich. Da der Mensch zur Paarbildung neigt, hat sich unser Quartett mittlerweile in zwei Teile aufgespalten: Der Junge Spund und die Dame in Beige reden über praktische Dinge und siezen sich weiter förmlich; die Tochter der Signora Curti und ich sind bereits zum »Du« übergegangen und erzählen uns unsere Lebensgeschichten. Ich stelle ihr aber auch einen Haufen Fragen: über das Haus, ihre Familie, das Viertel und seine Bewohner. Zum einen, weil es so meine Art ist, zum anderen, um mich vor der Lügenlawine zu schützen, die ich selbst aufgebaut hatte. Auf jeden Fall scheint sie von meiner Neugierde fast geschmeichelt zu sein. Viele Leute wollen nichts anderes, als dass man ihnen interessiert zuhört, was mich immer wieder rührt.

Wir sind immer noch im Salon im ersten Stock – ein heller,

gemütlicher Raum, in dem man in Ruhe schreiben könnte, ohne schon am Mittag alle Lampen einschalten zu müssen, weil das einzige Fenster seit sieben Monaten von einem Gerüst verdeckt wird, und ohne sich Gummistöpsel in die Ohren stecken zu müssen, um den Lärm der Bohrer nicht zu hören. Plötzlich beginnt meine ohnehin oberflächliche und völlig unbegründete Euphorie zu schwinden. Beim Verlassen des Salons – »der Lieblingsraum meiner Mutter, hier verbringt sie ihre Tage ...« – fällt mein Blick auf den Türpfosten. Er ist voller Tintenmarkierungen – kurze Striche mit danebengeschriebenen Initialen und Daten.

»Wart ihr das?« Natürlich kommt als Antwort ein Ja: Die beiden Töchter der Signora Curti sind in diesem Haus geboren, nie hat hier jemand anderes gewohnt.

»Ja, das waren wir, meine Schwester und ich«, erwidert die Tochter der Signora Curti mit dem Anflug eines Lächelns. »Mein Vater hat uns immer gemessen; er war ein sehr präziser Mensch. Und in all diesen Jahren hat meine Mutter das nicht übermalen wollen. Sie sagt, es müsse immer so bleiben.«

»Da hat sie recht, deine Mutter. Es muss immer so bleiben.«

Die Tochter der Signora Curti und ich sehen uns lange an, bevor sie den Blick senkt und auf ihre Hände starrt. Mir schnürt es die Kehle zu, und wie wenn man den Deckel von einem Topf nimmt, in dem es brodelt, steigt mir plötzlich glühend heißer Dampf bis hinauf in die Augen. Auch im Haus meiner Mutter gab es einen solchen Türpfosten, für mich und meinen Bruder, an der Speisekammer neben der Küche. Erst nahm unser Vater die Messungen vor. Dann, nach der Scheidung, übernahm unsere Mutter – eine sehr präzise Frau – die Aufgabe, unser Wachstum zu dokumentieren. Irgendwann – ich war an der Universität, mein Bruder hatte schon fast seine heutigen ein Meter fünfundachtzig erreicht – wurde diese große Speisekammer in ein kleines Badezimmer umfunktioniert. Aber als ich vor einigen Jahren während eines Besuchs etwas im Keller suchte, fand ich ein Stück Holz, markiert mit Tintenstrichen, Initialen und Daten.

»Warum hast du das Stück von dem Türpfosten mit unseren Größenstrichen aufbewahrt?«, fragte ich meine Mutter, sobald ich wieder in der Küche war. Und sie antwortete: »Weil eine Mutter so etwas niemals wegwirft ... Du wirst schon sehen.«

Der oberste Stock des Hauses in der Via Curti ist ein großer, als Arbeitszimmer hergerichteter Raum mit einem kleinen Bad daneben und einer Glastür, die auf eine riesige Terrasse voller Grünpflanzen und Blumen führt. Der Schreibtisch macht mich sprachlos. Ich nähere mich und studiere ihn, wie ich es gelegentlich Männer mit Autos machen sehe. Dann wende ich mich an die Tochter der Signora Curti: »Ich weiß, dass wir nicht hier sind, um über Möbel zu sprechen, aber darf ich Sie fragen, wo er herkommt?«

Die Tochter der Signora Curti lächelt selig und sieht in diesem Moment wirklich ihrer Mutter ähnlich. »Die Firma meines Vaters war auf Büromöbel spezialisiert. Diesen hier hat er sich selbst nach Maß anfertigen lassen.«

»Dein Vater hat von zu Hause aus gearbeitet?«

»Ab einem gewissen Zeitpunkt schon, ja ... Früher, als wir noch klein waren, war dies hier das Dienstmädchenzimmer. Siehst du dort das Bad?« Ich nicke. Einen Augenblick lang betrachten wir gemeinsam den Schreibtisch ihres Vaters. Der Junge Spund und die Dame in Beige sind draußen, auf der Terrasse. Nach kurzem Schweigen fragt mich die Tochter der Signora Curti: »Magst du Pflanzen?«

Es ist ein milder Abend Anfang Oktober. Es ist noch nicht sieben Uhr, und die Beleuchtung ist zauberhaft. Von der Terrasse aus sieht man die Dächer der umstehenden Häuser, die alle ungefähr gleich hoch sind, und man hört … Stille. Es könnte jetzt naheliegen zu sagen: »Wie schön! Man glaubt fast nicht, in Mailand zu sein!« Genau deshalb sage ich es nicht. Ich fange ein paar Fetzen des Gesprächs auf, das der Junge Spund mit der Dame in Beige führt. Er hat die Arme vor der Brust verschränkt und erzählt von dem Garten auf dem Land: »Dieses Jahr haben wir es mit den Gurken übertrieben … Wir wussten nicht mehr, wohin damit.« Die Dame in Beige lacht. Da mein grüner Daumen kaum ausreicht, um Blumen in Vasen zu ordnen, bitte ich die Tochter der Signora Curti, ihr eine persönliche Frage stellen zu dürfen.

»Natürlich, meine Liebe. Nur zu!«

Ich räuspere mich. »Vielleicht ist es gar keine Frage. Ich wollte nur wissen … Die Entscheidung, dieses Haus zu verkaufen, war sicher nicht leicht …«

Ihre Augen werden feucht. »Bitte, ich will gar nicht davon anfangen. Sonst bekomme ich das heulende Elend.«

»Entschuldigung«, beeile ich mich und vergesse, dass wir uns eigentlich duzen: »Ich wollte Sie nicht traurig machen. Es ist nur, dass … ich wollte sagen, dass … es muss … schwer sein. Unbekannte, die eindringen und alles angaffen.«

Die Tochter der Signora Curti seufzt kurz auf. »Es ist grauenhaft … Weißt du, ich habe hier meine ersten Schritte gemacht, auf dieser Terrasse. Jeder Winkel dieses Hauses steckt voller Erinnerungen. Und ich weiß, dass es für meine Mutter noch schlimmer ist …«

»Warum zieht ihr nicht selbst hier ein, du oder deine Schwester?« Es geht mich nichts an, aber ich kann mir die Frage einfach nicht verkneifen.

»Meine Schwester lebt mit Mann und Kindern in Como. Und ich … ich lebe von meinem Mann getrennt und wohne in einem schönen Haus, nicht weit von hier. Meine Kinder sind schon so groß, dass sie keine Lust mehr zum Umziehen haben. Das hier ist für sie das Haus der Großmutter, verstehst du?«

»Ja, ich verstehe. Und deine Mutter? Ist es ihre Idee gewesen, das Haus zu verkaufen?«

»Nein, es war im Gegenteil sehr schwer, sie davon zu überzeugen. Schon als unser Vater starb, haben wir versucht, ihr klarzumachen, dass dieses Haus zu groß ist ... Sie wollte nicht einmal, dass jemand Fremder mit ihr im Haus wohnt. Erst jetzt, nach ein paar kleinen Missgeschicken, ist ihr klar geworden, dass sie nicht mehr allein leben kann.«

Einen Moment denke ich an die Dame mit den Hortensien und überlege, ob sie und die Signora Curti vielleicht miteinander befreundet sind. Dann sage ich: »Meiner Meinung nach könntet ihr, wenn ihr eure Mutter hier wohnen lasst, glatt eine Million mehr verlangen ...«

Die Tochter der Signora Curti lacht. »Wie lieb du bist ... Ehrlich ... Es gibt Leute, die kommen hierher und ... Ich schwöre dir, wenn sie draußen sind, bitte ich meine Mutter, ihnen das Haus nicht zu verkaufen, selbst wenn sie zehn Millionen dafür bieten. Du hast ja keine Ahnung, was für Typen hier aufkreuzen!«

Mein erster Impuls ist zu antworten: »Wirklich? Zum Beispiel?«, aber ich kann mich gerade noch zurückhalten.

Sie fährt fort: »Du ahnst nicht, wie glücklich ich wäre, wenn ein Paar wie ihr hier einziehen würde. Dann hätte alles einen Sinn. Mir – und auch meiner Mutter, glaube ich – wäre wohl bei dem Gedanken, dass in diesem Haus nette junge, lebenslustige Leute mit kleinen Kindern wohnen... Wenn ich könnte, würde ich es euch gratis überlassen. Ihr gefallt mir zu gut!«

Als ich später die ganze Szene in Gedanken Revue passieren ließ, quälte mich vor allem dieser letzte Teil des Gesprächs. Aber vorläufig bin ich viel zu gerührt, um mich schuldig zu fühlen. Und möchte ihr am liebsten selbst mein Herz ausschütten.

»Weißt du, was dieses Haus für mich verkörpert?«

»Nein, was denn?«

»Es verkörpert etwas ... Vertrautes.« Gelegentlich kommt es vor, dass ich nachdenke, bevor ich etwas sage. Nicht oft, aber es kommt vor. Dies ist so ein Moment. »Weißt du, ich glaube, dass Häuser lauter kleine Welten sind. Glaubst du nicht auch?«

»Darüber habe ich noch nie nachgedacht, aber ... Doch, ich verstehe, was du damit sagen willst.«

»Ich glaube daran. Ich ... wohne seit Langem in Mailand. Und es gefällt mir, es geht mir gut; ich habe mir ein Leben aufgebaut. Und doch ... an manche Dinge passt man sich rasch an, und an andere ... Für andere Dinge braucht man Zeit. Oder vielleicht passt man sich nie ganz an sie an. Ich bin in einem Haus aufgewachsen, das sich nicht sehr von diesem hier unterscheidet. Natürlich, vom Stil her ist es ganz anders: ein viktorianisches Haus. Warst du je in San Francisco?«

»Ja, ein Mal. Eine wunderschöne Stadt.«

»Ja, es ist schön. Und ich sage ja nicht, dass dort alle Leute in großen alten Häusern wohnen, mit Garage und Dachterrassenwohnung und hohen Decken, aber ... es kommt öfter vor. Es gibt viele solche Häuser. Nach all den Jahren in Italien fällt es mir immer noch schwer, mich an ein Zuhause zu gewöhnen, in dem es ringsum Nachbarn gibt und vielleicht noch einen verschrobenen Hausmeister, der im Müll der Bewohner herumwühlt. Man lebt hier natürlich nicht schlecht – glaub mir, ich bin nicht verwöhnt. Ich habe jahrelang mit einem riesigen Hund in einer sechsundzwanzig Quadratmeter großen Einzimmerwohnung gelebt und war zufrieden.« Ich bin versucht, ihr zu sagen, dass ich immer noch in einer Mietwohnung wohne, die kaum doppelt so groß ist wie die vorherige. Immer noch allein und immer noch mit demselben Hund. Dass sich meine Wohnung, ein ehemaliger Gemüseladen, seit April hinter einem Gerüst versteckt, und dass ich, wenn ich im Bett liege, höre, wenn jemand auf dem Gehsteig hustet. Dass mein Nachbar auf seinem Balkon – von sieben Uhr früh bis Mitternacht – einen Deutschen Schäferhund hält, der jedes Mal, wenn ich mit Bart ausgehe, wie wild bellt, dass mein Hausmeister mir groteskes Zeug zuflüstert, wenn ich an ihm vorbeigehe, dass ich meine Rechnungen seit Juni nicht mehr bezahle, weil allein schon die Miete die Hälfte meiner monatlichen Einnahmen auffrisst ... und dass ich glücklich bin. Die Versuchung, ihr all das zu sagen, ist groß, aber ich halte mich zurück.

Es ist furchtbar, infolge selbst geschaffener Umstände nur die Hälfte von sich zeigen zu können. Ich sage also nur: »Dieses Viertel und diese Häuser kenne ich schon seit Jahren. Hier erinnert mich etwas an meine Heimat, und das ist merkwürdig, weil Mailand und San Francisco wirklich nichts gemeinsam haben. Sie sind sogar vollkommen gegensätzlich.«

»Das kann ich nachvollziehen«, sagt die Tochter der Signora Curti. »Fehlt dir deine Heimat sehr?«

Ich seufze. Der Junge Spund studiert derweil mit äußerster Konzentration den Plan des Hauses, den die Dame in Beige aus der kalbsledernen Mappe gezogen hat. Sie unterhalten sich über den weiteren Ausbau. Es ist wahrscheinlich, dass sich sein Repertoire als junger, frisch vermählter Firmenkronprinz langsam erschöpft und er allmählich zum Abendessen zu seiner Familie nach Hause muss.

»Ja, natürlich fehlt sie mir. Aber wäre ich dort, würde mir Mailand fehlen. Es ist wirklich ein Dilemma. Deshalb dachte ich immer, wenn ich in einem solchen Haus in Mailand wohnen könnte, hätte ich beides gleichzeitig. Verstehst du, was ich meine?« Die Tochter der Signora Curti nickt: Hätte sie die Schlüssel des Hauses in der Via Curti in der Hand gehabt, sie hätte sie mir auf der Stelle übergeben.

Aus den Augenwinkeln sehe ich die Dame in Beige auf ihre

Uhr schauen und höre, wie sie den Jungen Spund fragt, ob wir vielleicht in den Keller hinuntergehen wollen, um uns die Garage und die Waschküche anzuschauen. Ich nutze die letzten Sekunden unseres Tête-à-Têtes und sage: »Ich muss gestehen, dass dieses Haus unsere ... Möglichkeiten ein wenig übersteigt. Höchstwahrscheinlich werden wir es am Ende nicht schaffen. Das ist zum Teil meine Schuld, denn dies wäre eine Investition von beiden Seiten, und mein Anteil ist in Dollar ... Und du weißt ja, wie er jetzt steht, der Dollar ...« Es war nicht geplant, dieses Alibi mit dem ungünstigen Wechselkurs, und in diesem Moment freue ich mich über die Leichtigkeit, mit der mir ein so konkretes Detail eingefallen ist. Später sollte es mir nur noch peinlich sein.

»Ja, das habe ich gelesen. Er steht sehr tief. Wir können euch auch entgegenkommen ...«

»Ich weiß, das hat man uns mitgeteilt. Aber in jedem Fall wollte ich nur sagen, dass ...«

Der Junge Spund und die Dame in Beige gesellen sich zu uns. Er legt mir die Hand auf die Hüfte und fragt: »Gehen wir runter und schauen uns den Keller an, Abigail?«

Am Ende unseres Besuchs stoßen wir zur Signora Curti, die uns stehend im Vestibül erwartet – wie eine Gastgeberin am Ende einer Abendgesellschaft, liebenswürdig und ein wenig müde.

»Unser Kompliment, Signora«, sagt der Junge Spund. »Es ist wirklich ein wunderschönes Haus.«

»Oh, danke. Es freut mich sehr, dass es Ihnen gefällt.« Der Blick der Signora Curti wandert von uns zu ihrer Tochter. Alle lächeln.

»Man merkt, wie viel Leben zwischen diesen Mauern war«, füge ich hinzu. »Es ist ein besonderes Haus.«

»Ach ja, das stimmt. Viel Leben. Und jetzt bin ich allein übrig geblieben ...«

Draußen beginnt es zu dunkeln. Nur der schwache Lichtstrahl der einzigen eingeschalteten Lampe im Hauptsalon fällt auf uns; die Rollläden sind heruntergelassen. »Alle sind ausgeflogen. Aber das ist eben der Lauf der Dinge …«

»Mama«, seufzt die Tochter. Der Junge Spund drückt meine Hand, und wir sehen uns an wie zwei, die schon ein Leben lang zusammen sind. Auch für ihn ist jetzt Schluss mit lustig.

»Machen wir es doch so …«, schlage ich der Signora Curti vor. »Sollten wir dieses Haus nehmen, bleiben Sie hier bei uns wohnen. Was meinen Sie dazu? Ich habe keine Großmutter in Italien …« Es ist nicht klar, wen von uns beiden ich zu trösten versuche.

»Keine schlechte Idee«, stimmt der Junge Spund zu. »Ja, es wäre uns eine Ehre.«

Signora Curti schenkt uns ein kaum merkliches Lächeln. »Oh … danke«, murmelt sie und blickt mit feuchten Augen auf ihren Gehstock. »Ihr seid ein entzückendes Paar.« In diesem Augenblick sieht sie ihrer Tochter wirklich ähnlich. Am liebsten würde ich sie jetzt umarmen und davonlaufen.

Draußen, auf dem Bürgersteig, überreicht uns die Dame in Beige den Plan des Via-Curti-Hauses, zusammen mit ihrem Visitenkärtchen. »Wenn Sie weitere Informationen benötigen, rufen Sie mich ruhig an.« Der Junge Spund und ich versichern ihr, dass wir das tun würden. »Gut«, antwortet sie. Und zum Abschluss nennt sie die Namen von Vater und Mutter des Jungen Spunds und bittet ihn, die beiden von ihr zu grüßen. Er versichert ihr, dass er das tun werde.

»Danke«, erwidert die Dame in Beige. »Wir haben uns in den letzten Jahren ein wenig aus den Augen verloren. Sie sind früher oft zu uns aufs Land gekommen. Als unsere Kinder noch klein waren, haben sie miteinander gespielt.«

»Ach … wirklich?« Ich beobachte den Jungen Spund, während er nach einer Erinnerung sucht und keine findet. Seit er aus Australien zurück ist, habe ich diesen Gesichtsausdruck öfter gesehen. Es muss furchtbar sein, sich der eigenen Vergangenheit nicht sicher zu sein.

Ich bin versucht, die Dame in Beige zu fragen, wie ihre Kinder heißen, aber ich tue es nicht. Würde die Antwort lauten, dass sie eine Tochter namens Cecilia hat – was für einen Unterschied würde es jetzt noch machen? Schließlich kann man das »Kennen-Sie-zufällig-...?«-Spiel nicht unter einer Lügenlawine spielen.

Daher wende ich mich an den Jungen Spund und spreche meine letzte Abigail-Zeile: »Wir sollten jetzt gehen, mein Schatz. Der Hund wartet im Auto ...« Es ist ein Satz, der auch für Hilary gilt.

Schweigend öffnen wir die Autotüren. Wir begrüßen den Hund, schließen die Türen, legen die Gurte an, und der Junge Spund schaltet den Motor ein. Als ich mir sicher bin, dass wir gleich weg sind, drehe ich mich zur anderen Seite und sage: »In meinem ganzen Leben habe ich noch nie etwas so Schreckliches gemacht.« Dann breche ich in Tränen aus.

Der Junge Spund ruft mich nach dem Abendessen an, um zu fragen, wie es mir geht. »Hilary, ich bitte dich, mach dir wegen dieser Angelegenheit nicht so große Vorwürfe. Der einzige Mensch, den du heute gequält hast, bist schließlich du selbst. Sie werden es ja nie erfahren ...«

Der Junge Spund ist gut darin, sich selbst die Absolution zu erteilen; ich stelle mir vor, dass das für alle geborenen Lügner gilt. Ich dagegen bin untröstlich. Und je mehr ich darüber nachdenke, umso überzeugter bin ich, dass ich einen Totalschaden angerichtet habe. »Hast du es deinen Eltern erzählt? Kennen Sie die Dame in Beige?«

Ich höre ihn seufzen. Ich will mir das Gesicht seines Vaters bei

Tisch nicht einmal vorstellen. Mir wird übel, wenn ich bloß dran denke. »Ja … ich hab's ihnen erzählt. Und … na ja, doch, sie kennen sie. Sie können sich nicht erinnern, jemals bei ihr auf dem Land gewesen zu sein, aber … sie haben viele gemeinsame Freunde.«

»Und ihre Tochter? Heißt sie zufällig Cecilia?«

»Das weiß ich nicht. Ich habe vergessen, sie danach zu fragen. Möchtest du, dass ich sie frage?«

»Nein, nein. Ich bitte dich. Vergiss es, es ist egal.«

Es entsteht eine Pause. Ich bin in der Küche, und der Kessel auf dem Herd fängt zu pfeifen an. »Was machst du?«, fragt mich der Junge Spund. »Hast du wenigstens etwas gegessen?«

»Was glaubst du? Mein Magen revoltiert! Ich mache mir gerade einen Malzkaffee.« Ich gieße Wasser in die Tasse und tue drei Teelöffel Zucker hinein. Ich will ihn pappsüß. »… und weiter?«

»Und was weiter?«

»Sag mir, was sie gesagt haben, deine Eltern. Zu … zu dieser Sache. Zur Via Curti. Zu uns.«

Der Junge Spund nimmt einen tiefen Zug von seiner Zigarette. Ich höre durchs Telefon, wie er langsam ausatmet. »Was sollten sie schon sagen, Hilary? Sie haben gesagt, dass wir zwei Idioten sind.«

Ich verbringe das Wochenende praktisch alleine. Irgendwann ruft Carlo an, aber ich erzähle ihm nichts; zum Glück beschäftigt sich Carlo hauptsächlich mit Carlo-Dingen, deshalb kommt er gar nicht auf den Gedanken, mich zu fragen, wie es mit dem Haus meiner Träume ausgegangen ist.

Der einzige Mensch, mit dem ich über diese Angelegenheit rede, ist Silvia. Sie ruft mich am Samstagnachmittag an, als ich gerade mit Bart im Park bin. Von einem Tag auf den anderen ist die

Temperatur um zehn Grad abgestürzt, und es nieselt. Silvia ist in ihrem Haus in Frankreich; dort scheint die Sonne. Sie berichtet mir, dass sie mit Stefan wieder Zoff gehabt hat, mag aber nicht darüber reden. Und wie es mir geht?

Mein Ausbruch dauert eine Viertelstunde.

Silvia bezeichnet sich zwar nicht als geborene Lügnerin, gibt aber zu, gewohnheitsmäßig zu Ausflüchten zu greifen. Sie ist nicht der Typ Freundin, der einen in jeder Situation bestärkt, aber ihr Verständnis für menschliche Schwächen ist ziemlich ausgeprägt. Wird aber gegen *ihre* Regeln verstoßen, dann kann Silvia sehr streng werden.

»Diese Geschichte gefällt mir überhaupt nicht«, sagt sie, als ich fertig bin. Ich kann mich nicht erinnern, wann ich zum letzten Mal so viel Kälte in ihrer Stimme gehört habe. »*Ganz und gar nicht.*«

»Silvia, wenn du mir moralisch kommen willst, hast du jedes Recht dazu. Aber ich kann dir versichern, dass ich das schon selbst mache. Ich fühle mich so elend.«

»Das kann ich mir denken. Und was ist mit den Eltern des Jungen Spunds, hm? Wissen sie Bescheid?«

»Ja, er hat ihnen alles erzählt.«

»Und …? O mein Gott! … sein Vater? Was hat er gesagt?«

»Sie waren wohl beide entsetzt. Sie verstehen nicht, wie man auf eine solche Idee kommen kann.«

»Ich auch nicht, verdammt noch mal! Ausgerechnet du … Von ihm kann man sich so etwas ja erwarten. Aber von dir? Du hast dich da hineinziehen lassen … Das passt nicht zu dir.«

»Aber ich sag's dir doch! Ich bin's gewesen, die das Haus um jeden Preis sehen wollte, nicht er. Er wollte mir … ich weiß nicht, helfen, irgendwie …« Ich bin mir vollauf bewusst, wie albern ich klinge.

»Ich habe schon kapiert, dass er dir helfen wollte, aber … Es ist die übliche Geschichte, er denkt wie ein kleines Kind … Aber du, so wie du gestrickt bist, hättest beim Maklerbüro angerufen und die Wahrheit gesagt: dass du das Haus nicht kaufen kannst, aber dass dir sehr viel daran gelegen ist, es anzuschauen, was weiß ich, aus persönlichen Gründen …«

»Silvia, dazu hatte ich nicht den Mut. Also, ich war feige. Okay? Ich weiß nicht … Ich habe mich zu sehr geschämt.«

»Dich geschämt? Weswegen? Weil du dir kein Haus für zweieinhalb Millionen Euro leisten kannst? Weil du keinen Fußballer geheiratet hast? Oder einen russischen Ölmagnaten? Weshalb hast du dich geschämt?«

Ich zünde mir eine Zigarette an, die im Regen sofort aufweicht. Ich rauche sie trotzdem. »Ich weiß nicht. Wegen der Art, wie ich lebe, vielleicht. Oder weil ich … weil ich Dinge haben will, die völlig außerhalb meiner Möglichkeiten liegen.«

»Weil du zu hohe Erwartungen hast! Das sage ich dir doch die ganze Zeit. Und wenn du sie nicht erfüllen kannst, leidest du wie ein Hund. Du tust dir selber weh.«

Ich bin am Boden zerstört. Ich will nur noch nach Hause und mich mit einer Tasse Malzkaffee und einem Buch unter der Decke verkriechen. Zuvor werde ich zwanzig Minuten damit verbringen, Bart trocken zu reiben, der sich unter Freudengeheul im nassen Gras wälzt. Ich merke, dass ich weine.

»*Ciccia?*« Silvia schlägt jetzt einen anderen Ton an. »Bist du noch dran?«

»Ja …«

»Bist du noch im Park?«

»Ja … Aber es ist kalt. Ich will nach Hause.«

»So ist es brav! Geh nach Hause. Hast du nicht gesagt, dass es regnet? Dreh die Heizung auf und versuch, nicht dauernd daran zu denken.«

Trotz meiner Tränen kann ich ein nervöses Lachen nicht unterdrücken. »Sil ... weißt du, dass ich meine Rechnungen nicht mehr bezahlt habe ... seit Juni ungefähr? Wenn ich die Heizung aufdrehe, werfen sie mich in den Knast.«

»Na gut, im Knast braucht man wenigstens keine Miete zu zahlen. Geh nach Hause und dreh sie sofort auf!«

Die einzige andere Person, die von dieser Geschichte weiß, ist meine Dottoressa. Ich ging zur Sitzung wie zu einer Beichte. Sie hörte sich alles an: das Hunde-Gehirnjogging, die Immobilienperversion, das vornehme Viertel und die Besichtigungen mit erbetener Referenz. Abigail, Baldassarre, Jerome. Die Dame mit den Hortensien, die Dame in Beige, die Signora Curti und ihre Tochter. Cecilia. Die efeubewachsene Fassade, die Tür mit dem Pfau, die nostalgische Küche, die Striche auf dem Türpfosten. Die ersten Gehversuche auf der Terrasse, die Typen, die aufkreuzen, der Gehstock.

Nach vierzig Minuten habe ich ausgeredet und bin erschöpft.

»Und was gedenken Sie jetzt zu tun?«, fragt sie mich.

»Ich weiß es nicht. Ich habe das Bedürfnis, in irgendeiner Weise Buße zu tun. Die Tochter der Signora Curti geht mir nicht aus dem Kopf. Wie funktioniert das mit der Beichte? Der Priester gibt einem so etwas wie eine Aufgabe auf, nicht wahr? Oder nicht? Was geben sie einem auf? Gebete aufsagen? Funktioniert das so?«

»Könnte ich nicht sagen, ich war nie beichten«, gibt die Dottoressa mit zufriedener Miene zu. Sie und ich, wir beide sind mütterlicherseits Jüdinnen. Diese Affinität haben wir bei einer unserer ersten Sitzungen festgestellt und das Thema Religion im Laufe von fünf Jahren nie wieder berührt.

»Ich natürlich auch nicht ... Doch meiner Meinung nach würde es in solchen Augenblicken helfen, oder? Dass einem verziehen wird? Von ... von einer Autorität?«

Die Dottoressa lächelt. »Ich spreche nicht für Gott, aber

wenn Sie wollen, kann ich Ihnen einen Vorschlag machen. Wie wär's, wenn Sie einen Brief schreiben würden?«

»Sie meinen, ich kann? Der Tochter der Signora Curti?«

»Ja. Trauen Sie sich das zu?«

Es war mein erster Impuls gewesen, einen Brief zu schreiben, aber bisher hatte ich ihm nicht nachgegeben. Der erste Impuls kann auch der richtige sein, doch es gibt Fälle, wo man erst einen Schubs von außen braucht, bevor man ihm folgt.

Ich kehre zu Fuß zurück und durchquere wie jede Woche mit Bart den Parco Sempione. Es liegen schon die ersten Kastanien auf dem Boden, und ich fülle mir unterwegs die Manteltaschen damit. Dann hole ich sie, eine nach der anderen, heraus und werfe sie durch die Luft. Bart rennt hinter ihnen her, packt sie mit dem Maul, zermalmt sie mit den Zähnen und spuckt sie dann aus, während er schon, die linke Vorderpfote erhoben und abgeknickt, auf die nächste wartet, wie es die Jagdhunde machen – wenn nicht im wirklichen Leben, dann habe ich es irgendwo auf einem Bild gesehen.

Am selben Abend schreibe ich den Brief an die Tochter der Signora Curti. Ich brauche drei Stunden dafür. Ich schreibe ihn nicht mit der Hand, weil der Computer mir hilft, die falschen Präpositionen und Artikel zu korrigieren. Gegen zehn Uhr rufe ich den Jungen Spund an.

»Hör zu, ich habe einen Brief an die Tochter der Signora Curti geschrieben. Da du ja auch in diese Sache verwickelt bist, dachte ich, dass du ihn vielleicht lesen möchtest, bevor ich ihn abschicke.«

Er ist kein bisschen überrascht. Er kennt mich gut, deshalb war eine solche Geste zumindest vorhersehbar.

»Ich bin bei meinem Onkel und meiner Tante essen. In einer Stunde bin ich bei dir.«

Als er den Brief gelesen hat, fragt er mich, ob er ein paar kleine Fehler korrigieren darf. Ich antworte, ja, danke. Dann frage ich ihn, ob er einen Malzkaffee will, und er antwortet, ja, danke. Als der Malzkaffee fertig ist, liest er den Brief ein letztes Mal durch.

»Tja, es gibt ein paar Sätze, die sind etwas … gewunden. Aber man versteht sie trotzdem … Ich würde sagen, er ist gut so.«

»Okay, danke. Aber abgesehen vom Italienischen – wie ist er? Meinst du, ich kann ihn ihr wirklich schicken?«

Der Junge Spund nimmt einen Schluck Malzkaffee und eine Zigarette aus meinem Päckchen vom Tisch. »Darf ich?«, fragt er. Ich nicke. Er zündet sie an, atmet ein, atmet aus. »Er ist …Nein, er ist schön. Es ist ein sehr aufrichtiger Brief. Ehrlich.« Auch wenn er gut darin ist, sich die Absolution zu erteilen, weiß ich, dass er sehr unter seinen Schuldgefühlen leidet. Seit er aus Australien zurück ist, reden wir oft darüber. »Er ist ganz … du.«

Einige Monate vergehen. Fast jeden Tag sehe ich in meinem Briefkasten nach. Auf die Rückseite des Couverts hatte ich mit meiner ordentlichsten Handschrift meinen Namen und meine Adresse geschrieben: eine Einladung – ohne Erwartungen – zu einer Antwort. Was ich jedoch erhalte, das sind zumindest vorhersehbare Dinge: Einladungen zu Vernissagen, ein paar Ausgaben des *New Yorker*, einen bedrohlichen Einschreibbrief der AEM. Nach der Bezahlung der fälligen Rechnungen reduziert sich meine Barschaft auf eine zweistellige Zahl. Es ist schon kalt; ich schalte jeden Abend für ein paar Stunden die Heizung ein. Das Gerüst im Hof verdeckt noch immer das große Fenster in der Küche, und manchmal, wenn ich aufwache, kommt mir der Morgen so vor, als wäre es noch Nacht, so dunkel ist es. Der Junge Spund kauft mir eine Lampe, die weniger Strom verbraucht.

Eines Abends im Bett fragt er mich: »Hat dir die Tochter der Signora Curti eigentlich je geantwortet?« Es ist sehr spät, die letzten Minuten, bevor wir einschlafen. Er legt von hinten den Arm um mich; sein Ellenbogen berührt meine Hüfte.

»Nein ... Nichts.«

Unsere Nachtgespräche sind immer voller Pausen, in denen der eine vielleicht für ein paar Sekunden einnickt und dann aufwacht und antwortet.

»Mmm. Aber ... hast du wirklich geglaubt, dass sie dir antworten würde?«

»Nein. Aber ... ich habe es gehofft. Ja, ein wenig habe ich es gehofft.«

Wenn ich über das mögliche Ende dieser Geschichte nachdenke, gibt es ein Finale, ein völlig unwahrscheinliches, das mir das liebste wäre. Hin und wieder – wenn ich den Boden aufwische oder auf dem Fahrrad sitze – gönne ich es mir, ein paar Augenblicke meiner Fantasie freien Lauf zu lassen. Das Finale sähe so aus: Die Tochter der Signora Curti liest meinen Brief, ist gerührt und zeigt ihn ihrer Schwester. Dann beratschlagt sie mit ihrer Mutter und unterbreitet mir einen märchenhaften Kompromiss. Ich ziehe in die Via Curti, mit Bart, und wir helfen der Dame. Wir bewohnen den obersten Stock – den, der auf die Terrasse hinausgeht, den mit dem kleinen Bad –, und tagsüber würde ich, wie immer, in der Buchhandlung arbeiten; Bart würde zu Hause bleiben und aufpassen. Am Abend würde ich zurückkommen, Bart in jenem Park Gassi führen, der gar nicht so übel beleumdet ist, und dann würden die Signora und ich zusammen zu Abend essen. Manchmal vielleicht im Esszimmer. Dann würde ich, wenn sie unten im Bett liegt und ich oben bin, am maßgezimmerten Schreibtisch arbeiten. So würde es bleiben bis zum Ende ihrer Tage – ich würde die Hausdame spielen, statt Miete zu zahlen.

Dann, wenn die Signora Curti einmal nicht mehr ist, dürfen ihre Töchter das Haus verkaufen, an wen sie wollen und zu jedem Preis. Sollte ich mir in der Zwischenzeit einen russischen Fußballer geangelt haben, würden wir es übernehmen. Wir würden einen Sohn haben und ihn Zar nennen. Oder vielleicht auch nicht – dann lebe ich wieder in irgendeiner Zweizimmerwohnung, die auf irgendeinen anderen Hof hinausgeht. Das Schöne an dieser Geschichte ist, dass die Signora Curti nicht aus ihrem Haus ausziehen muss und dass wir uns, in der Zwischenzeit, ein wenig Gesellschaft leisten.

Ich weiß, dass dieses Ende nichts mit dem wirklichen Leben zu tun hat, aber es gefällt mir. Ich denke, es würde auch dem Jungen Spund ein Lächeln entlocken. Ich erzähle es ihm gerade, als mir klar wird, dass es zu spät ist und ich bereits träume.

10

Ebbe

IM JANUAR GEBEN PLÖTZLICH einige Dinge ihren Geist auf.
Alltägliche, wenig spektakuläre Dinge: dein Fahrrad, dein Kaffeekocher, deine Scheckkarte, dein DVD-Player. Auch die Uhr,
die du im Juni für fünf Dollar bei einem New Yorker Straßen-
händler erstanden hast – natürlich sollte sie nur etwas Kleines,
Provisorisches sein, ein witziges Accessoire für den Urlaub, das
du dann aber weiter benutzt hast, weil es dir ans Herz gewach-
sen war –, beschließt, um drei Uhr zwanzig endgültig stehen zu
bleiben, und zwar nicht im August oder im November, sondern
im Januar, in stummer Solidarität mit den anderen Streikenden.
An dem regnerischen Morgen, an dem der Reißverschlussschie-
ber an deinen Lieblingsstiefeln aus seinen Gleisen springt, er-
laubst du dir ein paar Frustrationstränen, während du – schon
verspätet und ohne Fahrrad – zur Arbeit eilst. *Warum gehen die Sachen plötzlich kaputt?*, fragst du dich. *Und warum alle zur gleichen Zeit?*
Du triffst mit patschnassen Strümpfen in der Buchhandlung ein,
und gleich macht dich eine Kundin darauf aufmerksam, dass du
den Gürtel deines Trenchcoats hinter dir herschleifst. Du hebst
den Arm: Auf der einen Seite ist eine Schlaufe aufgegangen. Du
legst den Finger auf dieses unnütze Stückchen Stoff, bedankst
dich bei der Kundin und vergisst nicht, dabei zu lächeln, als ob
dir ihre Bemerkung eine Hilfe wäre; aber du bist so angespannt,
dass du ihr eigentlich ins Gesicht springen möchtest.
Du versuchst, Ruhe zu bewahren; es sind ja nur kleine De-

fekte, nichts Melodramatisches. Allerdings – so, wie du gestrickt bist, darfst du diese plötzlichen Schwächeanfälle nicht gleich als schlechtes Omen für das soeben begonnene Jahr – oder gar als Strafe für das soeben zu Ende gegangene – interpretieren, und das nötigt dir eine besondere Willensanstrengung ab. Du glaubst zwar nicht an Zeichen, zumindest nicht in einem paranormalen oder religiösen Sinne, doch du neigst fast instinktiv dazu, selbst aus den zufälligsten Begebenheiten eine Bedeutung herauszulesen, obwohl du genau weißt, dass es sich dabei um eine kontraproduktive, ja manchmal sogar gefährliche Gewohnheit handelt. Januar, der prekärste Monat des Jahres, der Monat der Bilanzen und der guten Vorsätze, gehört zu den Zeiten, in denen du schwungvoll, entschlossen und stark sein möchtest. Stattdessen fühlst du dich nach der Welle wahrer Fressorgien und geselliger Runden schwer, verängstigt und einsam. Jetzt, da die Festtage schon eine Weile hinter dir liegen, erscheint dir dein Leben wie ein steiniger Strand bei Ebbe – bloß gelegt und da und dort mit Abfällen bestreut. Kein einladender Ort.

»Es ist wirklich gerade keine tolle Zeit, das muss ich zugeben.« Nach der dreiwöchigen Weihnachtspause ist dies die erste Sitzung bei der Dottoressa. Das Wetter draußen bestätigt meine Aussage. Aus den Fenstern im vierten Stock erinnert der Blick über den Parco Sempione an eine unscharfe, sepiafarbene Fotografie. Wieder hat es die ganze Nacht durchgeregnet; seit Tagen läufst du mit einem Lappen in der Tasche herum, mit dem du deinem Hund den Bauch und die Pfoten sauber reibst, bevor ihr irgendwo eintretet. Jetzt hängt dieser Fetzen über dem Heizkörper in dem kleinen Flur, und Bart sitzt neben dir. Auch er wirkt besonders unruhig – wenn zwischen einer Streicheleinheit und der nächsten zu viele Sekunden vergehen, fängt er zu winseln an und stupst mit der Schnauze an deine Hände.

Die Dottoressa nimmt ihre mit blauer Tinte geschriebenen Notizen in die Hand.

»Das wundert mich nicht. Auch als wir uns das letzte Mal gesehen haben, war das der Fall, wenn ich mich nicht irre.«

Du stößt einen kleinen Seufzer aus. »Nein, Sie irren sich nicht. Die Feiertage geben mir immer das Gefühl, ganz und gar heimatlos zu sein.« Mehr als die Feste sind es ganz allgemein die Zeiteinschnitte, die ein unbehagliches Gefühl in dir aufsteigen lassen, für das sich kaum ein passendes Wort finden lässt – so etwas wie eine beklemmende Melancholie oder eine melancholische Beklemmung. Aber das sagst du nicht, weil deine Dottoressa es schon weiß.

»Natürlich. Sie haben ein schönes Wort gewählt – *heimatlos*.«

Auch dir gefällt es sehr. Im Englischen gibt es keine Entsprechung. Man würde vielleicht »out of place« sagen, was viel weniger poetisch ist. Du fängst an, ganz sanft die Ohren deines Hundes um deinen Finger zu wickeln, während er die Augen halb geschlossen hält. Sein Schwanz liegt auf dem Parkett wie ein dickes Fragezeichen.

»Was würde ich darum geben, wenn ich mich noch so fühlen würde wie vor einem Monat!« Deine Dottoressa antwortet nicht, sondern wartet ab. Du könntest die nächsten fünfundvierzig Minuten schweigend verbringen – was in all den Jahren, die du zu ihr gehst, nie passiert ist; dennoch wäre dein Seelenzustand augenfällig. Die Ebbe ist das Ergebnis deines Rückzugs. Seit über einem Monat gelingt es dir nicht mehr, etwas zu schreiben; seit Wochen vermeidest du Telefonate mit deinen Eltern, und jetzt, da die Ferien vorbei sind, meldest du dich nicht einmal bei deinen Freunden. Aber hier und jetzt möchtest du reden: Seit Tagen wartest du auf diesen Moment. Endlich sagen zu können, wie düster dir alles vorkommt, wie fehlerhaft und kaputt dir alles, was dich umgibt, erscheint – ohne dir Sorgen machen zu müssen, dass jemand versucht, dich zu trösten, dir Ratschläge zu geben oder, schlimmer noch – dich nach dem Grund zu fragen.

»Jetzt fühle ich mich so … als hätte ich Kopfschmerzen«, sagst du, überrascht von deiner eigenen Erklärung. »Leiden Sie unter Kopfschmerzen?«

»Gelegentlich, ja.«

»Dann wissen Sie auch, dass man in solchen Fällen an nichts anderes denken kann. Wie *pervasiv* Kopfschmerzen sein können. Ist das richtig, ›*pervasiv*‹? Gibt es dieses Wort?«

»Ja, ich kenne das. Und ja, dieses Wort gibt es.«

»Also dann. So ist es doch. Wenn man Kopfschmerzen hat, die *pervasiv* sind, aber nicht im Bett bleiben kann, weil man nicht krank ist. Deshalb erledigt man alle normalen Dinge seines Lebens, aber alles, was man tut, ist eine Qual, und man denkt – oder wenigstens denke ich immer –, wie gut die anderen es haben. Die ihren Tag durchleben und alle angenehmen oder langweiligen oder anspruchsvollen Dinge, egal was, erledigen wie du, nur eben ohne Kopfschmerzen. Und sie sind sich dessen nicht einmal bewusst. Denn das Absurde ist ja, dass man, wenn man *keine* Kopfschmerzen hat, nicht denkt: ›Ach wie schön, dass ich keine Kopfschmerzen habe!‹ Es ist einem selbstverständlich. Während man dann, wenn man sie hat, an nichts anderes denkt, als sie nicht zu haben. Genauso fühle ich mich. Nur, dass der Schmerz, den ich fühle, nicht im Kopf sitzt.«

Die Dottoressa schreibt mit ihrem Füller etwas Blaues auf die weißen Blätter. Als sie fertig ist, hebt sie den Blick und sieht dich an. »Und wo spüren Sie dann diesen Schmerz, wenn nicht im Kopf?«

Mit einer Hand zeigst du ihr, wo es dir wehtut. Die andere bleibt auf der Stirn deines Hundes liegen. Du hältst den Kopf gesenkt, ziehst die Nase hoch und schließt die Augen. »Er beginnt hier«, sagst du. »Aber dann pervadiert er … überallhin.« Du hast dieses Verbum noch nie konjugiert und hoffst, es richtig getroffen zu haben. Du fährst mit der Hand über den Nabel bis hinauf zu den Wangen und trocknest sie.

Ohne die Augen zu öffnen, weißt du, dass die Dottoressa aufgestanden ist. Du hörst ihre Absätze auf dem Parkett, und dir ist klar, dass sie in das andere Zimmer geht, das du nie gesehen hast, und die Schachtel mit den Papiertaschentüchern holt. Deine Dottoressa hält die Taschentücher nicht griffbereit: Wann auch immer sie das Gefühl hat, dass sie gebraucht werden, steht sie auf und verschwindet für einen Augenblick, ohne ein Wort zu sagen. Dann kommt sie mit der Taschentücherschachtel in der Hand zurück und stellt sie auf den Schreibtisch.

»Danke«, sagst du, schlägst die Augen auf und nimmst dir eines.

»Bitte.«

In den Filmen ist es anders. Wenn der Patient im Film weint, braucht er nur die Hand auszustrecken, und schon ist sie da – die Schachtel mit den Papiertaschentüchern. Im Film verwandeln die Schauspieler die Geste des Taschentuchnehmens oft in eine komische Szene, indem sie sich mit absichtlicher Übertreibung die Nase putzen und die Augen trocknen. Im wirklichen Leben dagegen ist es überhaupt nicht komisch. Du weißt bereits, dass die Dottoressa am Ende der Sitzung aufstehen wird, um in dem kleinen Zimmer hinten ihren Terminkalender zu holen; dann wird sie die Schachtel mitnehmen und an ihren Stammplatz zurückstellen. Es kann sein, dass die Dottoressa in einem Monat wie dem Januar, in einer Stadt wie Mailand, im Laufe eines Tages mehrmals aufstehen muss. Aber am Ende jeder Stunde verschwindet die Schachtel wieder.

Silvia ist aus Frankreich zurück und ruft dich aus dem Supermarkt an; du schnippelst gerade das Gemüse für die Suppe, die du ihr heute Abend kredenzen wirst. Du hast Silvia seit einem Monat nicht mehr gesehen, seit Heiligabend, als sie für zehn Personen ein Abendessen gegeben hat, das in der Hauptsache aus Fisch bestand. Am Ende hatten dir alle eine ganze Auflaufform mit Seebarsch-Tortelli aufgenötigt, weil Silvia zu viel bestellt hatte, die Frauen zu wenig davon aßen und Stefan überhaupt keinen Fisch mag. »Aber was soll ich mit all diesen Seebarsch-Tortelli anfangen, wo ich doch allein lebe?«, hast du einzuwenden versucht. Tatsächlich liegen sie immer noch im Tiefkühlfach und warten auf einen besonderen Anlass.

»*Ciccia*, ich bin gerade im Supermarkt. Brauchst du etwas für heute Abend? Oder sonst etwas? Schwere Sachen? Zum Beispiel Waschpulver? Einen Kasten Mineralwasser?« Du hast kein Auto, und deshalb hilft dir Silvia manchmal mit dem schweren Zeug; inzwischen kommt es allerdings selten vor, weil sie die meiste Zeit in Südfrankreich verbringt. Und seit ein paar Monaten lässt du dir das Wasser in Glasflaschen ins Haus liefern: Diesen ganzen Plastikmüll zu erzeugen ängstigt dich zu sehr.

»Nein danke, wirklich nicht. Ich glaube, ich brauche nichts. Ach, Moment! Doch, ich brauche etwas: Du weißt doch, dieser kleine Gummiring im Kaffeekocher?«

»... Ja. Zumindest glaube ich zu wissen, was du meinst. Warum?«

»Weil meiner kaputt ist. Aber ich weiß, dass sie sie im Supermarkt haben, dort, wo all die Küchengeräte und sonstigen Utensilien sind. Ich denke nur nie daran, wenn ich selbst einkaufen gehe, und komme dann jedes Mal ohne ihn nach Hause.«

»Geht in Ordnung, dann also einen Gummiring für den Kaffeekocher. Welche Größe hat er, dein Kaffeekocher? Die kleinste Größe?«

Du drehst den Wasserhahn auf, um eine Stange Lauch zu waschen, und erklärst ihr, dass du die mittlere Größe brauchst, die für den Kaffeekocher, in den theoretisch drei Tassen hineinpassen. Silvia sagt, dass es nicht gut sei, so viel Espresso zu trinken, vor allem nicht für dich, die du ohnehin schon ziemlich nervös bist. Du beichtest ihr, dass du fast immer die Hälfte wegschüttest. »Tatsächlich habe ich einen Kaffeekocher für eine Tasse, aber den benutze ich nicht gern. Er macht sich nicht gut auf dem Herd.«

Silvia lacht. »Wie meinst du das: Er macht sich nicht gut auf dem Herd?« Im Hintergrund ist der Lärm zu hören, der um sieben Uhr abends üblicherweise im Supermarkt herrscht.

»Ich weiß nicht, der kleine kommt mir irgendwie ungastlich vor, von der Größe her.« Du erklärst ihr nicht, dass du auch ein gewisses Vergnügen empfindest, wenn du am Morgen den Kaffee vom Vortag ins Spülbecken kippst: eine kleine Geste der Verschwendung, die dir ein Gefühl des Überflusses verschafft.

Eine Stunde später, unmittelbar nachdem sie mit dem Gummiring in der Tasche ankommt, für den es, wie du zur Kenntnis nimmst, den schönen Fachbegriff »Dichtung« gibt, setzt du Silvia über deine Stimmung ins Bild. »Ich kann dir nichts Erfreuliches mitteilen; alles ist ziemlich mies. Können wir heute Abend bitte nur von dir reden?« Silvia – die ohne Zweifel dein angespanntes Gesicht bemerkt, dein stumpfes Haar und diesen grauen, unförmigen Pullover, in den du dich verkriechst, wenn du allein zu Hause bist – nickt wortlos. Ihr dagegen geht es hervorragend, und du sagst es ihr, während du versuchst, ihren Pelzmantel auf dem Kleiderhaken unterzubringen. Draußen ist es kalt und feucht; es nieselt schon wieder. Bart, der in die Küche gekommen ist, sobald er die Sprechanlage gehört hat, hat sich in seiner »Habacht«-Sitzhaltung zwischen Esstisch und Arbeitstisch aufgepflanzt, um dich im Auge zu haben, während du das Brot aufschneidest.

»Nein, kein Brot für dich. Vielleicht nachher. Ab mit dir! In die *cuccia*, los!«

Nach einigem Zögern dreht sich der Hund um und kehrt ganz langsam ins andere Zimmer zurück, wobei er die Hinterläufe ein wenig nachzieht.

»Warum geht er so?«, fragt Silvia. »Hat er sich verletzt?«

»Ich weiß nicht. Ich glaube, er hat sich während des heftigen Schneefalls gleich nach Neujahr einen Muskelriss oder irgend so etwas zugezogen. Du hättest ihn sehen sollen! Er ist völlig ausgeflippt! Aber jetzt, bei diesem Wetter, ist er wie vernagelt.«

»Der Ärmste.«

»Na ja, so passt auch er ins Bild dieser Zeit: Alles geht kaputt. Hab ich dir das mit dem Fahrrad schon erzählt?« Das Vorderrad deines Fahrrads ist total verbogen. Mit Sicherheit hat ein überdimensioniertes Fahrzeug, das eines Abends vorschriftswidrig auf dem Bürgersteig geparkt hat, das an der Ecke deiner Straße unauffällig an einen Pfosten gebundene Fahrrad angefahren. Natürlich hat niemand eine Nachricht hinterlassen. Die Vorstellung, wie der Fahrer und seine Begleiterin aus ihrem Riesenschlitten steigen, von deinem verbogenen Fahrrad Notiz nehmen und sich dann frischfröhlich in Richtung eines der besten Restaurants deines Viertels entfernen, diese Vorstellung bringt dich immer noch auf die Palme. Mit einigem Ungestüm ziehst du eine Schublade auf und holst zwei saubere Servietten heraus.

Silvia antwortet, ja, du hättest es ihr erzählt, das mit dem Rad, aber du würdest es bei diesem Wetter ja sowieso nicht benutzen. Es ist nicht gut, mit dem Rad zu fahren, wenn die Straßen nass sind, vor allem nicht für dich, die du ohnehin schon ziemlich instabil bist. Du lächelst und deckst den Tisch fertig.

»Ausgezeichnet, *ciccia*«, sagt Silvia, nachdem ihr beide nachgeschöpft habt. »Du kannst was!« Deine Suppen gelingen dir fast immer, auch wenn sie nicht immer gleich schmecken. Während du abspülst, erzählt dir Silvia von der Rückkehr ihres kleinen Katers Bello, der bei ihr und Stefan in Frankreich lebt und beinahe eine Woche lang verschwunden war. »Weißt du, dass ich vor Sorge außer mir war?«, fragt sie. »Ich bin den ganzen Tag herumgelaufen und habe verzweifelt nach ihm gerufen. Er ist doch noch so klein …« Bello ist Silvias erstes Haustier; die Aufgabe, sich gemeinsam mit Stefan um etwas zu kümmern, sollte sie als Paar zusammenschweißen.

»Wie alt ist er jetzt? Neun Monate?«

»Von wegen neun Monate!«, ruft Silvia aus. »Er wird im Februar ein halbes Jahr …«

Du kennst Bello noch nicht, hast aber Fotos von ihm gesehen. Schon seit einiger Zeit fährst du nicht mehr nach Frankreich zu Silvia, weil sie dir zu verstehen gegeben hat, dass du ohne Bart willkommener wärst. Es hatte immer Probleme mit den Haaren, dem Swimmingpool und den Haaren im Swimmingpool gegeben und außerdem noch das Problem mit dem Strand in Cannes, wo keine Hunde zugelassen sind. Inzwischen gibt es auch das Problem mit dem Kater. »Vielleicht lässt Stefan ihn jetzt doch ins Haus?«, fragst du. Stefan ist der Meinung, dass Katzen nicht wie Haustiere aufgezogen werden dürfen, sondern lernen müssen, für sich selbst zu sorgen und eine separate Welt zu bewohnen – eine Welt ohne Betten oder Sofas – und sich zum Überleben von Mäusen und kleinen Vögeln zu ernähren. Stefan ist Deutscher. Den kleinen Kater hatten sie in einem Restaurant hier in der Nachbarschaft aufgelesen: Er hatte sich einer Bande streunender Katzen angeschlossen, die vom Besitzer regelmäßig gefüttert wurden.

»*Boh*, hoffen wir's! Ich glaube, mich so in Sorge zu sehen hat ihn sehr betroffen gemacht. Ich kann mich nicht erinnern, wann es mir zum letzten Mal so schlecht gegangen ist. Es ist Wahnsinn, wie sehr ich dieses Tierchen ins Herz geschlossen habe! Noch dazu in so kurzer Zeit. Dir brauche ich das natürlich nicht zu erklären! In dieser Zeit habe ich oft an dich gedacht, weißt du das?

Wenn Bart dir entlaufen würde, was würdest du tun? Das würdest du nicht überleben, oder?«

Nachdem du Löffel und Teller weggeräumt hast, schaltest du die Platte unter dem Kessel für einen Kräutertee ein und holst eine schöne Schachtel mit Pralinen, die du zu Weihnachten bekommen hast, vom Schrank herunter. »Tja ...«, sagst du achselzuckend. »Das ist ein Problem, das sich nicht stellt. Selbst wenn ich *wollte*, dass er entläuft, könnte ich ihn nicht dazu bewegen. Dieser Hund hat keinerlei Unternehmungsgeist. Leider.« Oft schlägst du einen flapsigen Ton an, wenn du von deinem Hund sprichst. Er dient dazu, die Intensität der Liebe, die du für ihn empfindest, herunterzuspielen.

»Ach ja? Warum sagst du das?«, fragt Silvia amüsiert.

»Weil es stimmt. Er macht *nichts* aus eigenem Antrieb, dieser Hund. Zum Beispiel werde ich jedes Mal, wenn wir zum Jungen Spund aufs Land fahren, Bart gegenüber sehr streng.«

»So wie Stefan?«

»Wir wollen ja nicht übertreiben! Aber meiner Meinung nach soll er, wenn wir dort sind, so lang wie möglich draußen bleiben – dort gibt es weite Wiesen, Wälder, den Fluss und keine Autos. Es ist ein Paradies für Hunde, nicht wahr?«

»Ja, ich habe die Fotos gesehen. Es scheint wunderbar zu sein.«

»Eben. Und weißt du, was er mit diesem ganzen Platz und mit seiner ganzen Freiheit anfängt, dieser Schwachkopf?«

»Was denn?«, fragt Silvia, als würde sie auf die Pointe eines Witzes warten.

»Nichts! Er macht absolut *nichts*. Er sitzt vor der Terrassentür und schaut ins Haus hinein, wo wir uns aufhalten. Er läuft nicht durch die Gegend, schnüffelt nicht herum, jagt keine Hasen, leckt keine Steine ab – er sitzt nur da und starrt auf die Tür. Er ist wirklich nervenaufreibend ...«

Silvia lacht. Aus ihrer Position am Tisch betrachtet sie Bart im anderen Zimmer, in seiner *cuccia*. »Was soll das heißen? Wirklich *nichts*? Hat er sich nicht einmal in den Swimmingpool gestürzt?«

Du stellst die Teekanne und die Pralinen auf den Tisch, und bevor du dich hinsetzt, wirfst auch du einen Blick auf Bart. Seit einer Stunde hat er seine Position nicht verändert. Er ist in letzter Zeit auffallend schlapp, dein Hund. Als würde er dein Unwohlsein in sich aufsaugen. Oder vielleicht bist du es, die das seine in sich aufsaugt? Ihr lebt in einer so symbiotischen Beziehung, dass beides möglich ist.

»Ja doch, manchmal springt er in den Pool. Ganz schnell, wenn er glaubt, dass niemand zusieht. Aber dann kommt er gleich wieder heraus und schüttelt sich vor der Haustür. Nicht einmal dafür geht er auf die Wiese, verstehst du? Selbst wenn er rebelliert, will er sich nicht von uns entfernen. Es ist ein Kreuz.«

Silvia stößt einen kleinen Seufzer aus. »Dabei ist er so süß. Ein echtes Original, dein Bart!« Du bist versucht, sie daran zu erinnern, wie wenig gerührt sie war, als Bart ein paar Sommer zuvor in Frankreich nach seinen unerlaubten Sprüngen ins Wasser zu euren Liegestühlen kam und sich schüttelte. Aber dann beschließt du, den Mund zu halten: Es ist normal, dass die Zeit alles mildert. Man muss nur lernen, es geschehen zu lassen.

Du möchtest einige Zeit vergehen lassen, bevor du wieder mit dem Jungen Spund redest. Seit ihr vom Land zurück seid, habt ihr euch nicht mehr gesehen. Du bist nach Neujahr für fünf Tage mitgefahren, obwohl dir jedes Fitzelchen deines Instinkts und jedes Krümelchen deines gesunden Menschenverstands nahegelegt hatten, seine Einladung abzulehnen. Was dich so schwach machte, dass du schließlich nachgegeben hast, war die Tatsache, dass es zu schneien angefangen hatte, dazu die Stille der menschenleeren Stadt, die Abfolge kurzer Tage, gefolgt von einsamen Nächten, und die Kälte, die die Fußböden und Wände deiner Parterrewohnung ausstrahlten. Du fielst einem überwältigenden Liebesbedürfnis zum Opfer und diesem einfachen, aber dennoch unstillbaren Wunsch nach einem freundlichen und vertrauten Ort. Deinen Eltern hattest du gesagt, dass du zu Silvia fahren würdest; Silvia, dass du zu ihm gehen würdest, Carlo – mit dem über den Jungen Spund zu sprechen sich nicht empfiehlt –, dass du eine ihm unbekannte Freundin im Veneto besuchen würdest, und sonst gab es niemanden, der sich für deinen Aufenthaltsort interessiert hätte. Wie immer hatte die Lügerei dein Herz bedrückt.

Deshalb war vorherzusehen, dass du während dieser fünf Tage überempfindlich, unruhig, sogar kratzbürstig sein würdest – ein wunderbares Wort für einen unausstehlichen Zustand –, und dass das so ersehnte Wohlgefühl auf die langen Wanderungen im Schnee mit den euphorischen Hunden beschränkt blieb und auf die wenigen Male, bei denen du dich mit ihm, dem Jungen Spund, im Bett vergessen konntest. Am Tag eurer Abreise hattet ihr euch gezankt wie nie zuvor und euch schreckliche Dinge an den Kopf geworfen. »Es lohnt sich nicht einmal, mit dir zu streiten, weißt du das?«, hattest du im Auto, auf dem Weg nach Mailand, gesagt. »Es hat überhaupt keinen Sinn, denn wir beide wissen, dass wir uns nur im Kreis drehen. Also kann man gleich den Mund halten, oder?« Sicher, es waren keine freundlichen Worte, aber was sie so verächtlich klingen ließ, war die Gleichgültigkeit in deiner Stimme. Jetzt, aus der Distanz einiger Wochen, bereust du diese Worte und diese Stimme: Nur die Distanz erinnert dich daran, dass er, so verletzlich du selbst dich auch fühlen magst, noch viel verletzlicher ist.

Am letzten Tag des Monats kommt der Junge Spund mit Gastone in die Buchhandlung. Sobald er dich erblickt, vollführt Gastone Luftsprünge und jault vor Freude. Nicht einmal Bart begrüßt dich so überschwänglich.

»Nicht einmal mich begrüßt er mit solchem Ungestüm«, stellt der Junge Spund kopfschüttelnd fest. Seine Haare sind schwarz gefärbt, höchst stümperhaft. »Er ist ja völlig aus dem Häuschen.«

Du kommst hinter dem Ladentisch hervor und kauerst dich hin, um den Hund zu knuffen. Zum Glück regnet es nicht, zumindest im Moment nicht. Du musst zugeben, dass Gastone, eine Mischung zwischen einer Bracke und etwas Undefinierbarem, das originellste und changierendste Fell besitzt, das du je an einem Tier gesehen hast: Seine Farbe variiert von Weiß über Gold und Orange bis Braun; vorne ist es kurz, aber hinten lang, an einigen Stellen kraus, an anderen glatt. Er könnte direkt dein Kind sein!

»Ciaooo Moppelchen, ciaooo Gastoncino … Ja, ja, du hast mir auch gefehlt, natürlich, und wie!« Du stehst auf, schaust den Jungen Spund an und sagst: »Was hast du denn mit deinen Haaren gemacht?«

»Ich hab sie mir für die Schauspielschule gefärbt. Wir arbeiten gerade an der entsprechenden Figur. Wie sehe ich aus?«

»Du hast noch einen Klacks Farbe an den Ohren. Sie sind ganz schwarz, hier.« Und du berührst seine Ohrenspitzen.

»Ach ja? Tja, ich habe sie mir vor ungefähr einer Stunde gefärbt. Kannst du eine Pause machen? Gehen wir einen Espresso trinken?«

Mit einer Armbewegung weist du ihn darauf hin, dass das Geschäft leer ist bis auf einen alten Herrn in der Abteilung für Politik und Zeitgeschehen und einen jungen Japaner, der in einer Fußballzeitschrift blättert. »Wie du siehst, sind im Augenblick keine Kollegen da. Ich kann hier nicht weg.«

»Ah ja!« Der Junge Spund mustert dich von Kopf bis Fuß.

»Und du, wie geht es dir? Du bist ein bisschen blass ... Hast du abgenommen?«

Du seufzt und kehrst wieder hinter den Ladentisch zurück. Der Japaner hat seine Zeitschrift zugeklappt und geht auf die Kasse zu. »Ich glaube nicht. Ich bin bloß allgemein etwas niedergeschlagen.« Zu dem jungen Japaner sagst du: »Four euros and twenty cents, *grazie*«, obwohl der Preis auf dem Cover steht.

»Na ja, immer noch besser niedergeschlagen als herzlos«, sagt der Junge Spund. »Zumindest besser für die Leute um dich herum.« Unterdessen nimmt er eine DVD vom Ladentisch und macht ein paar Schritte rückwärts, während du den Beleg ausdruckst, die Zeitschrift in eine Tüte steckst und dabei nicht zu lächeln vergisst. Die Japaner wollen immer Tüten haben. Der junge Japaner erwidert dein Lächeln mit einer kleinen Neigung des Kopfes und verlässt die Buchhandlung. Der Junge Spund scheint die Rückseite der DVD-Hülle – einen Film der Brüder Dardenne – besonders aufmerksam zu studieren.

»Diese Etiketten, was bedeuten die? Ist das eine Art Diebstahlsicherung?«

Du sagst ihm, dass er die DVD sofort an ihren Platz zurücklegen soll, dass du heute nicht in der richtigen Stimmung bist. »Ach, übrigens: Mein DVD-Player funktioniert nicht mehr. Seit wir vom Land zurück sind. Ich hab doch gleich gewusst, dass wir ihn nicht hätten mitnehmen sollen.«

Das letzte Mal, als ihr aufs Land gefahren seid, hat der Junge Spund dich gebeten, deinen DVD-Player mitzunehmen. Der im Haus funktionierte nicht mehr, und er hatte so große Lust, sich Filme anzusehen. »Für die ganze Woche ist Schnee vorhergesagt. Es wäre zu schön, sich im Haus zu verbarrikadieren und drei Filme pro Tag anzuschauen ...«

Du hattest zugestimmt, aber nur unter einer Bedingung: »Du kümmerst dich um alles. Du baust ihn ab, transportierst ihn und schließt ihn an. Ich rühre ihn überhaupt nicht an, ist das klar? Es reicht, wenn du mir versprichst, dass er nach unserer Rückkehr genauso funktioniert wie jetzt. Okay?«

Der Junge Spund hatte dir geschworen, dass dein DVD-Player heil zurückkehren würde. Stattdessen …

»Er wird doch nicht kaputtgegangen sein?«, fragt er jetzt. »Auf dem Land hat er noch funktioniert. Du bist es, die nicht weiß, wie man ihn in Betrieb setzt!« Dein Blick genügt als Antwort. »Schon gut, schon gut«, stöhnt er. »Ich komme morgen bei dir vorbei und repariere ihn. Morgen ist Freitag: Da bist du doch zu Hause, oder? Ich kann am Nachmittag vorbeikommen, nach der Schule.«

Du sagst, ja, du arbeitest nicht, aber er soll vorher anrufen. Weil du am Nachmittag Bart zum Tierarzt bringen musst.

»Ach, Bart ist auch kaputt?«, grinst der Junge Spund. »Was fehlt ihm denn?«

»Ich weiß es nicht, er humpelt. Seit einer Woche bekommt er auch Rimadyl, aber es wird nicht besser. Ich sage dir lieber nicht, wie viel das Rimadyl für einen Vierzig-Kilo-Hund kostet.«

»Dann stimmt es also, dass du abgenommen hast. Mit deinem Haushaltsgeld dopst du lieber deinen Hund.«

»Bietest du mir an, den Unterhalt zu zahlen? Er geht erst so komisch, seit wir von diesem verdammten Aufenthalt auf dem Land zurück sind. Ich könnte dich verklagen.«

»Oho, Amerika, schweige still! Das Land ist nicht schuld daran, dass dein Hund so tollpatschig ist.«

Mit deinem süßesten Lächeln antwortest du, dass deine Schwäche für Tollpatschige sattsam bekannt ist. Der alte Herr kommt mit einem Buch auf die Kasse zu. »Hör zu«, sagst du zum Jungen Spund. »Entweder du kaufst etwas, oder du gehst. Im Gegensatz zu dir muss ich nämlich arbeiten.« Ein Achselzucken, und der Junge Spund stolpert, während er mit Gastone hinausgeht, absichtlich ein paar Mal über seine Leine, bevor er gegen die Tür prallt.

Der Tierarzt heißt mit Nachnamen Rovere, was du immer schon lustig gefunden hast: Während *rovere* im Italienischen einen Baum beziehungsweise eine Holzart bezeichnet, gehört das englische Rover – von »to rove«, vagabundieren – zu den üblichsten Hundenamen, etwa so wie Hasso oder Rex. Oder wenigstens war es einmal so, bevor man anfing, den Hunden richtige Namen zu geben, wie Emma oder Richard – eine Gewohnheit, die manchmal zu Verwechslungen führt.

Roveres Praxis befindet sich in deiner Straße, ein paar Türen weiter. Als ihr beide, du und Bart, aus dem Haus geht, triffst du Rovere draußen auf dem Gehsteig an, wo er eine Zigarette raucht. Während er noch in sein Handy spricht, beobachtet er Bart. Der Hund hinkt jetzt nicht nur, sondern zieht beide Hinterläufe nach. Und manchmal wirkt er tatsächlich instabil. Du hast ihn auch schon hinfallen sehen, an jenem Morgen, als er dem Ball hinterherlief. Du hattest den Ball nicht weit geworfen, nur leicht springen lassen, um den Hund ein wenig aufzuheitern. Und du warst nicht die Einzige, die es bemerkt hat.

»Hast du das gesehen?«, hatte dich eine deiner Bekannten im Park gefragt. »Bart ist hingefallen!«

»Dann ist es also kein Rheuma …«, fügte eine Zweite hinzu. »Es muss etwas anderes sein. Hast du ihn schon mal Rovere gezeigt?«

»Meiner Meinung nach darfst du nicht mehr mit ihm Ball spielen«, sagt eine Dritte, die gern die Rudelführerin spielt. »Das tut ihm offenbar nicht gut.«

Allen im Park war aufgefallen, dass dein Hund weniger agil war als sonst. Und alle hatten ihren Senf dazuzugeben: Es wird ein Muskelriss sein, hast du es schon mal mit Arnika probiert? Es wird an dieser feuchten Witterung liegen: Warum ziehst du ihm keinen Regenschutz an? Es wird wohl das Rheuma sein: Mit Rimadyl vergeht das, du wirst schon sehen. Du bist dir vollauf bewusst, dass du in dieser Zeit reizbar bist und dass die Tipps nicht böse gemeint sind: Zu manchen Hundebesitzern hast du im Laufe der Jahre auch eine mehr oder weniger konstruktive Beziehung aufgebaut. Trotzdem sträuben sich dir bei den Kommentaren manchmal die Haare, und du möchtest sie am liebsten anknurren.

Doch Bart vor Zeugen hinfallen zu sehen hat dir einen ordentlichen Schrecken eingejagt. Du hast versucht, die Angst um ihn und den Ärger über sie mit vorgetäuschter Gelassenheit zu überspielen, und ihnen geantwortet, ja, ihr seid schon bei Rovere gewesen, ihr würdet heute Nachmittag wieder hingehen und dein Hund sei jedenfalls früher nie hingefallen.

Als ihr bei der Praxis angelangt seid, nimmt Rovere das Handy vom Ohr und sieht euch verunsichert an. Ihr schweigt einen Augenblick, während er seine Zigarette zu Ende raucht. Dann meint er: »Mmm.«

»Mmm«, antwortest du.

Er bückt sich, um Bart zu begrüßen. »Ciao, du Ungetüm. Was machst du denn für Sachen?« Bart weicht Roveres Blick aus, bleibt stehen und starrt in Richtung Park. Er weiß, dass du Tennisbälle in deiner Tasche hast.

Rovere richtet sich seufzend auf. »Gehen wir einen Moment hinein, auch wenn ich den Eindruck habe, dass ihm das Rimadyl nicht viel hilft. Du gibst es ihm doch weiter?«

»Natürlich! Und zwar in der Dosierung, die du mir angegeben hast. Übrigens kostet dieses Mittel ein Vermögen. Die Leute von Pfizer verdienen sich eine goldene Nase, oder?« Du versuchst, die Sache herunterzuspielen so gut es dir gelingt. Ihr betretet alle drei das Wartezimmer, und Rovere schließt die Tür.

»Die verdienen jedenfalls mehr als du und ich. Möchtest du nicht einen Firmenkalender von ihnen? Irgendwo habe ich einen ganzen Karton voll damit ...«

»Nein, danke. Ich wäre schon mit einem Hund zufrieden, der nicht alle zwanzig Schritte hinfällt.«

Rovere legt sein Handy auf den Schreibtisch und sieht dich an. »Wieso? Fällt er jetzt auch hin? Letzte Woche ist er noch nicht hingefallen.«

»Seit heute. Er ist heute Morgen in unserem kleinen Park hier hingefallen. Es wundert mich, dass sich das noch nicht bis zu dir herumgesprochen hat; alle haben es gesehen. Und dann sind wir in den Parco Sempione gegangen, und auch dort ist er mehrmals hingefallen. Ohne dem Ball nachzulaufen.«

»Du hast ihn bis zum Parco Sempione geführt?« Rovere kauert sich wieder neben Bart. Er nimmt eine Pfote in die Hand, stellt sie verdreht auf dem Boden ab und wartet, dass Bart sie von selbst so ausrichtet, wie es sich gehört. Dann wiederholt er dasselbe mit der anderen Pfote. Diese Übung hast du ihn auch letzte Woche machen sehen. Er wollte damit die Reflexe überprüfen.

»Ja, wie letzte Woche. Ich habe einen festen Termin in der Gegend und nehme ihn immer mit. Außerdem merke ich, dass er Lust hat, auszugehen und die üblichen Sachen zu machen.«

»Kann sein, aber du müsstest ihn öfter ausruhen lassen. Vor allem dann, wenn er ein Problem mit den Gelenken hat, was ich für wahrscheinlich halte«, erwidert Rovere, der jetzt Barts Bein an verschiedenen Stellen zieht. Erst das eine, dann das andere. Sein Blick ist dabei fest auf das Gesicht des Hundes gerichtet, um seine Reaktion zu prüfen. Bart protestiert nicht, sondern schaut unbeeindruckt vor sich hin. Mit jener Flapsigkeit, die deinen Stolz kaum kaschiert, hast du Bart immer als Hunde-Grundmodell beschrieben: Einheitsfarbe, Großformat, ohne Extras. »Er ist eben ein Hund ohne Schnörkel«, antwortest du, wenn man ihm Komplimente macht. »Aber ich kann mich nicht beklagen. Als Apparat funktioniert er.« Und jetzt das …

Rovere tastet mit dem Finger Barts Rücken ab und zieht ihm am Ende den Schwanz hoch. Der Hund fletscht die Zähne. »Deck diese Zähne wieder zu«, sagt er zu ihm und tätschelt ihm den Kopf. »Brav, du bist wirklich ein braver Junge.« Und dann steht er wieder auf und sieht dich so an, dass dir flau im Magen wird. »Wir müssten ihm die Hüften röntgen lassen, um zu sehen, was da drinnen vor sich geht. So bald wie möglich, okay? Wir dürfen keine Zeit verlieren.«

»Mir schwant, dass Bart ein Problem hat … ein ernsthaftes«, sagst du am selben Nachmittag zum Jungen Spund. Du sitzt auf deinem Sofa, rauchst eine Zigarette und beobachtest ihn, während er mit einem ungeduldigen Ruck alle Kabel aus dem DVD-Player reißt: Nach einer halben Stunde Herumhantieren hat auch er es nicht geschafft, ihn wieder in Betrieb zu setzen. Du verspürst nicht die geringste Genugtuung darüber, dass du recht behalten hast, ja, es ist dir fast schon egal. »Rovere hat gesagt, dass er wahrscheinlich … Dysplasie an den Hüften hat. Er muss geröntgt werden.«

»Dysplasie? Und was soll das sein?« Der Junge Spund blickt sich um. »Entschuldige bitte, aber wo ist der Karton? Oder soll ich ihn so mitnehmen?« Du gibst ihm deine Zigarette und verschwindest in dem begehbaren Schrank, der so groß ist, dass er ein Zimmer sein könnte, wenn er denn ein Fenster hätte. Einen Moment später kehrst du mit der Schachtel für den DVD-Player zurück und stellst sie auf den Boden.

»Dysplasie ist, wenn … der Oberschenkel nicht richtig an seinem … na ja, an seinem Platz sitzt. Ich erinnere mich nicht, wie man dafür sagt. Aber es ist so, schau her …« Und mit der linken Hand machst du eine Faust und mit der anderen eine Art C.

Zwischen den beiden Händen bleibt ein Abstand von ein paar Zentimetern. So hat Rovere es dir erklärt. Ihr hattet zwanzig Minuten darüber gesprochen, und du hast ihm viele Fragen gestellt, mit einem kalten Kloß im Hals.

»Aber im Fall eines Falles ... was macht man dann? Muss er operiert werden?«, hast du deinen Tierarzt gefragt, sobald er deinen Hund abgetastet hatte und ihr beide wieder auf dem Gehsteig wart. Dieses Mal bist du es, die eine raucht.

»Ja. Es gibt verschiedene Möglichkeiten. Aber bei einem solchen *cagnone*, einem schon ausgewachsenen Hund, arbeitet man gewöhnlich mit Prothesen.«

»Das heißt – eine künstliche Hüfte?«

»Ja, ein künstliches Hüftgelenk. Eines oder zwei. Je nachdem. Momentan sieht es so aus, als hätte er Probleme auf beiden Seiten, aber ... Man muss ihn röntgen lassen, um klar zu sehen.«

»Okay, okay. Aber sag mir nur eines: Wie viel könnte so ein künstliches Hüftgelenk kosten? Entschuldige bitte die Frage, aber ... Wenn ich im Voraus weiß, kann ich vielleicht ...«

»Ich weiß es nicht genau. Ich führe solche Operationen nicht selbst durch.«

»So ungefähr...? Viel, könnte ich mir vorstellen. Vielleicht mehr als tausend Euro?«

»Ich will aufrichtig sein: Billig ist es nicht. Und außerdem ...«

»Und außerdem was?«

»Und außerdem dauert die Genesung sehr lang. Der Hund muss ein paar Monate absolut ruhig gestellt werden. Er darf nur hinaus, um sein Geschäft zu verrichten, sonst nichts, und das immer an der Leine.«

»Ein paar *Monate*? Willst du damit sagen, dass Monate vergehen, ohne dass er spielen oder rennen darf? *Wie viele* Monate?«

»Ich weiß nicht, es kommt darauf an. Zwei, drei.«

»Waaas? Und wie kann ich ihn *drei Monate* ruhig halten?«

»Das ist nicht leicht, aber eine Grundvoraussetzung. Jetzt machen wir erst mal diese Röntgenaufnahmen und dann, vielleicht … organisiere ich für dich einen Gesprächstermin bei einem Orthopäden.«

»Okay, okay. Ein letzter Punkt: Danach – wird er wieder so sein wie vorher? Ich meine, hat er dann noch ein langes und glückliches Leben vor sich? Denn er ist ja noch nicht alt, mein Hund …«

»In den meisten Fällen schon. Bart ist jung und kräftig, und außerdem hast du ihn immer schön schlank gehalten, das ist ein Vorteil. Denken wir also positiv …«

Dann kam eine Dame mit ihrer Katze, die an Blasenentzündung litt, und du bist weggegangen, du mit deinem behinderten Hund. Es war ein ungewöhnlicher Zeitpunkt; es waren keine anderen Hunde unterwegs. Ihr habt kurz im Park vorbeigeschaut, wo du ihm ein einziges Mal den Ball hingeworfen hast, ohne Freude, fast verstohlen. Danach hat er sich auf dem Rasen ausgestreckt und schwanzwedelnd an dem Ball herumgeknabbert. Er hat dich nicht zu weiteren Ballwürfen animiert. Als sein Ball in genügend kleine Stückchen zerfiselt war, seid ihr nach Hause zurückgekehrt, und du hast dich sofort ins Internet begeben. Was du dort gefunden hast, hat dir Angst gemacht.

»Ich bin mir sicher, dass Bart keine Prothese braucht. Schau ihn dir doch an!«, sagt der Junge Spund, nachdem du ihm alles erzählt hast. Jetzt liegt er auf dem Boden, neben deinem Hund. Ihre Haare haben dieselbe Farbe, auch wenn Barts Schwarz noch mehr glänzt. Der DVD-Player ist in seiner Schachtel, bereit, mitgenommen und repariert zu werden. Der Junge Spund hat dir gesagt, dass du dir für dasselbe Geld einen neuen kauntest – inzwischen sind sie doch billig geworden, diese DVD-Player. Du hast ihm geantwortet, dass du keinen neuen willst, dass dir dieser gefällt. Und warum wegwerfen und neu kaufen, wenn man ihn noch richten kann? Es ist eine Frage des Prinzips.

»Er ist wie ein Stier, dieser Hund«, fährt er fort und streichelt Barts lange Läufe. »Du hast doch gesehen, wie er auf dem Land mit Gastone herumgetollt ist. Wie ein Welpe. Nicht einmal einen Monat ist das jetzt her! Wenn du willst, frage ich meine Eltern nach der Nummer eines anderen Tierarztes ...«

Diese seine Eigenart, dir das zu erzählen, von dem er glaubt, dass du es gern hören willst, auch wenn es nichts mit der Wirklichkeit zu tun hat, diese Eigenart hast du immer unerträglich gefunden. Du hältst sie für ein Zeichen der Unreife, denn Erwachsensein heißt, den hässlichen Dingen ins Auge zu blicken, sie nicht zu ignorieren in der Hoffnung, dass sie sich wie durch einen Zauber von selbst erledigen – oder in nichts auflösen. Das wirkliche Leben funktioniert nicht so. Aber vor der Wirklichkeit läuft der Junge Spund ja immer davon.

Bevor du es selber merkst, schreist du ihn an. Und bevor du dich wieder fassen kannst, nennt er dich hysterisch und wendet sich ab. Beim Hinausgehen gelingt es ihm sogar, die Tür zuzuknallen, obwohl er den Karton mit dem DVD-Player auf den Armen trägt.

Im Laufe der folgenden Woche scheint es Bart zusehends schlechter zu gehen, und du glaubst nicht, dass das nur an deiner Hysterie liegt. Auch der Hundesitter, der ihn drei Mal pro Woche um die Mittagszeit ausführt, sagt dasselbe. Er klingt besorgt, wenn du ihn anrufst, um ihn über die Situation zu informieren. Dein Hundesitter ist genauso alt wie der Junge Spund, studiert an der Universität Politikwissenschaft, wohnt schräg gegenüber, bei seiner Mutter, und betreut einige Hunde im Viertel, um etwas Geld zu verdienen. Manchmal hat er den leicht verschleierten Gesichtsausdruck derjenigen, die zu viele Joints rauchen, aber er ist ein guter Kerl, dem du vertrauen kannst, und hin und wieder triffst du ihn am Abend in irgendeinem Lokal oder auf einer Party, oder wenn er gerade mit seiner weißen Vespa unterwegs ist. Seit Jahren hegst du den Verdacht, dass er ein bisschen in dich verknallt ist. Er sagt, dein Hund sei sein Lieblingskunde: Er nennt ihn immer »den sagenhaften Bart«.

»Stimmt. Er wirkt ein bisschen schlapp«, sagt er mit einem Seufzer. »Er möchte immer nur rumliegen mit seinem kleinen Ball. Du weißt ja, was er immer macht? Er kaut daran herum, schält Schicht für Schicht ab und dann zerfieselt er ihn ...«

»... in kleine Fetzen, ja, ich weiß. Ich weiß. Lass ihn. Sobald ich kann, besorge ich Nachschub. Inzwischen bringt er täglich mindestens einen zur Strecke.« Bart hat immer mit Leidenschaft seine Tennisbälle so zerfetzt wie ein Wolf seine Beute – eines seiner ärgerlichsten, um nicht zu sagen: teuersten Laster. Aber jetzt bist du froh, wenn er seinen Spaß hat.

»Ja, aber trotzdem gelingt es ihm noch, sich die Bälle der anderen zu schnappen. Neulich hat er den von Mafalda mit nach Hause genommen. Hast du ihn in der Tasche gesehen? Er hat gewartet, bis sie einen Moment abgelenkt war, dann ist er losgerannt ... und zack! Sagenhaft, dieser Bart. Ein humpelnder Dieb.«

Ihr lacht zusammen. Bevor er auflegt, verfällt der Hundesitter in einen etwas zögerlichen Tonfall, als geniere er sich, dir etwas zu sagen. »Entschuldige ... Ich wollte dich fragen, ob ...« Du denkst sofort an das Geld, das du ihm schuldest.

»Nein, *ich* muss mich entschuldigen! Aber ich hab dir doch erzählt, dass der Magnetstreifen meiner Scheckkarte nicht mehr funktioniert, oder? Jetzt habe ich eine neue und warte nur darauf, dass sie mir die PIN zuteilen. Aber ich kann dir natürlich auch einen Scheck geben ... Wirklich, entschuldige bitte: In der letzten Zeit war ich etwas ...«

Der Hundesitter unterbricht dich: »Aber ich bitte dich! Darum geht es doch gar nicht. Ich wollte dich nur fragen, ob du auch bemerkt hast, dass Bart ...«

»... dass er was? Sag es mir, los ...«

»Dass Bart nicht mehr das Bein hebt, wenn er Pipi macht. Ich weiß nicht recht. Aber glaubst du, dass das normal ist?«

»Sieht aus wie ein Bild von Pollock, oder?«, fragst du Carlo, während ihr drei langsam in Richtung des sardischen Restaurants in deiner Nachbarschaft spaziert. Bart macht im Gehen Pipi auf den Bürgersteig und hinterlässt abstrakte Spritzer auf dem Pflaster. »Ich habe beschlossen, dass man das *action peeing* nennt. In dieser Gegend wird er allmählich berühmt, weißt du? Oder vielleicht sollte ich sagen: berüchtigt. Die Hausmeister hassen uns.«

»Das glaube ich gern. Aber seit wann haben Hausmeister Sinn für moderne Kunst – oder, Lord Bart?«

Du siehst sie am Morgen vor ihren Häusern, wie sie mit Schrubber, Wasserflasche und Putzmitteln versuchen, die schnörkeligen Hinterlassenschaften deines schönen jungen, aber schwer »dysplastischen« Hundes zu entfernen. Inzwischen ist es amtlich: Gestern habt ihr die Röntgenaufnahmen gemacht. Rovere hat mit Geduld und ernster Miene gewartet, bis Bart aus seiner Narkose aufwachte, und nicht versucht, dich vom Weinen abzuhalten. Carlo jedoch hatte, solange ihr noch zusammen wart, jedes Mal, wenn deine Lippen zu zittern begannen und deine Augen anschwollen, warnend Oscar Wilde zitiert: »Das ist die Zuflucht der hässlichen Frauen und der Ruin der schönen.« Wenn du viel weinst – nicht ein paar Tränchen, sondern richtige Tränenbäche –, dann verformt sich dein Gesicht wie auf einem kubistischen Porträt.

Carlo bückt sich, um deinem Hund über die Stufe vor dem Restauranteingang zu helfen. Es ist Samstagabend, und das Lokal ist voll. Der Besitzer begrüßt euch ein bisschen zerstreut und deutet auf euren Stammplatz in der Ecke, wo dein Hund am wenigsten stört.

»Du siehst müde aus«, sagt Carlo und schenkt dir ein bisschen Wasser ein. Heute Abend hast du keine Lust auf Wein; dir ist schon flau genug. Vor einigen Nächten hast du beschlossen, auf der Schlafcouch zu übernachten und nicht mehr auf dem Zwischenboden, um Bart näher zu sein, der seinerseits nicht mehr gern in seine *cuccia* geht, sondern sich lieber auf dem Parkett ausstreckt, wo er sich vielleicht nicht so beengt fühlt und wo ihm das Aufstehen weniger Mühe bereitet. Du hast alte Decken und Schlafsäcke heruntergeholt, damit er es bequemer hat; dennoch verbringt dein Hund den größten Teil der Nacht im wachen Zustand – regungslos und still, aber wach: Das merkst du an der Art, wie er atmet. Und irgendwie und aus irgendeinem geheimnisvollen Grund – nennen wir es eine Art sechsten Sinn – lässt dich allein der Atem des wachen Bart mit dem Gefühl aufwachen, dass irgendetwas nicht stimmt. Du wälzt dich auf der Schlafcouch hin und her und knipst dann irgendwann das Licht an. Und wenn du siehst, dass die Augen deines Hundes offen sind und ins Leere schauen, macht dir sein Ausdruck solche Angst, dass du nicht wieder einschlafen kannst. Manchmal stehst du auch mitten in der Nacht auf, legst dich neben ihn auf den Boden und sprichst ein wenig mit ihm.

»Das ist wohl dein Mutterinstinkt«, sagt Carlo. »Eine wunderbare Gabe von euch Frauen. Diese Fähigkeit, auch ohne Warnzeichen zu spüren, wenn es euren Lieben nicht gut geht.«

»Du meinst ›euren Lieben‹? Ach, Carlo! Du weißt doch, dass ich Bart nicht benutze, um meine mütterlichen Triebe zu befriedigen. Ich bin nicht dieser Typ von Hundbesitzerin. Wir haben eine andere Beziehung. Hoffe ich wenigstens.«

»Um ehrlich zu sein: Ich glaube, dass ein Kind weniger an dir hängen würde.«

»Tja, zweifellos.« Ihr lächelt einander an, während der Kellner euch die Teller über den Tisch reicht. Bart, der den Geruch deiner Tagliata wittert, hebt den Kopf, lässt den Blick von dir zum Teller und wieder zurück wandern und dann seufzend seinen Kopf wieder auf den Boden sinken. Sobald der Kellner verschwindet, fragst du Carlo: »Er hängt wirklich an mir, mein Bart ... oder? Er mag ja ein Dummerchen sein, aber...treu.« Der Teller und das Fleisch darauf beginnen zu verschwimmen, und du wischst dir mit dem Ärmel deines Pullovers über die Augen.

»Er ist überhaupt nicht dumm, und das weißt du ganz genau. Und vergiss nicht, wie *du* an ihm hängst! Du hast dich immer wunderbar um ihn gekümmert ... Aber was ist denn los? Weinst du etwa?«

»Nein ... Ich weiß nicht ... Schon möglich ... Entschuldige bitte.« Du nimmst deine Gabel in die Hand und versuchst, dich wieder zu fassen. Nach einem Bissen Fleisch und einem Schluck Wasser sagst du: »In letzter Zeit heule ich bloß noch. Es ist nur ... Bart ist der einzige Mensch ... Nein, ich will sagen, das einzige Ding ... Nein, nein, er ist kein Ding ... Er ist das einzige ... das einzige ...«

»Wesen?«

»Ja, genau. Danke. Er ist das einzige *beständige* Wesen, das ich habe. Denn hier gibt es nur uns, ihn und mich. Und basta. Außer ihm habe ich hier ... niemanden. Abgesehen von ihm, bin ich allein.«

»Jetzt hör aber auf, du bist doch nicht allein! Du hast hier einen Haufen ... Wesen um dich. Ja, sogar zu viele, meiner Meinung nach. Mir fällt mindestens eines ein, das du am besten von der Liste streichen solltest«, antwortet Carlo schroff.

»Ich bitte dich, sei nicht so kritisch. Und lenk nicht vom

Thema ab.« Du weichst Carlos Blick aus und spießt ein weiteres Stückchen Fleisch auf die Gabel. »Außerdem will ich nicht von Bart wie von irgendeinem Wesen sprechen, weil ... *er* eben einzigartig ist. Objektiv gesprochen, ist er doch wirklich ein guter Hund, findest du nicht? Ich behaupte nicht, dass er der beste Hund der Welt ist, denn er hat seine Macken und ist ein wenig ... na ja, komplexbeladen. Schließlich hat er im Hundeasyl bestimmt kein leichtes Leben gehabt, und wer weiß, was ihm passiert ist, als er noch klein war. Aber ich könnte mir keinen anderen Hund vorstellen, der so ... gut zu mir passt. Verstehst du?«

»Natürlich, ich bin vollkommen deiner Meinung. Du weißt ja, dass ich ein Faible für Lord Bart habe.« Carlo schenkt dir dein Glas voll, erst mit kohlensäurehaltigem, dann mit stillem Wasser, und stellt so die Mischung her, die du magst. Und dann ändert er die Tonlage. »Ich habe dich immer bewundert, weißt du das? Dafür, wie du mit ihm umgehst. Das habe ich dir schon mal gesagt, oder?«

Du schüttelst den Kopf.

»Aber natürlich habe ich es dir gesagt! Ich zum Beispiel wäre dazu nicht imstande. Ich kann es nicht. Ich bin mir ja sogar selbst zuwider, stimmt's?«

Du nickst.

»Na also! Ihr beide aber lebt wirklich glücklich zusammen. Man sieht es, es ist bemerkenswert. Ja, beneidenswert. Schau mich nicht so an, ich mache keinen Spaß.«

Du bist ihm für diese Worte so dankbar, dass jedes Wort deiner Antwort mit einem Tremolo herauskommt: »Ich schwöre dir, Carlo, ich kann ohne vieles auskommen, aber nicht ohne Bart. Ihn brauche ich wirklich.« Du legst das Besteck hin und schiebst deinen noch halb vollen Teller von dir weg.

»*Mamma mia*«, stöhnt Carlo. »Warum redest du, als läge er im

Sterben? Sei nicht immer so dramatisch. Kopf hoch!« Carlo zeigt auf deinen Teller, als wollte er fragen: »Darf ich?«, und mit einem Kopfnicken signalisierst du ihm ein weiteres »Ja«. Er nimmt einen Schluck Wasser und tauscht seinen leer gegessenen Teller gegen deinen. »Rovere hat gesagt, dass man dieses ... Problem durch eine Operation beheben kann, oder? Dann wird er also operiert. Er bekommt zwei schöne Prothesen, und du wirst sehen, dass ... Warum schaust du mich so an? Was ist los? Ist es wegen dem Geld? Ist es das, was dir Sorgen macht?«

Du nickst ihm ein letztes »Ja« zu.

»Hör zu, Geld lässt sich immer auftreiben. Und erst recht für so etwas. Ich bitte dich! Du bist doch nicht ... Na, komm schon! Du hast mich, deine Familie, Silvia, viele Leute, die du fragen kannst. Irgendeine Lösung werden wir schon finden, oder?«

Bei dem Pronomen hast du aufgehorcht: *Er hat »wir« gesagt*, denkst du. *Aber hat er das wirklich so gemeint?* Du hältst den Atem an, während Carlo die letzten Bissen deiner Portion kaut. »Kurzum«, greift er ein paar Augenblicke später den Faden wieder auf, »was zu machen ist, das machen wir. Bitte versprich mir, dass du dir keine Sorgen machst. Bart wird die richtige Behandlung bekommen.«

Du kennst Carlo seit Jahren, aber du kannst dich an keinen Augenblick erinnern, in dem du ihn so lieb gehabt hast. Ohne etwas zu sagen, senkst du den Blick, tastest nach deiner Serviette und spürst, wie deine Wangen brennen. »He, was machst du denn da? Weinst du vielleicht immer noch? Das ist doch nicht möglich ...« Kopfschüttelnd zieht er ein Taschentuch aus seiner Tasche. »Da, nimm das. Aber erinnere dich, was Oscar Wilde gesagt hat ...«

❦

»Ich bestätige, dass Bart beiderseits unter schwerer Dysplasie leidet«, sagt die Orthopädin, nachdem sie Barts Gang auf dem Bürgersteig beobachtet, seine Röntgenbilder eingehend studiert, die Probe mit den verdrehten Pfoten gemacht und ihn an verschiedenen Stellen und auch am Schwanz gezogen hat. Sobald sie mit dem Tasten und Testen fertig ist, gehen sie und Rovere hinaus, um sich auf dem Gehsteig unter vier Augen zu beraten, und lassen dich und deinen Hund allein zurück: Das ist der Teil des Besuchs, der dir am wenigsten gefällt. Dann kommen sie mit langen Gesichtern zurück. »Aber es muss eine Ursache dafür geben, dass er hinfällt. Das sind nicht die Hüften; ich vermute, dass es ein neurologisches Problem gibt.« Du bist verwirrt: Hat »neurologisch« nicht etwas mit dem Gehirn zu tun? Die Orthopädin erklärt dir, dass der Begriff »neurologisch« das gesamte Nervensystem betrifft. Ihrer Meinung nach könnte Bart eine Diskushernie haben, das heißt, dass ein Bandscheibenvorfall gegen seine Wirbelsäule drückt. Du, die du medizinische Termini schon im Englischen immer verwechselt hast, die du noch nie auch nur eine Nacht in einem Krankenhaus verbracht hast und nicht einmal deine eigene Blutgruppe kennst, du siehst Rovere jetzt fragend an. »Aber Moment mal … Eine Hernie ist doch besser als eine Dysplasie, oder? Ich meine, so viele Leute haben das! Das scheint mir keine … Ich komme nicht ganz mit. Ist das jetzt eine gute Nachricht oder nicht?«

»Hunde haben eine andere Anatomie als wir«, erklärt Rovere mit merkwürdig monotoner Stimme. »Wenn er nicht umgehend behandelt wird, besteht das Risiko einer Lähmung.« Du kennst Rovere sehr gut und kannst daher von seinem Gesicht ablesen, dass er mit einer beiderseitigen Dysplasie wesentlich glücklicher wäre, und die erschien dir schon tragisch genug.

»Aha«, sagst du, den Blick auf Bart gerichtet, der vor der Tür sitzt und allen den Rücken zukehrt. »Ich verstehe.« Aber du verstehst überhaupt nichts. Du verstehst nicht, wie es möglich ist, dass man noch vor zehn Tagen von Rheuma und Regenschutz sprechen konnte. Du verstehst nicht: Es ist erst einen Monat her, dass du bei der Dottoressa warst und über diesen Kopfschmerz geklagt hast, der nicht in deinem Kopf stattfand. Du verstehst nicht, dass einem wenige Tage wie ein ganzes Leben vorkommen können und gleichzeitig so, als wäre alles erst gestern gewesen ... Wie konntest du nur so dumm sein und hoffen, dass die Zeit schnell vergehen würde? Jetzt macht dir sogar schon der Gedanke an morgen Angst.

»Diese Art von Hernie kommt oft bei Dackeln vor. Aber Bart ist ein für seine Körperhöhe sehr langer Hund«, erklärt die Orthopädin. »Ich bin keine Neurologin, kann Ihnen aber mit fünfundneunzigprozentiger Sicherheit sagen, dass man das, was Bart hat, degenerative Diskopathie nennt. Sie muss sofort operiert werden ... sonst besteht die Gefahr, dass er in den Hinterläufen jedes Gefühl verliert. Sie sehen ja selbst, dass es von Tag zu Tag schlimmer wird.« Barts außergewöhnliche Länge hat immer zu seinen schönsten und komischsten Merkmalen gehört. Wenn ihr zusammen unterwegs seid, betrachtest du oft eure Spiegelbilder in einem Schaufenster: Deine Silhouette mit dem zerzausten Haar, gefolgt von seinem lang gestreckten Lokomotiven-Torso, reizt dich immer zum Lachen. Und jetzt sollen ausgerechnet diese zusätzlichen Zentimeter ein Problem darstellen?

»Aber dann ... dann muss man also auf diese fünf Prozent hoffen? Und was könnten diese fünf Prozent sein?«

Rovere und seine Orthopäden-Kollegin werfen sich einen Blick zu. Dann sagt sie mit einer kurzen, energischen Kopfbewegung: »An diese fünf Prozent wollen wir lieber gar nicht denken.« Und du beschließt, keine weiteren Fragen zu stellen.

Auch wenn du dich für jemanden hältst, der mit einigen Tugenden ausgestattet ist, hat Geduld nie dazugehört. Während du dich in dem abgelegenen Korridor der Tierklinik einrichtest – der dir als ein »bestimmt ruhigerer« Platz zugewiesen wurde –, stellst du fest, dass du auf eine möglichst lange Wartezeit hoffst, und das kommt dir wirklich merkwürdig vor. Du denkst an Bart in der Vollnarkose und tröstest dich mit der Tatsache, dass er wenigstens ein paar Stunden lang gut schlafen kann und ohne die Frustration und Beschämung, die er dieser Tage ertragen muss, wenn er sich zum Beispiel plötzlich mitten auf dem Bürgersteig hinsetzt, weil er nicht weiterkann, oder wenn er seinen Hundefreunden zusieht, die im Park herumtollen, während er ausgestreckt liegen bleibt, allein, seinen abgenagten Ball zwischen den Vorderläufen, und mit dem Schwanz wedelt, oder wenn er sich zu Hause – für dich das Schlimmste – ausgiebig ableckt und versucht, seinen Uringeruch loszuwerden, denn er kann nicht mehr so Pipi machen, wie er sollte. Du hoffst, dass die Wartezeit lange dauert, weil du dir auch bewusst bist, dass dies die letzten Stunden sind, in denen du dich noch in einem Schwebezustand befindest zwischen dem, was dein Leben bisher war – ein Leben, über das du dich niemals hättest beklagen dürfen –, und dem, was es von jetzt an sein wird. Deine Müdigkeit ist inzwischen beinahe pathologisch; sie ist etwas, was du dir jeden Tag so widerwillig anziehst wie ein Paar unbequeme Schuhe, und nichts anderes tun zu müssen, als still dazusitzen, erscheint dir geradezu kostbar. Du musst wirklich allein sein, fern von den mitleidigen Blicken, die dir zugeworfen werden, wenn du durch die Straßen gehst und dabei das Hinterteil deines Hundes mit dem Schal hochhältst; fern von der Frage: »Ach, der Ärmste, was fehlt ihm denn?«; fern von den Leuten, die dich fragen, wie es geht, ohne zu wissen, wie sie auf die Antwort: »immer schlechter« reagieren sollen. Und fern auch von Bart – ja, auch von Bart, wenigstens für ein paar Stunden, weil ihn anzuschauen eine Qual ist und du ein paar tausend Sekunden benötigst, um deinem Herzen eine kleine Ruhepause zu verschaffen, denn es ist so verbogen wie das Vorderrad deines Fahrrads und so überfordert wie die Billiguhr, die du immer noch nicht weggeworfen hast.

»Entschuldigung.« Deine Stimme klingt sehr hoch und scheint aus dem Off zu kommen. »Ich glaube, ich verstehe dieses Wort nicht. *Neo* ...?«

»Neoplasie«, sagt der Neurologe. »Das ist ein allgemeiner Begriff ... für Tumor.«

»Tumor?« Das muss ein Missverständnis sein, denkst du. Vielleicht bedeutet das auf Italienisch etwas anderes. »Soll das *Krebs* heißen? Kein Mensch hat mir je etwas von Krebs gesagt. Ich verstehe nicht ...«

»Es kommt ganz selten vor, ein Tumor an dieser Stelle ...«

»Einen Moment bitte.« Du darfst jetzt nicht einfach losflennen, sonst kannst du nicht mehr sprechen. Du holst tief Luft. »Wollen Sie mir damit sagen, dass das diese fünf Prozent waren? Ein Tumor?«

»Fünf Prozent?«

»Die Orthopädin hatte gemeint, dass sie mit fünfundneunzigprozentiger Sicherheit sagen könne, dass er ... diese Sache mit der Hernie hätte. Und deshalb habe ich sie gefragt, was die fünf Prozent wären, und sie hat geantwortet, dass man besser nicht daran denken sollte.«

»Hm. Dann ja. Dann waren das diese fünf Prozent.«

»Aber sind Sie sich auch absolut sicher? Ich sage nicht, dass ich eine zweite Meinung einholen möchte, aber vielleicht ... Ich weiß nicht ...«

»Das ist nicht nur meine Meinung! Es ist auch die des Onkologen und des Radiologen. Wir sind alle ... wir sind uns alle einig. Diese Art von Tumor kommt sehr, sehr selten vor. Es ist nicht das, was wir zu finden hofften.« Für dich ist offenkundig, dass es ihm widerstrebt, dir das alles mitzuteilen, aber seine Gefühle sind dir jetzt wirklich egal.

»Wie selten? Sagen Sie mir: *wie selten*? Nein, sagen Sie es mir nicht, es ändert nichts. Oder vielleicht ... Wissen Sie, dass ich es immer noch nicht verstehe? Ich meine ... verdammt. Es tut mir leid, aber ... Es muss jetzt einfach raus: verdammt, verdammt, verdammt! Entschuldigen Sie mich bitte ... Es ist nur, sehen Sie, mir fehlen die ... Worte.« Dein Gesicht verwandelt sich zusehends in eines der *Desmoiselles* von Picasso. Du legst die Hände über deine geschwollenen Augen und schüttelst den Kopf. Der Neurologe wartet und betrachtet dich von oben. Er ist sehr groß, der Neurologe. In der Hand hält er einen großen weißen Umschlag, in dem du die Röntgenbilder vermutest. Oder die Myelografien. Oder die Computertomografien. Du weißt wirklich nicht, worum es sich handelt, aber was für dich zählt, sind ohnehin nur Worte und Gefühle, keine Bilder. Du könntest sie auch eine Stunde lang betrachten, ohne etwas zu begreifen.

Nach ein paar Sekunden bist du wieder imstande, etwas zu sagen. »Also, wo hat Bart einen Tumor ...?«

»In der Wirbelsäule. Genauer gesagt, im Knochenmark.« Schon allein das Wort jagt dir einen Schauder über den Rücken.

»Okay, im Knochenmark also. Und was macht man jetzt mit so einem Tumor im Knochenmark? Eine Operation? Eine Chemo ... therapie? Ich bitte Sie, Sie müssen mir sagen, was ich jetzt tun muss.« Dir ist klar, was er dir sagen wird, das verrät die Art, wie er deinem Blick ausweicht. Ein einziges Wort: Du bereitest dich darauf vor, es zu hören, aber als es aus seinem Mund kommt, schließt du die Augen und stöhnst leise.

Auch mit geschlossenen Augen hörst du, dass der Arzt ein Päckchen Papiertaschentücher aus der Tasche zieht und es dir hinhält. Du öffnest die Augen und nimmst eines. Du vergisst nicht, Danke zu sagen, bevor du ihm das Päckchen zurückreichst. Bitte, behalten Sie es, sagt er mit Nachdruck. Es tut mir so leid.

Im Auto sagt Carlo nichts – keine Anspielung auf Oscar Wilde, kein Appell an deine Vernunft, keine Predigt. »Du hast immer richtig gehandelt«, erklärt er schließlich. Du sagst nichts, blickst immer geradeaus auf den Verkehr vor der Windschutzscheibe und putzt dir ab und zu die Nase. »Bart gegenüber, meine ich.« Du kannst es fast nicht glauben, aber der Witz bringt dich zum Lachen. Kein sardonisches oder kindisches Lachen – ein schallendes Lachen aus dem Bauch heraus. Carlo dreht den Kopf und schaut dich verwundert an. »Was ist los? Warum lachst du? Kein Witz, ich glaube das wirklich ...«

»Schon gut, schon gut. Es war nur, weil du ›Bart gegenüber, meine ich‹ gesagt hast.« Du klappst die Sonnenblende herunter, um im Spiegel die angerichteten Schäden in Augenschein zu nehmen, und klappst sie mit einem Seufzer sofort wieder hoch. Oscar Wilde hatte recht, du bietest wirklich keinen tollen Anblick. »Es war lustig. Das ist alles.«

»Gut, das freut mich.« Einen Moment später fährt Carlo fort: »Was ich dir sagen wollte, ist, dass ... man ihn nicht allzu lange leiden lassen darf. Ich weiß, es kann wie eine hohle Phrase klingen, aber Bart soll seine Würde wahren. Wie wir alle. Aber wenigstens hat man bei Tieren die Freiheit, sich zu entscheiden.«

»Entscheiden? Aber wer bin ich, um zu *entscheiden*? Bist du dir im Klaren, worüber wir gerade sprechen? Ich – *ich!* – soll am Morgen aufstehen und sagen: ›Okay, heute habe ich beschlossen, Bart umzubringen.‹ Ich versichere dir, Carlo, das wird nie passieren. Nie, nie, nie.« Du nimmst ein neues Papiertaschentuch aus dem Päckchen des Neurologen. »Du kennst mich. Ich bereue jede Entscheidung, selbst die im Restaurant.«

»Ich rede nicht über dich im Allgemeinen, sondern über dich in Verbindung mit ihm. Und ich sage es noch einmal: Ihm gegenüber hast du immer richtig gehandelt, angefangen bei der Entscheidung, ihn aus dem Tierheim zu holen. Und diese Entscheidung jetzt ist bestimmt ...«

»Undenkbar«, sagst du im selben Moment, in dem er »schwer« sagt.

»Ich muss dich etwas fragen«, insistiert Carlo. »Hast du nie zuvor daran gedacht, dass Bart einmal sterben wird? Ich meine, man weiß doch, dass Hunde nicht so lange leben wie wir. Wie hast du es dir also vorgestellt?«

Natürlich hast du schon daran gedacht. Sehr oft sogar, wahrscheinlich weil es dir immer schon, auch als Kind, ein gewisses tragisches Vergnügen bereitet hat, dich in hochgradig emotionale Situationen hineinzuversetzen, oder, wenn du einen zusätzlichen Kick brauchtest, in solche am Rande der Katastrophe. Aber jedes Mal, wenn du dir seinen Tod ausgemalt hast, war Bart ganz weiß im Gesicht, völlig zahnlos und vielleicht ein wenig taub ... kurzum, er war *alt*.

»Natürlich, das liegt auf der Hand«, antwortet Carlo mit einem Seufzer.

»Ehrlich gesagt war das Szenario, das mir am meisten Sorgen bereitet hat, dass zuvor *mir* etwas passiert. Zum Beispiel, dass Bart, wenn ich abends nach Hause radle und von einem Auto überfahren werde, allein zurückbleibt und vergeblich auf mich wartet. Erinnerst du dich? Ich habe dir einmal gesagt, ich wollte – falls ich sterbe oder, was weiß ich, in einen hilflosen Zustand gerate –, dass du Bart nach Kalifornien, zu meinem Vater, schickst ...«

Carlo lächelt vor sich hin. »Ja, ich erinnere mich vage an so ein irrwitziges Gespräch.« Das Auto bleibt vor einer Ampel stehen, und ihr beide dreht euch um, um Bart auf dem Rücksitz anzuschauen. Von der Mitte des Rückens abwärts ist er kahl rasiert. Zwischen seiner nackten Haut und dem Fell besteht ein Niveauunterschied von gut zwei Zentimetern. Jetzt ist dir klar, warum du seit fast vier Jahren praktisch mit dem Besen in der Hand lebst.

»Wahnsinn!«, sagst du. »Die ganze Zeit habe ich geglaubt, einen schwarzen Hund zu haben. Dabei ist er weiß wie ein Karpfen. Hallo, Karpfen. Hallo, weißer Karpfen, wie geht's dir?«

Jemand hupt. Carlo dreht sich um, und das Auto fährt wieder an. Du bleibst so sitzen, deinem Hund zugewandt; in wenigen Minuten werdet ihr zu Hause sein.

»Ich hoffe, es wächst schnell nach«, murmelst du, nachdem du ihn gestreichelt hast.

»Ja, das hoffe ich auch.«

Carlo hast du nicht die ganze Geschichte erzählt. Denn in dem Film, den du im Geiste über Barts Tod gedreht hast, ging es nicht nur um sein Alter, sondern auch um eine künftige Version von dir selbst. Eine Version von dir, wie immer begleitet von Bart, ja, aber eben auch von anderen … beständigen Wesen menschlicher Art. Von einem Mann. Und auch von Kindern, vielleicht, hoffentlich … das heißt, warum eigentlich nicht?

»Wenn ich die Wahrheit sagen soll …«, sagst du am Telefon zu Silvia, die wieder in Frankreich ist. »Ich habe die ganze Szene schon x-mal durchlebt. Aber in keiner Variante war ich allein. Ich will nicht pathetisch werden, aber wenn du willst, erzähle ich dir, wie es hätte sein sollen …« Und dann stockst du. Du hast diese künftigen Versionen deiner selbst bisher niemandem anvertraut, nicht einmal der Dottoressa. Es sind intime Dinge.

»Los, erzähl«, fordert Silvia dich auf, und ihre Stimme klingt ganz dünn. »Ich weine schon seit drei Tagen, *ciccia*. Sei ruhig

pathetisch! Mit wem kannst du das sein, wenn nicht mit mir?«
Deshalb sind Freundinnen so kostbar: Sie hören dir sogar dann
zu, wenn du mal pathetisch werden musst. Männer dagegen sind
für diese Rolle völlig ungeeignet. Auch – *vor allem* – diejenigen,
die dich gernhaben.

»Es ist nichts Außergewöhnliches, ganz alltägliche Szenen.
Also: Bart stirbt, okay? Ich bin ungefähr vierzig und er um die
vierzehn. Was für einen großen Hund schon sehr alt ist. Weißt
du, wie alte Hunde aussehen? Mit grauem Star? Weißem Fell?«

»So wie wir auch. Also, Bart ist alt …«

»Ja, und deshalb kommt der Augenblick. Und ich bin natürlich am Boden zerstört. Obwohl er alt ist. Das ist doch normal,
oder? Vielleicht passiert es draußen auf dem Land …«

»Wieso, möchtest du auf dem Land leben? Schon mit vierzig?«

»Ich weiß nicht, ob wir dort leben, vielleicht sind wir nur zufällig irgendwo auf dem Land. Es ist nicht so wichtig, wo es passiert. Ich dachte nur immer, dass, sagen wir, die männliche Figur,
weißt du, mein …«

»Mann?«

»Ja, okay, nennen wir ihn so. Mein … Mann sagt zu dem
Kind, es solle sich keine Sorgen machen, wenn es mich weinen
sieht. Er versichert ihm, dass es seiner Mama gut geht, dass sie
nur traurig ist. Weil Bart einer ihrer ältesten Freunde war. Vielleicht liegen wir alle auf dem Bett, im Schlafzimmer. Bei Tag,
denn die Lampen sind nicht eingeschaltet …«

»Wie alt ist das Kind?«

»Ich weiß nicht, ungefähr vier, fünf …«

»Aber du redest nie davon, dass du Kinder haben möchtest.«

»Was für einen Sinn hätte es, davon zu reden? Mir fehlt das
Rohmaterial.«

Silvia stöhnt. »So ein *Quatsch!* Was soll dieses Gerede, dass heutzutage doch nur diese Fernseh-Tussis Kinder bekommen? Ich finde das zum ... Okay, entschuldige bitte. Sprich weiter. Ihr seid also im Schlafzimmer, die Lichter sind aus ...«

»Und der Ehemann erklärt dem Kind, dass Bart und ich uns seit langer, langer Zeit kennen. ›Bevor der Papa die Mama kennengelernt hat, hatte sie schon viele Jahre mit Bart zusammen gelebt‹, sagt er zu dem Kind.«

»Und da kommen mir schon wieder die Tränen. Du ziehst aber auch wirklich alle Register, ist dir das klar?«

»Warte, ich bin noch nicht fertig. Dann fragt das Kind uns: ›Wo ist Bart hin, jetzt, wo er tot ist? Bleibt er für immer unter der Erde? Wird er sich da nicht einsam fühlen?‹ Und dann reden wir mit dem Kind zum ersten Mal über den Tod, das Paradies und all das Übrige. Vielleicht halten wir uns dabei an den Händen, mein Mann und ich, das Kind zwischen uns auf dem Bett. Am helllichten Tag, alle voll bekleidet, bis auf die Schuhe. Bart ist unter dem Olivenbaum begraben, zusammen mit seinen geliebten Steinchen und den Tennisbällen. So, das wär's. Wie gefällt dir diese Szene?«

»Richtig herzzerreißend, *ciccia*. Mein Kompliment. Was diesen ... Mann anbelangt: Wenn du an ihn denkst, wen hast du dann vor Augen? Carlo?«

Du stehst von der Schlafcouch auf, gehst in die Küche und holst dir eine Flasche Wasser. Bart liegt auf seinen Decken und knabbert an einem Tennisball. Inzwischen überlässt du ihm auch in der Wohnung seine Bälle. Inzwischen gelten keine Regeln mehr. »Nein, Carlo nicht. Wenigstens nicht mehr. Weißt du, lange Zeit habe ich geglaubt, er sei es. Wirklich *sehr* lange ... auch nachdem wir uns ... tja, du weißt es ja, oder?«

»Ja. Und jetzt? An wen denkst du jetzt?«

»Hm ... an niemand Bestimmten. Das ist es ja! Es erscheint mir unmöglich, dass Bart mich verlässt, bevor ich *ihm* begegnet bin. Weil die Menschen, die ich danach kennenlernen werde, Bart nicht gekannt haben. Und das erscheint mir …«

»… absurd«, beendet Silvia meinen Satz. »Ich kenne dich seit acht Jahren und kann mich nicht einmal mehr erinnern, wie du vor Bart warst; mir kommt es so vor, als hätte es ihn immer gegeben. Auch wenn ich immer Abstand gehalten habe. Jetzt tut es mir sehr leid, weißt du? Dass ich ihn nicht liebevoller behandelt habe. Er ist ja so lieb. Ich habe bloß nie viel Erfahrung mit Hunden gehabt. Und außerdem ist er so … groß. O Gott, jetzt achte ich nicht mehr darauf, aber am Anfang hat er mir … ich will nicht sagen, Angst gemacht, aber vielleicht habe ich mich in seiner Gegenwart ein wenig unbehaglich gefühlt. Auch wenn es mich immer beruhigt hat zu wissen, dass du in Begleitung eines großen Hundes durch die Stadt gehst, der dich beschützt. Aber Bart weiß doch, dass ich ihn gernhabe, oder?«

Du nimmst einen Schluck Wasser direkt aus der Flasche. »Er weiß, dass du mich gernhast. Was für ihn auf dasselbe hinausläuft.« Sobald du ausgetrunken hast, räusperst du dich. »Übrigens, Sil … hör zu: Ich muss dich etwas Ernstes fragen. Wenn dir nicht danach ist, sag es mir, okay? Ich nehme es dir nicht übel, das verspreche ich dir …«

»*Ciccia*, ich weiß schon, was du mich fragen willst. Und die Antwort ist Ja. Ich habe sogar gehofft, dass du mich das fragst.«

»Wirklich? Du würdest kommen? Es wird nicht lustig.«

»Ich weiß. Aber ich will dabei sein. Sag mir nur, wann, und ich komme.«

Das Wann ist es, was dich jetzt quält. Du gehst zu Decathlon, um neue Tennisbälle zu kaufen, bleibst mit dem Einkaufskorb in der Hand eine Viertelstunde vor der Tonne stehen und beißt dir auf die Lippen. Du nimmst zehn heraus, dann noch einmal zehn, dann legst du fünf wieder zurück, dann überlegst du es dir anders und nimmst noch einmal fünfzehn dazu. Du kämpfst mit dem Gedanken, was schlimmer wäre: einen Ballvorrat im Haus zu haben, aber keinen Hund mehr, oder noch einmal hierher kommen und neue Berechnungen anstellen zu müssen? »In einem Monat wird Bart nicht mehr gehen können«, hat dir der Neurologe gesagt. Du hast dich erkundigt, ob dein Hund leiden würde. »Vorläufig nicht«, hatte die Antwort gelautet. »Im Gegenteil, vom sechsten Wirbel abwärts wird sein Empfindungsvermögen immer weiter schwinden. Aber wenn der Tumor auch die umliegenden Nerven befällt, dann ja, dann wird es schmerzhaft. Wenn Sie mir erlauben, Ihnen einen Rat zu geben: Ich glaube nicht, dass es richtig wäre, es so weit kommen zu lassen.« Du verlässt Decathlon, beladen mit vierzig Tennisbällen, und nimmst ein Taxi nach Hause.

Der Taxifahrer lässt dich an der Ecke aussteigen, genau vor dem Pfosten, an den dein blaues Fahrrad seit mehr als einem Monat angeschlossen ist. Inzwischen sieht man ihm die Vernachlässigung an, denn auch auf der Kette haben sich Rostflecken gebildet. Du denkst an all die Male – an den langen Wochenenden, die du in Mailand verbracht hast, an den Vormittagen oder Abenden im August, in der menschenleeren Stadt –, wenn du mit dem Fahrrad unterwegs warst und Bart neben dir hergaloppierte. Im Parco Sempione hast du ihn frei laufen lassen und mit der Klingel *Plingpling* gemacht, um ihn zurückzurufen, wenn du ihn aus den Augen verloren hattest. Während du auf das Wechselgeld des Taxifahrers wartest, stellst du fest, dass an deinem Fahrrad sowohl die Klingel als auch der Einkaufskorb fehlen. Bald wird jemand in der Nacht vorbeikommen und auch die beiden Räder mitnehmen, wenigstens das hintere, das noch gerade ist. Schnell schaust du in eine andere Richtung und tust, als gehörte es dir nicht.

In der Buchhandlung sagen sie dir, dass du dir den Rest der Woche freinehmen sollst. »Es tut mir so leid«, sagt Jacopo am Telefon. »Ich weiß, was Bart für dich bedeutet.« Trotz seiner ausgesprochenen Indifferenz gegenüber der Welt der Hunde weißt du, dass dein Kollege es ehrlich meint. In den letzten Jahren hast du versucht, Jacopo mit euren spannendsten Erlebnissen zu unterhalten, aber die Resultate waren wenig befriedigend. »Er ist doch nur ein Tier«, hatte Jacopo jedes Mal gebrummelt, wenn du mit deiner Erzählung fertig warst. »Ich kann mich einfach nicht für ihre Angelegenheiten interessieren. Übrigens glaube ich auch nicht, dass sie sich besonders für meine interessieren. Du wirst mir antworten, dass ich nur ein halber Mensch sei. Ein halber Mensch ohne Herz, nicht wahr? Und ich werde dir sagen: So bin ich nun mal.«

»Ich bedaure dich und deine Gefühlsleere«, hast du ihm in eurem üblichen neckenden Ton geantwortet. »Und es stimmt nicht, was du behauptest. Hunde sind schon deswegen unglaublich, weil sie selbst in der kleinsten deiner Gesten etwas entdecken, was sie leidenschaftlich interessiert.«

Du kennst viele Leute wie Jacopo. Sie sind deine Freunde, Leute, die du gernhast und schätzt, die aber einfach nicht wissen, was es bedeutet, wie ein Kriegsheld gefeiert zu werden, wenn man bloß vom Supermarkt nach Hause kommt. Es sind Leute, die keine Garantie aus Fleisch und Blut haben, in jedem Fall die tägliche Dosis an Freude und Liebe zu erhalten, selbst dann, wenn es den Anschein hat, der Rest der Welt habe sich von einem abgewandt. Es sind Leute, die noch nicht gefühlt haben, wie tröstlich der Körper einer anderen Spezies sein kann, dass ein Körper, der so kuriose und urtümliche Merkmale aufweist wie Pfoten und Reißzähne, Fell- und Schnauzhaare, einem vertrauter sein kann als der Körper der eigenen Mutter und wunderbarer als der eines Geliebten.

Es ist Zeit für eine Luftveränderung. Du weißt, dass es das letzte Mal ist. Natürlich hattest du dir schon beim letzten Mal gesagt, dass es definitiv das letzte Mal war – nach Neujahr und diesem fürchterlichen Streit im Auto –, aber dieses schmerzliche Gefühl, dass es aus war, hatte etwas mit deinem jungen Liebhaber zu tun und gar nichts mit deinem jungen Hund. Oder zumindest hast du das geglaubt.

Auch dieses Mal ist es der Junge Spund, der dir einen Ausflug aufs Land vorschlägt, als er eines Abends, ohne Gastone, zu dir nach Hause kommt, um eine Pizza zu bestellen, wie er sagt. Erst nachdem du ihm alles erzählt hast, was es zu erzählen gibt, nachdem er ein Dutzend Mal gesagt hat: ›Das ist doch nicht möglich‹, nachdem du ihm die schwarzen Flecken auf den CT-Aufnahmen gezeigt hast, nachdem du – mit großer Rührung und auch mit etwas Neid – beobachtet hast, dass sein weinendes Gesicht eher einem überfließenden Kristallglas als einem vollgesogenen und ausgedrückten Schwamm ähnelte, und nachdem er sich neben deinen Hund gelegt hat, um ihn zu streicheln und ihm einen Kuss auf die Stirn zu geben … nach alledem kannst du nicht anders: Du musst ihn vom Parkett hochziehen, zur Schlafcouch führen und ihn, ohne Worte, daran erinnern, dass auch du getröstet werden musst. Und danach ist es zu spät, eine Pizza zu bestellen.

»Vielleicht nehmen wir ihn übers Wochenende mit aufs Land? Was meinst du?«, fragt er dich, während du, in Schlüpfer und Pullover, Toastschnitten zubereitest. Und du denkst nicht einmal eine halbe Sekunde nach. »Ja, ja …«, sagst du mit dankbarem Lächeln. »O ja, bitte. Und danke.«

Der Junge Spund kommt am Freitag um die Mittagszeit zu dir mit deinem DVD-Player auf den Armen und einer Zigarette, die er sich hinters Ohr gesteckt hat, wie jedes Mal, bevor er sich ans

Steuer setzt. Er ist kaum im Zimmer, als Bart, der sich im Zustand höchster Erregung befindet, seit er mitbekommen hat, dass seine Decken, der Napf, das Futter und die Tennisbälle in einer großen Tasche verschwunden sind, versucht, sich in den Hof zu schleppen, wobei er sich mit dem Hintern vorwärtsschiebt. »Warte, Bart, warte einen Moment ...«, sagst du, lässt die Tür offen und gibst dem Jungen Spund einen Kuss auf die Wange. »Ich kann's gar nicht glauben, er ist schon repariert? Funktioniert er wieder?«

»Natürlich, alles perfekt«, antwortet der Junge Spund. »Ist es in Ordnung, wenn wir ihn nicht jetzt gleich anschließen? Ich habe das Auto schlecht geparkt. Ich richte ihn dir am Sonntag her ... Ich lasse ihn hier auf dem Tisch, okay?«

»Wir können ihn auch übers Wochenende mitnehmen«, sagst du. »Vielleicht wollen wir Filme anschauen? Und ich raste auch bestimmt nicht aus, wenn er wieder kaputtgeht.«

Der Junge Spund nimmt Barts Tasche, greift sich vom Küchentisch eines deiner Feuerzeuge und schiebt es sich in die Hosentasche. »Sollte dieser Dinosaurier noch einmal den Geist aufgeben, dann raste ich aus, nach dem, was die Reparatur gekostet hat! Außerdem brauchen wir ihn nicht. Meine Eltern haben schon einen neuen gekauft.«

Um zwei Uhr seid ihr draußen, an einem wunderschönen Tag Ende Februar: Der Himmel ist tiepoloblau und das Gras, nach all dem Regen im Monat davor, dicht und kräftig. Ihr beschließt, die Terrassentüren offen zu halten, damit Bart jederzeit ins Freie kann, um zu saufen und sein Geschäft zu verrichten. Der Junge Spund findet seinen Fußball und tollt im kurzärmligen Hemd mit den Hunden auf der Wiese herum. Nach ein paar ungestümen Versuchen gelingt es Bart, ihm den Ball zu entwenden, und dann zelebriert er, auf der Stelle tretend, einen Siegesmarsch: Er schwenkt die fest zwischen die Kiefer geklemmte Trophäe nach rechts und links und stellt den Schwanz auf, als sei die Fahne gehisst. Gastone kurvt derweil um ihn herum, überglücklich, endlich mit seinem Freund spielen zu dürfen, ohne dass dieser ihm davonläuft. Du schaust dir diese tragikomische Szene eine Weile an, dann erhebst du dich von der Wiese und gehst zum Swimmingpool, steckst eine Hand unter die Schutzplane, um festzustellen, wie warm das Wasser ist. Bart geht auf wankenden Beinen hinter dir her, freudig gefolgt von Gastone, und als Letzter kommt der Junge Spund; man merkt, dass auch er zwischen zwei widersprüchlichen Gefühlen hin und her schwankt. »Ich würde gern ein letztes Bad mit meinem Hund nehmen«, sagst du zu ihm. »Was meinst du: Werden deine Eltern böse sein?«

»Angesichts der Umstände glaube ich es eigentlich nicht«, antwortet er. »Meinst du, dass er das schafft? Schwimmen, meine ich.« Gemeinsam löst ihr die Seile und zieht die Plane weg. Unmengen von toten Blättern und Insekten schwimmen auf dem seit Monaten stehenden Wasser. »Na, wenn dir die Idee so verlockend erscheint, dann gehört der Pool jetzt einfach euch«, sagt der Junge Spund und gibt dir einen Klaps. »Vielleicht bekommst du nachher eine schöne Lungenentzündung, dann könnt ihr gemeinsam sterben.«

Nachdem du am nächsten Morgen deinen Espresso getrunken und den Hunden zu fressen gegeben hast, legst du dich an den Rand des Pools. Die Sonne steht noch tief, aber ihre schwachen Strahlen sind beinahe warm. Bart folgt dir wie ein verunglücktes Rennpferd, Gastone trottet neben ihm her. Der Junge Spund schläft noch in seinem Zimmer. Du legst dich rücklings ins Gras und machst ein wenig Stretching, um Mut zu fassen. Bart steht über dich gebeugt, im Maul den platten Ball, von dem dir unvermeidlich etwas Geifer auf die Stirn tropft. »Du Ekel!«, schimpfst du ihn aus und stößt ihn fort. Als Antwort wedelt Bart mit dem Schwanz. Gastone hebt einen Moment den Kopf und schaut euch beide an, bevor er sich wieder seinem Spielzeug, einer toten Eidechse, zuwendet. Bart bittet dich mit einer Pfote, als wollte er sagen: »Los, willst du mir nicht folgen?« Du machst mit deinem Stretching weiter, drückst mit einem Arm die Knie gegen die Brust und kraulst ihn mit dem anderen unter dem Kinn.

»Du sollst nicht zu viel herumlaufen«, antwortest du ihm. »Aber vielleicht täte dir ein bisschen Schwimmen gut? Sollen wir noch ein letztes Mal hineinspringen, wir beide …?« Ein paar Minuten bleibst du still liegen, die Handflächen in den Tau gedrückt, atmest mit geschlossenen Augen tief durch und versuchst dir diesen Augenblick mit all seinen Geräuschen, Gerüchen und Gefühlen einzuprägen. *Okay*, sagst du dir. *Jetzt oder nie wieder.* Und dann springst du auf, ziehst das Sweatshirt aus – es gehört dem Jungen Spund –, streifst rasch die Jeans ab und wirfst die kaputte Uhr ins Gras. Du rennst ein Stück, hältst den Atem an, springst und bist mit einem Mal nackt in einem Freiluftbad, frühmorgens, im Februar. Der Wechsel von einem Element ins andere ist ein solcher Schock, dass dir der Schrei eines Neugeborenen entfährt: ein AAAAAAAHHHH! – doch ehe du dichs versiehst, lachst du laut auf. Bart steht auf der ersten Stufe des Pools, bis zum Bauch im Wasser, und bellt, unschlüssig, wie es jetzt weitergehen soll. Gastone, der grundsätzlich kein Zutrauen zum Wasser hat, muss seine Meinung kundtun und rennt in weiten Kreisen um den Pool herum. Du schwimmst ein paar Züge auf Bart zu, lachend und prustend. Deine Zehen sind schon taub. »Los, Bart, komm zu mir rein … Los, du schaffst das, ich helfe dir …« Du versuchst, ihn an dich zu ziehen, aber seine Hinterläufe knicken ein, und er, der sein Selbstvertrauen verloren hat, versucht vergeblich, auszusteigen: Vierzig Kilo nasser Hund rutschen aus und gehen beinahe unter. Du versuchst, ihn hochzuhalten, aber in seiner Panik kratzt er dich mit seinen Krallen. »Bart! Bart! Warte ... Ich helfe dir! Warte, bleib ruhig, alles wird gut ... AUA! SCHEISSE!« Gastone sieht, dass sein Freund Probleme hat, und bellt noch mehr. »Gastone, basta! Bart, warte! Ich halt dich fest!« Das Lachen ist dir vergangen. Du fragst dich, ob du diese Szene, wenn du später einmal an sie zurückdenkst, noch komisch finden wirst. Wahrscheinlich nicht. Bart gelingt es, auf die Stufen zurückzukehren, und er setzt sich dort hin – erschöpft, patschnass, verzagt und zitternd. Gastone bellt weiter.

Die Holzläden im oberen Stock gehen auf, und der Kopf des Jungen Spunds beugt sich aus dem Fenster.

»Was zum Teufel macht ihr da?«

»W-w-wir versuchen, ein letztes B-B-Bad zu nehmen«, sagst du, und deine Zähne klappern vor Kälte.

»Verdammt, du bist ja schon ganz blau! Bist du vielleicht nackt da drinnen?«

»J-j-ja, möchtest d-d-du auch k-k-kommen?«

»Spinnst du?« Der Kopf des Jungen Spunds verschwindet.

Fünfzehn Minuten später sitzt du im Bademantel des Jungen Spunds auf einem Stuhl in der Sonne; die Gummistiefel gehören seiner Mutter, die Strümpfe und die Wollmütze dir. Deine blauroten Hände umklammern eine Tasse Tee. Du kommst dir ein bisschen lächerlich vor, und aus irgendeinem Grund schämst du dich auch.

»Schade, dass ich kein Foto von euch gemacht habe«, sagt der Junge Spund, der Bart mit einem Tuch abtrocknet. Dein Hund wirkt gekränkt und weicht deinem Blick aus. Das Rubbeln lässt er nur über sich ergehen, weil er sich nicht mehr schütteln kann, ohne umzufallen. »Du nackt, im Februar, im schmutzigen Schwimmbecken, am frühen Morgen, zusammen mit deinem kahlen, nassen Hund ... Wirklich ein Bild, das man später gern seinen Enkeln zeigt.«

»Nein, um Gottes willen! Besser so!«, antwortest du ihm. »Es w-w-war ein Irrtum. Ich dachte, ich k-k-könnte eine schöne Erinnerung an unser l-l-l-etztes gemeinsames B-b-bad schaffen. Aber Erinnerungen k-k-kann man eben nicht ad hoc schaffen. D-d-das g-g-geht nie gut.« Du nimmst einen Schluck Tee, aber deine Zähne schlagen immer noch gegen die Keramik. Du atmest tief durch und versuchst, normal zu sprechen: »Jedenfalls weiß ich nicht, was in mich gefahren ist. Es ist zu spät. Er kann nicht mehr schwimmen. Es ist vorbei.« Du stehst auf und gehst zu dem Tisch, auf den du am Abend zuvor die Zigaretten gelegt hast.

»Jetzt geht es ihm gut«, sagt der Junge Spund. »Wir geben ihm einen Knochen, und in zehn Minuten hat er es vergessen.«

Du schlingst die weiten Ärmel des Frotteemantels um dich. »Weißt du, was mich niederschmettert? Die Tatsache, dass Bart nicht weiß, dass alles fast schon zu Ende ist. Er hat nicht die leiseste Ahnung, dass an der Quälerei dieser Wochen etwas *Endgültiges* ist. Er wacht jeden Morgen nur mit dem Gedanken auf, dass das sein Leben ist und dass man so gut wie möglich weitermachen muss. Ich weiß nicht einmal, ob Hunde vergleichen können. Ob sie Überlegungen anstellen können, wie zum Beispiel: ›Gestern ist es mir besser gegangen‹, ›Ich fühle mich schlechter als früher‹ oder ›Warum kann der laufen und ich nicht?‹ Sie *leben* und basta.« Du stehst auf und gehst auf und ab, mit deiner noch nicht brennenden Zigarette, um dich aufzuwärmen, aber auch auf der Suche nach einem Feuerzeug. »Er ist so *nobel*.«

Der Junge Spund erhebt sich von der Wiese und geht auf dich zu. Aus der Tasche seiner Jeans zieht er das Feuerzeug, das er gestern Abend in deiner Küche eingesteckt hat, nimmt dir die Zigarette aus den Fingern, steckt sie sich in den Mund und zündet sie an. Er nimmt einen tiefen Zug und sieht dich an, während du, in Frottee, Gummi und Wolle gekleidet, dastehst mit Lippen so eiskalt, dass sie sich wie gequetscht anfühlen. Er stößt den Rauch aus und reicht dir die Zigarette.

»Ich liebe dich«, sagt er. Eure Finger berühren sich, als du ihm die Zigarette aus der Hand nimmst. Du zitterst und rauchst sie nicht.

Dann dreht sich der Junge Spund mit einem Ruck um und breitet die Arme aus wie ein Rugbyspieler: »He, ihr Hunde! Wo ist der Ball? Der Ball! Wo ist er?«, und er läuft mit bloßen Füßen auf den Pool und den platten Ball zu, gefolgt von den Hunden, die bellen und laufen und hinken und wedeln und springen und fallen und wieder zum Spielen bereit sind.

Das Blut bemerkst du vier Tage später, am Mittwochmorgen, während du den Boden wischst, bevor du zur Arbeit gehst. Zum zweiten Mal nacheinander hat dein Hund dich in der Nacht nicht geweckt. Stattdessen hast du ihn am Morgen noch am Boden liegend vorgefunden, patschnass. Du hast Rovere angerufen, obwohl du schon wusstest, was er dir sagen würde: *Das ist kein gutes Zeichen.* Einen Augenblick verharrst du mit dem Mopp in der Hand, bevor du dich bückst, um das weiße Linoleum der Küche genau zu untersuchen. Du berührst den Fleck; es ist kein Ketchup, es ist wirklich Blut. Du untersuchst deine Hände, auch wenn du weißt, dass du dich nicht geschnitten hast. Du lehnst den Mopp gegen den Kühlschrank und bemühst dich, nicht sofort in Panik zu geraten.

»He, Bart … wie geht's?«, fragst du ihn auf dem Weg ins Wohnzimmer. Bart liegt neben seiner *cuccia*; wenn du mit dem Mopp unterwegs bist, weiß er, dass die Küche für ihn tabu ist. Du setzt dich auf den Parkettboden und streichelst ihn, auch wenn du nicht genau weißt, wo du suchen sollst, und natürlich Angst hast vor dem, was du finden wirst. Der Tumor sitzt so tief in seinem Körper, dass keine Chemotherapie ihn erreichen kann. Woher also kommt das Blut?

Aus den Hinterläufen. Sie sind vorne fast bis auf den Knochen aufgeplatzt, zwei offene Wunden dort, wo einmal das Fell war. Du hältst den Atem an und legst einen Finger in die Wunde – erst in die eine, dann in die andere – und hoffst aus ganzem Herzen, dass dein Hund dich zum ersten Mal in seinem Leben beißen möge. Aber nichts: Er schließt die Augen und legt mit einem Seufzer der Erleichterung den Kopf auf dem Boden ab. Deine Augen füllen sich mit Tränen. Vielleicht verharrst du eine Minute so, aber es kommt dir viel länger vor, während du versuchst, dich zu fassen. Als du weißt, dass du sprechen kannst, ohne zu schluchzen, streckst du dich neben Bart aus und legst auch deinen Kopf auf den Boden, sodass er fast den seinen berührt.

»Also ... mein Freund. Was soll man da sagen? Verlassen wir diese Party, wenn es am schönsten ist? Hm?« Mit der Vorderpfote gibt Bart dir einen kleinen Schubs gegen die Brust, was in seiner Sprache *Weiterschmusen!* heißt. »Richtig«, sagst du und kraulst seine Ohren ganz sanft, während er die Augen schließt. »Besser gehen, solange es noch schön ist. Das ist die beste Art, glücklich zu bleiben.«

An diesem Freitag geht ihr, du und Bart, gegen neun Uhr aus dem Haus. Im Park erwarten euch seine speziellen Freunde – Don Vito Corleone, der französische *bouldogue*, Sofia, die pummelige Labradorhündin, Mafalda, die muskulöse Wolfshündin, und Obi, eine Schäferhundkreuzung, in der du in deinen treulosesten Augenblicken den schönsten und besten Hund der Welt vermutetest. Aus Zufall oder Zuneigung sind auch die Frauchen von Barts speziellen Freunden deine speziellen Freundinnen im Reich der Hunde. Noch einmal überlegst du, wie viele Bekanntschaften du deinem Hund verdankst: Seine Präsenz hat diese kleine Ecke der großen Stadt in einem fremden Land zu dem einzigen Ort gemacht, an dem du dich jetzt wirklich zu Hause fühlst.

Wenn sie euch kommen sehen, grüßen euch alle schon mit feuchten Augen; jetzt musst *du* ein Päckchen Papiertaschentücher zücken und sie einzeln verteilen. Den Hunden dagegen bietest du die Tennisbälle an. »Nicht streiten«, sagst du, während du sie einen nach dem anderen durch die Luft wirfst. »Es sind genug da für alle.« Nach einer halben Stunde Werfen und Apportieren trifft auch dein Hundesitter ein mit zwei Dackeln einer alten Dame, die in der Gegend wohnt. »Was für ein Glück, dass ihr noch da seid«, sagt er. »Heute habe ich verschlafen und hatte Angst, dass ihr schon weg seid. Wo ist denn der sagenhafte Bart?«

»Hinter dem Busch.« Der Hundesitter lässt die beiden Dackel frei laufen und verschwindet dann selber hinter dem Busch. Mafaldas Besitzerin, die Francesca heißt, bietet dir eine Zigarette an, und ihr setzt euch alle vier auf die Bank und unterhaltet euch über dies und das, wie immer.

Keine Einzige spricht von den Hunden.

Nachdem du zu Ende geraucht hast, ziehst du dein Handy aus der Tasche, um zu schauen, wie spät es ist. »Verdammt, ich muss gehen«, sagst du und stehst auf, die Hundeleine in der Hand. Eine Bewegung, die du Tausende Male gemacht hast, ohne dir etwas dabei zu denken, die dich jetzt aber bereits nostalgisch stimmt. »Wir müssen um elf beim Parco Sempione sein.«

»Wie kommt ihr dorthin?«, fragt dich die Besitzerin von Obi, die Cinzia heißt.

»Mit der Tram«, antwortest du. »Nur, dass ich heute den Maulkorb nicht gefunden habe. Wenn sie mir ein Bußgeld …«

»Bezahl es nicht …«, sagt die Besitzerin von Sofia, die Rita heißt. »Den möchte ich sehen, der es wagt, dir heute eine Strafe aufzubrummen!«

»Ja, wirklich.«

Hinter dem Busch findest du den Hundesitter, der neben Bart auf dem Gras sitzt. Er streichelt ihm das Grübchen zwischen den Augen; der Hund wirkt wie hypnotisiert.

»Ich glaube, wir müssen jetzt gehen. Wir haben um elf einen Termin.«

»Bei Rovere? Schon so früh?«, fragt er, und seine Stimme klingt noch rauer als sonst.

»Nein, es ist ein anderer Termin. Der mit Rovere ist später. Rovere kommt zu mir nach Hause.«

»Aha. Verstehe. Besser so.«

»Ja, glaube ich auch.«

Der Hundesitter sieht dich an. Sein Lächeln misslingt. Er kann kaum die Augen offen halten, und auf der Hand hat er noch den Eintrittsstempel eines Nachtlokals. »Dann also ... Kopf hoch ... Ich meine ...«

»Ich möchte dir ganz herzlich danken«, unterbrichst du ihn. »Du warst mir ... unentbehrlich. Ich weiß nicht, wie ich es in diesen Jahren ohne dich geschafft hätte.«

Der Hundesitter, der merkwürdigerweise John heißt – nicht Gianni, sondern John –, wendet den Blick ab. »Du brauchst mir nicht zu danken ... es ist mir eine Ehre gewesen.« Seine Stimme zittert ein bisschen, während er Bart einen liebevollen Klaps auf die Brust gibt und sagt: »Ciao, mein Freund ... vergiss mich nicht.«

Du möchtest ihn umarmen, tust es aber nicht. »Also, mach's gut. Wir sehen uns ... mal wieder. Okay?«

»Natürlich, selbstverständlich«, und er bleibt im Gras sitzen. Als du dich umdrehst und mit Bart weggehst, ist John immer noch dort, hinter dem Busch.

Während ihr im Aufzug die vier Stockwerke hinauffahrt, denkst du an das erste Mal, als du mit Bart zur Dottoressa gegangen bist: Es war die erste Sitzung nach den Osterferien, und ihr hattet euch ein paar Wochen nicht gesehen. Du hattest sie absichtlich nicht um Erlaubnis gebeten, weil du sehen wolltest, was sie für ein Gesicht machen würde. Damals gingst du schon seit über einem Jahr zu ihr und hattest sie nie überrascht erlebt, auch nicht als du sie mit Dingen konfrontiert hast, die gewöhnlich unter die Rubrik »Unaussprechliches« fallen. Als sie die Tür ihres Sprechzimmers öffnete und euch im Wartezimmer stehen sah, war die Dottoressa zusammengezuckt. Aber dann sagte sie mit ihrem rätselhaften, distinguierten Lächeln: »Oh! ... Ich sehe, dass wir eine große Neuheit haben.«

»Ja. Ist es ein Problem?«, hattest du sie gefragt, noch in der Jacke und die Tasche in der Hand.

»Natürlich nicht. Wie heißt er? Er ist sehr schön.«

Ich wusste es, hattest du gedacht. *Ich wusste, dass er ihr gefallen würde.* »Er heißt Bart. Bart wie Bartleby.«

»Bart wie *Bartleby*. Großartig. Nehmt Platz«, hatte sie gesagt und euch die Tür zu ihrem Arbeitszimmer aufgehalten. Und dann hatte sie, mit einer kleinen Geste in Richtung Bart – der damals so klapperdürr und fügsam war wie Melvilles Figur am traurigen Ende der Geschichte – und nach einer kurzen theatralischen Pause, die ihre Emphase noch verstärkte, hinterhergeschoben: »Oder vielleicht ... möchten Sie lieber nicht?«

Dieses Mal jedoch war sie auf euer Kommen vorbereitet. Nachdem du dich mit Rovere und dann mit Silvia verständigt hattest, hast du die Dottoressa angerufen und ihr eine Nachricht auf dem Anrufbeantworter hinterlassen. Seit einem Monat habt ihr euch nicht gesehen: Seit jenem Freitag, den du wegen der Röntgenaufnahmen hattest ausfallen lassen müssen, hast du sie jede Woche angerufen und ihr immer Schlimmeres mitgeteilt. »Mir fehlen die Worte«, hatte sie dir nach dem Urteilsspruch gesagt. »Ihr geliebter Bart ...« Die Dottoressa hatte das Telefongespräch mit einem Satz beendet, den du dir selbst verkniffen hast, aus Angst, kindisch zu wirken: »Das alles ist sehr, sehr ungerecht.«

Als ihr im vierten Stock angelangt seid, triffst du zum ersten Mal die Dottoressa vor dem Lift an. »Ich dachte, dass ich vielleicht behilflich sein könnte ...«, sagt sie.

»Oh, danke, aber mit dem Schal schaffen wir es. Wir sind darin bereits Experten.« Und während du Bart zur offenen Tür führst, vermeidest du, ihr ins Gesicht zu sehen. Barts Hinterläufe baumeln herunter, als würden sie nicht zu ihm gehören, das Haar auf dem Rücken ist noch nicht nachgewachsen, die Zunge hängt ihm heraus, weil er vom Cortison so großen Durst bekommt, und aus seinen Wunden an den Pfoten sickert Blut – du hältst den Kopf gesenkt, aber schon aus der Art, wie sie atmet, kannst du schließen, dass es dir zum ersten Mal gelungen ist, deine Dottoressa zu erschüttern. Du möchtest um keinen Preis der Welt sehen, was für ein Gesicht sie jetzt macht.

Nachdem dein Hund in dem kleinen Bad neben dem Wartezimmer aus dem Bidet getrunken hat, betretet ihr das Sprechzimmer, wo die Dottoressa schon an ihrem Schreibtisch sitzt. Zum ersten Mal steht die Schachtel mit den Papiertaschentüchern bereits da. Du holst einen Lappen aus der Tasche und hängst ihn über den Heizkörper, um ihn zu trocknen. »Es kann sein, dass er ein bisschen unter sich macht«, sagst du zu ihr. »Das ist ihm auch in der Tram passiert. Er merkt es nicht mehr. Es tut mir leid.«

»Aber ich bitte Sie! Das ist doch kein Problem.«

Du bleibst einen Augenblick stehen, während Bart sich auf den Boden legt, ganz erschöpft von dem langen Morgen im Park und der Fahrt in der Trambahn. Er fängt an, sich die Pfoten zu lecken.

»Darf ich mich heute auf die Couch legen?«

»Aber sicher.«

Gewöhnlich legst du dich nicht auf die Couch. In Filmen sieht man Patienten viel öfter liegend als auf einem Stuhl vor dem Schreibtisch sitzend. Doch im wirklichen Leben hast du es in den vielen Jahren nicht öfter als fünf oder sechs Mal gemacht. Dabei ist die Couch der Dottoressa sehr einladend: Sie ist aus weichem, senffarbenem Leder und steht neben dem Fenster, das auf den Parco Sempione hinausgeht – genau auf die große umzäunte Hundewiese, die ihr nach den Sitzungen immer zum Spielen aufsucht. Und in diese Richtung, auf den Park, blickst du jetzt. Heute ist der letzte Tag im Februar, und die Sonne scheint.

»Heute ist der neunundzwanzigste Februar«, sagst du nach einer langen Pause. »An sich schon ein besonderer Tag.«

»Ja, das stimmt. Das war auch mein Gedanke.«

»Ich muss zugeben, dass ich froh bin, dass es in den nächsten drei Jahren keinen neunundzwanzigsten Februar geben wird.«

Vier Etagen unter dir siehst du einen Golden Retriever: Er bellt sein Herrchen an, der vor ihm mit einem Stöckchen wedelt. Es ist, als würde man mit abgedrehtem Ton fernsehen.

»Nicht, dass ich den heutigen Tag aus diesem Grund ausgewählt hätte. Aber als mir klar wurde, um welches Datum es sich handelt, dachte ich, dass die Dinge einer gewissen traurigen Logik folgen. Sie wissen ja, dass ich Probleme mit den Zeiteinschnitten habe … ganz allgemein.«

»Ja, das weiß ich.« Es folgt eine weitere lange Pause. Ein Teil von dir will, dass diese fünfzig Minuten so lange wie möglich dauern, aber der andere weiß nicht, wie er sie füllen soll. Welche Worte wählt man in der Rubrik »Trauer«? Plötzlich hörst du dich sprechen. Und, wie es bisweilen geschieht, scheint das, was du erzählst, von sehr weit her zu kommen.

»Ich erinnere mich, dass … Als ich klein war und wir ans

Meer fuhren, sagten meine Eltern immer, ich dürfe so viele Steine und Muscheln *sammeln*, wie ich will, aber nur einen einzigen Gegenstand mit *nach Hause nehmen*. ›Wenn jeder alle schönen Dinge mitnähme, die er am Strand findet, gäbe es bald nichts mehr zu finden‹, erklärten sie mir. Deshalb musste ich mir nach einem Tag am Meer sämtliche Steine und Muscheln, die ich gesammelt hatte, ansehen und mich dann für eine entscheiden.«

Deine Dottoressa sagt nichts. Du hörst das Rascheln von Papier und dann das Geräusch der Füllfeder, die darübereilt. Unten ist der Golden Retriever von einem Hund unbekannter Rasse eingeholt worden, der gescheckt ist wie eine Kuh und doppelt so groß wie er, und die beiden Tiere beschnuppern sich, während ihre Herrchen zur Seite treten, mit gestrafften Schultern, die Leine in der Hand, bereit, jederzeit dazwischenzugehen.

»Und sehen Sie … für mich war das unmöglich. Ich kam immer mit leeren Händen nach Hause. Nicht weil ich mich nicht entscheiden konnte, was mir am besten gefiel. Sondern weil ich das Gefühl hatte, dass auch der bunteste Stein oder die vollkommenste Muschel nicht dieselbe Bedeutung hatte, wenn nicht der ganze Rest um sie herum war. Ein einziger schöner Stein erinnerte mich nicht an den Strand; ein einziger schöner Stein, allein, war … nur ein Stein.«

Die Dottoressa schweigt weiter. Nachdem Bart sich die Füße geputzt hat, bringt er sich mühsam in eine Sitzhaltung. Dann fängt er an, sich nur mithilfe der Vorderläufe auf die Couch zuzubewegen, und zieht dabei die feuchte Unterlage hinter sich her. Sobald er in deiner Nähe ist, steckt er dir den Kopf in die Achselhöhle und stößt einen langen, sehr ausgiebigen Seufzer aus. Vom Schreibtisch der Dottoressa kommt das Geräusch eines aus der Schachtel gezogenen Papiertaschentuchs. Mit der einen Hand kraulst du Bart unter dem Kinn, mit der anderen trocknest du dir die Augen.

»Was ich zu sagen versuche, ist, glaube ich, dass es vielleicht besser wäre, wenn ich heute nichts mehr sagen würde«, erklärst du. »Ich wüsste nicht, wofür ich mich entscheiden sollte. Vielleicht ist mir nächstes Mal nach Reden zumute. Aber heute …«

»… möchte ich lieber nicht …«, zitiert sie Melville.

Du schaust sie unter Tränen an, und ihr tauscht ein Lächeln aus.

»Ich hätte ihn *Huck Finn* nennen sollen«, überlegst du. »Ein Name, ein Schicksal … nicht wahr? *Bartleby* ist eine so traurige Geschichte.«

Das ist richtig, bestätigt die Dottoressa. Aber es ist auch eine sehr schöne Geschichte. Und die traurigen Geschichten sind ihr die liebsten.

»Mir auch«, sagst du. Und dann verbringst du die nächsten fünfundvierzig Minuten schweigend.

Beide Geschichten sind traurig – traurig, weil eine empfindsame Seele zu haben schmerzhaft und traurig sein kann, denn das Schicksal der Guten kann ungerecht sein –, aber wenigstens wird dein Bart, im Gegensatz zu Bartleby, nicht einsam und hungrig aus dieser Welt scheiden. Nachdem ihr – du, Silvia und Rovere – euren Tee ausgetrunken habt und keiner die Schachtel mit den Weihnachtspralinen, die du auf den Tisch gestellt hattest, angerührt hat, wirfst du einen Blick auf Rovere und dann auf seinen Rucksack, der gegen seinen Stuhl gelehnt ist, und fragst ihn, ob er bereit sei. Er sagt, dass seine Rolle sehr kurz ist und dass er bereit ist, wenn auch du es bist.

Wie kurz, fragst du ihn. Wie lange dauert es?

Nur zwei Minuten, antwortet er. Die erste Spritze ist dafür, dass er sich entspannen kann, und dann, wenn er sich ganz ruhig fühlt, bekommt er die zweite. Und die wirkt dann sofort.

»Willst du damit sagen, dass die ganze Sache wirklich nur

zwei Minuten dauert?«, fragst du. Zum ersten Mal wird dir klar, dass auch dies zwangsläufig zu Roveres Job gehört. Du fragst dich, wie er das aushalten kann. Du fragst dich, ob sich seine Augen jedes Mal so röten.

Höchstens zwei Minuten, sagt Rovere. Ich verspreche dir, dass er nicht leiden wird. Er wird glauben, dass er einschläft.

Lautlos bricht Silvia in Tränen aus und sucht nach ihrer Tasche. Sie zieht ein kleines braunes Fläschchen heraus, schraubt es auf und schwenkt es über einem Glas Wasser, dann zählt sie stumm die Tropfen. Du weißt, sie sind für dich, damit du ganz ruhig wirst. Rovere schlägt vor, dass du, während er das, was er braucht, in der Küche vorbereitet, zu Bart ins andere Zimmer gehst, um ein wenig mit ihm allein zu sein.

»Darf ich ihm Kekse geben?«, fragst du. Die Glasdose ist mit Barts Lieblingskeksen gefüllt. Der Gutenachtkeks ist euer ganz spezielles Ritual: Fast vier Jahre lang habt ihr, dein Hund und du, vor dem Zubettgehen immer je einen Keks gegessen.

Rovere sagt, dass du ihm so viele Kekse geben darfst, wie du willst.

Als du das Glas vom Regal herunterholst, hebt Bart im anderen Zimmer den Kopf aus dem Schlafsack am Boden. Das Geräusch des Keksglases gehört zu seinen Lieblingssignalen. Er versucht, sich aufzusetzen, aber nur der Schlafsack verrutscht ein wenig auf dem Parkett.

»Bleib, wo du bist«, sagst du zu ihm, während du ins Zimmer trittst. »Dieses Mal bringe ich dir die ganze Keksdose.«

Du legst dich neben ihn auf den Boden und nimmst den Deckel ab.

»Spielen wir ein Spiel«, sagst du zu ihm. »Es heißt Ein-Keks-zwei-Münder. Aber für dieses Spiel musst du dich hinlegen, los, in die *cuccia* …« Bart traut seinen Augen nicht: Das Keksglas ist randvoll, offen und steht neben ihm auf dem Boden! Einen Augenblick lang denkst du an die tollpatschige, sabbernde, beinahe wilde Art, mit der dein Hund jeder Köstlichkeit entgegenfiebert, die ihm angeboten wird – als hätte er Angst, dass man es sich anders überlegt und sie ihm wegnimmt –, und machst dir Sorgen, dass er dir in seiner großen Erregung die Lippen abreißen könnte. »Langsam, Bart«, sagst du zu ihm. »Ganz, ganz langsam.«

Du liegst auf dem Boden, dein Kopf ist nur ein paar Zentimeter von seinem entfernt. Du greifst in die Dose, nimmst einen Keks heraus und steckst ihn dir zwischen die Lippen. Er wartet, bis du deine Hand wegnimmst, und zieht dann ganz langsam die Ränder seiner Lippen nach hinten und beißt in denselben Keks, wobei er genau darauf achtet, dass er dich nicht mit den Zähnen berührt.

»Bravo, Bart!«, sagst du zu ihm, nachdem du deinen Teil des Kekses gekaut hast. »Du hast das Spiel kapiert. Du bist wirklich ein braver Hund.« Bart schubst dir mit seiner Vorderpfote gegen die Brust. *Mehr Kekse*, heißt das.

Eine Weile macht ihr so weiter – du ziehst die Kekse der Reihe nach heraus, steckst sie dir in den Mund und wartest, dass er sich seine Hälfte nimmt. Es sind Plasmon-Kekse – flach und lang geformt, goldfarben; sie riechen nach süßem Malz und sind eigentlich für Babys gedacht. Sie waren eine Entdeckung, die du einem vor Jahren getätigten Spontankauf verdankst; tatsächlich kannst du dich nicht erinnern, sie als Kind jemals gegessen zu haben.

Du zählst neun, zehn, elf miteinander geteilte Kekse. Du hast dich immer gefragt, ob Barts unstillbarer Hunger mit seiner Streunerexistenz und jener Zeit zusammenhing, die er im Hundeasyl verbracht hatte, oder ob es vielleicht doch einen individuellen Sättigungsgrad gibt, den zu erreichen du ihm niemals erlaubt hast. Du wolltest ihn immer schön schlank halten, um ihm ein längeres und gesundes Leben zu garantieren.

Keks Nummer zwölf. Bart zeigt eine echte Begabung für dieses Spiel. Du weißt, dass er sich fragt, warum du so lang gebraucht hast, um es zu erfinden.

Bei Keks Nummer fünfzehn hörst du, wie Rovere ins Zimmer tritt. Weder du noch Bart – keiner blickt von seinen Keksen auf. Rovere kauert sich auf den Boden, nimmt eines von Barts schlaffen Beinen in die Hand und zieht einen Stauschlauch heraus. Du richtest deinen Blick fest auf Bart, der nicht einmal merkt, dass er berührt wird. Bei Keks Nummer siebzehn reicht dir Silvia ein Glas mit trübem Wasser, und Bart beginnt, langsamer zu kauen. Der neunzehnte Keks ist der letzte, den er nimmt, bevor ihm die Augen zufallen. Du kaust deine Hälfte zu Ende und trinkst dann das trübe Wasser. Es schmeckt zugleich süß und unheimlich nach Medizin. Für einen langen Augenblick bewegt sich keiner, und Stille erfüllt den Raum.

»Das war's«, sagt Rovere leise und schaut auf seine Uhr. »Jetzt lebt er schon nicht mehr.«

Du gibst Bart einen letzten Kuss auf seine lange feuchte Nase, bevor du dich umdrehst, um deinem Tierarzt und deiner Freundin nicht zusehen zu müssen, wie sie deinen vierzig Kilo schweren Hund in seinen Schlafsack wickeln und ihn wegtragen. Du bleibst auf dem Boden liegen; die Zeit kommt dir sehr lang vor, aber vielleicht sind es nur wenige Minuten. Es lässt sich unmöglich abschätzen, wie lange du dort verharrst, auf das blaue Band deiner Fünf-Dollar-Uhr konzentriert und darauf, wie sich dein Menschenherz anfühlt, das bricht, bricht, bricht und weiterpocht.

Dank

Dafür, dass sie mein Manuskript gelesen und korrigiert und/oder mir auf unterschiedliche Weise und zu unterschiedlichen Zeiten eine Stütze waren, danke ich in absolut willkürlicher Reihenfolge: Ann Bises, Carlo Goldstein, Silvia Pierro, Jacopo Ghilardotti, Marco Vigevani, Laura Claus, Cecilia Vallardi, Grazia Strada, Giovanna Volpi, Annalisa Ponti, Vasco De Vecchi, Giuseppe Rovere, Andrea Caglioni, Massimina Gigante, Benedetta Centovalli, Stella Boschetti, Serena Baracco und Samantha Schoech.

Ich danke den Kunden und Kollegen von Atellani und allen, die – wo auch immer – noch in kleine Buchhandlungen gehen.

Zu guter Letzt gilt mein aufrichtiger Dank Fernando Picchi, dem Verfasser des Wörterbuchs *Grande Dizionario Hoepli Italiano-Inglese*. Wir sind uns zwar nie persönlich begegnet, aber ohne Sie hätte ich es nie geschafft.

Hilary Belle Walker

Inhalt

1	Wie ich in Mailand vorankomme	7
2	Mein inneres Fffiu	47
3	Galoppierender Schwachsinn	79
4	Der gläserne Fahrstuhl	101
5	Italienisch für Hunde	113
6	Das Phänomen	125
7	Die Entfernung vom Feuer	175
8	Trockenzeit	185
9	Anderer Leute Häuser	207
10	Ebbe	255
	Dank	315

© der deutschen Ausgabe: Verlag Antje Kunstmann GmbH, München 2011
© der Originalausgabe: 2009 by Hilary Belle Walker, published by
agreement with Marco Vigevani Agenzia Letteraria
Leicht gekürzte Ausgabe.
Titel der Originalausgabe: *Case altrui*, Cairo Editore, Mailand 2009
Umschlaggestaltung: Michel Keller, München
Typografie + Satz: Frese Werkstatt, München
Druck + Bindung: Pustet, Regensburg
ISBN 978-3-88897-701-5
1 2 3 4 5 · 14 13 12 11